U0606624

# 2017 中国散文年选

韩小蕙 编选

南方出版传媒

花城出版社

中国·广州

## 图书在版编目（ＣＩＰ）数据

2017中国散文年选 / 韩小蕙编选. -- 广州 ：花城
出版社，2018.1（2021.4重印）
（花城年选系列）
ISBN 978-7-5360-8580-0

Ⅰ．①2… Ⅱ．①韩… Ⅲ．①散文集－中国－当代
Ⅳ．①I267

中国版本图书馆CIP数据核字(2017)第327611号


出 版 人：肖延兵
责任编辑：李珊珊　蔡　安　欧阳蘅
技术编辑：薛伟民　凌春梅
封面设计：庄海萌

丛书篆刻：朱　涛
书名题字：陈以泰
封 面 图：北宋 徐熙本 玉堂富贵图

| | |
|---|---|
| 书　　　名 | 2017 中国散文年选 |
| | 2017 ZHONGGUO SANWEN NIANXUAN |
| 出版发行 | 花城出版社 |
| | （广州市环市东路水荫路 11 号） |
| 经　　销 | 全国新华书店 |
| 印　　刷 | 北京一鑫印务有限责任公司 |
| | （北京市顺义区北务镇政府西 200 米） |
| 开　　本 | 787 毫米×1092 毫米　16 开 |
| 印　　张 | 19.5　1 插页 |
| 字　　数 | 300,000 字 |
| 版　　次 | 2018 年 1 月第 1 版　2021 年 4 月第 3 次印刷 |
| 定　　价 | 55.00 元 |

如发现印装质量问题，请直接与印刷厂联系调换。
购书热线：020－37604658　37602954
花城出版社网站：http://www.fcph.com.cn

# 目录 contents

## 天南地北

## 世说新语

# 读 稿 记

韩小蕙

实话说，在编辑本书的过程中，我一直处于焦虑状态，因为谁都知道，花城社的散文年选，在其历届主编的精心编辑之下，一直享有盛誉。而我今年是第一次主编本书，唯恐达不到她的高度，有损了这份荣光。所以我是怀着战战兢兢的心态，早早就动手开始工作了，想的是为花城再添几许和多许芬芳。

但让我有点"绝望"的是，今年的作品虽然汹涌，可真正让人击节的却不多，能耿耿在心的更少。当然，这可能是我要求太高的缘故，我是多么希望篇篇都是精品，给予读者的越高大上越好。

现在，面对着这份54篇的目录，我先重点向大家推荐鲍鹏山教授的《儒、道、法——成败之间》，这篇发在《美文》杂志上的大散文，仅以八千多字的篇幅，即将两千多年来中国的政治统治和文化治理等诸方面，阐述得明明白白。特别着重讲述了秦国任用商鞅以后，大力推行法家术式，以对内高度集权、对外穷兵黩武的国策，得以迅速在西部崛起；而却又在征服其他六国统一中国后，短短暴亡。该文以鲜明的观点，翔实的史实，条分缕析甚至可说是苦口婆心，将历史的经验提请今人注意：千万别让昨天的乌云，变成明天的倾盆大雨。

李敬泽的《大树》也是我推荐的精品，该文秉承了李氏写史论文的一贯风格，以多个似乎并不相关的人事、物事的迷离呈现，组合成一个类似迷宫的格局，让你徘徊其间，反复穿插，来揣摩和领悟作者的主旨。好的文章都非单向一个层级，聪明的读者也许能领悟到四五分！李敬泽文章的魅力和吸引力也正在这里。

李国文、徐刚、陈世旭、南帆、朱以撒，是我每年散文年选必选的，没办法，这几位就是写得好，可以让最挑剔的读者也软下心来，埋首一口气读完，然后心服口服。

李国文老师今年虚岁八八，已经写了近八十年，伴随着现当代中国的奔腾呼啸一路走来。其文思，其笔力，其心明眼亮，其锋芒力度，一点也没"老而弥温"（"温吞水"的"温"），反而越发热辣、泼辣、老辣，读之真是过瘾，不由不再三击掌。这篇《"隐侯"沈约》，借了在中国文学史上有一号的南朝"文坛盟主"沈约，敲打当今的某些"聪明文人"。请看李国文老师是怎么评说这位沈约的："诗写得很好，人做得很差，一是太容易转变立场，二是缺乏最起码的节操，三是自以为得计，总自我感觉良好。凡文人，皆聪明，不聪明，无以成文人。沈约太聪明了，聪明过头，便自作聪明，随风转篷，投机取巧，把持不住自己，是他一生的致命伤。"史实上，沈约是拍马屁拍到了蹄子上，生生被帝王吓死的。历史的经验值得注意，对今天的警示意义，何其深刻。

徐刚的长处在于读书多，读古书多，中国传统文化功底深厚，且不外化于掉书袋而内化为自己的血肉，并用他大半生练就的半文半白、亦文亦诗的典丽语言表达出来。今年他的《野草在摇曳未来》，写的是最不起眼的野草，却从天地玄黄启笔，把小小平凡草写出了史前的长度、永恒自然世界的高度，以及与人类文明相生相长的厚度。他说，"当地球成为草木世界之后，才有姗姗来迟的人类始祖"；他说，"先人留给我们的基因，使后来人对三种物质最有亲近感：土、水与草"；他说："在未来岁月里，压垮人类的很可能是一根草；拯救人类的，也可能是一根草"。

陈世旭是才子型作家，他的散文一般都是诗，神光熠熠，天花坠坠，既华美又风雅，共意境与语言，几乎篇篇可当作范文来读。这篇《流逝与永恒——侨乡赤坎百年》，按说是写实，如果在一般作家手上，恐怕大多都会流于新闻笔墨；但他仍然以一串串诗性金句呈现出来之，足见其徜徉于文学天地间的从容与笑容。

南帆散文的魅力在于随心所欲地将叙事、抒情、识见、哲理等等共融一体，借物咏怀，繁复丰富，大容量地思考历史、社会、天地、人心，给读者以品咂的启迪。这篇描写棋圣吴清源的《天元》，似平平常常，娓娓道来，写出了吴氏作为棋圣的波澜壮阔，是神一般的存在；但时不时又道出他作为一个人的日常，叫人觉得他离你不远，也得如你我一样走完命运诡谲的一生，原来在人生这道大题面前，谁也做不了特殊的宠儿。

朱以撒的特点是内心洁净，以避开闹哄哄的浮华世间为贵气，躲在安静书斋中做自己的学问与文艺，所以他的散文充盈着幽幽的书卷气，清修，清为，清正，清洁，清丽，清雅，篇篇能勾起我们回归生命本身的反省。他的这篇《进入》，写的居然是钉子，由这生活中最普通的小物件，勾连出从城市到乡村、从自然到社会、从天上到地底、从孩童到老年……诸如种种的司空见惯而又被我们所忽视、所忘记的细节，生发出对生命本在的东东和西西们的回望与思考。

本书中还有一批值得推荐的文章。

朱秀海是以小说著名的作家，他把小说写作的优势带入散文，不做奇丽的语言铺排，不求先锋的结构调度，不以奇谲的创新亮眼，而是用平实的叙述，内藏的情感，静静地展开他汹涌澎湃的内心，在不知不觉间就拨动了读者心头最柔软的那一寸方。《在战场上读〈安娜·卡列尼娜〉》，写的是三十多年前的对越自卫反击战，表面上写得真安静，静到可以阅读完全风马牛的《安娜》，可是在字里行间，我们却分明听到了震撼大地的枪炮声、厮杀声，感受到了战争的真切——残酷，流血，受伤，牺牲，以及永驻人心的爱与痛。

两位少数民族作家嘎玛丹增（藏族）和帕蒂古丽（维吾尔族）多年来都是用汉语写作的，但在我们习以为常的思维与语言范式中，加进了他们特有的民族文化因子，便像袁隆平的杂交水稻一样，有了撞击我们心灵的别样的魅力。你看，嘎玛丹增这样写道："在众神居住之地，谁愿意在心里离开神灵呢。这里没有绝对的强大或卑微，你是大地的主人，也是自然的奴隶。万物平等，是传统和信仰一贯坚持的主张，永远至高无上。"帕蒂古丽则这样感悟她的童年："我是在荒草中长大的，却从没有这么长久地凝视它们。孩童时代只顾着在一路奔跑中长大，似乎奔跑的方向，就是长大的方向，奔跑的速度，就是长大的速度，遥不可及的远方，充满了诱惑。成长中的奔跑，不会为谁停留，我甚至不会停下来，等一株荒草长大、追上来。"

……

最后，我还是忍不住要谈谈问题。

本来想谈的是创新，写文章的人都想越写越好，实现起来却难，固守是没有出路的，唯有创新，筚路蓝缕，开辟新路。所以，这些年不少有识之士都在探索此道，也发表了不少高见。最近读到的是《浙江散文》杂志主编陆春祥的《散文是需要革命的》，道："散文革命的底气，愚见，就是建立起自己独特的坐标式阅读，加上源源不断积聚起来的生活爆发力，这是唯一土壤，在这样的土壤中长出来的散文之树，才会根深枝繁叶茂。”

我自己也意识到了创新的重要性，并且试验着在自己的文章中加劲，也确实得到了些许收获的愉悦。但在编辑完本书之后，我发觉有一个比创新还急迫的问题，更需要解决——为什么本文一开始我说到“绝望”？当然没这么严重，我的本意在于引起各方的注意。注意什么呢？两个字：用力。秋天收获果实的时候，无论是打枣、打栗子、打白果，都必须站在高处，持一长长木杆，用力击打；有时候即使这么用力，还打不下来呢。把这比喻用在文学写作、散文写作，似乎有点不伦不类，但其实也是同理。譬如，不提古往今来的大师巨匠，即是与当代最杰出的中国作家们相比，我们依凭着自己半吊子学识和不高的智商，本来就写得很不如人意；倘若再不使尽全身的劲头，不是更写不好吗？

我如此说，是发现今年的一个有点共性的问题，即有一批本来还写得很好的作家，明明可以达到某高度，却没使足十分劲，文章立马就水了，藏也藏不住，真让人替他们着急。这，也许是因为大家都越来越忙？也许是社会节奏越来越快？也许是各种办班、出书、采风、研讨、讲座、大赛、评奖……越来越多？但无论怎样，都不可降格以求，古人把文章看作“经国之大业，不朽之盛事”，我们写的小小陋文虽不至于这么严重，却也是白纸黑字的“个人档案”，今天若不拼尽全力写好每一篇每一行每一个字，将来，恐怕会为自己的一时弱化而后悔的。

我即有悔：记得当年我青春活力四射时，有不止一位前辈劝诫过我，要我趁年轻力壮之时，集中精神写一批好作品。当时我少不更事，没以为然，心想反正素材和想法都在我自己肚子里，将来退休以后再写也不迟。可是今天到了这个年龄段，却从心所欲不起来了，内心即使铆足了劲儿，可眼睛也花、颈椎也疼，胸中那一股力气涨不起来了！是的，是的，生命华年也是写作华年，各位文友，在写作的青春华年里，一定要呕心沥血，全力以付哦！

当下这一篇，一定要是你最好的一篇。如此，才能对得起读者，也对得起我们自己！

2017. 10. 1 初稿于北京马连道莳萋居

2017. 11. 11 定稿于英伦沃克汉姆红房子

# 心灵有约

## 马的眼镜

莫　言

　　1984 年解放军艺术学院创办文学系，徐怀中老师是首任主任，我是首届学员。我们是干部专修班，学制两年。怀中老师只担任了一年主任，便被调到总政文化部任职去了，但他确定的教学方针以及他为这届学员所做的一切，却让我们一直牢记在心。今年 3 月初，文学系邀请怀中老师去讲课，因老人家年近九秩，怕他太累，便让我与朱向前学兄陪讲。讲座上，我忆起北京大学吴小如先生给我们讲课的事，虽寥寥数语，但引发了怀中师的很大感慨，于是，我就写下这篇文章，回忆往事，以防遗忘。

　　吴先生为我们讲课，应该是在 1984 年的冬季，前后讲了十几次。他穿着一件黑色呢大衣，戴一顶黑帽子，围一条很长的绛紫色的围巾。进教室后他脱下大衣解下围巾摘下帽子，露出头上凌乱的稀疏白发，目光扫过来，有点鹰隼的感觉。他目光炯炯，有两个明显的眼袋，声音洪亮，略有戏腔，一看就知道是讲台上的老将。因为找不到当年的听课笔记，不能准确罗列他讲过的内容。只记得他第一节讲杜甫的《兵车行》。杜诗一千多首，他先讲《兵车行》，应该是有针对性的，因为我们是军队作家班。这首诗他自然是烂熟于胸，讲稿在桌，根本不动，竖行板书，行云流水——后来才知道他的书法也可称"家"的——他的课应该是非常精彩的，他为我们讲课显然也是十分用心的，但由于我们当时都发了疯似的摽劲儿写作，来听他讲课的人便日渐减少。最惨的一次，偌大的阶梯教室里，只有五个人。

这也太不像话了，好脾气的怀中主任也有些不高兴了。他召集开会，对我们提出了温和的批评并进行了苦口婆心的劝说。下一次吴先生的课，35 名学员来了 20 多位，怀中主任带着系里的参谋干事也坐在了台下。吴先生一进教室，炯炯的目光似乎有点湿，他说："同学们，我并不是因为吃不上饭才来给你们讲课的！"这话说得很重，许多年后，徐怀中主任说："听了吴先生的话，我真是感到无地自容！"吴先生的言外之意很多，其中自然有他原本并不想来给我们讲课，是徐怀中主任三顾茅庐才把他请来的意思。那一课大家都听得认真，老先生讲得自然也是情绪饱满，神采飞扬。记得在下课前他还特意说：我读过你们的小说，发现你们都把"寒"毛写成了"汗"毛，当然这不能说你们错，但这样写不规范，接下来他引经据典地讲了古典文学中此字都写作"寒"，最后他说，我讲了这么多课，估计你很快就忘了，但这个"寒"字请你们记住。

现在回想起来，吴先生让我们永远记住这个"寒"字，是不是有什么弦外之音呢？是让我们知道他寒心了吗？还是让我们知道自己知识的浅薄？

其实，我从吴先生的课堂里，还是受益多多的。他给我们讲庄子的《秋水》和《马蹄》，我心中颇多合鸣，听着他绘声绘色的讲演，我的脑海中便浮现出故乡一望无际的荒原上野马奔驰的情景，还有河堤决口、秋水泛滥的情景。后来，我索性以《马蹄》为题写了一篇散文，以《秋水》为名写了一篇小说。《马蹄》发表在 1985 年的《解放军文艺》上，《秋水》发表在 1985 年的《莽原》上，这都是听了吴先生的课之后几个月的事儿。

这两篇作品对我来说都有非常重要的意义：《马蹄》表达了我的散文观，发表后颇受好评，还获得了当年的"解放军文艺"奖。《秋水》中，第一次出现了"高密东北乡"这个文学地理名称，从此，这个"高密东北乡"就成了我的专属文学领地。我在很长一段时间内都以为我是在《白狗秋千架》这篇小说中第一次写下了"高密东北乡"这几个字，在国内外都这样讲，后来，我大哥与高密的几位研究者纠正了我。《秋水》写了在一座被洪水围困的小土山上发生的故事，"我爷爷""我奶奶"这两个"高密东北乡"的重要人物出现了，土匪出现了，侠女也出现了，梦幻出现了，仇杀也出现了。应该说，《秋水》是"高密东北乡"的创世纪篇章，其重要意义不言自明。

吴先生讲庄子《秋水》篇那一课，就是只来了五个人那一课。那天好像还下着雪——我愿意在我的回忆中有吴先生摘下帽子抽打身上的雪花的情景。我们的阶梯教室的门正对着长长的走廊，门是两扇关不严但声响很大的弹簧门。吴先生进来后，那门就在弹簧的作用下哐当一声关上了。我们的阶梯教室有一百多个座位，五个听课人分散开，确实很不好看。我记得阶梯教室南侧有门有窗，外面是礼堂前的很大一片空场。因为我坐在第七排最南边的座位上，侧面便可见到窗外的风景，那天下雪的印象多半由此而来。我记得我不好意思看吴先生的脸，同学们不来上课造成的尴尬却要我们几个来上课的承受，这有点不公平，但世界上的事情就是这样。有一次学校组织学员去郊区栽树，有两位同学躲在宿舍里想逃脱，被我揭发了，从此这两人再也没跟我说过一句话。毕业十几年后，有一次在街上碰见了某一位，我热情地上前打招呼，他却一歪头过去了，让我落了一个大大的没趣。由此我想到，揭发别人，是一件得罪人最狠的事，但不揭发，心里又恨得慌，这也算做人之难吧。

虽然只有五个人听讲，但吴先生那一课却讲得格外地昂扬，好像他是赌着气讲。我当时也许想到了据说黑格尔讲第一课时，台下只有一个学生，他依然讲得慷慨激昂的事，而我们有五个人，吴先生应该满足了。

"秋水时至，百川灌河，泾流之大，两涘渚崖之间，不辨牛马。于是焉，河伯欣然自喜，以天下之美为尽在己……"先生朗声诵读，抑扬顿挫，双目烁烁，扫射着台下我们五个可怜虫，使我们感到自己就是目光短浅不可以语于海的井蛙、不可以语于冰的夏虫，而他就是虽万川归之而不盈、尾闾泄之而不虚，却自以为很渺小的北海。

讲完了课，先生给我们深深鞠了一躬，收拾好讲稿，穿戴好衣帽，走了。随着弹簧门哐当一声巨响，我感到这老先生既可敬又可怜，而我自己，则是又可悲又可耻。

因为当时我们手头都没有庄子的书，系里的干事便让我将《秋水》《马蹄》这两篇文章及注解刻蜡纸油印，发给每人一份。刻蜡纸时我故意地将《马蹄》篇中"夫加之以衡扼，齐之以月题"中"月题"的注释刻成"马的眼镜"，其意大概是想借此引逗同学发笑吧，或者也是借此发泄让我刻板油印的不满。我没想到吴先生还会去看这油印的材料，但他看了。他在下一课讲完时说："月题"，是马辔头上状如月牙、遮挡在马额头上的佩饰，不是马的眼镜。然后他又说——我感到他的目光盯着我说——"给马戴上眼镜，真是天才!"——我感到脸上发烧，也有点无地自容了。

毕业十几年后，有一次在北大西门外遇到了吴先生，他似乎老了许多，但目光依然锐利。我说：吴先生，我是军艺文学系毕业的莫言，我听过您的课。

他说：噢。

我说：我听您讲庄子的《秋水》《马蹄》，很受启发，写了一篇小说，题目叫《秋水》；写了一篇散文，题目叫《马蹄》。

他说：噢。

我说：我曾在刻蜡纸时，故意把"月题"解释成"马的眼镜"，这事您还记得吗？

此时，正有一少妇牵着一只小狗从旁边经过，那小狗身上穿着一件鲜艳的毛线衣。吴先生突然响亮地说：

"狗穿毛衣寻常事，马戴眼镜又何妨?"

（原载《文汇报》2017 年 3 月 15 日）

# 天元（节选）

南　帆

## 一

没有想到，这个池塘距离嘈杂的三岔路口不过三四十米。拐进人行道旁的一条小径，行走数十步，突然一池的绿水静静地敞在眼前。池塘周边的石栏残缺不全，几棵大榕树四面环抱。大树的树皮青苔斑驳，下垂的树枝几乎触到了水面。一阵微风，三五片叶子悠然落下，一队鸭子不慌不忙地掠开水面的浮萍泅向对岸。由于层层叠叠的茂密枝叶，外面的车水马龙仅仅剩下了模糊的低鸣。

带我来的人十分肯定：这是"半野轩"的旧址。

池塘附近散落了几幢简陋的水泥建筑，一片凹凸不平的空地围成了临时停车场。可是，这儿进进出出的人从未听说"半野轩"这个名称，也不知道当年这个私家小园林的主人姓吴，是一个盐商，他的后代之中冒出了一个围棋天才，名叫吴清源。

这个三岔路口称作三角井，多年以前的确有一口圆圆的石井嵌在三岔路口的中央。如今这一带熙来攘往，各种车辆时常堵成一片。三岔路口的北面是一座小山，几个著名的权力机构隐在树木掩映之中；西面是一家老牌饭店，饭店大门口矗立了两只威风凛凛的石头狮子；三岔路口的南面是一片错落的民居瓦房和几条纵横蜿蜒的小巷。多年之前辗转听说，吴清源故居就在这一片瓦房之间的某个地方，可是我始终没有机会登门。我有时觉得，"半野轩"仅仅是一个不落地的传说，缭绕于墙头或者树梢，飘浮不定，无可稽考，直到这个池塘突如其来地显现。

奇怪的是，吴清源居然记得这个池塘。他在自传之中如此回忆"半野轩"："院子里古木参天，还有一个不小的池塘，大到了可以泛舟的程度，到对岸有七八十米吧。"我猜吴清源并未在这个池塘泛舟。离开福州赴京定居的时候，他尚在襁褓之中。

这个池塘之外，"半野轩"的其余部分只能存活于传说之中。

据说"半野轩"坐落于绍因寺的旧址——绍因寺乃福州最早的寺庙，建于晋太康三年，明代荒废。清初，福州的望族萨氏将寺庙旧址辟为别墅，"半野轩"是萨家取的名字。晚清至民国，萨家出现了一些大人物，例如先后担任过清朝海军总司令和民国海军总长的萨镇冰，中山舰舰长的萨师俊，拥有大物理学家、大教育家头衔的萨本栋。然而，清代的乾隆年间，"半野轩"已经易主吴家。

吴清源的祖父吴维贞负责盐务，估计手头比较宽裕。不过，动手将"半野轩"改造为私家园林的是他的四儿子吴继箴。园林之中的池塘是寺庙的遗存，还是日后改造之际人工挖出来的？不得而知。"一碧不尽，万籁无声"，据说这一联形容的是"半野轩"的清幽，或许池塘附近还会有一座太湖石堆砌的假山。吴继箴善书法，多有题刻，而且为自己取一个别名"菊禅"。事实上，吴维贞老先生才是菊花的痴迷者。他在园子里栽种各个品种的菊花，秋季举办"菊会"，打开园门邀请路人入内赏花。

这些传说的细节多少有些出入，但是，我已经没有兴趣进一步核实。我看不出这些细节与吴清源的围棋天才有什么关系。据说吴清源出生的时候福州发洪水，于是长辈为他取名"吴泉"——"清源"是民国时期著名棋士顾水如为他取的号。顾水如是民国时期围棋大师，也是吴清源的围棋领路人。那时吴清源十来岁，开始出入北京的段祺瑞公馆与诸多棋士对弈，有一个号可以避免直呼其名的尴尬。吴清源在自传中说过，他出生在两张八仙桌上。福州的农历五月是一个雷雨交加的季节。隐隐的雷声之中，吴清源的母亲把两张八仙桌拼在一起，铺上布垫作为产床。一个传奇棋士的南征北战就是从这两张八仙桌出发的。

田壮壮导演拍摄过一部电影《吴清源》，试图再现他跌宕起伏的一生。福州并未在这部自传性影片之中露面。田导演没有看上"半野轩"的池塘和那两张八仙桌。当然，田导演也没有看上北京，顾水如指点吴清源并且引荐他到段祺瑞公馆这些人们熟知的情节也被挡在电影院的门外。拍摄之前，田导演和吴清源的助手在日本的一家酒吧喝酒。酒吧里的一位日本老者询问他们，来到日本有何贵干？听说他们要拜会吴清源，老者噌地站起来，一连三个鞠躬："吴清源是个神！"

神是上帝派来教人类怎么下棋的，无所谓出生在世界的哪一个角落。那些烟火气十足的轶事无非是造就一个世俗舞台，让神有一个落脚的具体地点。没有人知道，为什么吴清源拥有如此之高的围棋天分，估计他自己也不明白。勤勉当然是不可或缺的条件。由于父亲的启蒙，吴清源七岁左右开始学棋。父亲从日本邮购了一些棋谱，吴清源痴迷不已。七岁的稚童每一天长时间端着沉重的棋书打谱，吴清源两只手的中指甚至有些变形——手指的骨骼开始弯曲。可是，这不能证明什么。许多比吴清源更为勤勉的棋士，战绩却乏善可陈。无法解释，吴清源是一个孤独的神。无数夸张的赞美和一些切齿的诅咒如同远远地抛在身后的俗世尘埃，拍电影的田导演也多次表示听不懂他的话。天才多半落落寡合。大多数庸众不明白他们在想什么。如果他们不乐意满脸堆笑地散发烟卷，天才往往只剩下一个不近人情的乖戾形象。我们可以轻松地盘点棋盘上的吴清源如何将一个个大名鼎鼎的对手斩于马下，十番棋的比试天下无敌，可是，没有多少人想知道，那些奇妙的棋局构想仅仅是一个特殊大脑的自然分泌物，还是包含了痛苦的、久久不愈的内心煎熬。

1984 年，七十岁的吴清源正式引退。桥本宇太郎、高川格、坂田荣男等众多日本的著名棋士悉数参加引退仪式。引退仪式是一盘联棋，以一对十——吴清源对垒十名日本棋士。吴清源一身黑色中山装，日本棋士黑色的和服，长袂飘拂。致辞，然后彼此深深地鞠躬。稍稍凝神，吴清源的师兄桥本宇太郎拈起一颗黑子拍在棋盘中央的天元，第一手。我多次想象那个瞬间，心里隐约有"砰"的一声微响。我觉得吴清源就是棋盘中央的那一颗黑子，孤零零的，独自彷徨。

"朝落暮开空自许，竟无人解知心苦。"吴清源感到了孤独的痛苦和悲凉吗？相片之中看不出来。吴清源的多数相片都是神情专注地坐在棋盘之前，心无旁骛。川端康成的文字精致地再现了吴清源年轻时的肖像："他身穿藏青底白碎花纹的筒袖和服，手指修长，脖颈白皙，使人感到他具有高贵少女的睿智和哀愁，如今又加上年轻僧人般的高贵品格。"不得不敬佩作家的文学视力：仙风道骨。到了晚年，吴清源的脸上表情清澈澄明，褪尽了尘世的思虑。光头，一副大大的招风耳，这个形象的确常常让人想到了一个得道高僧。

有趣的是，天才可能在某些时刻悄然显现为天真。那个强大的、坚忍不拔的神消失了，我们意外地遇到一些柔弱乃至笨拙的人，天真无邪，不谙世事，目光清朗，顺从地停留在指定的座位上。他们如同一些可爱的孩童，令人动容。田壮壮导演的《吴清源》影片得到了一些人的肯定，但是，让我泪盈眼眶的是影片开始的一个镜头：九十岁高龄的吴清源和夫人中原和子出现在影片之中，他们与自己的扮演者交谈，地点在他们小田原的简朴寓所。吴清源的夫人说，这儿时常有猴子来访，成群结队地分成帮派；吴清源神情认真地补充说，这些猴子常常把他们家树上的柿子吃掉。

这个镜头流露的熟悉温度击穿了影片的清冷风格。年迈的吴清源让人想到了家，想到了当年夕阳之下的"半野轩"。

## 六

吴清源享年一百岁，离去的时候安详而平静。许多纪念文字都认为"他挪到另一个地方下棋了"。传说他早就表示要活一百岁，不多也不少。一切按部就班，如同事先设计好了。吴清源自幼体弱，很少进行户外活动。一副单薄的身躯为什么如此长寿？没有人考虑这个有些蹊跷的问题。多数人宁可觉得，大约上帝顺手拨了一个整数，这边没有围棋对手了就到那边看一看。

可是，我逐渐意识到，我的手中似乎没有多少吴清源的故事——一个百年的人生似乎应当有更多的内容。田壮壮导演的《吴清源》也十分平淡，影片之中的吴清源仿佛在一个玻璃罩子里跑来跑去。我的记忆更多地贮存了吴清源周围的许多棋士，吴清源的某些轶事甚至是从他们那儿转述出来的，例如聂卫平就多次提到了吴清源的教诲。有一段时间，聂卫平痴迷于桥牌，常常穿梭于围棋比赛与桥牌比赛之间。某一天吴清源找到他正色地说：博二兔，不得一兔。聂卫平大为震动。

当然，聂卫平那种性格多半不会因为这么几句劝说而改变多少。他始终是公众视域之中的一个活跃分子，时不时就有动静传来。中日围棋擂台赛的第一功臣，名动一时的"聂旋风"。然后是耀眼的荣誉，桥牌，几度婚变，战绩急剧下滑从而退出第一线，若干优秀的弟子和"聂卫平道场"，这些都是大众传媒不断抛出的话题。由于无可比拟的围棋资历，聂卫平指点江山的时候免不了有几句得罪人的话，这又被大众传媒收拾起来向外扩散。凡此种种，我们一直熟悉这个人物。电视纪录片《围棋》之中，吴清源仅仅在第一集露个面，聂卫平始终担任穿针引线的角色，依然是爽朗的快人快语。他在日本百忙之中抽时间检查小孙子的围棋作业，脸上浮现出罕见的慈祥。这时，一代大侠的舐犊之情令人动容。

电视纪录片《围棋》还让我目睹了另一些久闻大名的棋士。那个追求围棋美学的大竹英雄个子不太高，他现在担任日本棋院的理事长。聂卫平在电视之中猜测，大竹与日本的年轻棋士仿佛不那么和睦——他的清高延续到棋盘之外吗？电视里还出现了光头的武宫正树。这个开朗乐观的棋士同时是一个国标舞高手。他用一条花头巾裹住光头在舞厅里与一位女士配对跳舞，舞姿柔软，步履轻盈，那些优雅从容的小旋转与棋盘上雄浑开阔的"宇宙流"

风格迥异。某些时候，这些棋士当然会走下电视屏幕，适当地问候一下生活角落里的某个围棋崇拜者。我曾经多次聆听某个著名的高手在电视上讲解棋局："黑棋的角已经围得像铁桶一般，白棋还要过来占便宜。休走，吃老夫一斧……"一局围棋叙述得如同讲史的评书，不仅熟知棋盘上的风云，而且人情练达，世事洞明。我曾经在一个嘈杂的会场突然发现这张熟悉的脸——我的座位恰巧就在他旁边。我们没有交谈。他久久地闭目养神，我不忍心用一些幼稚的围棋认识打扰他。

　　然而，吴清源似乎远远地超脱了这一切。这个名字的周边是一片安静的区域，没有花边新闻，甚至没有多少烟火气息。吴清源十一岁的时候，父亲因为肺病逝世。父亲临终之际将书法著作留给吴清源的大哥，文学著作留给二哥，吴清源得到的是棋谱。吴家三兄弟的人生轨迹的确呈现为三个方向。大哥在日本完成学业，继而到伪满洲国为官，而后迁居上海、台湾，终老于台湾；二哥在天津的南开大学读书，随后投身于抗日洪流，最后成为教授和诗人。可是，如果哪一位作家试图把三兄弟之间的悲欢离合演绎为曲折的文学剧情，他肯定会感到失望。没有什么异常的戏剧性事件发生。三兄弟天各一方，后半辈子偶尔一聚，如此而已。吴清源的婚姻波澜不惊。由日本女棋士喜多文子做媒，吴清源二十八岁的时候娶了中原和子为妻。吴清源夫人开玩笑地说，因为名字之中的"中原"让吴清源想起了自己的故乡，因而她被挑上了。他们共同生活了七十年。吴清源夫人不会下棋，她的所有心思仅仅是照料好一个最会下棋的人。武侠叙事之中师兄绕过师娘恋上师妹的情节设计无从展开。养几匹骏马曾经是吴清源棋盘之外的短暂梦想，然而，那些疾鼓一般的马蹄声仅仅回响在他的内心而从未出现在生活之中。田壮壮导演表述过一个有趣的观点：吴清源这种成大器的人物顾不上种种凡俗的小感情。他们身边少了许多无谓的纠葛，没有什么琐碎的飞短流长供人闲常消遣。

　　追溯更早的日子，北京时期的少年吴清源有没有哪些不凡的情节？我记起了一则趣事：少年吴清源居然赢过段祺瑞一盘。段祺瑞是一个超级棋迷，当年他的公馆供养了一大批围棋高手。段祺瑞每周日上午通常抽空和某一位切磋一局，然后众人共进早餐。这是一个输不起的角色，没有人敢赢他。秀哉名人来访的时候和段祺瑞下让子棋，竟然不知趣地连胜三局。段祺瑞一恼，不肯偿付事先答应的返程盘缠，逼得秀哉托人说情再下一盘，一输了事。当时敢惹段祺瑞的只有他的儿子。这位小段棋术甚精，常常杀得段祺瑞落花流水。有一回段祺瑞突然通知正在外地的儿子立即乘火车赶回北京，不明就里的小段进门之后立即被按在棋盘面前对弈一局。无奈段祺瑞又一次大败。他勃然大怒，呵斥儿子立即滚回外地。段祺瑞得知有一个围棋神童在公馆里下棋，欣然传唤吴清源对局一盘。尽管顾水如已经事先交代，稚气未脱的吴清源还是杀得段祺瑞溃不成军。段祺瑞气得拂袖而去，那个周日的早晨所有的棋士都没有早餐。幸好月底段祺瑞并没有赖账，吴清源还是拿到了100元的生活补贴。

北京当然"居大不易"。父亲去世之后，吴清源一家丧失了经济来源。吴清源的舅舅前来探望，忍不住呵斥端坐于棋盘之前的吴清源：家境如此不堪，还在玩棋。围棋能当饭吃吗？吴清源当即小声顶撞：就要拿围棋当饭吃。吴清源十一岁的时候敲开了段公馆的大门，因为少不更事从而让段祺瑞接受了一盘难堪的对局。然而，有钱而且坏脾气的段祺瑞并没有为难他。相当一段时间里，段祺瑞的津贴成为吴清源一家维持生计的及时雨。

能不能再往前追溯一些日子？作为福州的乡亲，我常常私下延伸叙事路线：从吴清源当年居住的北京大酱坊胡同继续南下，直至福州三角井附近那个只剩下池塘的"半野轩"。福州这个城市与围棋没有太深的缘分，这里出炉的围棋高手相当有限。福州的罗家几兄弟均为职业棋士，长兄罗建文曾经官拜国家围棋队副总教头。著名女棋士张璇乃福州人氏，当年曾经与孔祥明、杨晖、芮乃伟并称女子围棋的"四大天王"。巾帼不让须眉，千万不要以为女人家柔弱可欺。江湖上一度盛传，女棋士远比男棋士好战，动不动就起了杀心。她们的手段犀利泼辣。对手常常还在回味传说中的千娇百媚，她们手中的暗器已经破空而至。张璇身为八段，她的另一个特殊贡献是为福州招来一位九段的姑爷：大名鼎鼎的常昊。张璇与常昊的姐弟恋令人联想到木谷实女儿木谷礼子与小林光一的围棋姻缘——后面这一对姐弟恋的年龄悬殊还要大一些。我常常私下延伸叙事路线的一个隐秘原因是，仅仅介绍罗建文、张璇乃至常昊肯定不足以夸耀福州的围棋实力。每当按捺不住虚荣心的时候，我就会开始炫耀这个事实：作为围棋的第一高手，吴清源出生于福州。

我没有料到，吴清源的形象就是在这里突然开始分裂。许多人对于吴清源的出生籍贯没有兴趣，他们强烈质疑的是吴清源的国籍。吴清源1928年东渡日本，1936年加入日本国籍。从1931年的九一八事变、1937年的卢沟桥事变继而壮烈的十四年抗战，这种历史背景是对吴清源入籍之举的严词谴责。吴清源曾经在自己的著作里做过一些辩解：他需要安定的生活环境，他想继续下棋。但是，许多人并没有被这些理由说服。相对于民族大义，个人志趣算不了什么。梅兰芳蓄须明志，周作人附逆变节，吴清源难道不明白孰是孰非？"河山一局棋"，据说这是吴清源生前最后的一幅公开题词。不知他的晚年是否重新想过这些事？他肯定已经明白，没有哪一个人可以在另一个纷纷扰扰的大棋盘之中超然世外。这时，"吴清源"不再是一个安静的名字，他成了一个争议巨大的人物。

这些争议甚至给我制造了叙事的巨大裂缝。我迟迟无法将这个刻意辩解的吴清源与棋盘上那个纵横不羁的吴清源联系起来。后面这个吴清源不仅力克群雄，他还熟读《易经》和《道德经》，悟出了黑子和白子后面隐藏的天道。然而，另一件让人意外的事情是，这个睿智的哲人曾经混杂在一个称之为"玺宇教"的信徒之间，追随教主辗转日本各地。这个时期，吴清源不仅脱离所有的围棋活动，甚至因为无法完成教主指令几乎上吊自杀。一个天才为什么如此无知？吴清源与"玺宇教"的关系是引起持久争议的另一个旋涡。如何完成两个吴清源之间统一的叙事逻辑？

舆论的质疑并未改变吴清源的国籍选择。他的全部精力投入棋盘的鏖战，不愿意分神应付生活之中种种后顾之忧。然而，筑在棋盘上的城堡并不能安放漂泊的灵魂。桥本宇太郎隐隐地察觉，吴清源的文静外表背后存在强大的能量，他的关注远远超出了棋士的胜负区域而指向了宗教信仰。皈依至高的神才是内心真正安定的时刻。可是，这个故事似乎没有顺利抵达彼岸。数年之后，吴清源摆脱了"玺宇教"，没有人知道他是否真正听到过神的召唤。他追逐的仅仅是一个幻影吗？人生如寄，岁月如驰，这些疑问滑出了我的叙事边界。让我感到放心的是，这些插曲怎么也不可能淹没吴清源。

那一年吴清源乘坐一场大洪水来到福州的"半野轩"，随后开始了一百年的棋士生涯。可是，我不止一次地觉得，这个人物如同上帝夹在指尖的一枚黑棋。金边银角，立二拆三，所有的故事正在棋盘边缘如火如荼地展开，这时，一枚黑棋啪地落在棋盘正中的天元。

这一枚黑棋傲视四方，独一无二。

（原载《收获》2017年第2期）

# 进　　入

朱以撒

院子里有一棵朴树，明显是从什么地方移植过来的，已经显出了苍老之相——小区里有不少树都如此，并非土生土长，而是辗转再三，从出生地挪到一个地方集中，由懂得植物生存道理的人砍去某些枝条，先种起来。需要时再挖出来，移到需要处，种下。有的主人不满意这个树种，又会雇人挖起来，种到一个空地上，反复折腾几次，幸运者算是能够安定下来，开始休养生息，让根系亲和陌生的土质。为了防止倒伏，工人们在树干上钉了许多大钉子，以便木桩撑住，几次下来，一个树干就集中了不少锋利的钉子。早先叫了工人来拔过一次钉子，无奈扎得太深，有一枚钉子的头拔了出来，身子却永远留在里边。这让我很不舒服，就像一枚飞箭进入人体，医者只把箭翎剪了，让箭镞和血肉粘在一道。他们反而说以后会化掉，像蚌含沙而蕴为珍珠，简直是鬼话了。忽一日，见到一架木梯，便找来一把羊角锤，一把老虎钳，由自己来处理钉子问题。这些粗大的钉子进入树身久了，被木质紧紧挤压着，以至于拔出一枚都相当费劲。只不过终了，五枚钉子都成功地从树干中取出，听着从高处扔下来时发出清脆的声响，使我从摇摇晃晃的木梯下到地面时，有了满腹的欢喜。如果不是一个人感同身受觉得疼痛，对一棵树表示怜悯，同时自己又具备强大力量，明了拔取的方法，那么这棵朴树至死都是身怀钉子。

一棵有能力长到摩天的大树，对于扎入体内的钉子，居然无能为力，只能逐渐地壮大，使钉子越发渺小。钉子是最易于进入对方内部的一种物质，它的尖锐、冰冷、坚硬，一有来自外在的力量，就突兀而起，而要拔出来又特别困难。也许那个钉钉子的人也觉得不妥，想着日后要记着去把它拔出来，谁知时日过去，已经忘得一干二净。

今日的木匠已经不是鲁班的传人了，他们荒疏了榫卯的组合功夫，而借助于钉子。打钉机一梭子过去，木板已相拥在一起，这使工作进度迅疾起来。早先请一个木匠到家，管他吃住，把一些曲里拐弯歪瓜裂枣般的木头疙瘩扔给他，让他做这个，或者做那个。木匠不吝惜汗水，却吝惜一枚小小的钉子。他又是锯又是刨，又是凿孔，又是做榫头，一个进入，一个含纳，严丝合缝，然后像庖丁解牛后那般，轻松地坐下来歇会，卷一支烟，吸着。钉子是机械的产物，各种形式的钉子天数一般地生产，天数一般的房屋正在装修，如果像旧日木匠那般，速度会慢得让人受不了——尽管慢生活会使人放松，但是慢到做了两年的木工活还没了结，还是会让人怀疑慢生活的合理性。现在参观一些古建筑，讲解员说木料的组合找不出一枚钉子，参观者也不为之感动，并不觉得因此就有美感——他们对两种材料如何紧密地结合在一起并不在意，更不以为榫卯组合是一门艺术，那么，钉子的盛世就到来了。

越来越多的人用钉子——一枚小小的钉子居然有如此大的力量，它的身体钻入木墙、土墙，仅仅露出一个头观望世界，就可以挂一个沉沉的镜框，或者一袋重物。我当年的房东，有一面土墙几乎都打入大小不一的钉子，挂上农家大大小小的物件。一堵墙就是一个储存器，靠一枚枚钉子来承担，除了不占地面的位置，又高高挂起远离了地面的潮湿，使人觉得巧妙不过。人们会根据物的重量来选择钉子的承受度。粗细和长短是有比例的，越粗的就越长，钉在墙上，足以把一个人挂上。从粗到细有许多的序列，有着相应的功能。一个运用钉子的人，对分寸的感觉着眼于恰当，否则，不是太长打穿了过去，就是太短了没有达到那个部位。那时每一家都有一把羊角锤，正面击打钉子，反面可拔出钉子。一枚钉子可以反复利用，有的钉子在反复进出时失去了笔直的造型，惜物的人舍不得丢弃，会翻来覆去地敲打它，使它再次笔直。当人们举着锤子击打钉子时，钉子的价值就产生了。

和钉子不同的是螺丝钉，它不是直接进入的，往往借助螺丝刀，拧着，螺旋式地缓缓进入，显示出咬合的紧密。这也使螺丝钉具有象征的倾向——深入挺进，咬住不放。显示出固守不移的状态。与直截了当进入的钉子不同，它更坚韧，更需耐性，以慢速度挤入。慢在这个时候显示出了力量，如同一个人徐缓中进展的人生。二十世纪六十年代，螺丝钉被赋予革命性的含意——每个人都是渺小之至的，但钉于一处就可以产生作用，其中就含有不思迁、不移易、绝对服从的说教。我显然受到这一理论的影响，几十年间服务于一个单位，不生游移之心。其中也缘于这个职业鼓励了一个人的自以为是、自行其道，是很有乐趣的。时时匆匆，把这种观念吹老，更多的人反螺丝钉的固定而行，不断地弃旧迎新，哪一个槽口也不能留他太久。这也使他们充满探魅的活力，不断探索前路，体验新鲜，感受陌生，挑战角色，直到一把年龄，才乐意稍稍驻足。像孔夫子，五十多岁，历聘诸国十四年，皆在奔走中，直到六十八岁回到鲁国。此时，他坐了下来，捶着已不灵便的腿，不走了。那么，删《诗》《书》，系《周易》，作《春秋》吧。

以前我觉得树木是大地的钉子。它的生长是天意的，也许是风把种子刮到这里，或者飞鸟把粪便中的种子排泄到那里。它们生长起来后，抽枝散叶越发茂盛，风雨是撼不动的。就算雷劈火烧，也是原地生原地死。后来我的想法变了——拔钉子的人来，先挖坑，接着动用吊车，即便一棵树再蟠龙奇崛，虬干坚实，也抵不过吊臂的伟力，有如旱地拔葱，那些隐秘的地下根须，带着泥块，裸露在眼前。此时，任由人去摆弄了。当然，大地最大的钉子是建筑，无数的水泥桩钉入地下，几十米，几百米，许多高层在这些桩上矗立起来，可扪星月。这些巨大的钉子展示了一个城市的繁华，人居其中感受到它的富足，还有拥挤、嘈杂，尤其是它的坚硬，使城市的柔和大为削弱，婉曲不再。人们在坚硬中生，坚硬中长，已成了必然，就是见了电梯做垂直起降的坚硬气味，也习以为常。外出，到偏僻山乡欣赏老房子，全木质结构，气息安和，让人觉得和祖先近了，说好啊好啊。可是黄昏来了，回去的心就急切起来，没有人愿意住下，觉得还是城里的坚硬更让人快活。

在如同钉子一般疯长的楼市面前，那些阻碍房地产进展的人家理所当然被称为钉子户。钉子户的行为时常见于报道，究其原因就是拆迁补偿不足。顺从者都搬走了，余下的就是钉子户。于是有关部门要为拔钉子而费神费力，而房地产公司干脆来横的，把水电断了，周围挖成深沟开始建设，使钉子户成为孤岛，岛上的人孤独和怨恨日长，决意要与孤岛共存亡。有的人家被一群黑衣人架出，房舍夷为平地，才发现老者还在里面，已经呜呼。当然也有胜利的钉子户，他们的要求被对方勉强接受，尝到了作为钉子的快乐。每一个城市都在大兴土木，没完没了，说服的人东奔西跑，嘴唇磨出茧来，口才好了许多，待这一片拆迁完毕，也成了一个谈判、调解的专家。结果是，没有哪一个钉子户是屹立不移的，刘禹锡说过："风行草偃，其势必然。"在汹汹的房地产开发的大潮里，一枚钉子实在是微不足道。

"好铁不打钉"，这是我小时候读小说记住的。钉子是细小之物，用不着好铁锻打，边角料可也，从未听说有人投诉钉子的问题，什么都比一枚钉子重大。无须太多征引，那些恢宏厚重的钢构、桥梁、铁轨，质量最是不可忽略。用好铁来打钉纯属一种浪费，就像一个人满腹诗书，却住在牛棚里，每日打扫厕所，却不让他站在讲台上，蹀躞垂翼有志难伸——一定是这个社会出了问题，只能呵壁问天伤生讥世。姚坊生产队有一个黄姓书生，当年读到高中，又特别优秀，上大学绝无悬念，就等着选择名校。可是他的家庭成分使他止步，踅回村里，和那些大字不识几个的乡亲一起劳作，泥泥水水。他的长处无从施展，短处却暴露无遗，肩手无力，农技荒疏，全然是一个生人。夜晚到来，他撑着酸痛的肢体，在悠悠的煤油灯下翻看那些过去的课本，只觉得离它们越来越远了。后来形势发生变化，他已经不年轻了，农活也学上手了，像个老农了。他曾给人说过要来找我，因为我是从他那小山村出来，到了更为广大空间的。而他正好相反，如钉子般钉在那个山野之地。不过，他最终还是没有来。

　　我能断定，老家和我同龄的这些人，每个少年的脚板都被钉子扎过。当时没有鞋穿，光着脚到处奔跑，有的人就被锈蚀的钉子扎了，大人紧张起来，带着上医院打针，以防破伤风。更多的时候，少年是被到处疯长的植物刺痛的，它们身上带着如同钉子一般的锐利、坚硬和倒钩，漫无目地延伸着、覆盖着，它们和钉子不同的是不断长大的生命，警觉张开又隐于叶片之下。奔跑者一脚踩下，尖锐的刺立即进入皮囊，使人哭叫起来，知道冒犯荆榛领地了。有的少年凭借娴熟的上树本领偷采尚未成熟的橘子，品种不良使得橘子肉少汁酸，又长满了刺，往往一不留意，举手抬足时，纷纷中箭，惨叫声惊动了女主人，只好困在树上任其挖苦。少年的冒险精神体现在捅马蜂窝上，每个人都觉得自己是幸运儿，腿长善跑，便聚在蜂窝下指指点点，岂料竹竿颤抖着未及捅下，马蜂已倾巢出动，尾部携带尖锐，追击四处逃散的少年。不幸的是几位浣洗的少妇款款经过，便成了进攻目标，脸庞眼见着大，红肿起来，便坐在地上呼天抢地。一个肢体被扎入的人，由于太深，最精华的部分就留在体内了，有时手不经意抚过，里边一阵痛楚。不由得想到立足的大地，有多少坚硬之刺进入它的深处，永远拔不出来，夜阑更深时，能否听到它无奈的呻吟。

（原载《散文》2017 年第 2 期）

# 泥土的虔敬（外一篇）

耿　立

　　顺着畦埂走，不知不觉，你就忘了回家的路。特别是有青纱帐的时候，那畦埂的深处，就像有一种诱惑，逗你让你向更深处走，前边无人，后面也无人，你只想这样一直走下去。母亲的声音传过来了，显得辽远，显得空茫，那声音在庄稼的秸秆上来回震荡，一圈一圈，最后把你包围，你知道，有母亲声音的地方就有家，在畦埂上走的时候，能听到母亲的叫声，是一种幸福。

　　畦埂是大地的肋骨，她撑起村庄和田野，以免精魂松懈，支不起摊子。这些肋骨有直的，有斜的，犬牙交错，抑南抑北，或东或西，那就要看田地的走势，水流的高低，有时也看主人的脾性。哪里有畦埂，哪里就有人迹，哪里就有收成，顺着她，顶头就能和庄稼和播种以及汗水、收获、储藏撞个满怀。

　　人们说乡村是泥土做的，是啊，老家的一切都在泥土上。那里的人不识字，但他们知道大地上的一切都是泥土给的。从炊烟呼吸、鸡啄驴鸣，到花草物种。如果说草的种子是汉语印制的，父亲能读懂，那村主任折腾土地的脾气就是英文印制的，他读不懂。因为有时村主任让大家种水稻，却颗粒无收。父亲说我们这里的地寒，水稻是金贵喜暖的玩意儿，泥土有脾气，你不要拗，种子也有脾气，你不要拗，你能把庄稼种到石板上？

　　当牛下晌了，从对面走过来，父亲总是停下来，退后一步，给牛们闪开让路，虽不像西方的人把手捂着胸脯那样，但绝对地虔敬，如同除夕从祖坟上把先辈的神灵请回过年一样。父亲相信牛和人一样，离头三尺的地方有神灵。

　　每次从城里回木镇，把随身的东西往家里一扔，如果不到畦埂上走走，心里就像欠缺一块。父母知道我这个心病，有时才到家门，没和父母搭话几句，母亲就会急着撵我，走吧走吧，到地里转转去吧，反正在父母跟前待不住。

一回家就往地里跑，这举止是被某些乡间人耻笑的：已经是城里的人，还脱不了乡下的土气。我有时就想，在田野中间的畦埂上，搭两间草庵或者弄两间黄泥屋子，住下也不错，索性就做一个陪伴庄稼和自然的耕读者。但我没敢说出来，乡下人一定会说我作，大家都挤破头往城里钻，你偏好折身归返田地里。

是的，我承认自己内心对泥土的迷恋，总觉得自己的一部分还在泥土里。记得小时，在街道或是畦埂跌倒，母亲总是在地下抓一抔土，喊："回来，回来！"委顿的神态就立时精神了。

有一年的冬日，我在城里整日整夜睡不着，每到晚间，必得把两只耳朵用棉花堵上，否则一点响动就心惊肉跳。当时还不知抑郁这个词，但总觉得生活就像冬日里的薄暮，沉默压抑。常常是天黑透了，我推开老家木镇的门，当时母亲总是惊愕地从油灯下站起，起身时，母亲带起的风把那油灯的火苗吹得东倒西斜，我却觉得温暖无比。特别是下雪的时候，我进屋，母亲用笤帚为我的身上扫雪。

是什么让我迷恋那些畦埂呢？我自己也摸不清。也许这种神秘的牵引，只能用古老的乡间哲学——命这个字来解释，其实所谓的命就是一种生命的密码，没有人能破译得了。

一踏上畦埂，漂泊已久的人，就像接通了某根神经，情绪一下激荡，好像听觉味觉嗅觉都重新张开了。有时走着走着，你不自觉地就想吆喝一声，哎——哎——哎。想到小时候，我们在地里割草，割累了，就把草摆在畦埂上，然后就吆喝起来，哎——哎——哎，不多一会儿，远处也有人吆喝起来，哎——哎——哎。这边呼，那边应。

整个平原都是哎哎的吆喝声，仿佛无数孩子的嘴在半空中呼喊。

麦子扬花季节的晚上，我曾扛着铁锨追随着父亲把河水引到地里给麦子浇水。那些草啊、庄稼啊，像是过节在等着这一顿酒似的，有的庄稼像是酒量大，刚喝完，还没咂巴嘴，就引诱畦埂网开一面，在人不注意的时候松软出一道口子，再喝几口。这时父亲就大喊着：快堵上口子，别把麦子撑死了！

其时，经过少雨的春天的庄稼，灌了几口猫尿似的酒，一个个如灵魂附体，浑身颤抖。酒不是把他们灌醉了，而是把这些小生灵的筋骨唤醒了，伸胳膊伸腿的，大呼小叫的，到处都是吱吱的争先恐后的拔节上蹿声。那些畦埂却好像是父亲给出的一个个咒语箍住那些小生灵，怕他们得了便宜卖乖，发疯。

原本我想放这些麦子一马，让他们喝个东倒西歪，前仰后合，到麦子登场的时候，好记得我的好，把最好的面筋和淀粉奉献出来。但听了父亲怕撑死他们的话，就让小生灵的肠胃欠一点，不知他们会不会怨恨我。

还记得那夜，很多的人家都在浇地，累了，就穿过畦埂聚拢一块说话。因为久不在家的缘故，看到镇里的人，我总是早早地把烟掏出来。我并不抽烟，每次还乡，母亲就教导我，兜里多装几盒烟，见了人先让烟，免得人说你才离开土地几天就摆架子。大骡子大马架子大值钱，人架子大不值钱。大家接过烟，说一句，这是城里的烟，要吸一口；有的满是惶恐，把泥手在衣襟上搓搓，慌忙接过；有的则是接过烟并不吸，而是把烟在耳朵上一夹，说留着等烟瘾来了再吸。

等大家星散走开，我也递给父亲一支烟。父亲一愣，接过来，然后就把铁锹往畦埂上一横，坐在铁锹的木把上。凑近些，我给父亲点着，父亲猛地吸了一口，然后徐徐吐出，好像长出一口气，把生活的积郁吐出一样，就如那些刚灌过水的小精灵，一副享受的模样，恬然，自足。

你也抽！

父亲要我陪着他抽，我只是象征性地把烟点着了夹在手指间，压根儿就不会，心里也就没有想吸的意思。

抽吧！

我刚吸了一口，就咳咳咳地呛了，接着，我把一支烟，随手插在畦埂上。让畦埂吸一口吧，过过瘾。

父亲的手，虽然如树皮一样皱褶苍老，有点变形，条条青筋如蚯蚓，但有着泥土的温暖，我一握的时候就感觉像庄稼的汁液传到我的血管，这是泥土的温度。

我常想畦埂是农人的精神线条。是农人的美学。父亲在田地里打畦埂的时候，把畦埂打得非常规矩、非常讲究，就像做活的木匠一样仔细。我们家的地，每一块都是笔杆条直的同样宽窄，那畦埂也是宽窄一样，如模子倒出来的。每次打畦埂，父亲先是眯起眼照一下，用步伐量一下，或者放线，然后把打畦埂的松土用脚踏实。每个地方踩几脚，父亲都用心查着，口里念叨着，一脚不多，一脚不少；这个畦里种甜瓜，那个畦里种辣椒大葱，在畦埂的边上，就种绿豆或者小豆；父亲爱喝酒，每次都是从畦埂的边上摘两根黄瓜，回家用井拔凉水一洗，然后用刀拍一下，放上盐、醋、蒜或者芥末，然后用他的锡制的㙉壶温了酒喝。每次母亲都劝他少喝点，父亲总是讨好地笑着说："就二两，就二两。"那时就像个馋嘴的孩子。

畦埂有四季，也有脾气。我以为春温、夏酷、秋沉实、冬肃然。在木镇，我生活了二十年才离开，那畦埂就像我的肋骨，我知道她的根底。惊蛰了，地里的一些生灵开始活动筋骨，那时畦埂上就像起了泡泡，一堆一堆的土。父亲说，那是蚯蚓或是别的虫子开始钻出来透气。那时的田野总是蒸腾着一层热气，是封裹了一冬的阳光，开始在田地里溢出来。刚播下的种子或是经历一冬的麦子，这时都像张开了嘴，大口大口呼吸，这时的土地和畦埂是温暖的。而到了夏季，你再赤脚踏上畦埂，就感到像踩着了红通通的鏊子底；到了秋季，畦埂好像陡然瘦下了，那是庄稼把他们挤得。别急，收获过后，畦埂是霜和雪留恋的地方。那时的畦埂变硬了，一场大雪后，那些畦埂突出在田野里，如散了架的马倒在雪地里。

畦埂会老，但他会活着，即使龙钟年纪，那更有沧桑。我原先曾天真地认为，畦埂也如这土地上的人会生生不息，就像一代人老去，他的子孙依然顶替着在土地上活着。但我现在回到木镇，看到很多的土地荒芜，畦埂也委顿了，甚至再也看不到踪迹。我想到，有一次地里回来的父亲脸上有一块泥巴，母亲想用手抠下，又想卷起衣襟擦，父亲招呼了一下说不用了——父亲羞涩了，但母亲的亲昵是对劳作的一种尊重。泥土在脸上怎么了？有时米粒和碎馍掉到地上，父亲拾起吹一下，或者母亲用衣襟擦一下，就填到嘴里。泥巴在父亲的脸上，不就是土地的徽章么？作为对一辈子的老邻居的奖赏，是否在父亲的脸上撒一把草籽，用洗脸水一浇就能发芽？诗人雅姆说：

如果脸上有泥的人从对面走来要脱帽致敬/先让他们过去。

是啊，我们什么时候，对有泥的人有过足够的尊重呢？我们向泥土敬个礼吧。

现在，父母故去，我看到的乡间，多的是田园荒芜兮，心中难掩悲抑。回吧，回吧，我低声告诉自己。在归去的田野里看到一具鸟的遗骸，鸟的零散的骨架和半片羽毛，这小小的飞翔的一生就这样结束了？我把她埋在田野里，低头祈祷，会有人发现那像小坟包的鸟的埋葬地，来凭吊飞翔么？

我心里一紧，有谁凭吊小时的畦埂呢？这土地的肋骨已灭绝，其实灭绝的何止是这些畦埂呢，那些老旧的街道、碾盘，还有远离这片土地的萤火虫，乃至更远的白鱀豚、华南虎，这些文化的或者生物的精灵，因为什么灭绝呢？是为人类的贪婪殉葬吗？

顺着畦埂，我不知能否走到人心的深处，告诉他们畦埂想他们！

（原载《星火》2017 年第 1 期）

# 晴　　朗

姜念光

夜晚，雨一直在下。没有风，雨点落在屋瓦和树叶上，粒粒可辨。这种清晰和从容，像一个胸有成竹的写作者在敲打键盘，又像一个训练有素的主持人正低声诵读。

这样的雨之书，原是一部最古老又最新鲜、最恒常又最原创的经典，迥然有异于我们装腔作势的书面语，它以一种不需要比喻和暗示的语言写成。这一回，它用到了此时此刻存在的事物——夜阑的北京，城市东北四十公里的天空，五百米外的河流与湿地，灯光寥落的住宅，一个睡着的人和一个醒着的人，还有一片黑暗和宁静。当然也少不了众多的树木，白杨树啦、白蜡树啦、栎树啦、金银木啦、元宝枫啦，如果有足够的耐心和善意，就会知道，它们比人的性格要鲜明得多，在雨滴中各有各的口音。

雨点落在白杨树上，圆形阔叶发出踢踏之声是什么意思？雨点落在栎树上，橡实与水滴一同落下是什么意思？雨点落在白蜡树和枫树上，在廊灯的映照下它们一明一暗是什么意思？雨点落在百米外的公路上，汽车呼啸而过，前灯雪亮然后消逝又是什么意思……与阅读深奥作品时的情形一样，我在不停歇的雨声或书页的翻卷中，臆测和想象着世界的各种可能，懵懂无绪，昏昏欲睡。听任雨声不绝，灌满了耳朵，但说不出任何有用的话。相对于雨之书的无限丰富和缜密语法，我觉得自己像一个真正的文盲，缺少教养，目不识丁。

在雨后，我是亲眼看到天晴的。雨持续到了第二天，中午时分，仿佛听见一个人叫喊：瞧，太阳出来了！我将双手自琐事的缠绕中抽出，从布满灰尘的地面抬起头来，看见了正午的阳光。我早先已经适应了阴暗和淡漠，目遇从云层间涌来的光线时，便不得不眯起眼睛。起初只能觉察光影闪烁，一片炫耀，接着，我的被雨声浇灌了许久的耳朵，仿佛听到了窗帘徐徐拉开，还伴着细细的叮当声，像一串彩色琉璃轻轻摇动，又像泉水的淙淙。当明白这声音并不是来自外界，而只可能发自我的内在时，我真是惊讶，类似一个偶然接获珍宝的幸运儿，不敢相信自己竟有如此的好运气。心中满是感激，却不知该对谁表达。

这会儿，大自然正按照它的法则，安排事物的边界和顺序。云层早先一步就被拂拭过了，然后从薄薄的云层背后透出光来，先是朦胧柔和，像是担心过于猛烈的光伤害刚刚复明的眼睛，然后，云层渐渐分散和堆叠，成为大小不一、深浅各异的云朵。蓝天初绽，就在云团推挤和移动时，从各处缝隙间，太阳开始掷下灿烂的光束。这些光直率、通透，在云天的背景上，看起来像闪光的弦索，而若有人用手指弹拨一下，这架大竖琴就会铿然而鸣。

很难说清是什么时候，天就已经晴透了。天空明净，太阳响亮。如果注视那些松软的云朵，你会发现它们移动得很慢，你甚至有足够的时间，把它们变化的形状看成奔马，看成狗，看成孩子，或者更加恣意一些，把它们看成一帮仙女，正从天庭的舞场中退下，曳裙而过。但是你永远无法解释，刚才密密匝匝的那么多云，那些不透明的部分，为什么好像一转眼就消失了踪影。你所能看见的只有蓝色天空，也许正是天空吸收了雨水、云彩、阴影和光线，它才能让自己成为绝无仅有的蓝。它吸收得如此之多，才蓝得如此明净，如此深远，或者只能说，蓝得如此永恒。

我从蜗居的房子里出来之后，就这样站着，或随意走到任何地方，被太阳从头顶照到脚跟。在今天，整个午后的时间，我也什么都没有做，没有去市场，没有开动机器，也没有俯首阅读，只是尽情享受阳光和快乐。我久久地看着天空和云朵，觉得再也没有比这更好的风景了。我一遍遍看着雨水滋润过的草地和树林，反复扫视不远处闪着波光的河流。我看着阳光穿透万千树叶，让它们成为几乎透明的明亮的碧玉。我惊讶地发现，一只麻雀被越过树枝的一束光线照着，变成了耀眼的金色，而这只金灿灿的鸟儿，浑然不知自己这会儿有多么神圣。我不由设想、一块石头被光线浸透了会变成什么，一块宝石吗？那么一个人浸透了光线，又会变成什么呢？也许这个巨大的秘密，仅仅当事者本人能够知晓。让整个自我浸透明亮的光线，我明白这一定很难，但真的不妨一试。

在这样亮丽的时光中，最笨的人也会想入非非吧！我想尝试的事情真的很多，像一个刚刚获得解放的人，我沿着草坡奔跑起来，飘飘然有如神祇。我顺着河堤的弧线走过去，生满灌木的堤道，就像不朽的诗行。我走到任何地方都感到视野开阔，世界从我所站之处向四周展开。而各种建筑围绕着，像是我各种念头的结晶体，从不同的侧面反射着光……这些体会是如此真切和奇特，我想告诉我的伙伴们，如果生活不那么浮躁和潦草，是有可能发生奇迹的，会有那么一个瞬间，你面对的是一个刚刚实现的黄金时代。所以，请原谅我不加任何铺垫，在这里写出真挚、诚恳、信念、天真等词语，一点儿也不感到堆砌，不感到贫乏。

瞧！万物一直不停地吸收光线，太阳变得柔和下来，正一点点显出它最为本质的金黄。蓝色天空也在变深，将成为无边无际的光线的蓄水池。我看见，天穹的边缘，纯粹是为了装饰，一些浮雕状的云朵才没有散去，它们镶嵌在天地相接的地方。在西边，绯红的落日就要成型了。

接下来的一个早晨，我是被窗外的五六只大喜鹊吵醒的。它们在元宝枫上振动尾翼，大呼小叫，不像"喜鹊登枝"的咕咕、咯咯那般喜庆，而是吃惊而又愤慨的呱呱、啊啊，好像世界发生了惊天动地的大事，其实无非有一只猫刚刚从树下经过，或者它们其中的一位发现了蜥蜴。大喜鹊对猫、蛇和蜥蜴非常敏感，一旦发现就高声招呼，群聚在树上，声嘶力竭地进行呵斥，似乎在它们眼里，那几位的长相都过于邪恶了。而我在树冠旁的阳台上突然出现，显然出乎它们的意料。几位黑脸皂衣的朋友停止了吵闹，冲我好奇地看看，彼此嘎嘎低语几声。我发出嘘声，它们并不惊慌，待了好一阵才从容张翅，一只接一只陆续起飞，最后的那位抛下几滴白色鸟屎，抖抖羽毛打着呵呵离开。仿佛在这样晴朗的天气，它们根本不屑与我为敌。

太阳已经升得很高，蓝天上纤云皆无。昨晚我淘然而睡，今天显然起得太晚了，有违"一天比一天起得更早，变得无比健康、富足和明智"的圣训。不过，我只是错过了黎明的序曲，错过了日出盛景，心里并没有觉得过于遗憾。经过雨的洗涤和各类光线的辐射浸染，我认为已经超脱黑暗无知的深渊，并且亲身搭起了一座拱桥，通向晴朗和明亮。而长睡和晏起，只是让这座桥另外有了一个略显漫长和平坦的斜坡而已。当然，我也错过了麻雀一家梳洗打扮的早课，它们每天都把白蜡的圆形树冠当作起居室，如果我起得够早，就可以窥视这些土气，但是勤快、机灵的小朋友，它们彼此低语着相互梳理。现在白蜡树空空荡荡，它们已经前去探察原野和丛林了，作为一种本地最常见的留鸟，我们随时会在那里遇见。

在越来越温暖的空气里，秋天的树木还将有较长的时间空着，没有鸟的飞临。而春天和夏天则有所不同。秋天难得见到黄鹂和一种蓝绿相间的小鸟，暮春时节却经常独自出现，精神亢奋地立在嫩绿闪亮的树枝上，带着迷醉的表情左顾右盼，放浪而鸣。初夏五月，灰椋鸟和黑卷尾将频繁地在房前屋后出没，它们意在快要成熟的樱桃；大苇莺只在河滩湿地的上空可见，它们盘旋辗转，然后一头扎进芦苇丛里；只要是晴天，四声杜鹃不管白天还是黑夜都会出动，在百里麦香中边飞边叫："光棍儿好苦，光棍儿好苦……"这些鸟儿，是本地自然四季的点睛之笔，即便此时此地没有出现，又有什么要紧呢，它们确实存在于生活之书的前一页或后一页，只要一次得见，也就永远飞鸣，随时勾连起我们对于美好世界的认识，成为构成生存秘密的最有意味的一个部分。更何况，今天运气足够好，你将遇到大斑啄木鸟，它以陡峭迅疾的飞翔，从一棵树干到另一棵树干，用专注伏案的姿态敲敲打打——在飞禽中，啄木鸟的风度和性格，就像传说中文笔上佳、风骨铮铮的御史大人，足以让所有看到的人惊喜莫名。

除了照实描画种种细节之外，从来没有人规定，不能用爽朗、英俊和博雅这样的词语，来形容秋日里晴朗的一天。譬如水晶，精湛悦目，仿佛从没经历黑暗和压力；譬如珠玉，莹然自明，仿佛从来没有阴郁和苦闷；譬如儿童，纯真洁净，仿佛没有阅历沧桑。明亮的太阳、蓝汪汪的天空和生机勃勃的大地，是它无穷无尽的赞美诗般的躯体。

世人常常用太阳来比喻公平正义，这个时刻，我所见的树们，正在享有这个公平和正义。这些自然界的炼金术士，各怀绝技，可以把水、土和光线转变成超出我们想象的任何事物。现在，它们当中最常见的几位就在我身边，在强烈的阳光下，展示着各自的性格，葱郁，挺拔，用最普通的方式给我陶醉和唤醒。成排的白杨树显得好动又吵闹，像是北方的蓬头表兄，热情外露，动不动就呵呵大笑，来上一阵掌声。松树在任何时候都有独一无二的静穆，除非遇到较大的风雨，它们才摇动金字塔般的树尖，在阳光下，它的针叶碧绿但并不闪亮，像是忍住了笑容，好让自己显得更矜持和严肃。栎树伸展着边缘多齿的椭圆叶片，就像一簇簇别致的羽毛，它夏天深绿，秋季棕黄，并且显然知道自己身姿潇洒，每有风来，就得意地全身抖动，跃跃欲飞。而柳树则好似某位优秀的女性，有一副弱不禁风的样子，其实熟悉的人都知道，它虽然善良、容易伤感，其实是既耐心又坚忍的。樱桃的果实在五月就被鸟儿和我们瓜分掉了，栎树的橡子是九月陆续落下的，有些留在身边的地上，另一些用来诱惑松鼠，让这些贪心又健忘的家伙带到了另外的树林里。现在举目所见的是柿子树，丰硕的果实已经染上一层金黄，这些勤恳能干的树，就像低头想心事的农夫，被自身的重量压弯了枝条。我几乎每天都从旁经过的海棠树，是今天最为惊艳的，甚至超过它在四月的第一周时满树着花的绚丽。今天，它密密拥挤在树枝上的果子，正由浅粉转向鲜红，喜气洋洋，闪闪发亮，像被阳光烤成了彩瓷，还有些果子隐在枝叶的后面，躲躲闪闪，像一群胆小、好奇的小妖精，我甚至能想象，如果调皮的小男孩拿棍子去戳，它们就会发出吱吱的慌乱叫声。

但是，有许多声息我们从无听闻。比如清风的乐声，单靠我们的耳朵是听不到的，只有通过树和草木，才能明白风在歌唱或叙说什么。在河流的堤岸前面，开阔的斜坡上，遍地茅草已经足够高了，想必它雪白的根茎已经注满了甜味，它所铺排的细密的叶子掀着绿色波浪，风就在上面一阵阵跑远，而一丛丛野菊花招摇着黄金托盘，车前草们举着成串的花序。它们让我想到，对于生存之事，它们各有各的方法，各有各的逻辑。河流堤道的灌木丛里，至少有十几种披散的枝条，还有藤本植物左右相伴，它们就像自然组成的唱诗班，风起时就手舞足蹈，顺势作歌。其中最显眼的要数金银木了，虽然自然界并不嫌贫爱富，它们在数量上还是占了优势，而且，每一根枝条都结满了圆润的、红豆般的鲜艳浆果。作为这个季节的水果仓库或明星酒吧，每天都有鸟群来此聚餐或轰饮。出于好奇和尊重，我摘了几粒品尝，很苦，无法下咽，但对于鸟儿来说也许恰好够味儿。我恍惚间听说：生存之美在于自性，它需要由自省获得！好吧，之于我，有些果实苦而晦涩，想来其中必有道理！

这样晴朗的日子，我到后来才注意人和书写人，当然其中也必有道理。人，本来是世界上最大的奇迹，但在我们日益繁荣的时代，物质的富足并没能带来精神的丰盈，却常见人的消失和退化，完整的生命被抽空了思想，只剩下谋利的工具、消化的胃和一个个粗鄙欲望的陈列室。如此就毫不奇怪了，当我们欣然大自然的美、自由和独立，会愈加感到当代生活的屈辱和荒诞——为何会在那么长的时间里，我们用了那么多贪婪、自私和欺骗，努力做时代加冕的所谓"成功人士"，就兢于咄咄逼人的权力，执迷于巧言令色的功利，沉醉于匍匐在地的庸俗。而现在，当我们有机会拥有这样明亮真实的一天时，那些生活就仿佛变成了虚构和笑谈。

实际上，太阳的公平正义，不仅惠及树、草木和鸟儿，当明媚的阳光照彻大地，空气清澄无比，人类的罪错也同样可以得到宽恕。"走向大自然，最终让我们走向自己。"那么，怡人的晴空下，半世的仇敌可以并肩散步，卑鄙的罪人也可能回头，而愤懑的、忧愁的人，将恢复爽朗和纯洁。我注意到邻居和其他人——我向园林工人朗声问候，他推着割草机修剪的草地流畅而工整，俨然造物主的手笔；警察穿着蓝色制服站在阳光下，威严而又充满了善意，犹如一位可信的天使；一个刺青少年骑着摩托呼啸而过，外挂音箱正在播放《光辉岁月》，我感到，我的某一部分岁月也随之呼啸而来；我抬头注视蓝天，多蓝啊！蓝得像往昔，像她的美目……

这样的时刻，蓝天犹如穹庐，笼盖世界，我的立足之处，仿佛正是辉煌大教堂基座的中央，我笔直地站着，目光伸向无限的高处。"人是万物的尺度！"我设想量一量晴朗蓝天的深远，那么我这把尺子，可真的要够大够长才行；我还设想，我站在这里，我的目光就是竖起的立柱，并且加入了其他光线的行列，一同支撑起这座教堂的穹顶。

"有形的自然，必然有其精神和道德的血缘。"所以，这不是一个雨后就自动绽开的晴天，也不是一个由天空、阳光和风自发构成的晴朗的日子。如果我们仍然沦陷在腐败的事实中，不能发现心灵的光焰；如果我们不马上动手，去尝试一种充满理想的、有价值的生活，那么，任何一条真正的光线都无由穿过我们狭隘观念的针眼，生命就仍然布满乌云和困扰，世界就仍然蒙昧难察，而自然界的晴天不过是一场虚幻。只有自觉并且醒着，万物的语言与清新的思想，源源不断倾注于我们，晴朗的日子才会真正到来。

（原载《美文》（上半月）2017 年 01 期）

# 小　路

朱　鸿

出蕉村的几条小路，我一一走过，想起来感慨竟涌而难抒。

东南方向的小路通杨村、新寨子、旧寨子、新合村。

祖父有一个妹妹嫁新合村，这里过会，他遂带我往姑奶奶家去做客。那时候，我也就三岁吧，走不了一里便累了，于是祖父就架着我走。坐在祖父的颈上，我竟撒了尿，流了他一身。我是长子长孙，深得祖父之爱，他也不恼，反而笑眯了眼睛。记得祖父当年穿着白绸衫，黑布鞋，摇一把蒲扇，脚步轻捷，自有潇洒。祖父 1973 年逝世，至今已经 43 年了。1963 年由祖父携我至新合村，至今已经 53 年了。

东南方向的小路比较背，是因为这一带地薄粮少，比较穷，人来人往比较少。也有几次我独行此小路，可见生产队的牛马游吃麦苗，罕见有男女的身影。14 岁那年初春，我腰上出疮，又沉又痛，便遵母亲之嘱至新合村找我姑爷爷看病。姑爷爷揭开衣服看了看痈疽，说："下搭手！"就从竹篮里取出一块旧布，在结实的地方摊了一团膏药，剪成馒头大小一个圆片贴在疮上，轻轻拍了几下说："不要紧，拔了脓再来。"姑爷爷声音沙哑，满嘴黑牙，切了一盘冻肉让我吃。我觉得脏，不敢吃，他遂津津有味地自己吃了。几天之后，我又换了一副膏药，疮痒着痒着就痊愈了。姑爷爷干瘦干瘦的，我想，他的声音只能是沙哑的，甚至偶尔会弱得像要断气似的。姑爷爷医术甚高，遗憾他的几个儿子都不喜欢中医，竟没有继承下来。走在弯曲的小路上，望着一望无际的田野，我尝暗想，我也可以向姑爷爷学习中医吧！此念如云，转瞬就散了。

裴家崄村也有一个姑奶奶，还有一个姑姑，我曾经随祖父祖母一再出门至此。这是一条东北方向的小路。

姑爷爷在单位工作，经济有余，用餐的时候总是大人一桌，小孩一桌，小孩的这一桌当然是低矮的。菜都一样，会陆续端上，然而大人喝酒，遂有敬有受，也有回礼。执壶端杯，或起或坐，热情而不失序。我难免会停下筷子，看着大人喝酒。祖父往往倾杯而尽，其嘴唇与杯缘以气流相吸，发出干净的音响，此乃一种妙技。我父亲也能喝酒，但我却绝之，不沾一滴。姑姑和姑父都是农民，除了年画以外，环屋都是空墙，菜也简单。然而他们待我又亲切，又诚恳，我觉得十分自由，甚至可以反客为主，称霸于三表弟之中。

我印象最深刻的是沿途的风景，风景最震恐的是排列成阵的石人、石马和石羊。过了高望堆村，石刻便出现了。明秦王陵13座，悉在少陵原上。我往裴家崾村去，要穿过世子井村，数里之外，东望简王井村，西望三府井村，都是王陵，王陵之前皆立石刻。这些石刻尽为青石，不过几百年的日晒雨淋已经让它们发白。石刻寂静地踞于黄土之上，树木之间，不禁让我手脚收敛，甚至让我肃然沉思。

至南里王村、北里王村，或夏殿村，只能走西北方向的小路。

祖父的舅舅在夏殿村，他曾经引我去过一次。我的一个同学在南里王村，当年补习考大学，彼此多有往来，并去过他家。此小路也比较背，其坎横沟纵，起起伏伏。20世纪70年代以前，冬日的深夜，随风而来的还有狼的长嚎。至南里王村见同学那年，我已经18岁。此小路全程荒梗，不过也无所可怕。骑着自行车，遽然早出，悠然晚归，脑海里尽是未来之谋，有什么可怕的呢！

向东的小路尽管也是小路，不过它通公社，遂会略宽一些。此小路也是直的，即使拐弯也随便不得，非直角不拐弯。村与村之间的小路无不是黄土所铺，然而公社向外辐射的小路皆由烧过的蓝色炭渣所铺。权力之贵，当年在乡间也是不含糊的。

汉宣帝葬杜陵，他的许皇后葬少陵。少陵原，以至杜陵公社、杜陵中学，皆以坟茔得名，因为在封建社会，这些坟茔都是至高无上的。

杜陵公社驻东兆余村，韩家湾村至东兆余村也只有几百米。杜陵中学在东兆余村与韩家湾村之间，显然有其根据。

1973年至1977年，共有五年，我频频走此小路。我擦韩家湾村而过，至杜陵中学读书。周边大约有10个村的学生于斯读书，其最近不足一里，最远二里有余，各村学生皆无住校。读初中，又读高中。

经朱家巷，再经堡门，向东便是奔中学的小路了。冬季上学，天还未亮，遂会约上同学做伴。实际上一旦步入此小路，便碰到同学。自己以为早，尚有更早的。自蕉村至中学，近乎三里路，学生的状态永远是步履匆匆，私语窃窃。

走此小路，确实让人增加见识，不过这并非专指中学的教育。每天过朱家巷，过堡门，或过晁家巷，每天的观察都有启示。那时候，农村的活动都听铃声。铃敲声响，凡劳力都扛着锄或别的工具，散漫下地。午饭是主餐，男的都喜欢蹲在门外吃。面条是用盆子盛，两个或三个馒头会用筷子直穿而过，挑起来大口大口地吞嚼。一边吃，一边聊，意见相左，辩着辩着，忽然就翻脸，动嘴相骂，以至动手相打。有壮妇或美妇惊呼破门，冲过来帮助自己的丈夫。旋有男女拥上，唯长者会挤过去让彼此息怒。骂仗打架算是紧急之事，也是热闹之事，偶尔才呈。农民总体是老实的，平和的。吃了午饭，若有时间，也有兴致，就会唱几段秦腔，或下几盘棋，以在无穷无尽的苦日子里酿造属于自己的小快乐。

往来在这条路上，可以随意游目，扩展视境。田野任性起伏着，远方总是地平线。庄稼有两种，从中秋至来年的初夏是小麦，当年的初夏至中秋是玉米或谷子。田野闲不了，农民也闲不了。种下小麦以后，便要用架子车拉粪施肥，一遍又一遍地除草，若干旱还须灌溉，直到麦子黄了，开镰收割。种下玉米或谷子，也须上粪。间苗、浇水，当然也是必须的。麻雀会啄谷子，所以要吆喝着扬鞭赶鸟。收玉米，收谷子，也是火烧眉毛的工作，因为及时种下小麦才能保证来年的丰产。农民不是在田野忙，就是走在田野的小路上。他们根本不能做别的，卖菜，卖鸡蛋，或以细粮换粗粮，都不允许。他们只能脸向地，背朝天。他们困于田野，束缚于天地之间。我从小路上走过，无日不看到在起伏的田野里耕耘的肉体。肉体有时候是长长的一排，有时候是歪歪扭扭的数列，有时候像一把豆子似的散落着。

田野也以庄稼的生长或短暂的休止变幻着颜色。小麦刚种下是嫩绿，冬天是墨绿，春天是翠绿。小麦黄了，收割以后，会留下一层小麦茬子，望过去田野竟是白的。冬天有雪，田野也是白的。不过小麦茬子的白仿佛是田野的呼吸，但雪的白却是田野的酣眠。玉米和谷子都是绿的，然而玉米绿得飘逸，谷子绿得深沉。

冬天的深夜特别安谧，早晨打开房门，便见雪满院子。打开院门，上学去，朱家巷还没有足迹，不过堡门一带已经脚印杂沓，小路上的学生更是三五成群，嬉闹而行。20世纪60年代和70年代，雪很多，而雪则总是让人兴奋。农村的孩子多穿了家长做的棉鞋，暖是暖，可惜无法隔水防潮，到了学校，踏上砖砌的甬道，遂用力抖雪。雪倒是掉了，然而坐在教室便觉得棉鞋湿透了。秋季雨繁，常常一下就是十天半个月，这真是一种困扰。只有个别学生有伞，一般都是戴一顶草帽。上学去总是零零星星、断断续续，但放学回家却是所有班级一起走，小路遂变成了草帽的逶迤。泥泞不堪，只能探着走，鞋湿，裤管湿，然而青春是无所畏惧的。

当年的教育没有尽其责任。教育不但以批判为务，而且教育还要学习大寨，吾辈颇受耽误。不过它毕竟也是初中和高中的一种教育，有中国特色的社会主义嘛！

在这条小路上，我思考了很多问题。同学可以发展为朋友，不过同学里也有坏种。教师的身份决定了他们应该传道、授业和解惑，然而教师里也有歹徒。中学和高中所走的这条小路，人生既拉开了璀璨的大幕，又隐约在戏台的一角露出了它的艰险。

向西的小路有两条，一靠南，一靠北，都可以往韦曲去，当时的长安县政府便驻于斯。朱家巷距靠南的小路近，我习惯走这里。不过我偶尔也走靠北的小路，尽管它远一点，然而没有庄户，遂具空旷与宁静的魅力。

靠南的小路，穿西兆余村，又穿皇子坡村，便至韦曲。仅仅五里，少陵原的台地便变为韦曲的川道。皇子坡村是少陵原与韦曲的过渡，其沟壑纵横，壁断坡斜，尽展黄土的落差。小路便环绕于崖顶与崖底之间，会晕头的。韦曲水明鱼翔，稻香荷红，众蜻蜓和众蝴蝶有层次地飞越于碧蓝的空间。唐朝显赫的韦族曾经居于斯，只是不知道他们现在消失何处了。当年的长安县政府设此，其男女衣饰、神态和语气，显然异于少陵原。

小时候，我一年之中随母亲要行此小路数次，以看望舅爷和舅奶。稍长我便经常独赴韦曲，在文化馆浏览一些报刊以后，吃红肉煮馍一碗，惬意回家。之所以能如此享受，是我的父亲有工资。这条小路通韦曲，韦曲有 15 路公交车可以至三爻，再至小寨，再至南稍门，再至南门，便进西安城了。走此小路总是让人产生对文明的向往，并增加人生的动力。

1967 年夏秋之交，我在蕉村小学门口远见几个人抬着一个死者从杨村一带而来，默默过蕉村，又远见入西兆余村，以往韦曲的权力机构去请愿。长者说："新寨子和旧寨子武斗，把人打死了！"

朱家巷靠南，于是向南的小路我就特别熟悉，也特别亲切。此小路两边属于我所在蕉村第一生产队的耕地，我无数次看到母亲的背影夹杂在一群女社员之中参加劳作，我也无数次看到母亲的微笑驱散倦意，匆匆而返。我也曾经沿着这条小路至田野割麦子，捡麦穗，割谷子，摘谷穗，或掰玉米，也除草，松土，运粪布肥。不过我越干活，越不愿意当农民了。把式很多，他们得意地犁地，扬麦种，播谷种，点玉米种，把劳作化为了艺术，遂是喜悦的，可惜我不能。

在小学五年级的时候，我养了一只狗。冬天到了，雪盖大地，茫然一白，我便带着狗从这条小路上往田野去。我希望碰到一只兔子，让狗抓住它。小路上的雪光洁完整，狗跟着我跑过才留下人踪和兽迹。我喝着狗在路东冲一冲，在路西闹一闹，只是雪厚如毡，跑不动，也没有什么兔子。不过很高兴，有一种俄罗斯草原上的味道。

有近乎十年，知识青年也在此小路上往来。他们总是同进同退，郁郁寡欢，不能融于农民之中。男女之间要嬉戏，便会先东张西望地观察一下，再拉拉扯扯。姑娘遂涨红着脸，把小伙子推开。在田野嬉戏，他们还是很节制的。林彪认为知识青年上山下乡是一种变相的改造，此观点曾经受到包括知识青年在内的整个社会的批判，然而权力更迭，发布了新的政策，他们就卷被子回家，摆脱了贫下中农的再教育。

我家的祖坟在路东的坡地上，封土浑圆，长满了百草和苜蓿，并有乔木绕之而起。有一次，逢清明节，我由祖父带着烧纸祭祀，似乎还碰到过从朱坡村和四府村赶来烧纸的，他们是我的本家。公社强大至极，竟无声无息地以拓荒扩田的方式把祖坟夷平了，本家也就不见了。

我祖父逝世以后，埋在了路西的一片高地上。为他送葬的儿孙、亲戚和乡党，遂从这条小路上走过的。八个壮汉抬着祖父的棺材，稳稳向前。我披麻戴孝，捧着祖父的遗像走在送葬的队伍之首。两年以后，我祖母的棺材也由这条小路上飘过。

我荣幸地遇到国运之转，19 岁考上大学，之后工作，算是离开了蕉村。不过父母在，遂屡屡回家。小路依旧，心情不同。我深刻的体会是，只要跨上少陵原的小路，我就觉得这个世界是踏实可靠的。小路及其两边的白杨树，小麦或果园，不仅可以审美，而且能治愈精神的创伤。

21 世纪，旋有管理委员会的机构出现，属于政府与企业的合体，目的是经济增长。其提出拆迁，蕉村就拆迁了。它周围的村子凡临韦曲的都拆迁了，从而少陵原的一半便改变了面貌。村子没有了，小路也没有了。高楼耸峙，由沥青或水泥所修的大道遂不可一世且毫无人情地径南径北，径东径西。

我常常想起自己曾经走过的小路。实际上我走过的小路，也是父母所走过的，是祖父祖母所走过的。这些小路究竟起于何时，不易求证。左丘明说："宣王囚杜伯于焦，士无罪而王杀之。"传曰焦就在少陵原上，蕉村由焦村所改。如果以此考之，那么蕉村的小路已经 2800 年了。这些小路的产生都很自然，前人一走，后人再走，走的人多了，就踩出了小路。小路不规划，不设计，图的是方便和快捷。小路显然支持了祖先的生存和发展，功莫大焉！通婚、通亲、通信、通市，交敌、交和、交娱、交盟，都以小路而成。小路沉积着自有农耕以来的层层叠叠的传统文化。

少陵原上的百余聚落，尽由这些小路连接。关中的所有古镇，乃至九州之城，也由这些小路连接。小路是中国的神经和血管！

（原载《西安晚报》2017 年 3 月 4 日）

# 生　活　家

陈奕纯

家属院有一排绿化带，是月季的地盘，内有冬青间隔。

每到四月，月季开硕大的花，势头很旺。过了几年，月季开始退化，再开花已不比往昔，更有甚者，有几棵月季长出篱外，工人为了整齐美观，将篱外月季根部周围糊上了水泥，这下月季惨了，被"钢筋铁骨"紧箍住，再生长就难以伸展了，别别扭扭地活着，越长越单薄。

家属院绿地是公众场所，面积非常有限，除了一排月季冬青，门前一块种着小叶女贞。这逼仄的绿地在小区里甚是金贵。

可是有人偏偏在月季丛中撒菜籽，种葱蒜。人们路过时，会突然发现冒出一小片青菜，但不见人经营，只是过一段时间就生出另一片。

这样下去就有管理院子的人员出来干预，在篱笆上写了字条：公共绿地，不得私用！

去年春天，篱笆内长出几棵花椒苗，不上一个月蹿出一米多高，我以为是楼上有人无意间把花椒籽掉到楼下，野生野长起来的，并没有在意。

却说今年，春天里生出几棵绿叶子的植物，没过几天，又是一米多高，大叶，多秆儿，生机盎然，是油菜又觉得不像。眼看长势强劲，一天一个样，于是又见字条：五元！这分明是罚单，意思是说，如果再不拔除，一株罚五元。可是没有人出来认账。又过了七八天，那绿枝条洋洋洒洒开起金黄色的花，这一下有人说，可不是油菜花嘛，还真漂亮，只是和咱当地的油菜花不一样，新品种吧？

说说就过去了。油菜花开花落又结籽，由着性子任来去，种的人神龙不见首尾，神秘得似乎在捉迷藏！

忽然地，哪一天，不经意地冲那绿地瞭望一眼，目光立即就被一道色彩吸引住了，那地里生长出一种小植物，不高，贴着地皮长起半尺多，暗绿色的尖齿叶片带着白绒绒的细毛毛，茎梗托着一朵小花，很纯正的深紫色，花朵形似郁金香，但比那小好多，就如一只小巧的高脚杯，也像一只张开的小喇叭，脸冲天粲然绽放着。可是不到几天，那花朵就谢了，花蕊变作一个小巧的圆球，披撒着密密的雪白的细丝，那白，没有一点点的杂质，白得那么的彻底，那么地优雅，犹如端庄大方的佳人，虽迟暮，但那美还在，更显风韵气度，它甚至比开花的时候更让人喜欢，从人们啧啧赞叹的口中，得知，这植物叫老婆婆花，也叫白头翁。多么好的名字啊！它不就是一首写在黑土地上的诗吗？如果哲学家的思想像心电图一样可以描绘，那它不就是哲人的思绪吗？花，转眼就变作翁，那翁依然气势夺目！你说高大的胡杨坚韧伟岸，那么再看看这纤细的小草花，不也昭示着一种生的雄伟吗？花有花的姿容，翁有翁的华贵，美丽始终！我仔细察看那花翁，它只有四棵，它绝不是在这片小小的土地上根生地长的，它是被人挖成四个小土团，再移植过来的。

　　进入五月，大规模的种植开始肆无忌惮地招摇起来，黄瓜搭了架，瓜架下长出苋菜、荆芥，整个一套立体种植模式！这还不算，向日葵、指甲花也摇摇摆摆长起来。尤其是向日葵拥拥挤挤地植在一起，黄花初绽，色彩明丽，成了一道鲜亮的风景！

　　毕竟是公共绿地，怎能肆意而为，没过几天，工人在剪枝除草时，把黄瓜架扯掉了，黄瓜登时塌了架。不过人们不明白，那瓜秧青青弱弱的，一抬手它就会被连根除掉，可他们怎么就没有把它拔掉，是那手指头长、顶着小花、带着毛毛刺的小黄瓜，让他们下不了手，还是那清凉的黄瓜香，让他们不忍心？反正，扯了架的黄瓜还是那么好好地长在那里。

　　背后种植的那双手，还真执着，几天后树枝搭起的架子再度立于不败之地，再几天黄瓜秧又往上爬，又见更高更牢的架子拔地而起。那两三株黄瓜秧堂而皇之地长起来，好像有了正式户口似的，落地生根不卑不亢得很！

　　我开始佩服这些背后高手，他们住在闹市，咋知道什么季节种植什么？咋知道适时播种适时搭架子？他们还有锲而不舍的精神，不怕摧毁不怕打击！

　　就在向日葵和各等花草蔬菜热热闹闹生长着的时候，不知道什么时候，又有一种植物，飘飘摇摇地长起来了，苍翠的长条叶片，有点像稗子草，但又绝不是稗子草，就在人们端详辨别中，它自身也悄然地发生了变化，它墨绿的叶片，颜色变浅了，有点发白，是透着一点浅绿的白，变了色彩的叶片，似乎在一夜间变幻魔术般，托出一枚圆筒形状的茎秆，那茎秆晶莹透亮，如纤纤细手捧着一炷香，亭亭玉立，更让人感到神奇的是，那茎秆三五天内就生出很多细小的枝杈，那枝杈是对称的，左边一个右边准有一模一样的一个，且那小枝杈子又快速分生更细小的枝杈，奇巧的是，那大大小小的枝杈上，很快挂上了毛茸茸的小穗子，呈疏松伞状，高低有序，错落有致。这东西一天一个样，它的造型就像一棵微型树，或者经过高级园艺师精心修整的盆景，飘飘洒洒，那么地楚楚动人！

这是什么？

没有人能够回答它是什么。

它就更加神秘而稀奇，如明星那样靓丽着，生长着。

上班下班的人，都忍不住匆匆地瞄它一眼，饭后乘凉遛弯的人，站在那里打量，都说：怪好看的！

那日，傍晚，一院子人围着那一小片东西看，旁边的石头凳子上，坐着一个老人，这人青裤子，灰褂子，花白寸头，面目洁净清爽，神态宁静淡然，样子像是刚从山间放牛回来的乡村老汉，他点燃了烟杆，冲一圈子人笑笑。

"那是莜麦。"他说。

"什么？"

"莜麦！"

对，北方的大山里专种它，大寒，大旱，它也能长呢，顶花带穗直劲往高处蹿……

老人笑着，眼睛看着花坛里的那一小片莜麦，犹如一个腻爱孩子的老人望着他的孩子，在向人们介绍：那是我儿子，然后说他的脾气秉性，能耐作为。

我用眼瞅它，"你种的？"

老人摇了摇脑袋，摆了摆手。

但那笑，仍在面颊的纹路里奔跑，好像灌溉的田地里，一条条细细的欢畅的水流……

人家不说是自己，你就不好意思再问了。

在这样的大楼上，你知道谁谁，把种莜麦的父母，弄到这里来看孩子或者享福，颐养天年。眼前，在这楼下花坛边、小路上游走着的陌生老人，你不晓得哪个前天还在草地上放羊，或者在乡村的田园里锄地。

如今，世界变成地球村，城市与乡村也这样界限模糊地相交相融着，你不看有人写生活在天上的母亲，说是在城市里发旺了的儿子，把大山里的老母亲接到城里，住进了20多层的高楼上，看不着鸡狗，坐不了电梯下不了楼，见不着泥土日月的老人，如霜打了的庄稼，整天病恹恹的，后来儿子在阳台上种了一盆棒子，母亲天天看着那几棵永远也甩不开须子，结不了籽实的棒子秧，倒像精神烦躁的人吃了安定，安然地待在天上。

一段时间里，我看着这些横生出来的稀奇古怪的植物，心理不怎么舒爽。心想，这小小的绿地，是公共的地盘，是用来种花种草，养人眼目的，是让这钢筋水泥禁锢的空间有一点自然的气息，岂容个人随意侵占胡乱栽种。

我越来越想知道这些神秘人物究竟为何方神圣？难道总共不足三平方米的土地里，能生出金子，能生出可观的买菜钱，值得他们去"苦心经营"？

后来，我的目光有了些许的变化，因为，我发现那些花，一直那样盛开在那里，从开到谢，没有什么人把它掐回去一朵，我似乎也从没看见哪个人，在采摘蔬菜瓜果，也是，就那么几棵，能够收获到什么呢？

我渐渐觉得那花坛里有别于惯常的点缀，为院子里带来生机，为长居于水泥建筑里的我们带来了农桑意识，为院子里的季节披上了时装。比如他们把原本是田野上的油菜花、老婆婆花、向日葵、荞麦带到我们的日常生活中，他们使院子里从此有了蜜蜂和蝴蝶，为单调的日子增添了许多意想不到的情趣。

看着那小小花坛，我不止一次，头脑中忽然想到一句话：诗意的栖居！

的确，现在人们生活水平提高，吃的，住的，都在向高档次靠拢，人们住上了高楼，身居在华丽舒适的空间，可人的心，人的神，还要有个寄托。的确，生活中每颗心，都有自己的繁华，挥鞭子放牧的牧人，花开如潮、牛羊点点的辽阔草场，就是他的繁华；田园里侍弄过五谷菜蔬的庄稼人，瓜熟果落、五谷丰收，就是他们的繁华，可一当这样的繁华远离生活，他们就会设法寻找那繁华的影子，哪怕是一丝隐隐约约的痕迹，哪怕是一点点微弱的气息！

那么，那花坛里的油菜花、老婆婆花、黄瓜、荞麦……或许就是，哪个人为看看那植物存在的影子，或者渴望回味一点那植物的气息！也或许有展览和追怀的意味，而播种在那里的吧！

也或许，那一片小小的绿地，呼唤了他们什么，就如那歌声中唱的，梅兰梅兰我爱你……看到了梅兰就想到你……我要永远地爱护你……也许在家属楼区里的人们，这歌词可以换作："土地，土地，我爱你，看到了土地，我就想起了你……也许，人们看到了那黑黑的土，人们就想到了花，想到了蔬菜，想到了庄稼，想到了家园……于是，那小小的一片土，就有了姹紫嫣红，就有了千姿万态……"

好一片小小的绿地，它让你在俗常的日子中没有平凡的心，它告诉你，别把谁谁看得简单粗陋，其实，谁谁的心里都在寻找着自己的精神原乡；它告诉你，生活中，哪个热爱生活的人都有可能成为智慧的生活家。那小小花坛中，花香、菜香、麦香……都是脉脉心香！

不是吗？你从那小小的土地上，从那色泽不同的微微绿意中，看到眷爱，看到心智，看到情趣，更有那看不见摸不着的，如烟如雾的乡愁……

（原载《散文海外版》2017 年 3 月）

# 孤　独

江　子

一

认识李秋纯属偶然——某日，做房地产生意的同学袁小庆突发奇想，决定暂时抛开现实中的一切烦琐，去深山里开一个派对。派对内容，是一伙善男信女，离开待腻了的县城，开车去深山老林里野炊。我有幸得到了他的邀请。

正是周末。久居城中，不免向往乡村巷陌，深山老林。天气晴好，这种向往就更加迫切了。坐着袁小庆的越野，颠来倒去七转八拐一个多小时，来到了袁所说的深山里。但见四面群山环抱，阳光如羽，空气带着丝丝的凉意和甜意。不远的村庄斑驳，行人若隐若现，小桥被藤蔓缠绕，村庄四周的草木都古朴苍郁，阳光照耀，所有的叶片仿佛都镶上了金边。一个仿佛神造的、与城市完全不一样的世界。

群山之下，村庄旁边，有一块长满了绿色水稻的古老田野。田野中间有四间矮房。矮房边有一个用来遮阳挡雨的棚子。棚子下躺着一头野猪，一头全身血迹斑斑的死野猪。一名穿着迷彩服的年轻人正提着刚烧的、热气腾腾的热水倒入野猪旁边的盆里。他要把这打猎归来的战利品进行处理，首先煺尽野猪的毛。袁小庆告诉我，他叫李秋，是本村的猎户。

一起来的女人们纷纷感到好奇，尖叫着往野猪聚拢。她们叽叽喳喳，仿佛野猪旁边跳跃的麻雀。李秋沉默着，把野猪搬到大盆里，不断往野猪身上泼热水，然后试着给野猪拔毛，看看烫好了没有。在我们这群叽叽喳喳的女人和故作惊奇的男人中间，沉默的李秋，就像个古老部落的酋长。

李秋其实是个帅气的小伙。他年纪不大，三十来岁吧。个高，身材修长，头发略有卷曲，五官端正，目光电光般有神。这样的相貌，穿着迷彩服，可以称得上英武了。可说到底，李秋是和我们不一样的人。他脸黑，是那种长期风餐露宿的黑，或者说，是长期与深山老林耳鬓厮磨的黑。同时，他话少。他总是若有所思深谋远虑的样子。与他交谈，他不是不回应，就是答非所问。——他好像活在另一个世界里。那是他一个人的世界，一个孤独者的世界，一个不需要话语却随时准备竖起耳朵和保持敏锐嗅觉的猎户的世界。

我们围在李秋旁边，看他熟练地处理野猪，并有一搭没一搭地与李秋说着话。他话少，撬开他的嘴，听他说些山里的故事，就成了我们最有兴趣的事情。李秋被我们撩拨，或者仅仅出于礼貌，渐渐打开了话匣子。他的话题从介绍自己开始。从他话里得知，李秋家世世代代是猎户。成长环境使然，李秋从小就会驯狗、放铳、下套，对许多动物的习性了如指掌。初中毕业后，他没有随大流出去打工，而是以打猎为生，经常在山里转悠，打了野兔、麂子、野猪、豪猪，就开着摩托送到城里的饭馆。城里人爱吃野味，李秋因此能把生活过得刚刚好。

李秋一次出猎往往数天。他背着铳，带着干粮，在数百平方公里的山林里捕捉野兽的踪迹。出猎其实是辛苦的，渴了，只能以山泉为饮；累了，巨石下残垣边一块干爽地儿就是他的床。还有就是孤独，彻骨的孤独。有时一连几天，他都难得碰到一个人，说上一句话。陪伴他的只有林木、石头、白云、雨水，以及潜伏在四周的野物。那种孤独像蚂蚁一样啃噬着他的心！

好在他还有他的猎犬陪伴。那是他的军团，一个由七条柴犬组成的军团。它们能与他相依为命，首尾相顾。它们个个都是好样的。在打猎的途中它们各司其职：两条负责前面搜索，两条在李秋身边警卫，两条负责殿后，还有一条担起指挥的角色。一旦与猎物遭遇，它们就会集体发出激烈的吠叫，从各个方向向猎物扑上，张开大嘴，咬头的咬头，咬腿的咬腿，拦腰的拦腰。咬差不多了，再散开，等着李秋扣响铳的扳机。它们勇猛异常，也灵巧异常。它们都是经过李秋驯化的英雄。很多年了，它们为李秋立下了汗马功劳。并且，它们几乎从没有失过手。

此刻，这些英雄就散落在阳光下的田野里。它们或卧或立，一会儿聚在一起窃窃私语，一会儿立于田埂仰望（倾听）群山。不狩猎的它们是闲散的，慵懒的，松弛的，仿佛深山午后穿着宽大僧袍的僧侣，或者是有所不为的道家。很难想象它们在猎物面前是能够演绎古老阵法的有勇有谋的壮士。可是从它们身上还是能够看出它们与普通家狗的不同。它们在我们之间走动，既不吠叫，也不摇头摆尾向我们示好，甚至没有和我们交换眼神的意思，好像视我们为无物。它们骄傲得很。它们可真是一群了不得的货色！

七条柴犬，其中六条年轻、体瘦，一条老迈、雍容。六条年轻的狗，体毛都简短闪亮，好像是一群剃着平头的古惑仔。老迈一些的狗，却毛长如流苏，到了梢部带着卷儿，好像它是戴着假发的威严的法官，或是披着大氅的元帅。李秋说，别看这狗老，它可是这支猎狗团队的至尊王者，是跟他时间最长久经沙场战功无数的老将。它会随时用不同的吠声向其他猎犬发出准确的指令，以完成一次次围猎。这么多年，它对他忠心耿耿，帮他带团队，打退了一条条企图取代它的王者地位的一次次进攻。这是猎犬群里的丛林法则：任何一条新入伙的猎犬，都首先要跟为首的猎犬打一架。谁赢了，谁就是新的王者。就是这样一条看起来七老八十老态龙钟的家伙，却是最英勇善战、足智多谋的战神，没有谁赢得了它。——李秋说，猎犬在团队中的地位，是打出来的。新入伙的狗，跟老狗打输了，接下来就要跟其他的狗打。赢了谁就替代谁，谁都没赢就排末位。——李秋说，猎犬世界是讲秩序的。再脾气不好的狗，进了他的团队里，与大家伙儿打上几场架，掂量出来自己几斤几两，脾气就一点儿也不会有了，就消停了。

　　却也有不消停的。中午时，专司野炊的同伴把午餐做好了。李秋和我们一起，吃着野猪肉，喝着酒。他的脸渐渐黑中有了酡红。眉宇间的孤独感比起开始就要少一些，谈性也就要更浓一些。他渐渐恢复正常人的样子，再不是开始时答非所问的神色。借着酒劲，李秋告诉了我们另一条猎犬的故事。

　　两年前的一天（一说到两年前，李秋的脸上就充满了恍惚的神情），李秋在另一个猎户（山里的猎户越来越少，可总是有人从事着这一古老的手艺）那里看到了一条才成年的雄性猎犬。李秋第一眼就喜欢上了它：它全身洁白，鼻黑，耳短，口部呈钳状，显示它有着强大的咬合能力。它的身材高大健壮，四肢结实有力，比例均衡完美。它走起路来步伐有力可几乎不发出声音。它的耳朵总是竖着，鼻息翕动不已，似乎一直在捕捉远方的声音、气味。它的目光坚定，表情凛然，目空一切而又若有所思，仿佛它是天生的王者。它突然跑动起来，其肢体和动作都仿佛听命于一个强大的意志，耸动的身体蕴含了饱满的惊人的力量。它与李秋对视，它目光中的平静、淡然、无所畏惧竟然让李秋的心里少有地产生了一丝震颤。——这是一条杜高犬，是有着南欧古老獒犬血统的名犬，是猎犬中的猎犬。它以对主人绝对的忠诚、非凡的团队精神、坚韧不拔的性格和无所畏惧的勇气，以及超强的耐力、灵敏的嗅觉，曾在南美草原上博得了一条可猎杀野猪、四条可与狮子为敌的美名，是每一个猎户都渴望拥有的极品。而这条杜高，一看就知是杜高犬中的上品。

　　它似乎跟李秋是有缘的。它一见到李秋，就在他的身边蹭来蹭去，或者他走到哪里，它也愿意跟随，表现出少有的亲近，让李秋一下子喜欢上了它。

李秋花了三千多元从别人手中买下带回了家中。他的老狗已经很老了。他早就寻思着要寻找一条年轻优秀的猎犬接替它的王位。一条杜高犬无疑是理想的接力者。他花了数个月的时间对它进行训练，让它适应新的环境，他会用一再地抚摸、给它最好的肉和骨头吃告诉它他有多喜欢它。他会带它在山林之中奔跑，带它单独出猎。它日益显现出作为极品猎犬的品质，奔跑起来像豹子一样勇猛，安静的时候就像猫一样无声。它每次出猎都不会让它的主人空手而归，有时候是几只它用爪子按倒的野鸡，有时候是被它咬得鲜血淋漓的麂子、野兔。它可真是一条优秀的具有非常潜力的猎犬！

李秋开始筹划它与柴犬军团的会见。他想，让它们早一天一决雌雄，他的部队就可以早一天完成权力的交接，他就可以早一天省心。

李秋特别安排了一个晴朗的日子。他是有私心的。他希望它赢，为此他连续给它喂食了最有营养的肉食，而故意给柴犬军团吃一些粗糙简陋的食物。当然，万一不赢又有什么关系呢？它最少可以成为第二。这样，它就等于是王储，等老狗真正老了这一天，它可以顺理成章地登基做皇帝。

它终于出现在它们的面前。六条柴犬自动闪开，把场地让给了它与老犬。不出所料，它们立即厮杀在了一起。

那可真是场昏天黑地的厮杀：它们一个是有着南欧贵族血统的骄傲的斗士，一个是本地势力强大的老英雄；一个是誓把皇帝拉下马的义军首领，一个是不肯让位的老皇帝；一个是锐不可当的青皮少年，一个是心思缜密经验丰富的战神。它们谁都不肯让谁，它们都抱着必胜之心。

它一次次对老狗发起了进攻。可是，老狗一次次都巧妙地躲开。

它有强大的撕咬欲望，可十有八九都扑了空。

可是它越战越勇。它明显处于上风。老狗似乎显得有些体力不支，身上已经有了不少伤口，流着血。而它身上也有血迹，不知道是它的还是老狗的。

战斗进行了一个多小时，依然难以决出胜负。只见老狗转过身来，装着逃离的样子往一边闪开。那尾巴似降未降。它不知是计，撒腿追赶。老狗突然回过头来，头直接探进它的腿间攻它的下路，牙齿紧紧咬住了它的前腿。

疼痛像水一样漫上了它的全身。它忍不住发出了惨叫，并且拼命挣扎。它毕竟年轻，没有老狗的老练。老狗虚晃了一枪，它不知是计，紧紧追上，慌乱间让老狗得了手。它终于甩开了老狗的牙齿。这一意外打破了它进攻的节奏。它有点蒙。它的斗志瞬间消失得无影无踪。它拼命往外奔跑，拐着腿。

李秋目送它彻底消失在视线内。他以为他不用着急，它过一两天平缓了情绪就会回到家中，接受战败的结果，与整个团队和平相处。那些跟随着老狗的柴犬，不都是这样子么？

可是他错了。它不是柴犬，它是杜高，不可一世的杜高。一周过去了，一个月过去了，一年过去了，两年过去了，它并没有回来，可以想象它怀着怎样的决绝之心。

然而种种迹象表明它并没有走远。它一直就在村子的附近。它的样子是山乡十里方圆都独一无二的样子：全身洁白，嘴短鼻黑，体格健壮。它是山里人难得一见的具有相当高的辨识度的杜高，谁看到了都能一眼就认出它。从不少见过它的人的嘴里，可以知晓它的伤早已痊愈。它的行动丝毫没有受到影响。而且两年来，它从没有离开过这片山区。它在这里游荡，饿了就以野兽为食（它是杜高，当然它从不会缺吃少用），累了就栖息在某个峡谷的石头上。它看起来过得并不算太糟糕。见过它的人都说它并不像一条脏兮兮的流浪狗。

可是它就是不回家。两年前的战败带来的羞辱感一直折磨着它的心。它太骄傲了。它不能原谅自己有如此的失败。它长期游荡于这片山林之中，等于是给自己判了刑，把自己永久囚禁在村子附近的这片山林。它给自己施罚，让自己陷入无穷无尽的孤独之中。老实说它是爱它的主人的，说不定就有很多次，它尾随着它的主人，看着他和它们出猎、战斗。它对他们的行踪了如指掌。可是它并不想让他看见它。它执意把自己从主人的世界里永久开除。它是个嗅觉特别灵敏的家伙。只要远远闻到了主人的气味，它就会走开，让他见不着它。

它却让它的主人无比尴尬。李秋不仅损失了三千块钱，他对猎犬军团人事安排的构想还落了空。他是喜欢它的，可它的无情任性让他失望至极。他四处咬牙切齿地宣扬：如果有一天让他看见了它，他非杀了它熬汤喝不可。

——李秋讲完了他的狗故事，重新变得沉默，恢复了答非所问的状态，面色苍然如老者。此时桌上杯盘狼藉。天地间阳光如羽，四周青山如抱。耳边有汩汩的流水声，仿佛时间在漏。酒精的作用，让我顿时感觉眼前一切皆如幻境。我似乎感觉不远处的山林里，有一双自判有罪的眼睛，将我们所发生的一切尽收眼底。一种彻骨的孤独感，瞬间涌上了心头。

（原载《青年作家》2017 年第 8 期）

# "说着"和"走着"（三则）

刘荒田（美国）

## 一、说着说着

事小，但值得记载：2016年2月初，信箱出现一封来自王鼎钧先生的群发邮件，题目是：请指教。打开，一个图文辉映的精美文档，制作者王风扬，以多幅彩照配王鼎钧先生的名篇《唯爱为大》全文。我在屏幕上读了几遍。然后，以电邮发出回信致谢，并道及："此文我读了无数次，收入它的《风雨阴晴》就在床头几上。想起余光中早年的诗句：'枕头下孵一窝武侠小说'。我的枕畔，是您的风雨人生以及情怀。"

次日，即2月6日（农历十二月二十九日），鼎公回了电邮，开头是：

> 说着说着年来了。
> 说着说着年过去了！

王鼎钧先生乃当今海内外文坛"散文第一家"，从前在台湾还被称为"制作格言的汉子"，作品中警句之多，少人能出其右。这两句粗看平常，琢磨下去滋味无穷。

也是从王鼎钧先生著作读到的，如欲从语言的大海里捞出一既适用于胜者、得意者，也适用于败者、沮丧者的短句，且看这一句：一切都会过去。

"年来了"，说的是当下——明天是除夕。中国人家门前贴春联，吃团年饭，守岁，逛花市，看春晚。童年记忆里有噼噼啪啪的鞭炮。年初一，儿时领红包，成年发红包。一早上街，逢人说吉庆话。看舞狮，拜年。这些年的新花样是拜年电子化，从电邮到微信。闹哄哄，兴高采烈，应酬，祝福，海吃豪饮，看热闹，走亲戚——就这样，"年过去了"。

鼎公和我，已分别过了90个和60多个"年"，托庇于人间和平，后半生的"年"大抵如是，幸好如是，平安过来。"来了"含着孩子气的渴盼，待打开的利市封一般的悬念，对春天的期许。"过去了"带着解脱的轻松，"好景不常在"的感喟和依恋，以及"且由它去"的豁达。局限于任一事件，"来了"是前奏，"过去了"是尾声，概莫能外。中间部分，就是主轴、高潮、核心。走马灯一般，演戏一般，蜗牛爬行或烟花升空一般。这就是纷纭万状的人寰。

如果说，"来了"和"过去了"的主体是所有参与者，那么，"说着说着"的是谁？当然可以是自身。但我乐意将这角色分配给记录者和言说者，比如写作人。

这样"说着"："公瑾当年，小乔出嫁了，羽扇纶巾"的"谈笑间"；"一壶浊酒喜相逢，古今多少事，都付笑谈中"的"白发渔樵江渚上"；"何当共剪西窗烛"的绵长，"一灯长记对床时"的知心，"卷帘梳洗向黄河"的激越；即便独处，也可以"说"，从"举杯邀明月"的通脱，"念天地之悠悠"的悲凉，到"一任阶前点滴到天明"的失语。

岁月在"说"中流动，"说"是逝水的涛声。人生在"说"中沉浮，"说"是定格和裁判。人心浑浊，"说"加入明矾。历史染满生民血泪，"说"加入对后来者的警诫。未来满载变数，"说"把"过去"化为路旁警示。豪杰在"说"中现原形，谎言在"说"中水落石出。

上面提到的《唯爱为大》一文，它的主题："有信有望有爱，其中最大最要紧的是有爱"，便是"说"的核心。我的床头书之一——王鼎钧先生散文选集《风雨阴晴》载入此文，我每天临睡必读。且看："我想，不能仅仅说，人活着就是成就。应该进一步说，人活着，并且能自由地述说自己的回忆，能忠于自己的记忆，才是成就。"这不就是"说"者的使命吗？

## 二、走着走着

家里，我在餐桌旁这个位置坐了15年。屋子正对西面，因同一街道另外一侧没有房屋，视野较为开阔。因此有三层风景：最远处为大海，次之为大片住宅区，近处是花旗松为主体的绿化带。看够了帘下日影，蓝天，海浪，连绵的屋顶以后，自问：若仿效张爱玲的《张看》，"刘看"可有名堂？

极目处是海平线，看够了非古典的"斜晖脉脉水悠悠"；绿化带后面是连接高速公路的日落大道，日夜交通繁忙，姑且算"看尽千帆"。按常理，想励志却要多看朝霞、旭日；尽管不乏边啃面包边跑步追巴士的青年才俊，载着牙牙学语的婴儿的手推车，但林荫道上出现的，基本上是老人。年轻人要么骑自行车，要么进健身房，把这一带的大自然让给除了散步就没有太多选择的一类。

于是，我逐渐形成"走着走着就老了"的总体印象。几个标志性人物，如永远戴贝雷帽的中国人，看步武，在国内时至少是处级，从前甩开臂膀健步如飞，如今身板萎缩，一路迟疑，当已进入"80后"；爱独自傻笑的俄国老人，总背着手，使得身体尽量前倾，今年和地面呈60度角，比起三年前，更便于在地面找硬币或戒指之类；一对老夫妻，以带荧光的马甲做情侣装，从前并肩而走，谈笑风生，现在过多地关注脚下，如履薄冰，可能不久以前摔过跤。邻居中有一对香港来的夫妇，丈夫的脸膛特别红，去年由太太伴着散步，后来听说住院，再后来路上只太太一人。一只体形庞大的沙伯那犬，毛色洁白，主人遛它时抛起飞碟，它跃起时像一团雪浪花，去年起长眠在郊外的宠物墓园。与"老下去"相映的，是不变的自然：冷不防落在头顶的松果，滴在车窗的松脂，如茵的草地，波斯菊和虞美人；高调的乌鸦，电线上矜持的鹧鸪，水泥地面求偶的鸽子，还有依然故我的海水。

教人肃然起敬的是这样的散步者：一年年下来，永不放弃，早上拿着步行器，走数十步歇一阵的老先生，风雨不改，到咖啡店去会友。不苟言笑的女士，不见几个月，又出现了，原来是患了小中风，痊愈后以散步巩固治疗效果。

由此看到生命个体的顽强和庄严。路上，谁都无可挽回地老下去，谁都在最后的"下坡路"，以意志和乐天精神，煞"老"的车。由此感谢上帝最后的眷顾，人就是这般，以"走着"呈现生命，磨砺生命，体悟生命。

看着各种步态，蹒跚的，轻快的，散漫的，紧张的，单独的，牵手的，好奇张望的，茫然四顾的，深沉思考的，负手徘徊的——今天，我在窗前看够了，下这样的结论：走吧，腿还属于你，还迈得动，那就一边走，一边老下去。美国著名乡村歌手肯尼·罗杰斯在一次专访中为"走着走着"的结局这般设计：和情人在床上庆祝150岁的生日之际，情人的丈夫持枪破门，歌手从床上爬起逃命，背后中枪，一命呜呼。此说太过完美，反而不敢取。

## 三、继续走着走着

我把《走着走着》（上文）发给一位至交，他看了，回了一句："是啊，走着走着就✕了。"还是讲究吉庆的正月,他不想犯国人的忌讳。但被他隐去的字呼之欲出:死。他已坐七望八,如此豁达,教我佩服。

孔夫子云,不知生,焉知死。信然。但局限于生与死的结合部,还是有"谈"的空间的。性格阴冷的鲁迅,对此曾表露极为罕见的调皮。郁达夫在散文《回忆鲁迅》中道及:"鲁迅一见到我,就大笑着说:'海婴这小捣乱,他问我几时死,他的意思是我死了之后,这些书本都应该归他的。'"

且就"走着走着就'挂'(或称'驾崩''圆寂''涅槃''羽化''归主''翘辫子''两脚一蹬',广东话里的'瓜得')了"稍做分析。形而下地看,"死在路上"的比例较低,先要排除血流漂杵的战乱时期。平日主要是以下两种:一是横死者,如戴镣长街的死囚,如介入暴力罪案的人,如车祸。但得细分,张志新临刑前被活生生割断喉管,凶手的残忍,教一位女管教当场昏死过去,她肯定无法走最后一程。较具代表性的反而是古人,如秦朝的李斯,遭腰斩于咸阳,被夷三族,下场绝惨,但来得及对儿子说:"吾欲与若复牵黄犬,俱出上蔡东门逐狡兔,岂可得乎?"还有嵇康,刑场上顾日影而弹《广陵散》。从他们的言行,我有充分理由推测,他们是用自己两只脚走到终点的。二是自然死亡。主要是心血管疾病患者。如美国提倡生命在于运动最力,数十年坚持长跑的名人,62岁在跑步途中停止呼吸。饶具讽刺意味的是,广东和香港一带流行多年的咒语"扑街",指的就是这类死法。其实,正面意义不容忽略,能在街上走,说明身体状况可以,冷不防摔倒,就此撒手,过程短到可以忽略,来不及痛苦,更要紧的是来不及恐惧,如此痛快干净,求都求不来。但要置入前提——须是"值得一死的"。何谓"值得"?又是极玄妙的问题,只能由"命运"来回答。简单而言,排除不到"老而不✕"年龄的人。至于老到哪个年龄才归入"是为贼"的档次?如今,上90岁、100岁的越来越多,难以一刀切,不宜妄议。

揆于现状,反倒是"寿终正寝"一类,基本上通过"不走"而辞世,如被抬上担架,躺在医院,接受"安宁照护"。

如此说来,"走着走着就✕了"一说无操作性。归根到底,"何时"和"怎么样"往生,是轮不到人置喙的,老天爷自有主张。因此,它只具备象征意义,指的是:一辈子"在路上",不息地奋斗,不懈地奉献,永不言休地工作,忘记年龄,善尽生之义务、人之责任,享受"生命"所蕴含的所有快乐,看尽可能多的风景,做尽可能多的好事,当一个宽容、乐观、自爱、进取的老人。果然达到这个境界,即使长期卧于病榻,灵魂也在通往"崇高"与"智慧"的路上前行。一句话,"路"的尽头,就是自我的完成。舞蹈家在舞台,淋漓尽致地把平生最得意的作品跳完,观众的欢呼如海啸,抛来的鲜花如雨，她微笑着弯腰谢幕，身体失衡，倒地不起，为生命成就圆满的句号。

早在 20 世纪 80 年代，在娱乐新闻读到记者对美国著名乡村歌手肯尼·罗杰斯的专访，这位爱搞笑的名人为"走着走着"的结局做了十全十美的设计：150 岁的生日那天，和情人在床上喝香槟庆祝。情人的丈夫持枪破门，他从床上爬起逃命，背后中枪，一命呜呼。可惜极端缺乏宗教情怀，不值得吹捧。

（原载《南方都市报》2017 年 3 月）

# 常 君 实

祝晓风

## 一

常君实就这样静静地走了，就像他生前一样，并不引人注意。几乎没有在媒体上看到什么消息。这种安静，仿佛老僧圆寂。但是，出版界上岁数的人，还有现代文学界的一些老学者都会记得他。在这些人心里，还有不少读者心里，他还活着。

常君实做了一辈子编辑，编辑了 1400 多种书，留下的文字数以亿计。他不会用电脑，编稿子都是在纸稿上一笔一画地改、抄、誊写。更早的时候，20 世纪 70 年代末，图书馆还没有复印机，他编《夏衍杂文集》，还有《廖沫沙杂文集》，都是每天去图书馆翻旧报纸，花了几个月时间，一篇文章一篇文章抄出来。夏衍和廖沫沙都有几十上百个笔名，有不止一篇文章，是常君实抄出来，先问夏衍，这是不是您写的？夏衍说是，或者说不是，他再去问廖沫沙确认。我曾经不止一次跟现在年青一辈的编辑记者说，和常君实比，我们这些人可能都未必有资格说自己是编辑。

真正和常先生见面，居然已经是毕业 10 年以后了。那时光明日报社已经从虎坊桥搬到了磁器口。

第一次见常君实，是人民出版社的一个老朋友和我一起去的。我们都是第一次见常先生。进了常先生的家，感受就两个字：震撼。他家里全是书。那是一个两居室，进了入户门，是通向最里面房间的狭长的一条过道。过道有十几米长，本来就不宽，左边的墙则打了顶天立地的书柜，一直从门口排到最里边那间屋的门口，使得过道显得越发窄而长。光线也不好，比较暗，更显得幽深，甚至有点儿压抑。从这个过道经过，就好像经过一个隧道，而这个隧道是从一座书山中挖出来的。

常君实的外貌同样让第一次见面的我震撼。他四方阔面，面色深，左目不能视，初一见，甚至给人有点儿威猛的感觉。他一开口，浓重的河南口音——好在我从小听河南话，训练有素，不太费力，要是南方人还真不容易听懂。

常君实生于1920年8月，与人民出版社的曾彦修、三联的范用等人是同辈人，也是几十年的老同事。常君实是河南原阳县人，青年时去陕西上学，1942年肄业于西北联大师范学院，那一年开始发表作品。他青年时也干过新闻，在重庆《工商导报》做编辑、记者，任过东北《中苏日报》驻南京记者，南京《中央日报》副刊编辑，《文艺月报》主编，北京《新民报》编辑。但他一生的主要经历，却是做出版。他做过北京宝文堂书店编辑，通俗读物出版社编辑，1949年后，主要在人民出版社三联编辑室任编辑。他从40年代就开始编书，数量之巨，一定会让初次知道的人惊叹。其中，他主编和编辑的丛书就有25套之多，如主编《台湾文学名著大系》《台湾散文名家名品丛编》《台湾散文名家》，丛书《台湾当代佳作系列》和《廖辉英作品系列》，还有《中国古典文学》丛书、《中国历代短篇小说选》《中国历代散文选》《中国历代诗选》《中国历代戏曲选》《中国历代长篇小说选》等。他在20世纪五六十年代，就为香港地区和东南亚各国华侨编撰大、中、小学语文和历史、地理课本10余套，如《中国现代文学名著小丛书》《作家与作品丛书》《新儿童丛书》等。——这是他编书的广。他还有他的专深，就是编辑现当代作家学者的集子，比如，编辑《张恨水全集》70卷、《唐弢文集》10卷，《三家村文库》《邓拓全集》各5卷，《廖沫沙全集》5卷，等等。

因为相对熟了，就知道他有个大心病，就是《吴晗全集》。

二

《吴晗全集》是常君实晚年费时费心最多的一件事。几乎每次去看他，他都会说到《吴晗全集》。他最近十来年，一直在编这部书。他说，"三家村"的书，他都编过，邓拓、廖沫沙的，基本都出齐了，就是《吴晗全集》没有出。

此事最早缘起1996年，广州花城出版社《随笔》杂志主编黄伟经，想出版"三家村"邓拓、吴晗、廖沫沙三人的全集。但黄人在广州，工作又忙，在广州查找这三位的作品资料比较困难，他自认为无法做这件事，于是想到了人在北京的常君实，因为黄伟经知道常君实编辑过很多老作家的文集。北京独有的有利条件，就是图书馆多，各大单位，高校、科研单位，中央机关保存的图书资料非常丰富。但这些其实不是最重要和最关键的。最重要和最关键的是常君实这个人。黄伟经算找对人了。常先生与这几家都有着多年的交情，深得信任，要查资料，自然比较方便。

出版方面又有花城承担，事情就定了。常君实拜访了丁一岚、陈海云。邓夫人说可以让邓拓的大女儿邓小岚帮助查资料，《邓拓全集》有了着落。廖沫沙的书稿，有早已面世的《廖沫沙杂文集》做基础。从1979年到1984年，常君实编辑了廖沫沙和夏衍、聂绀弩、徐懋庸、柯灵、唐弢等多人的杂文集。当时常君实在人民出版社工作，《廖沫沙杂文集》是人民出版社计划以三联书店名义编辑出版"五四"后一批著名作家的杂文集的一种。其间在1979年、1980年，常君实曾帮助廖沫沙在北图（北京图书馆，今国家图书馆）的报库查找廖沫沙20世纪30年代到60年代在上海、桂林、重庆、香港和北京多种报刊上发表的作品，包括杂文、时事评论、小说、诗歌等，计150多万字，其中杂文就编成了这部近50万字的《廖沫沙杂文集》。

1996年决定编辑《廖沫沙全集》后，常君实在《廖沫沙杂文集》基础上，又一头扎进图书馆，进一步查找廖沫沙的文章，居然又找出作者散佚的文章100多万字。《廖沫沙全集》5卷，于是很快编就，与《邓拓全集》5卷，都由花城出版社出版了。

但是，《吴晗全集》当时没有很快出版。一个主要原因是吴晗的作品量更大，散佚文章和各种文字更多，都要查找。几乎同时在编辑三个重要全集，而且是从查找原始文献开始，这个工作量有多大，做过出版的人都知道。这三位都是大家了。按近些年出版界和学术界比较流行的路数，编他们每一个人的全集，都要成立一个编辑委员会吧，组个班子，搞个机构，再找一帮青年博士、硕士给打下手，不算过分；另外，通常还要搞个项目，弄个基金，没一大笔钱怎么搞啊？——但常君实就一个人。而那个时候的常君实，已经是快80岁的老人了，他也没有固定的人协助。三个全集，都是他一人拉出全集的结构框架，一个人定篇目、体例，还要完成大量的主要文献的搜集、整理、核校。他几乎是一人同时推动三座大山。

但更麻烦的是，在常君实编辑《吴晗全集》、不断地补充资料的过程中，出版方起了变化。出版社迫于经济压力，不再能出《吴晗全集》。常君实觉得我和出版社来往多，也许能找到一家出版社愿意出。我也认真地找了几家。但是，这种严肃的纯学术著作，不赚钱，大家都知道这是好书，但得有实力才行。我于是把希望寄托在中国人民大学出版社。

# 三

2004 年 12 月 4 日，是个周六，中国人民大学出版社开了一个"大学生文化读本"丛书的出版座谈会。记得那天阴天，挺冷。开会时，我正好坐在出版社总编辑周蔚华右边。会间，我就和周先生悄悄说起常君实，还有《吴晗全集》的事。周总编听了之后，表示这个事情有价值。他瞅了个机会和社长贺耀敏商量了一下——我隔着几米远看着，也不过三五分钟，两人就将此事敲定。于是，不等下午的会结束，周蔚华就和我提前出来，去找常君实。因为下午各自还有事情，为了方便，我们两人各开一辆车，一前一后，我在前边引路，一口气开到华远北街。天已黄昏。

老人把几大捆书稿拎出来，放在我们面前的小木凳上。其中有复印件，有手稿，有抄稿，还有报纸的剪报。——当然，出版社领导已经下了决心，老人很高兴。周蔚华问常先生，他本人的编辑费怎么算，请老人提个要求。只见常先生按了按那一大摞书稿，很自信地说了一个数儿——我揣摩那意思大概是说，我常君实的劳动值这个钱。——可实际上，他说的数，真是低得很。我在旁边听着，心里不知什么滋味。

常君实把书稿虽然给了出版社，但他一点儿没放松。从 2004 年 12 月，人大出版社决定出版《吴晗全集》，到 2009 年 3 月此书正式出版，四五年的时间里，在出版社编辑的同时，常君实还在不断地为这部大书补充资料，他希望尽可能全地搜集吴晗的佚文、佚著。

常君实认为，既然叫《吴晗全集》，那么，吴晗的所有文字都应收入，才能全面地保存、反映这样一代大学者的思想，才可以为后人研究吴晗提供一个基本的材料基础。所以，常君实以近乎一种偏执的精神搜集吴晗的各种文字。常君实说，吴晗一生最大的特点，就是勤奋写作。直到《吴晗全集》出版后，常君实还自叹，没有找到抗战前北平、上海、天津等地的一些报刊，也没有找到抗战时昆明、重庆等地的报刊，而他坚信，那些报刊上面还有不少吴晗的作品。常君实了不起的地方，就是他的见识超出一般。虽然他对吴晗怀有很深的敬意，但他并不为贤者讳。他本着对历史负责的态度，认为全集还应该收入吴晗在 20 世纪 50 年代写的批右派的文章。当然，此设想也未能如愿。常君实还查到吴晗的两篇遗稿的线索，《近百年来的经济变化》（国史论丛之一）、《近百年来的政治变化》（国史论丛之二），常君实根据文章题目判断这两篇都是长篇论述的文字。这两篇长文都没有发表过，原来由北京市历史学会保存，可惜在常君实编《吴晗全集》时已经找不到了。所以，在

《吴晗全集》出版前和出版后，我都曾不止一次当面听老人说，《吴晗全集》不全，遗憾！他把这个遗憾，写进了全集的"编后记"中。

尽管如此，常君实仍然是尽自己的最大力量，最大限度地搜集吴晗的文字。为此，他不惜代价，不避繁难。但他一个退休多年的老人，一介布衣，他拥有的实在有限。他知道吴晗当年在昆明《民主周刊》发表过几篇文章，就托我向李广田的女儿李岫教授求助，到民盟中央图书馆去查找、复印。我记得事后他送了李老师一本书，表示感谢。从物质角度说，他能做的，就是这样了。除了这一点表示，再就是在《吴晗全集》的"编后记"中郑重地记下人家的名字。比如，中国人民大学历史系李华，中华书局《文史知识》主编胡友鸣，《光明日报》编辑姚小平，商务印书馆常绍民，《北京青年报》陈国华，闻一多的侄子、闻家驷的儿子闻立树，常先生住在天津的一个老朋友马筱英，等等，凡是为他查找资料提供过帮助的人，老人都没有忘记。

这中间，有几次我去看常先生，他会说，哪天哪天他又去图书馆查资料去了。有时他不在家，他夫人就告诉我说他去图书馆了。那时，他已经八十好几了，出门都是坐公交车。每次听他讲，他挤公共汽车去东三环的首图，我心里都捏把汗。

人大版《吴晗全集》共10卷，以吴晗作品类别辑录，收录了已发现的吴晗所有历史研究论文、人物传记、杂文作品、书信、诗歌、戏剧和翻译作品，从中可以看出吴晗写作史的变化。其中，吴晗《朱元璋传》的三个不同版本都收入《吴晗全集》，还有一并收入的时人介绍、反思吴晗的珍贵文献，这些，都显示了编者常君实与人大出版社的非凡气魄和学术眼光。因为这部书的篇幅较大，后来出版时，是十大册精装，400多万字。

"《吴晗全集》出版座谈会"是在2009年6月20日下午开的，在中国人民大学明德楼主楼13层会议室。请人的名单，主要是常君实定的，因为他熟，知道要请的人与吴晗是什么关系。来的人中，不少是吴晗当年的学生和故旧。清华大学历史系教授刘桂生、原国家测绘局局长李曦沐是吴晗西南联大的学生；原民盟中央秘书长王麦初是吴晗秘书；中国社科院考古所党委书记张显清是吴晗建国后的学生；《吴晗传》作者苏双碧原来在光明日报理论部工作，后来从《求是》杂志副总编任上退休，他1961年到1966年有五年时间曾在吴晗领导下工作。等等。

那天的会，人虽然不是很多，但比较隆重，气氛也热烈。当然有国家领导人发来贺信，也有新闻出版总署、中国人民大学的领导来，史学界的学者也不少，当然绝大多数是吴晗的学生辈。

常君实那天情绪很高。我印象里，老先生那天掉了眼泪。

常君实晚年，和中国社会科学出版社、中国工人出版社、中国文联出版社等合作较多。在中国工人出版社主编一套"风雨岁月丛书"，出版有梅志的《我和胡风伴囚记》、萧乾的《萧乾回忆录》等；在中国文联出版社主编"回忆文丛"，其中，他送我的有两本，《一辈子——吴祖光回忆录》和《人与人间——萧军回忆录》。常君实敬佩这些作家，热爱这些作家，愿意为这些作家当然也是他的朋友编书，他从中得到莫大的乐趣。我有时想，从另一方面说，大概也只有像夏衍、萧军、吴祖光、廖沫沙、吴晗、聂绀弩、徐懋庸、柯灵、唐弢这些人，才配常君实来编他们的书吧？现在，那一辈两辈人都不在了，常君实也完成了自己的人生使命。

（原载《随笔》2017 年第 4 期）

# 我的老师潘大平先生

程绍国

　　1948年，潘大平老师离开在国民党里任职的父亲，到温州山区藤桥、泽雅一带山上闹革命。他的父亲是个开明的营级军官，那时的国民党腐败，没有民主，没有自由，对儿子追随共产党打游击，军官不予阻拦。这时潘大平老师17岁。次年风风光光走进市委机关工作了。天有不测风云，26岁时，官不大不小，他当上右派了。有个成语不是叫"风华正茂"吗，他就是风华正茂的时候，背上墨黑墨黑的大石头。

　　1968年，我上小学三年级，在一个黑蝙蝠似的从前的佛殿里，潘大平老师开始教我了。他那时是37岁。

　　潘老师当上右派的原因，我一直不知道，就是说，我50年来一直没问。不敢问。学生怎么敢问老师怎么当的右派，长大了不敢，是怕触痛他。再后来就是问也没意思了，反正就那么一回事。

　　老师的夫人林抗，不是右派却胜似右派，我也不知道是什么罪名，像风中一枚橄榄，从法院树上掉下。本要把他们放到永嘉县深山坳底的，但我们村里人心疼，潘大平父辈是双溪村走出去的，潘大平好歹是我们双溪村的"读书人"，乡人强烈要求，才把他们要了过来。

　　潘老师劳动改造，却是我们的福分。那时的小学老师，多是小学毕业，没有像潘老师这样，是高中肄业的。我见过一个老师教体育，自己示范"一、二、一"，还左手左脚、右手右脚同时起来的。——潘老师教我什么呢？他教什么都不在话下。语文、算术、音乐、体育，我已记不得还有什么了。反正什么都包了。我记得平生第一节作文课，潘老师讲了一个"杨根思的故事"，让我们写下来。这就有东西可写了，谁都不怕写作文了，只有语法和修辞方面的问题了。他对我写作的培养，应该是最多的，直到20世纪80年代。这时他已平反，在温州农校教书，今天中国文坛当红的小说家哲贵，就是他农校的学生。

我还记得潘老师教我们音乐。西方有人说，经济之上是政治，政治之上是哲学，哲学之上是宗教，宗教之上是音乐。对吗？不知道。老师讲解了《七律·冬云》，时代背景，歌词意思。潘老师一发音，我们兴奋地身心颤动，我们感到一种神奇。他音质醇厚，音色雄浑，他的颤音使我们想象春天里瓯江的绿水，两岸的杜鹃，天空放飞的风筝。

"雪压冬云白絮飞"，潘老师示范着唱这几个字。"雪压"两个字为一拍，唱到"压"字的时候发重音，但稍纵即逝，给人那"雪"弥天在"压"，但"压"得无声无息。"冬云白絮"一字一拍，可"飞"字就长了，"飞——"仿佛整个双溪村是雪，满天是雪，鸭毛一般银白的雪跳着舞步飞飘而下，到处飞，飞，飞。

接着唱"花"。"万花纷谢一时稀。"大雪纷飞，天冷地冻，原野沉寂，瓯江无声。打狗不出门，猪羊躲在栏内，布谷鸟冻死在路边。不见青草荆藤，桃树枝头挂着冰凌霄，柚树都躲在白雪里。哪来的"花"？没有，没有，"万花纷谢"。又是"雪"，又是"花"，只是"雪"，没有"花"。我们凭空冷起来，像是冻死了一般，缩拢了头颈，但冷得舒畅，冷得激动，冷得美丽，冷得心花怒放。

音乐课，又是人生初始极好的文学课，更是美学课。潘老师在落难中，"改造"极其努力。他沉醉在自己营造的美学之中，忘却了困厄，忘却了苦难，忘却了悲痛。他必须努力改造，而他把努力改造真正当作美好生活来看待。

学校在村东，他的家在村西。他的房子是租住的，是一般农民不住的，可以想象是多么地寒碜。外观低矮，里头旧报纸糊着，一架木棍做的梯子能够爬上二楼，二楼仄逼至极，能放一个谷仓，他躺在谷仓上面睡觉。有一天如厕，他掉进了一个破旧的茅坑里去……这些就不细说了。

他那么几个工资，却要养活四个女儿：梅格、希白、幸东、端嘉。很迟了，我有一回偷偷揭开他家的锅盖，全是番薯干，黑泥鳅一般密密麻麻。但是全家干干净净，条理清楚，看去非常舒服。林抗师母番薯丝刨得又快又好，而且能把即将发臭的鲢鱼做得非常美味。她是作家林斤澜的胞妹。

潘老师的衣着，从来是干干净净、整整齐齐，冬天扣着风纪扣，夏天袖扣不散。他从来没有迟到一分钟，而且备课认认真真，他恨不得把自己的知识一下子全给了他的学生。后来我读初中高中，全在"文革"，老师马马虎虎的多，有的老师讲闲话就占去了大半节课。便是我自己，教了19年的书，风格不同，但我的认真程度，和潘老师相比，差距太大了。他有自己的纪律和作风，什么情形之下，都不能改变他的"品"。除却自学，我觉得自己接受学校教育，在小学学到的东西最多，最受用。

只是他当年"迂"。他认为反右是对的，自己是错的，自己好好改造是应该的。"大跃进"时候，他相信粮食亩产能够达到10万斤。一个农民，也就是我的二伯父，凭着朴素的常识，对他说："大平，你是读书读'厥'了，你勿听人骗。把你赶到农村来，也是错的。"但他并不改变他的认识，反右是对的，后来"无产阶级文化大革命"也是对的。林斤澜几次来温，与他对社会的认识有所交流，和我说起他，总是欲言又止，"你的潘老师啊……"我也知道林斤澜的潜台词，我无奈笑笑。

他对社会对世界的认识，改变得很慢。"三中全会"到来，双双平反之后，拨云见日，他才慢慢地、慢慢地有了些自由人格。说是有了些自由人格，但又不能与林斤澜相比。林斤澜"读万卷书，行万里路"，胸中多沟壑，世事澄明。潘老师近30年在双溪这个村庄，几近井底之蛙，他听到的是广播，读到的是报纸和领袖的语录。我想，中国知识分子，大多是这样的。最近十多来年，我们共同语言日多。听得他说，当年国民党的确是凶残的，狰狞的，倘若放弃一党之私，实行联合政府，该是多好的事情！他怀念当年的游击生活，怀念温州解放之前他参加的最后一场战斗。在吞底田塘头，他的战友陈岩星、张文弟、周金连、吴考生、林岩彩、吴成云、周定法丢了性命。相比之下，他说他是幸运的。这是他人生一个节点，有惊喜，有光彩，别的节点他倒不怎么说话了。

我在报社，他要我到吞底田塘头去，把那个地方拍下来，把那场战斗写下来。我只好照办，做了整整一版。他的想法和我的想法是不同的。是个沉重的版面，各取所需，他满意，我也满意。

我与潘老师的联系，学习、请教、探讨、交流，50年不断。他和我都想望祖国好起来，但怎么才能好起来，他和我是有分歧的。他明显有着时代的烙印。他的人生，是积极的，向往光明的，忍辱负重的，中国知识分子的一个标本。许多人只说约数，20年，其实1957年获罪到1979年平反，是整整22年。平反时，有人仍然蛮横地对他说："当年给你戴上帽子是对的，现在给你摘掉也是对的！"潘老师胸口很愤懑，悻悻回家，但总算平反了，他明显已经满意了。他说党好，知错就改，就是伟大。

潘老师对政治感兴趣，即便沦落在村庄，他也紧跟目不识丁的村头儿。他先后不止十次对我说，一个公社副书记，在一个工地上当众表扬了他。我听得多了，每每心生寒意。原来的他，是有政治抱负的人，而26岁到48岁完全是人生最美丽的中段，中段完全被猫叼走，被狼嚼烂了。叼走就叼走、嚼烂就嚼烂吧，他有他的政治信仰，起码他要得到别人的尊重。他的身板永远是笔直而昂扬的。

潘老师不幸之中有大幸，起码说，村庄农民对他这位"读书人"是尊重的，妻女始终在身边。不像其他多数右派，生离死别，受尽凌辱，生不如死，命断天涯。

我给他过80岁整寿时候，他已坐在轮椅上，他的生活质量大不如前，这使我非常心酸。从坐轮椅到躺下起不来，又是六年，这使我更加心酸。而我每回看他时，他精神很好，说自己还是幸福的。最后在医院，我和哲贵去看他，他插许多管子，眼神空洞，神志也不怎么清楚，但凭声音竟说我是"双溪猪"（我属猪），还说自己是幸福的。我有什么话可说呢？是的，他人生的基本色就是两个字：乐观。这是中国知识分子不可救药的性格。当然，病重期间，女儿梅格、希白、幸东、端嘉始终在侧。我同我的老师有说有笑，我说什么他不一定明白，他笑什么我也不一定懂。而我，心里想望他早一点"走"，真的，九天也好，九泉也好，越快越好。我悄悄对幸东说，不超过一个月，后来我又对幸东说，不超过一星期，都被我说准了。

他是2016年2月28日去世的，他的骨灰埋葬在双溪村，埋葬在双溪村，我以为是最最合适的。

（原载《美文》2017年第三期）

# 又到清明时

向继东

清明临近时，妻老在我耳边絮叨："今年回去吗？"其实，回去不就是在父母坟前烧几堆纸钱吗？而这对故去的父母，又有什么意义呢？

父亲是 2001 年患痛风瘤去世的，前前后后病了一年多。开始阶段，父亲还能坚持种菜，后来就只能呆坐或是躺在床上了。我们兄弟都在外面忙乎，隔三岔五回去看一下，陪伴他的就只有母亲了。我拍过母亲为父亲清洗伤口的照片，每每翻看，难免自责。有一次，父亲独自爬到楼上摸摸索索的，母亲问他做什么，他说："痛得不想活了。"母亲说："你也要为三个儿子想想呀！你如寻了短，乡里传出来好听吗？"

父亲是条硬汉子，身上有再大的痛，从不呻吟的——正由于不呻吟，我们不知道他一直在忍受着巨大的痛。他的死，是因为左手背上长了个瘤子，县人民医院大夫诊断为痛风瘤。吃过不少药，我从省城也为他带过药，但药物对他好像没作用。后来一江湖游医给他瘤子划开引流，还用口吸了浓，这一弄，反而使病情急转直下，终于不治……

如今想来，我最遗憾的是没能把他接到省城做一次全面的检查。论那时我的经济条件，也许不能满足很好的治疗，但做一些起码的治疗还是可以的。有一次回去，我本说通了父亲，答应跟我来省城做一次检查，可第二天他又变卦了。我说即便不做检查，看看省城也好啊。父亲说，人老了，看不出什么名堂了。我觉得，父亲多半还是心痛我花钱。那时我在省城谋职，没高铁，回去一趟要七八个小时。在父亲生病期间，我十天半月回去看一次，但也纯粹是看看而已，面对父亲的病痛毫无办法。我每次给他钱，他又舍不得花。我也知道，那时父亲需要的不是钱，但我又能给他什么呢？

父亲严厉，呵斥起来很吓人，可在我记忆里，父亲从没打过我。大概是1975 年，我正在大队（现在叫村了）小学当民办教师，当年推荐工农兵学员上学，也有一个像模像样的"考试"，明明我的成绩比别人好，但最后被推荐去上学的却是另一个人，没办法，别人有背景。记得那天消息发布后，我足足睡了一下午。父亲从来不说多话，那天却走到床前叫我："六儿（我的小名），起来，锄头把底下不误人！"父亲走了，我爬起来，又像平常一样做自己该做的事，一点也不敢懈怠。

那时候，我正做着文学梦，把十里八里外缺了封皮的书借来读。没有电灯，就用墨水瓶做成的简易煤油灯，熬到凌晨一两点是常事。母亲唯恐我多用了煤油，总是一遍又一遍催促我睡觉，可父亲一次也没催过我。母亲是文盲，父亲上过两年私塾，毛笔字也写得像模像样，但他从来不问我读的是什么书。大概是八十年代初，我写了篇《父亲》的散文，投给我所在地区的文学内刊，居然发表了。收到样刊后，我在灰暗的煤油灯下读给他听，未等读完，父亲流泪了。当时农村已分田到户，父亲虽六十好几了，但还是一把劳力。由于大哥在县城里教书，家里的田地就靠嫂子去打理了。嫂子能干，可犁耙活儿自然不是女人干的。我虽年近而立，犁耙活还是外行，就只得靠父亲了。有一次，望着父亲在泥田里吆喝大水牯的背影，我突然有了想写父亲的冲动，于是就有了这篇小文。也许，是那篇稚嫩的文字中的真情，刺痛了父亲的泪神经……

在我印象中，父亲是闲不住的。小时候，家里烧的柴火都是父亲在劳动小憩时砍的。沟边溪旁，一丛丛老鼠刺别人无处下手，父亲戴上母亲特制的帆布手套，三两下就砍了一捆。记得十几岁时，有天傍晚父亲收工回来，嘴巴动了几下，我忙问他吃什么，他有点不耐烦地说："吃亏！"可能，这也是父亲唯一一次对劳累的感叹。我刚高中毕业那几年，当了大队民办教师，每年"双抢"时节，因为我能写些顺口溜，钢板字也刻得不差，所以我就不用参加繁重的"双抢"劳动了，只需每天刻写一份《双抢战报》，印了发到田间地头。

过去农村"双抢"时节，人人都是泥一身水一身的，我则做完了自己的事，可以潜伏在家里读小说。傍晚父亲要给自留地里的菜浇水，他也从不叫上我，只是一个人默默地做了。有次我说去帮他，他说："我去算了，你去了人家看到影响不好。"他不像电影包氏父子那样对儿子读书寄多大希望，他也不知道我读的那些书，对我将来会不会有用。

父亲活到八十二岁。八十岁生日那天，我们兄弟都回去了，父亲笑着说："自己好像还是孩儿样的，怎么一下就到八十啦！"我们兄弟要他什么都别做了，他说，菜还是要自己种点，不能老去买，再说，活动着人也舒服些。有次我回去看他，他正挑着粪桶浇菜回来。我要他不要挑了，他说："挑得起，就是腰有点直不起了。"当时他已经七十八岁了。

在家里，母亲是领导者，一般事情大都是母亲说了算。父亲不善多言，也不多说话，母亲却是"刀子嘴"。有时，把父亲逼急了，偶尔也会做出激烈的对抗。大概是六十年代末期吧，那时虽然吃饭基本糊口了，但要吃肉不容易，一个月难得一次，只有到农忙或是过年过节时队里才杀一头猪，每人可分到三五两，四口之家也就是一两斤吧。那时生产队分肉，都是会计远远地大喊："下一个，一斤八两的！"等屠夫称好后再叫上是谁家的，也就是说，根本不可能让人自己去选精择肥。那年"双抢"时杀猪，父亲分得一斤半肚皮肉，拿回去被母亲数落得急了，他干脆丢进粪桶不要了。母亲这下急了，只得忙从粪桶里把肉捞起来。那年月，谁舍得把那么大一块肉丢掉？只得洗了又洗，还是吃了。

三年大饥荒时，我六七岁，饿得皮包骨，晚上做梦吵着要和自己同岁的"三多""毛坨"换饭吃——因为他俩的妈妈是食堂里的炊事员。父亲饿成了水肿病，人快不行了。还是母亲灵活，把最小的弟弟过寄到油洋大山区，在那里换来一些红薯米，好不容易才熬到散了食堂。此后，母亲总是向我们重复说着父亲的一件糗事——

原来统购统销时，父亲是个积极分子，他作为互助组长到县城里开了三天会，相信了将来"楼上楼下，电灯电话""每人每天半斤肉，四两水果糖"的幸福生活。当统购统销工作组来到家里征粮打封条时，母亲故意把楼上的一木桶稻谷隐瞒不报，父亲知道后，狠狠批评了她。母亲说："将来要是没饭吃，怎么办？"父亲说："你莫憨好吗？将来实现社会主义，每人每天半斤肉、四两水果糖，你还愁没饭吃吗？"后来过苦日子，父亲饿得全身浮肿，九死一生。几十年过去了，只要一说起过苦日子，母亲总是奚落父亲说："果然是每天吃肉、吃水果糖，脸都吃成水瓜勺了，脚也吃成木桶了……"每每这时，父亲呆坐在一傍，苦着脸，只顾抽他的闷烟……也许，父亲后悔当初了，有一种被忽悠的感觉，但又岂止是父亲一人被忽悠？

十多年来，对父亲我一直心怀愧疚。我曾对子女说：将来自己化作一缕青烟后，不要墓碑，也不用你们清明牵挂了，骨灰就撒在爷爷奶奶合葬的坟头，并书"你们的不孝之子回来了"，和着纸钱烧去，以慰双亲在天之灵。

（原载《北京青年报》2017 年 8 月 21 日）

# 天南地北

## 野草在摇曳未来

徐 刚

当我们忽视草地的时候，也同样忽略了一种悲哀及一种希望。在天然林被破坏以后的草山草坡上的草，是这一块土地植被被演替中最后的绿色，此非悲哀乎？在石漠化土地上的人工改良草地，那青青牧草却是生态修复的先行者，此即希望也。在未来岁月里，压垮人类的很可能是一根草；拯救人类的，也可能是一根草。

为什么我们的先人逐水草而行、而居？因为大地到处都是草，无草不成林。林地外缘也是草，东部何以有稻？西部何以有黍？因为各色野草最多——为生命之延续，为求一饱也。因此故，先人留给我们的基因，使后来人对三种物质最有亲近感：土、水与草。

在我童年的记忆中，崇明岛上除了农田里的庄稼，沟河边的芦苇，田边地头里到处都是野菜，荠菜、马兰头等可食用的草不下数十种，还有可以入药的车前子等，更多的是开花不开花的无名小草：缠结于田埂路使其稳固的是马斑草，开着各色小花的是花被单草，如小太阳一般金光闪闪的是野菊花草，专门用来斗蟋蟀的是蟋蟀草，太多的蒲公英随风飘散……回想起来，认识这片土地是从草开始的，而江边芦苇荡里丛生的丝草籽，很可能是世界上最小的坚果，半粒米大小，饥饿的岁月里曾经以之果腹。后来知道原始人逐水草而居时，有顿悟之感。

人之初，有水可喝，无饭可吃。人类经过了吃草、吃草实的漫长岁月，后来才有能力捕杀野兽，吃肉。今天我们吃蔬菜，其实是吃草的延续。野草是我们的衣食之源。人类一部分人的忘恩负义，疏离自然，始于疏离水草。

我们不知道拔去了多少野草，以至于汉语——我一向认为是世界上最美的语言文字——出现了极为残忍的一个成语，"斩草除根"。现代化的推土机，在今天更是势不可当地在铲除一切野草，代之以水泥楼房、水泥地，这个世界便卫生便干净了吗？活在当下的每一个人，都曾目睹并感受了消灭野草的过程，以发展的名义。

20 世纪 80 年代初，我住北京团结湖小区，一箭之遥便是农村、农田、庄稼与野草。每到夜晚，无数的青蛙齐鸣合唱，此起彼落，虽然喧闹却不会扰乱人心，多了一种野趣，添了一点乡愁。半年后，代之以蛙声的是混凝土搅拌机，建筑工地的日夜赶工，然后是新楼连片，庄稼、野草、蛙声一起飘逝。不到 10 年，北京三环以外的农村几乎全部消失，没有耕地，没有野草，只有层垒叠加的水泥楼板大行其道。

就这样，我们的城市变得不再温柔。

2000 年，因不堪忍受造楼、装修，可以让人发疯的喧嚣、灯光与气味，举家迁往通县张家湾，路边有麦田，池塘有蛙声，小院里开着太阳花——俗称"死不了"——日出花开，日落花闭，自以为找到了一个好去处。待住下才知道，我住的小楼基地原是生产队的打谷场，整个小区所占用的全部是农田，当地农民告诉我这是"黑油油的耕地"。难怪水泥房基，路面的边边角角，会长出各种野草甚至麦苗秧，无助而孤苦地望着路人，好像在问："千百年在一块地上厮守，情何以堪？"有专司拔草的清洁工，草长出来便拔，拔出来又长，小草希图展示自己的生命力的顽强，令我唏嘘不解：野草何害，人类必欲除之而后快？

2005 年，我又迁往广安门外新居，紧邻住处有一块荒地，杂草丛生。杂草成块状，苗壮旺盛，夏秋之际开着红色和金色的小花。有几只流浪狗来回奔走，有时还追逐流浪猫，荒地中有两棵树，流浪猫情急之下便上树，流浪狗在树下大吠，继而退隐于野草丛中，伏莽而待。荒地紧靠二环的边沿，还有两间已拆毁的旧平房，住着一家拾荒者，夫妻俩带一个小女儿。女孩出来打水时，流浪狗紧跟其后，女孩便喂狗，似乎是窝窝头之类。戏耍片刻，女孩回去时流浪狗一路相送。偶尔，在秋日的阳光下，这个七八岁的小女孩会摘一朵野花捧在手里凝视片刻……这是我从住处的窗口所见的场景。

是冬大雪奇冷，融冰化雪时，那些野草开始返青，到夏天便茂盛，便开花，如是往复五年多，挖土机开始挖土，混凝土搅拌机昼夜轰鸣。挖出的土堆成了大土丘，以丝网覆盖着。一场春雨过后，从丝网的千孔百眼里，忽然又有青青野草探出头来，茫然地望着这一处耸立起吊车、脚手架的工地……

凡草木皆有根，人类无法阻挡推土机、挖掘机，它们可以毫不费力地斩灭野草，却无法根除，因为它们蛰伏于地下。倘若都市林立的水泥楼群使它们窒息、枯死于地下，那么对这个世界而言绝不是好消息：大地稳固者不再稳固大地了。

使这个地球变得有生机的首先是海洋，是水和草木。当地球成为草木世界之后，才有姗姗来迟的人类始祖。与其说人类当时离不开森林，更确切的意义上不如说更亲近荒草。荒野荒草，连接起森林、河流，在人类发展史上如里程碑一样，记录着人类先人的生命故事：荒野是人类最初的原始家园；荒草提供了最早的食物；荒草中盛放的各色花朵，荒草的自生自灭、自灭自生，使原始人有了最初的惊讶，促进了自然崇拜的发生；在只知其母不知其父的漫长岁月里，荒草丛又是当时人类共有共享的爱巢；以荒草为生，想来也发生过悲剧，有的草吃了人便死了，草的能吃不能吃，使原始人有了对草的分辨和思考，进而发现有的草能止血，有的草能止痒，则是草可治病之始。而流传至今的仙草一说，除了草能给人以温暖，大约便是草可以治病了。

"仙草"一词，是人类对草的最恰当的赞美。去昆仑山盗"仙草"是故事。在更加广泛的民间传说中，稻草是"仙草"，由此推溯，"仙草"应是泛指可食可医的所有野草，没有"仙草"，人类不可能延续至今，也就是说，人类有诞生，但不可延续。

在野草所属的植物世界中，至少有五种植物影响了人类文明的历史进程，从而改变了世界。它们是烟草、茶叶、甘蔗、土豆、白薯。它们在原生地往往是默默无闻的，越洋贸易的船只和水手是传播者，广及世界，或多或少改变了人类的日常生活，并且使远隔重洋不同种族人群的生活习惯，产生了趋同性。

哥伦布的船队，是烟草最早的传播者。

烟草源出美洲，哥伦布率船队到访，当地土著以礼物相送，其中之一，哥伦布航海日志有记，"发出独特芬芳气味的黄色干叶"，即烟草。再到古巴，当地土著把烟叶卷成筒状抽吸，青烟缭绕于口鼻，悠然返航先至西班牙，西班牙人跟着抽吸；再到葡萄牙，葡萄牙人也纷纷上瘾，烟草随之落地。1580年之后，烟草的传播速度更加提速，传播范围日益扩大，大致途径是：经葡萄牙进土耳其，烟雾又缭绕至伊朗、印度、日本。从烟草的广泛传播中看到商机的是西班牙人，他们把烟草水运到菲律宾，开始规模种植，赚得不少银子。接下来就要到中国，17世纪初叶前后，福建的船工与商人在与菲律宾生意往来时，不经意地把烟草带到中国。只要气候适合，烟草不难栽培。很快，先是在沿海省份，进而烟雾弥漫遍及中国。

烟草在16世纪的欧洲还曾享受过"神药"的待遇。除了抽吸烟卷、烟斗之外，欧洲医生还用它来治病，从牙痛、口臭到肠道寄生虫、破伤风乃至癌症，皆以烟草医治。实际治疗效果没有明确记载可证，倒可以想见当时欧洲医疗水平之低劣。

从哥伦布水手发现并吸食烟草，到传遍世界，所用的时间不到130年。今天几乎所有国家都处在吸烟有害与烟草制造业巨额利润的夹缝中。笔者也是烟民，这一如风如潮的烟草传播却使我想起，所有风靡一时的时髦与时尚，大约都带点毒。

在烟草传到中国之前，欧洲人抽烟，中国人喝茶，两相比较，不仅有习俗不同，文明高下程度也可立判。茶的温醇芳香，渗透在我们的民族性中，是为中庸、中和、温良恭俭让，与"斩草除根"相反，生出了一个绝美的词语——"齿舌留香"。

与人类文明史密切相关的，就动物与植物而言，动物提供了肉食，此植物所不及，但在更多的层面上，植物远胜于动物。原始人除了采集果实之外吃菜吗？在很长的历史时期内，所谓菜，就是野草和树叶。距今约8000年前，新石器时代又添一个伟大的创造：各种陶器的出现，其中的食用器用来煮饭煮菜煮汤。在中国的北方如大地湾，在中国的南方如河姆渡，先民们偶然地用几种他们吃过的草或者树叶，投之于陶罐，这是第一罐汤，也是人类历史的第一罐茶。在几千年前便有饭稻衣麻的太湖流域，极有可能这第一罐茶和第一罐汤难分先后。后来的饮茶史却是明了的，把茶汤从别的所有的汤饮中区分剥离出来，但好茶者仍视之为汤，汤色也。

中国人最早享用茶叶，并在千百年饮茶的实践中，知晓了茶树栽培、茶叶加工、茶叶分类，以何种水达到何种温度泡何种茶为最宜等。西方人第一次喝中国茶并为之倾倒后，给中国的茶叶取了个在16、17、18世纪西方人熟知的流行词：中国树叶。这一称谓在某种程度上恰恰说明，中国茶树之众，享用茶叶的人群之广。从皇帝到山野草民，皇帝喝贡茶，山民饮土茶，土茶的味道甚至远胜贡茶。从都市到小镇，有了茶铺、茶馆，茶叶已和经济民生相连接。中国的文人雅士情有独钟于茶，则有了文化意味。

中国人饮茶、品茶、论茶，并为琴棋书画助兴，以一管羊毫作书画写出满纸烟云时，欧洲人还在茹毛饮血。

因为丝绸之路，与丝绸传到西方差不多时间的大约公元纪年开始之后800多年，阿拉伯商人用骆驼把茶叶——他们认为的东方神奇之一——运达西方。最早享用中国茶并在上流社会炫耀的是威尼斯商人，直到16世纪中叶，中国茶才传到欧洲。威尼斯商人颇得物以稀为贵的真传，始入欧洲的茶叶价格昂贵，唯贵族才可享用。那个时候普遍欧洲民众的梦想之一，就是有一日可得中国茶而饮之，其独特的芬芳与味道，何能得而品之？

17世纪开始，英国东印度公司取得特许经营权后，中国茶叶一则大行其道，一则渐渐"变味"。东印度公司每年以低价从中国进口4000吨茶叶，再以高批发价出手至欧洲各地。大发茶叶财的是东印度公司，而英国购买中国茶的银子日趋紧缺。赚足了中国人的钱而又丧尽天良的东印度公司，竟向中国输入鸦片回笼白银，中国人以茶叶使英国人得到愉悦，至今下午4点喝下午茶仍是英国中产家庭的生活习惯。而英国人回报中国的是鸦片，是铁壳船和洋枪洋炮——鸦片战争爆发。鸦片使中国人成为病夫，接下来的中华民族被奴役、被瓜分的屈辱史，鸦片之危害当为外因之首。有不少论史者认为，鸦片战争源于中国茶叶，然而，英国人侵略的本质又怎能轻松地忽略？

欧洲人好喝红茶，放糖，以小点心佐饮。喝茶所连带的是对糖的需求。蔗糖从甘蔗中提取，最早种植甘蔗并品味糖的是亚洲人，其时欧洲所得的甜味，是蜂蜜，欧洲无糖。11世纪，十字军骑士幸运而雀跃地在叙利亚尝到了糖的甜味。随着海上新航路的开辟，西班牙、葡萄牙等老牌殖民帝国开始种植甘蔗，甘蔗种植园如风起云涌般出现，糖产量急剧升高，价格大幅降低。欧洲享用糖之甜蜜的不仅是皇室、贵族、大商人，普通的市民百姓也开始吃糖，欧洲似乎成了"甜蜜的欧洲"。

"甜蜜的欧洲"，说明了糖对饮食习惯的世界性的改变。糖的诱惑就是甜的诱惑，在我儿时，能吃上一块糖，上海的大白兔奶糖，那是一种奢望。可见此种诱惑所持续的时间之长。与之相比更重要的是，因为种植甘蔗需要大量劳动力，便产生了世界人口种族版图的改变。当欧洲人在加勒比大量种植甘蔗时，便从非洲一个船队一个船队地运来黑人，成为奴隶，辛勤劳作。一个我难以考证的话题是，那些被称为"黑奴"的黑人，在非洲就是奴隶吗？还是在白人的皮鞭下成为奴隶的？

说不清有多少"黑奴"在漂洋过海的途中便一命呜呼了。《环球时报》2006年8月29日载刘作奎先生的文章称："据统计，16世纪以后的300年间，从非洲贩卖到美洲，从事包括种植甘蔗在内的大量种植园劳动的奴隶达1170万人，最终仅有980万人活着到达目的地。"刘作奎先生说得好，"糖的甜蜜是与奴隶的血与泪掺在一起的"。笔者再加一句：尤其是自诩为文明富有的西方！

所谓人类文明史，充斥着野蛮、残暴、血腥的不文明，以及对真相的掩盖。

相比较而言，能够使人类解除饥困，平和地传输到世界各地的是土豆和甘薯。也许，我们以及我们的后人，都要记住一个土豆原产地的地名：南美洲安第斯山区。与北美洲有的国家的霸悍、好窥探相比，南美洲温和，"有抵御别人暂时成功的能力"（南美洲谚语）。南美洲的地下埋藏有人类初始文明的种子，土豆其一也。土豆的特点是有土便可以种植，不仅产量高而且富含淀粉和别的营养。也是新航路的船长和水手们，把土豆带到了欧洲，然后以极快的速度传播到世界各地。土豆告诉我们，人类——无论西方还是东方——都曾长时间地为饥饿所困，在不缺淡水的前提下，吃饱肚皮是生存的第一要义。土豆养活了更多的人，土豆可以取代面包。我在云南、贵州山区采访时，一户一家，一个火炕，墙角只有一堆土豆的山民不在少数。在河西走廊古浪八步沙，我曾三次踏访六个农民的治沙地，他们留我吃饭，吃香喷喷的羊肉，而农民们吃的是土豆蘸盐巴。我和农民争吃土豆，真香！河西走廊的土豆个大，农人告诉我，"没有土豆早就饿死了"。

奢侈过度的享受是暂时的。奢靡者万不要以为百姓过着和你们一样的生活，他们中的边缘山区贫困者，仍住土坯房，老人和孩子都在吃土豆，大米白面仍是奢望。愿记得李商隐的诗句："历览前贤国与家，成由勤俭败由奢。"

甘薯多别名，山东叫地瓜，北京叫白薯，河南叫红薯，江苏叫山芋，河北、四川称为红苕。甘薯一物，欧洲有植物考古学家认为，印第安人的先民是最早挖掘地下根茎时，发现了甘薯根块，再通过根系再生繁殖而成为栽培作物。甘薯有惊人的繁殖力、适应性，很快传播于整个南北美洲。因为甘薯硕大而美味，生熟皆可食，食之者强壮，此印第安文明之所以曾经繁华之一端也。

很少有一种植物如甘薯那样，吸引着闻名世界的专家学者的眼光，并据此勾勒了古代先人的生存技能及其发明。摩尔根在《古代社会》中说："由栽培而来的淀粉性植物的获得，必须看作是人类经验上最伟大的事迹之一。"摩尔根所说的淀粉性植物是泛指，其中无疑包括了经过原始人选择之后的产物——甘薯。考古者在秘鲁的古墓中发现了距今8000多年的甘薯块根炭化物。1974年，伊恩《甘薯和大洋洲》中进而记述，古代秘鲁的印第安人把甘薯块根的图案绘制于陶器、编织在纺织品中；最为壮硕的甘薯在印第安人的宗教仪式上，被供奉为神灵，视同法器。

此一时期，距甘薯进入中国的明代，相隔几千年，一种有趣的历史现象出现了，当甘薯即将传播世界各地时，在它原产地的印第安族群中，它不仅是植物的块根、可吃的食物，而且历经岁月的淘洗之后已成为文化，具有神性。它使我想起了距今7000多年的大地湾彩陶所绘制的鱼、花草纹、水波纹、葫芦纹。我们的先民有意无意间记录了洪荒岁月中人赖以生存的若干图像，与印第安人把甘薯图案绘于陶器、编于织物，何其相似。绘图之始也，爱美之初也。它对今人至少有两点启示：其一，文化首先是物质的，是物质与人的想象与劳动的结合；其二，文化必具有真正的创造性、创造力，与人类发展相同步，除去"利用厚生"的生存需要，还有美的需要，即精神文化。

一般认为把甘薯引进中国的，是明代福建长乐人陈振龙，他曾侨居吕宋，即菲律宾。吕宋产甘薯，但其时吕宋的西班牙殖民者严禁甘薯外传。1593年，在前两次偷运未果后，陈振龙把薯藤系于缆绳，涂上污泥，才过得关卡运抵福建。当年6月，陈振龙之子陈经纶依父命呈《献番薯帖》于福建巡抚称："番薯功同五谷，利益民生，是以捐资买种，并得夷岛传授法则，由舟而归。"当时福建荒年频发，即令全省"依法栽培，滋息繁衍"。甘薯自此落地福建，其产量之高使沿海饱受风袭水灾的福建人，度过了一个又一个灾年。福建人称甘薯有二名，一曰番薯，得自番地故；二曰金薯，记巡抚金学曾试种之功。福建乌石山海滨有"先薯祠"，记陈振龙父子之功德，当地人告诉我，这是中国独一无二的祭祀甘薯的祠堂。其实，在广东电白还有"怀兰祠"，又称番薯林公庙，是记吴川人林怀兰从越南引进番薯之功。

甘薯在江南的种植，功推徐光启。江南水患经年，农人无衣无食，闻知福建、广州的番薯抗旱抗涝，块根大，可食，便经由他在福建的学生，在松江三次试种，终获成功，时万历三十六年（1608）。徐光启赞扬番薯高产味美，济世备荒，向万历皇帝进《番薯疏》。甘薯惊动的另一个皇帝是乾隆，1786年即乾隆五十一年旨谕全国"广为栽种，接济民食"。中国当今的甘薯种植面积仅次于水稻、小麦、玉米，居主食之四，为世界甘薯种植面积的60%以上。

甘薯的大行其道，广为人类所喜好，其实质只是说明了一个真理：食物之于人类的生存发展，永远位居第一。"手中有粮，心中不慌"的古语不含时代性。

南国多青草，乃为宝中宝。以秦岭—淮河以南、青藏高原以东为限而界定的中国南方，气候温暖。考察南方的草地资源，以及原生植被，往往会心生困惑：这是繁荣的土地，还是凋敝的土地？南方当初的森林何止是现在我们所见的林区？占南方土地总面积之大部的山陵丘地上，曾经多为森林覆盖，千百年人类活动，砍树伐林，林区成为农区，是有南方森林被砍伐之后形成的草山草坡，亦即今日之天然草地资源。

南方的草地确切地说，是原始森林被破坏后的次生植被，它们的演化方向依自然规律，应是次生林。在人口增加、人类生产开发活动强力干扰下，规律也只能变通，南方植被终于未能成为次生林而成为草地。

20世纪80年代农业部的一项调查资料说，南方天然草地的总面积为7958万顷，另有560万顷的人工改良草地。在我踏访过的南方10多个省区中，贵州的天然草地和人工改良草地使人耳目一新。寒冬腊月，中国北方内蒙古草原冰天雪地、牛羊饥寒瑟缩时，贵州威宁灼圃草场上，牧草青青，大群牛羊津津有味地吃草，悠然自得地散步，牧羊人在草丛中闲庭信步。

贵州西南部的晴隆县，从2001年开始，在石漠化丘地上退耕还草，建立人工改良草地，放牧山羊。中国石漠化土地遍及贵州、云南、广西等岩溶山区。牧草以其植物世界中离土地最近、对土地最亲密、生命力最顽强著称，从而为人类提供了不可或缺的动物蛋白，保护了土地，提供了中国粮食缺口中主要紧缺的饲料粮。同时，我们在这些中国最贫困的岩溶山区农村，可以见到畜牧业为基础的草原经济模式，是循环可持续的。那里的农民还谈不上富起来，但不再穷下去。

只要有地，哪怕是石漠化土地，也能生出青草来。我们忽视草地的时候，也同样忽略了一种悲哀及一种希望。在天然林破坏以后的草山草坡上的草，是这一块土地植被被演替中最后的绿色，此非悲哀乎？在石漠化土地上的人工改良草地，那青青牧草却是生态修复的先行者，此即希望也。在未来岁月里，压垮人类的很可能是一根草；拯救人类的，也可能是一根草。

南国草青青，南国花烂漫，那是一些发生于草根、炫目于草根而不与名花游的草花、草根的花。在广东、海南气候炎热的深山野地，我见过状若牵牛的甘薯花，娇嫩地美艳着。有植物学家告诉我，野生牵牛很可能是甘薯的野生祖先。我对野生牵牛怎样牵出甘薯来无从考究，但我惊讶、艳羡、沉醉于野草的神奇美妙，我在大地上行走时会在山野荒草间席地而坐，坐拥青草、抚摸青草就是坐拥自然、抚摸自然。轻轻地抚摸野草时，会生出抚摸孩子的感觉，但我很快听到了一种天籁之音："不！是野草在抚摸它的孩子！"

我对汉语中"茶"字释放的信息反复思考，由此而生出的对造字者的敬重，对汉字之美，常常拍案叫绝。"茶"，草字头下一个"人"字，人中间为

"木"。它既说明了中国古人与茶的悠远密切的关系，又指向人在何处——人在草木中。一个汉字，茶字，却包含了人之初，人何以为人的意涵。

人生一世，草木一秋啊！

人生唯有一世，草木何尝一秋！

（原载《光明日报》2017年6月9日）

# 流逝与永恒

## ——侨乡赤坎百年

陈世旭

## 题记

历史不会结束，只有遗忘。总有被毁灭的，总有被掩埋的，但永远没有终点；总是在变迁，总是在流逝，但总是有一些坚硬或柔软凝固然后沉淀，并且永恒。

## 一、钟楼

潭江之滨，南为乡村，北为市镇。堤东堤西路沿江迤逦。六百座骑楼或淡黄或暗红，绵延三公里。几乎一楼一式的西洋屋顶，镶嵌了彩色玻璃的门窗，石雕精美的拱券阁台，依然是百年前的样貌。欧陆风情的格调，成就赤坎为"中国第五名镇"。

潭江最早是赤坎通往世界的黄金水道。定期有班船去澳门、广州数十港口：清朝是木帆船，之后是当地人称"蓝烟囱"的电轮船。江面上往来于赤坎与港、澳、穗的船只井然有序，载出当地的大米、特产，运进欧美的花布、铁钉、钟表、火柴、煤油……至今，赤坎古渡的踏跺、船只系缆的石墩依旧完整，让人听到当年的渔歌唱晚；五大会馆遗址，让人遐想当年无数商贾的摩肩接踵；几乎曾有的所有商行名号，都能从斑驳的字迹上辨认。

康雍年间，赤坎为圩市。

晚清，赤坎镇形成。

由赤坎始，开平有了公路，有了汽车营运。取代了明朝的官轿肩舆。镇民建马路，修长堤，筑骑楼，扩铺业，兴教育，极一时之盛。历二战涂炭，赤坎梅开二度，进入黄金时代。交通恢复，邮电畅通，江海交汇、中西合流的商贸通衢，舟楫如梭，樯帆如林，侨汇物资滚滚奔流，镇上商号相继复业，尤以侨资商铺遮蔽半边天：金银珠宝门连户对；茶楼酒馆鳞次栉比；粮店、绸庄、诊所、相馆一应俱全；每逢圩期节日，猪牛羊肉、鸡鸭鹅鱼供不应求。

内战祸起，物价暴升，商号倒闭，繁华梦破。赤坎再次从极盛跌落。

十万同胞远去海外。

开平县治迁出赤坎。

老镇如同弃妇，铅华褪落，姿色凋零，精致而又跌宕的前世今生，让后人嗟叹。曾经风光的，渐次暗淡；曾经喧嚣的，悄无声息；曾经年轻的，两鬓斑白。钱庄当铺结了蛛网；"巴黎"旅馆形容枯槁；王谢堂前无飞燕；烟花青楼埋没草丛。身强力壮的汉子远走他乡；拖儿抱女的妇人沿街哭号；华厦懒卧苍凉，层楼十室九空，宅门黯然锁，院花寂寞红；祠堂香火明灭，暗哑地絮叨；灰灰菜和狗尾巴草在屋檐上疯长。对于漫长的岁月，他们只是时间的附庸。百年的兴旺随了潭江水，荡荡没入海空。

多少人的户籍已被勾销？多少人的过去已经隐匿？多少故人已被忘记？对于从不停歇的时间，他们仅仅是岁月车轮上的尘埃。街边的老人和生意人神色迷惘，看着一拨一拨行色散漫的外地人，不知他们在寻找什么。

一步步走在砖石斑驳的街道，踏着一部厚重的史册。

恍然走进一个旧梦，就像孩提时遇到的生字。面对沉重的、轻浮的、清晰的、混乱的、真实的，抑或虚妄的历史，困惑而好奇。

历史有用沉默作答的习惯。飘零的树叶，自然，真实，又荒诞不经。仿佛蝴蝶和庄子在对话。我来寻找一首诗，一首简单又冗长的诗，能充分叙述、怀念、反思、想入非非，分辨奇迹和传说的真假。我会写出一些长长短短的文字，尽管并不比街边的一株紫荆珍贵。赤坎街四季都遍地落英缤纷，踩着芬芳的花瓣，就触摸到赤坎街的温馨。

跟随一位老人沉稳的脚步，踏上去钟楼的楼梯。厚实宽大的木梯，沿着大楼的墙壁曲折攀缘。

世人喜欢为祈求命运敲钟。我来登楼，是为顶礼，也是为推敲楼内的阴影与风。我想要知道，被高高供奉的钟，腹内回荡着怎样的无人知晓的心绪。

钟楼是镇子高度的顶点，高耸在苍劲茂密的树冠上面。俯首就看到潭江，遥想一次次过尽的千帆，一番番远去的激情，一场场周而复始的潮汐。

钟楼是仁慈的老者，默默地注视着镇上的众生：忙碌或是悠闲，幸福或是不幸。给他们以提醒和抚慰，给是非以公正的裁决。钟是恒久搏动的心，听它远播的声音，便是谛听岁月。有灵魂的钟摆永远那样从容不迫，古朴的声音是市镇的脉搏。

我久久地在大钟前站立，屏气静息，凝视清新的机油的滴落，凝视沉重的钟坨的升降，凝视节奏分明的齿轮的咬合，等待半小时一次的鸣响。如果还有值得祭祀的事，我期望钟声联系今昔，带回所有丢失的信息。

钟声蓦然响起。

一片水上的月影，朦胧照亮先贤的骨骼和前世的高贵。太茂盛的抒情，写满了天空的横竖撇捺，追忆似水的诗酒年华。钟声厚重而锋利，执着地雕刻日夜，雕刻四季，雕刻所有的生命，直到我们在钟声中消失。

## 二、老街

赤坎在现实中，更在历史中，是追求和寻找的出发地，一场华丽的没有尽头的梦开始的地方。

镇子是静止的，时间在流动；屋舍是静止的，居者在流动；树是静止的，风在流动；风景是静止的，看风景的人在流动；潭江一如既往地流淌，早晨有清新的愿望，满街是飘散的炊烟；落日时有安详的静谧，鸟儿疲倦地归巢。

历史在时间的河流低语盘桓，咀嚼失去了的青春以及所有可贵的日子，同时编织梦想，酿造昌盛，给自己以充分的鼓舞。曾经的多少美好，在物质的天平上沽价待售，越过时间和空间的距离，渴望在属于文化史的天空盘旋。

历史常常颠三倒四，但没有人会数典忘祖。

赤坎百年的兴起与规模，仰赖流徙海外的儿女。他们把汗水、屈辱和祖传的陈旧抛在异国，把财富、荣耀和见识的新奇捧回故园。他们依照国外的图纸，建造出一幢幢洋楼，一条条洋街，甚至水泥、瓷砖和彩色玻璃都从国外运来。赤坎于是充满了西欧北美南洋的建筑元素：古希腊柱廊、古罗马穹窿、葡萄牙骑楼、伊斯兰窗户、意大利贝饰、哥特式尖拱、巴洛克山花、科林斯柱头……经验了外部世界的赤坎人，即便是完整复制中世纪欧洲宫廷，也毫无禁忌。

三江六岸，是百年的戏台。家族的兴旺充满了竞逐荣誉的主题，岁月的翻动藏满了悲欢离合的故事。

两大家族划分了赤坎镇的地盘：堤西是来自福建的关族，堤东是来自河北的司徒族。堤西堤东最气派的骑楼街，是两大家族竞赛的记录。一场场心照不宣的争强斗胜，让赤坎成为奇观。

关族的钟楼和司徒族的钟楼表情庄严，在上下埠的两端对视。分别来自德国和美国的时钟，跟百年前一样精确。节奏一致的唱和，让沧桑的岁月如歌。它们都在坚守，思考同一个哲学命题。作为两大家族数百年竞赛的见证，依然是赤坎镇的地标。

街边的芒果树行绿荫婆娑。所有年轻的和衰老的、墙角的和街上的树，是镇子的生命。高大的树的枝条洒向天空，天空透明的蓝色，仿佛赤坎干净的镜子。

像赴一场世纪之恋，在会讲故事的骑楼下徘徊，去寻找百年的繁华和风情，去邂逅从异国回来的老人，一起手握长长的烟筒，在茶铺里闲聊，听潭江蓝烟囱的汽笛或桨声的欸乃。

被遗弃又被拥抱的生命，即便寂寥，也有一种无法超越的优越。曾经精致而又跌宕起伏的前世今生，后来者甚至难以攀比。每一扇紧闭的门后，都有一段尘封的浪漫。想象中的灯火，连接起所有的故事与章节。

欧式的窗台下面，立着中式的泰山石敢当。紧锁的门里，碧绿或燃烧的爬墙虎照旧灿烂。青砖脚下的通道，满目疮痍。逼仄的巷子，长脚的蜈蚣在时光深处蜿蜒踯躅。尽管故园的徽记被岁月剥蚀，依旧有温暖的念想。大门口的石兽远望异乡，连绵悠长的目光古瘦。江上寒烟缥缈，云挥洒水墨，似有锦书来。梳妆台上的沉香木梳，还有暧昧的体香，留住瞬息光阴，等待归人。时间刻意的痕迹，是一把开启昨天的钥匙。

清晨和黄昏是灵动的日历。燕子飞了，江水退了，老去的容颜不必祈祷。灰尘掩盖了岁月的疤痕，泪水带走了儿时的天真。平静庸常的生活让人忘了时间和衰老，外婆呼唤外孙的声音，是镇上最美丽的语言。

百年老店热气腾腾，豆腐角、猪仔薯、煲仔饭、烧鸭和蒸鹅的浓香满街飘散。观光客仿佛穿越而来，年轻的惊呼烧松枝的柴灶火光熊熊，年老的感叹手工的小食是童年的味道。

大排档的女主人，头上满是白发，善良而沉默。人们喜欢她亲手煮的肉粥和濑粉，喜欢她任从客人随意坐在店门口的板凳上，打盹和拍照。她偶尔的走神和叹气，像极了过世或健在的母亲。

做过木匠的老头，一生最得意的时光，是他的绳墨生涯。他端坐着的旧宅子，和他的质朴那么相称。在我眼里，他是上世纪留下的大师，浅浅地隐居着，直到化为尘土，让院子四季都在开花。

谁家的窗口，有位低眉的女子，淡然如菊。身边那位眉飞色舞的，像桥边盛放的红豆，知为谁生？

赤坎是一部外来语的词典，一件来路明白的舶来品。老树下小小的酒吧，写着花体的英文。绚丽的颜色，带来欧美的蓝天。遥远辽阔的海洋另一面，竟然与这个小镇有了联系。吉他在悦耳地叮咚。仿佛有个戴牛仔帽的吉他手，斜靠粗犷的走廊木栏，面对苍茫西部的落日余晖，唱自己心底的歌，不是唱给谁，不是为了谁。偶尔有些诗人，坐在故土，却在寻找家园，把漂浮的啤酒泡沫，称作乡愁，在这里宣告新诗的诞生。写诗的人很多，读诗的人很多，但谁能遇见谁的诗，谁又会被谁的诗打动，需要一种情境。沙龙、沙发、洋酒、咖啡、三明治、巧克力、幽默、爵士、罗曼蒂克……异域美妙的色彩和声音，装点了赤坎的文明。

深深的庭院，老屋是活的，有脉动，能呼吸，很容易让人迷失。谁能确定先前的金粉之家，不再有人粉墨登场，成为大起大落的主角？

院墙下的流水像歌谣。深青色的水泥地上有小板凳，小板凳上坐着懒懒的阳光，屋檐下晾着干豆角，灰色的瓦棱上，有老主人的神秘信息，瓦隙间的枯草什么也不说。一截残存的断碣，无意揭露了世间的几度秋凉：人生的最高点在哪里？是权倾天下？是富可敌国？还是饮一杯老酒，沏一壶新茶，写一首只有三五知己能耐心读完的古体诗？

时间是无情的，结局早已清楚，平凡与伟大都将归于沉寂。

没有前世，也不会有来生。快乐的和忧伤的，都会在华丽的和灰色的外壳里消失，像雨水渗进石头，只剩下传说在发黄的书页里吟哦。

不知道为什么，在许多地方，人们喜欢的事物，大多数已被毁掉，或者正在被毁掉，或者终究要被毁掉。面对生态和心灵的恶化，人们也许需要反省，物质的膨胀意味着什么样的代价？

百年赤坎，几近完整地存在。

曾经的乌托邦，成为一种奢侈的藏品，迎迓慕名而至的过客。

# 三、南楼

开平风物以碉楼胜。

千百座碉楼站立在无边的平畴和深林，列阵风蚀的岁月，见证侨乡生民的艰辛与坚韧。一代代男子背井离乡，倾囊寄回的银圆，每一枚都能挤出血滴。他们把居屋建成抗御匪患的碉楼，成为中国乡土建筑的特殊类型。

赤坎腾蛟南楼，是开平最高的碉楼：

七层十九米，占地二十九平方米，直立的枪眼寒光炯炯。三边临江，控潭江三埠、赤坎要冲。腾蛟庙七座殿宇在江边一字排开，肃然拱卫。

而决定南楼高度的并不只是物质形态。在开平所有的碉楼中，只有它，真正经历浴血的洗礼；只有它，成为民族抗争的堡垒；只有它，拥有至高无上的光荣。

碉楼本只祈求安宁，汇集季节的二十四番花讯，神色凝重地张望，等待千万里外的游子。即使远隔再多的国度，也不会模糊思念的经纬。但那一年却必须举起刀锋，矗立拼死的旗幡。火山忍不住缄默，青天里一声霹雳：

"这是中国！"

1945 年，日皇宣布投降。由雷州半岛往广州撤退的日军，必经赤坎腾蛟。

司徒四乡自卫中队分队长司徒煦领分队驻守南楼。司徒煦于 1944 年 6 月接到家信，毅然从南洋回国抗日。蓄须明志，立誓"不灭倭寇，决不剃须"。

司徒煦所部队员有：

司徒遇、司徒浓、司徒昌、司徒丙、司徒耀、司徒璇。

记住这些名字。他们足可照耀汗青。

7 月 16 日，日军沿途袭扰，直迫赤坎。

7 月 17 日，数千日军进入赤坎。南楼所在腾蛟村即将落入敌手。大量村民未及躲避。司徒煦放弃转移，决意死守南楼阻敌，保护腾蛟村民撤离：自卫队不能卫民，乡民何以立自卫队！

7 月 18 日，敌占领南楼江边腾蛟庙。攻南楼，不克。

至 7 月 21 日，自卫队固守南楼五日，弹尽粮绝。敌反复攻击不能得手，反被射杀尉官一名，炮手二名，士兵十三名，被击沉舰艇三艘，溺毙百余人。

日军广州总指挥部令毒气攻楼。

南楼一片寂静。由司徒煦提议，公推"秀才"司徒璇执笔书遗书于南墙：

> 煦、璇、遇、昌、耀、浓、丙
>
> 我等保守腾蛟，历时四日来，未见救援。敌人屡劝我投降，我们虽不甚读书诗，但对于尽忠为国为乡几字，亦可明了。现在我们已击毙敌十六名，亦已及相当代价。现在我们各同一心，于中华民国三十四年，六月十五日（农历），自杀于腾蛟南楼，留语族人，祈在敌人退后，将此情况发表报纸上，则同人等死亦心甘矣。

遗书写成，司徒煦令队员将所有的枪支砸烂，只留下刺刀肉博。至最后关头殉国。

7 月 25 日，上午，江边大炮齐响，浓烟和毒气淹没南楼。

楼内自卫队员中毒昏迷。敌入楼悉数捆绑。

7月26日，上午，七壮士被缚于赤坎司徒族图书馆大门铁栏，割下耳鼻，凿光牙齿，斩断全部手指脚趾，剖皮，挖肉，凌迟。

七壮士血流遍地，至死无一哭泣呻吟，唯骂声不绝。尸体被抛入赤坎河。

他们死在黑暗的尽头。

7月27日，午后，司徒遇、司徒昌、司徒璇、司徒耀、司徒浓的遗体被乡民在河边找到。司徒煦和司徒丙没有全尸，只有零星碎块。

烈士墓碑面向南楼。

烈士灵位安于腾蛟庙三灵宫，改三灵宫为七烈祠。

我颤抖着走在这燃烧过的土地，聆听滚烫的呼吸。

自卫队是纯粹的民间武装，也正因此成为民族血性的最纯粹证明。七烈士以其毫不反顾的牺牲，让一种保境安民的乡土责任，升华为气贯长虹的民族大义。

岭南的荔枝永不憔悴，嫩枝折断有奇异的芬芳。江岸边繁花如锦障，遥远的血和泥已变成灰烬。我用沾了血和灰的手掌轻抚，碉楼里那些依然鲜明的炮弹的伤痕，那些依然可以辨认的遗书的字迹，那些依然怒睁着的枪眼，那些依然完整的角落，明朗、坚固而蓬勃生春。

如今这是一座信念的堡垒，在风云变幻中闪耀炎黄子孙气壮山河的意志。

说什么春愁难遣强看山，往事惊心泪欲潸。在坦荡的江岸，看满地的花朵翻飞草叶乱舞。英魂就在花朵和草叶之下，露出闪烁的亮光。我能读懂它们的语言。

曾经孤帆远影，海是心中永远的道路。即便祖宗留下的田地，破旧的老水车一百年纺着疲惫的歌。曾经典当过软细，但不会典当家国。五千年的家国，不是一件可以随便拍卖的古董。越海回来的赤坎儿男，在故乡的大地倾伏。

是哪位诗人嘶哑的歌吟：这被暴风雨所打击着的土地，这永远汹涌着我们的悲愤的河流，这无止息地吹刮着的激怒的风，和那来自林间的无比温柔的黎明——然后我死了，连羽毛也腐烂在土地里面。

星辰陨落了，星空不会陨落；壮士陨落了，壮志不会陨落。生命在创造生命；心灵在呼唤心灵。暴风卷着狂涛，夹杂铁石的碰撞和壮士的悲鸣。从未埋没的呐喊和抗争，是文明和历史的全部精要。

南楼，端庄严正，神圣巍峨。是一枚家族姓氏的印章，烙印出千古传承的尊严；是一把横空扎下的刀柄，纹丝不动地插在家国的版图；是一座拔地而起的丰碑，浩然之气直冲万里云霄。

这里停留了往昔厮杀的呼啸，这里埋下了辉煌未来的伏笔。气吞山河的壮烈，铁血和不屈，永远叩击我们。

　　江上无人，只有血色的波涛在江海间翻滚，只有永恒的风在吹。

　　风是历史的箫声，是一支悠远壮阔的旋律。

（原载《人民日报》2017 年 4 月 6 日）

# 关 于 天 地

陆春祥

## 壹  杂草的故事

我们都要将杂草除之而后快。

在水稻生长季节，有稗草混杂其间，起初，人们还识不清它的面目，拔节时，稗的尾巴就露出来了，它显然比稻粗壮，且颜色越来越青，稻已经开始谋划孕育生命，稗却只顾抢夺稻田的养分。迅速拔掉，坚决不能让它伤害稻类。稗，虽然也是禾类，但它已是身份卑微的象征，和卑有关的词，都不怎么有地位，婢女，即便陪主子睡了，也很难成为夫人。

稗草是典型的杂草，人们虽尽力除稗，但它仍能让自己的种子混进稻种里，在来年一起被播种。还有野燕麦，也一样能混进麦粒中而不被发现。人们只是不断陈述杂草的危害程度，却不太了解它的前世今生，更不知道无数杂草有着怎样的命运。其实，细细体味，杂草的生长，很有些哲学含义。

英国博物学家理查德·梅比，他的《杂草的故事》，从园艺、文学、历史的角度，探究了许多杂草的来龙去脉，让我们重新审视那些不起眼的杂草。

顺着梅比的思路，我们来厘清几个关于杂草的概念。

## 1

杂草是出现在错误地点的植物。

这个观点，如同我们比喻垃圾，垃圾是放置错误的宝贝，因为垃圾是宝贝，所以才会有那么多的人寻宝贝，而一般人都将它当作垃圾丢弃了。

杂草也是这样，这个地方是宝贝，换个地方就成了杂草，反之亦然。

例子比比皆是：独脚金，原产地肯尼亚，它的花朵被用来铺洒在迎接贵宾的道路上，而在美国东部，却使上万亩农田颗粒无收；罗马人把宽叶羊角芹引入英国，因为它有缓解痛风的药效，还可以当食物，但两千年过去，这种植物再无药用价值，变成了英国花圃中，最顽固、最难除的令人厌恶的杂草。

## 2

杂草只是没有被人类驯养。

我们很自然地将叫不出名字的植物统称为杂草。

但对于那些已经知名的草，却有一种莫名的崇拜。端午刚过，许多人家门上还插着干枯了的艾叶。古罗马哲学家阿普列尤斯，他的《植物记》中，这样讲"艾草"：若将此草之根悬于门上，则任何人都无法损坏此房屋。关于"蓖麻"，他这样写：将此植物种子置于家中或任何地方，可保此地不受冰雹袭击，若将此种子悬于船上，则可平息任何暴风雨。

我居住在大运河杭州终点的拱宸桥边，运河两岸，长着无数的花草，有人工种植的，也有自然生长的，简单数数，不会少于一百种，可我只认识很少的一些，我的内心，常常将那些叫不出名的，称为杂草杂花，其实，在农艺花木专家眼里，它大部分应该是有名字的，只是一般人不知道。

所以，被称为杂草的植物，其实遍布每一个植物类群，从简单的藻类，到森林的大树，哪里有人类，哪里就有杂草。且，总是那些叫不出名的杂草，生长得最旺盛，你虽然不去刻意照顾它，它却吸吮雨露，沐浴阳光，长得欢快，日日欣欣向荣。梅比观察说，如今世界上杂草生长最繁盛的地方，正是除草最卖力的地方！

这就很让人思考。杂草与人类比邻而居，人类与杂草，保持着共生关系，它意味着，人类从杂草中得到的好处，一点也不比其他植物少。杂草是最早的蔬菜，是最古老的药材，是最先使用的染料。《诗经》中一百多种植物，在先民眼里，就是杂草。

立即想到，我们身边的那些动物，命运也和杂草一样，是不断驯化的结果。如鸡，如狗，原来也是杂兽，长久长久的若干年以前，鸡狗和人类共处共生，慢慢亲近，最后成为朋友，谁也离不开谁。

## 3

杂草的可怕纯粹是人类的短视。

现实世界，危害极大的杂草确实存在，但杂草的危害力，也是人类对自然世界的破坏造成的，一种植物成为杂草，且凶狠勇猛，纵横多国，是因为，人类把其他野生植物全部铲除，使这种植物失去了可以相互制约、保持平衡的物种。

我们来看，世界危害最大的杂草，排名第七的丝茅。

1964年到1971年间，美国向越南喷洒了一千两百万吨的橙剂，此剂臭名昭著，是因为它让所有的雨林树叶都脱落，美军洒剂，就是为了使越共部队无处藏身。差不多半个世纪了，当年茂密的雨林，现在仍然生长着坚硬的丝茅。每当树木脱叶，丝茅就会旺盛生长一段时间，可一旦树荫重新遮住阳光，丝茅即默默退去。越南人一次又一次烧丝茅，越烧长得越旺，他们尝试种植柚木、菠萝甚至强大的竹子，以遏制丝茅，一次次失败，越南人骂它为"美国杂草"。

有消息说，丝茅躲在亚洲出口的室内包装里潜入了美国，如今，正在美国南部各州疯长。这是丝茅的复仇吗？

其实，丝茅是东南亚森林地表植被的组成物之一。在我们周围，丝茅到处都是，可以说，那些绿化不太好的地方，贫瘠的山沟地边，裸露的岩石上，到处都长着丝茅，顽强得很。我在中学读书的时候，节假日就割过这种茅草，收购站会收，和芒杆一样，造纸用。

丝茅青青，它的茎叶，牛羊也要吃。

中医里，草和药同源，丝茅也有药用价值，利尿，清凉。

## 4

杂草顽强，无所不在的生命能力，仿佛有从神话中得来的无穷力量。

英国植物学家爱德华·索尔兹伯里，成功地将从蝗虫粪便里提取的种子种活，他还从一只红腿鹬鹬伤腿上的泥巴里，培育出了八十多种植物，他很出名的一个举动是，从自己裤脚卷边带回的零碎中，培育出了二十多种计三百株杂草。

科学表明，一棵颇具规模的毛蕊花或小蓬草，能够释入超过四十万粒种子。风滚草的种子，能在三十六分钟内萌发。千里光从播种到开花再到播种，整个生命周期，只需要六周。

种子可以休眠，两年、三年、五年、三十年甚至三百年，数千年，一英亩的农田中，可能含有一亿粒休眠的种子。土地中杂草的种子，永远除不干净。我看过一个纪录片，说是有机构在南极建立了一个种子库，里面有数千上万种人类生活需要的种子，种子可以存活一千年以上，如果哪一天，地球发生毁灭性灾难（肯定不是球没了），这些种子就可以帮助我们重建家园。

难怪，杂草无处不在，即便在光光的岩石上，千年的枯枝中，只要迎风有雨，都会蓬勃生长。

## 5

在中世纪，至少有二十种杂草，被人们赋予魔鬼的恶名：春黄菊——魔鬼雏菊；菟丝子——魔鬼的线；荨麻——魔鬼之叶；蒲公英——奶桶。

有恶草，就会有仙草。车前草，就称为"百草之母"，几乎所有的古老药方中，都有车前草的身影。不仅如此，车前草，还是一种占卜草，可以帮助人们预见未来。

1694 年 6 月 24 日，英国自然哲学家约翰奥布里，他在散步时，看到二十几个女子，她们中的大部分人，衣着光鲜，跪在地上，十分忙碌的样子，像是在除草，一问，原来她们在找爱人：她们在找车前草根下的木炭，晚上把这些木炭放在枕头下，就能梦见未来丈夫的模样。

三色堇，又叫静心花，一种常见的农田杂草，却成为爱情的象征，引发人们各种浪漫的想象。它的花，像一张沉思的小脸，有两道高高的眉毛，两颊，一个下巴，上面还有看起来很像眼睛或者笑纹的细线条。原来如此。

三色堇的形状，在浪漫的法国人看来，一张脸变成了两张脸，两个嘴唇在接吻。于是，代名词和形容词如潮涌来：吻我然后抬起来头，花园门后的吻，在花园门口给我一个吻，给我一个蜻蜓点水的吻，跳起来给我一个吻，去门口迎接她然后在地下仓库里吻她。法国人似乎整天生活在感情的海洋中，太能想了，只是一朵杂花而已。

## 6

孤独的野外，默默地开着的，是一朵朵不起眼的小花，因为无名，被人忽略，于是活下来撒播种子，来年，它们又子孙满地，风轻扬，倔强地生长。

杂草的故事，还有许多隐喻，人类不一定非要将自然世界，拆分成野生与驯养两大部分，杂草至少在提醒我们，生活不可能整天整洁光鲜，一尘不染，人类应该像杂草一样，学会在自然的边界上生存。

此刻，雨后，我到楼下，在壹庐的院子中仔细看了看，这里也有好些不知名的杂草，摇曳婀娜，估计它们是去年藏在各种花木的泥盆里一起迁来的。

都是客人，我决计不清除它们，让其自由生长，它们原本也是有名字的，就如茫茫人海中的陌生人，只是我不认识而已。

## 贰　一平方英寸的寂静

1855 年，美国西雅图酋长，为印第安土地部落的购买案，写信给富兰克林·皮尔斯总统，信里有这样两句话：

如果在夜晚，听不到三声夜鹰优美的叫声，或者青蛙在池畔的争吵，人生还有什么意义？

现在，我的窗外，是机器间歇的轰鸣声，铁钻机钻钢筋水泥，滋，滋，滋，节奏嗒嗒嗒，强劲有力，要将硬水泥地钻通，仿佛要将你的心脏一起钻碎。

这种建筑的声音，装修的声音，在城市的随便哪个角落，随时都能听见。

几乎所有的人，都烦噪声，但又在不遗余力地制造噪声。

用科技的手段来对抗噪声，虽然小有成就，但力度，并没有像人类对待治理癌症那样重视。

于是，我们都很向往一种环境，一种安静的环境，想那苍穹下，一望无际，满地青草和鲜花，只有蓝天和白云，还有飞鸟在陪伴我们，想采菊东篱下，悠然见南山，想门对千棵竹，闭门即深山。

这纯属奢侈，要在当下的社会，找到一块安静的地方，很难，今日，宁静就像那些濒临灭绝的物种一样。

穆雷·谢弗，在《世界的调音》里，曾经提议，把能否听到自己的脚步声，列为城市的噪声标准之一，他的意思可以这么理解：我们居住的地方，应该安静到足以听到自己或者他人走路的声音。

然而，除了那些无人烟的荒漠高原外，各种机器，就是主导我们当今世界的主要声音。

到哪里可以找到安静呢？绝对的安静肯定没有，地球上最安静的地方，应该是实验室，美国欧菲尔实验公司有个无响室，位于明尼阿波利斯的边远地带，底噪只有负九加权分贝。

尽管安静是奢侈品，但我们很多人，还是在不断寻找自然的宁静点，美国声音生态学家戈登·汉普顿也在找，他几十年，都致力于寻找寂静的声音，寻找那一平方英寸的寂静。

我将汉普顿的这种行为，当作一种实验。

2005 年 4 月 22 日，世界"地球日"那一天，他独自到美国奥林匹克国家公园的霍河雨林，在距离游客中心大约三英里的地方，将印第安部落长老送给他的一块小红石，放到一根圆木上，并将那里命名为"一平方英寸的寂静"，他设下这个标记，希望对这个偏远荒地的自然声境有助于保持和管理。他会定期到那里，监测可能入侵的各种噪声，记录下噪声发生的时间，还尝试确认噪声的来源，再用电子邮件通知对方，向他们解释保存仅余的自然寂静声音的重要性，请他们自我约束，他还会随信附上一张有声 CD，上面有噪声入侵的实况。

汉普顿录制声音，已经超过二十五年，他的声音图书馆里，藏有三千 GB 的声音，包括蝴蝶鼓动翅膀的声音，如雷瀑布的轰鸣声、一片漂浮的叶子细微的声响、草原幼狼低柔的咕咕声、传授花粉的昆虫拍扑翅膀时带起的柔和声，等等，可以说是库纳万籁。

一平方英寸的寂静，有什么实际意义吗？在大部分不理解的人看来，这就是矫情，或者是小题大做，或者是愚蠢。汉普顿却认为，如果能保存一平方英寸的寂静，就能减少一千平方英里内的噪声污染！也就是说，大自然的寂静，是能够支配许多平方英里所在的。

他的体验是，一个安静的地方，能让人的感觉全部打开，万物也会生动起来。

汉普顿的记录告诉我们，在美国要找到连续十五分钟以上的寂静，极度困难，在欧洲，这种寂静，更是早已绝迹，现在大部分地方，已经完全没有安静的地方，反而是全天二十四小时都存在着一种以上的噪声来源。

我们来看看，这个声音生态学家的敏捷听觉。

这是一次平常的记录，在他的一平方英寸目标点。

五十英尺外，传来西方鹟鹩的叫声，四十加权分贝。

三十英尺外，传来红胸和栗背山雀的叫声，四十五加权分贝。

下午一点四十五分，一架直升机，沿霍河河谷的北脊飞过，五十加权分贝。

大叶枫林里，强风从河谷吹来，每片叶子从六英尺高掉落到蕨叶上，平均会发出三十加权分贝的声响。

单只熊蜂嗡嗡飞过，音量可能在三十四至四十四加权分贝。

整个早上，他都在静静观察周遭的自然奇景，三十英尺外有一只树蛙，五十五加权分贝，它的声音几乎跟人类平常的聊天一样大，听得很清楚，缓慢，从容，清晰，类似干橡皮绞动的声音。

他开始搜寻麋鹿。他朝步道走了一小段，这时，从低矮的白珠树丛里，传来一种微弱、干脆、叮叮咚咚的新声音，他立刻静止不动。仔细搜寻后，他发现，树丛上，有一些铁杉的针叶，抬头看，它们是从一百英尺以上的高空掉落的。

在一般人眼里，做这些事情，且持续数十年，是不是有点枯燥无味呢？

嗬，这得看怎么理解了。汉普顿眼中的寂静，是一块神圣的地方，他记录并极力保护那一平方英寸，是因为他比我们常人，对寂静有更深刻的理解。

他理解的寂静，有内在和外在两种。

内在寂静，是尊重生命的感觉。我们可以带着这种感觉，去任何地方，神圣的寂静，会提醒我们的是非对错，即便在城市嘈杂的街道上，仍能产生这样的感觉。内在寂静，属于灵魂层次。外在寂静，是我们置身于安静的自然环境，它邀请我们敞开感官，与周围万物产生链接，无论我们望向何方，都可以看到相同的链接。外在寂静，还可以帮助我们找回内在的寂静，让心灵充满感恩和耐心。

这也许就是汉普顿和别的一些科学家不一样的地方了，他是世界上最好的倾听者，卓识远见，他在用心实验，他的实验是科学和诗意的交融，他试图找出人类烦躁的病症，他似乎也是中国古代哲学良好的践行者，天人要合一，道法存在于自然中。

2016年4月30日夜十点，窗外仍然喧闹，我读完汉普顿的《一平方英寸的寂静》，满胸起伏，在扉页上草草记着以下几句：

应当觉醒，拯救寂静，是因为寂静变得稀有，差不多快灭绝了；

寂静，是另一种独特的声音，其实也是万物俱在，空气是翅膀留下的音乐，万物都在音乐中舞动和谱曲；

人类不是世界的主宰，无论植物或动物，都在同一现场，相互依赖，任何生物都无法单独生存；

保护寂静，聆听大地的声音。

（原载《黄河文学》2017年第4期）

# 乡间的瓦（节选）

王剑冰

一

汉字是以象形为基础的，瓦是象形字吗？瓦的结构之特别，超出了汉字的基本特征。那个往里拐的钩，在我开始习字时，总是让它不情愿地往外拐一下，此种固习很长时间不能改变，以致使我对瓦一开始就有了深刻的印象。

想象一场天火，很大的天火，天火过后，先人看到了被火烧过的东西，其中或许有像瓦的形状的物质，扁扁的，带有一点弯曲。泥土形成了瓦的雏形。这个雏形或让我们的先人想到了防雨的功能，也就在房顶上加以利用，由一个不自觉变作了自觉。泥与火的自觉。

而这个瓦字，是否就是那个时候第一个惊喜的发音呢？我不得而知。但想象告诉我，这是可能的。很多的事物都是偶然获取的，很多的发明也是利用了某种自然的变化。

我不能进入瓦的内部，不知道瓦为什么是那种颜色。在中原，最黄最黄的土烧成的瓦，也还是瓦的颜色。

好瓦的颜色是十分好看的深蓝色，那是一种长期的民间蓝。那种蓝让人看着特别舒服。我说不好那种颜色。有一个词叫瓦蓝，说那个颜色瓦蓝瓦蓝的，你就知道是多么好的一种颜色了。瓦蓝似是一种沉稳而深刻的颜色，它不浮漂，不混杂，而且不褪色，经过了火的淬炼，它就形成了永远的色彩。火的物质渗入进去，火该是一种让人琢磨的东西。

你可知道由土而成为瓦，是物理变化还是化学变化？叫作瓦的物质，竟然那么坚硬，能够抵挡数百上千年的岁月。

屋总是不嫌弃瓦，即使屋子实在承受不住，也只是先将瓦卸下，重新做好下面的东西再将卸下的瓦盖上去。瓦对此总是沉默地忠厚地接受着。

瓦掉落地上的时候，是不会发出大的声响的，尤其是这些经过了数年风霜的瓦，它们的掉落甚至是无声的。

瓦最终在地上落成一抔土，那土便又回到田地中去，重新培养一株小苗。瓦的意义合并着物理和化学的双重意义。瓦完成了我们的先人对于土与水和火的最本质的认知。

我曾经试图挽救一片碎瓦的命运，我用胶水将两块瓦片黏合，但是没能如愿，那是好多年前的事。那个时候，还没有像现在的"502"类的黏合剂。我用泥和水将它们对在一起，然后架到砖上，上边覆上东西，下面不停地烧火。最后还是垮了。

一滴水打在瓦上，瓦会吸收到体内，再一滴水打上去，瓦还会吸收到体内，只要不是连续的打击，瓦都能承受并且吸收，而且不会渗入到下面去。直到一连串的雨水的灌注，瓦才会承受不住让水下落。

当你对瓦有了依赖的时候，你便对它有了敬畏。在高处看，瓦是一本打开的书。

瓦，我的小村的一部分，我的生命的一部分。

二

真正的瓦的出现应该是离水，离土地，离氏族首领、诸侯王最近的地方，只有有了财富，有了统领的能力，才能把房子盖得好一点，才会利用瓦。

瓦的大量的出现，起码应该是国出现的时候，"秦砖汉瓦"是指的成熟期，知道利用的时代是一个建筑需求较为讲究的时代，这个时代或许在周，在春秋战国时期。

西安的郊区发掘了一个汉墓，西安的朋友领着我去看。我看到了一片被土压着的瓦砾，想象出瓦的曾经的宏大。

前些日又一次去河南博物院，由于留意，竟然看到一群的瓦。有些瓦非常大，事先想象不出来的那种大。我们的祖先在制造瓦的时候，竟然那么用工夫，像对待他们的生活一样对待一片瓦。那个时候瓦的烧制技术已经炉火纯青，而应用更加具有了美学意味。

有一个图景，远处是草房，还有瓦房，近处是他们的土地，土地上劳作的人和牛。让你感觉到时间没有走。中国的农民在汉代已经生活得很好了，在草下，在瓦下，在天地之间。

在人最需要什么的时候，会去寻求，科学的进步是因为寻找的力量，寻找的力量是因为生活的推动。由此来说，从一开始人们就把瓦当成一种高贵的物质。

瓦是最慢的物质，从第一片瓦盖上屋顶起，瓦就一直保持了它的形态，到机器瓦的出现，已经过去了两千年时光。我曾经观察过北方和南方的农具，部分农具会有很大的变化，而瓦却是一成不变的。在人们走入钢筋水泥的生活前，瓦坚持了很久，瓦最终受到了史无前例的伤害。

三

砖连砖成墙，瓦连瓦成房。砖不像瓦，永远上不了大席面，砖费了老鼻子劲，从地上往上爬得再高，没有瓦还是成不了气候。瓦就像那主要人物，等人到齐，停当了，才会出来。所以建房只要瓦上齐了，一切都齐了，就可以把生活安顿到里面。

瓦堆在那里，从瓦窑厂运来就再没有动过地方，它们大小不差，地位相等，很长一个时间段，亲密无间。只是后来，由于建筑工的随意性，或可先从左边搬起，又从右边搬动，由此改变了一些瓦的命运，多数瓦上了高大的屋顶，少部分剩余的盖了鸡窝。这样，不仅盖鸡窝的瓦每天要最晚才能享受到一许阳光的照射，而且还要承受大屋上的瓦滴落的噼噼啪啪的水滴。

鸡们出窝的第一件事，便是上到窝瓦上到处拉屎。鸡并不会觉得它们用上了同人一样的瓦而自豪，由此也使得鸡窝上的那些瓦自豪不起来。鸡一般是上不得高屋之瓦的，必是知道那是人之所居。除非遇到非常事件，鸡才会有出格的举动，并且叫得非常响亮，以表明不是自己的故意。停留的时间也不会很长，似乎它心里很知道高瓦的地位。

离地越高，越神圣，这谁都知道。

有钱的人家盖房子，在瓦的下面，要铺上芦苇或秸秆编成的菇。多数屋子的瓦下是不铺设东西的，直接把瓦盖在檩条上，连泥都没有。这使得瓦可以直观到屋子里日常发生的一切。人们在做着什么的时候，总是能够看到屋顶的瓦，但从他们的表情上看出他们是放心的。除非有人在上边将瓦挪开了一道缝隙，借助瓦的掩护实施自己的某种目的或欲望。

每一座屋子里的瓦，都成为这个屋子的忠诚的守候者。即使由于某种原因被从这个房屋转到另一个房屋，瓦也不会将这个房屋的秘密带到另一个房屋里，而且瓦会坚守新的房屋的秘密，将以前的记忆永远封存。

能造屋的人被称为瓦匠，而非砖匠或泥匠。瓦匠可以担当砖石泥木等一切分责。

在我的印象中，瓦匠是很受人尊重的，给人盖房子，瓦匠可以上大席面，吃大块的鱼、大碗的肉。

而最初的瓦匠，则是在王宫里面，建造殿堂豪舍，更是一种少缺的手艺人。

我们的祖辈会聪明地利用瓦，譬如，把瓦合起来，由于瓦是有弯度的，摆成一组一组的，就能合出美妙的结构。第一次吸引我的目光是在江苏盛泽一户豪门的后花园。合在一起的瓦构制的甬道，弯弯曲曲的，最外面的也是弯曲的花边。后来我在很多地方见到过这种甬道。瓦缝间会有一些青苔，不规则地出现在甬道上。细雨刚下过，有些湿滑，但踩在上面不是那种坚硬感，而是带有着一种温润，似乎还有一种清新，从脚底泛上来。

周围的墙上，是两片瓦扣成的一个个的叶瓣，多片叶瓣组成的好看的墙围花里，似仍有一阵唧唧的笑声传过。

## 四

一片瓦被一个孩子捡了起来，放在地上在小拳头下变成了五六瓣。

其他的孩子加入进来，更多的瓦遭遇了厄运。碎片又被这些手旋进了坑塘，一片片的在水上飞。水上起了波澜，波澜变成花朵。瓦片左右不了自己的命运，不自觉地旋转着，由上层建筑转入了黑沉沉的地域。如果没有特殊情况，它们将永无天日。

我想很多从童年过来的人都做过这种损瓦不利己的事情。只是瓦不会记恨它们。瓦始终采取了沉默。瓦的性格决定了它自身并且由此获得了人的永远的信任。

上世纪六十年代，铺地、修路主要借助于砖屑瓦砾，也有平房的房顶是灰沙掺和着这种物质锤砸而成。

一般是将废弃的砖瓦砸成比铁路奠基石子还小的碎块。受欢迎的当然是那些废瓦，好砸，大小容易均匀，功效显著。

那个年月，就像城市街道糊纸盒子，家家都参与，大人小孩都会挑着箩筐，四处寻觅碎砖烂瓦。而由于对瓦的偏好，瓦相对较为难拾。

我所在的那个小城，白天晚上都在响着这种沉闷的砸击，尤其晚上，真可谓，长安一片月，万户捣瓦声。

时常会有人上门来收，一堆堆地摊成正方体或长方体，以便丈量。好大一堆，卖不了块儿八毛钱。但是能使废砖旧瓦换钱，觉得还是很值得的一件事。那个年代不缺力气。

不知道多少瓦变成碎片被铺入了地下。铺入房顶的倒是与瓦的作用有些联系。

小时候，有人告诉我，使蚕蛾将卵产在瓦上，然后放在水中去泡，一周以后，便会变出金鱼来。我听了感到好笑。但小伙伴都这么传，也就动摇了我的疑心。我们那时都在养蚕玩，做个实验也不费什么事。于是便使用强迫的手段，让蚕蛾将卵产在了一块瓦上。瓦是我特意选的，没有一点破损，洗净后透着朴实的蓝色。盆子里盛了水，将粘着卵的瓦放进去。瓦上起了几颗泡泡，就安静地躺在了水底。一天过去了，两天过去了，每天我都仔细观察瓦片上的变化。

我已经完全相信，是蚕卵和瓦的特殊结合而产生了离奇的变化，这即是要用新瓦而不能用旧瓦的特别之处，新瓦一定带有着炉火的温度以及瓦蓝的色彩。蚕卵的变化就需要这种条件，而瓦也是一个特殊的介体，为什么是瓦而不是别的东西？

我至今都认为是我的操作有问题，我没有耐性坚持不懈，当我发现水质出现异常时，我不得已做了放弃的决定。而那时那些卵有的已经脱离了瓦片，我瞪大眼睛，也看不出它们有小金鱼的雏形。

邻家大妈在瓦上焙鸡胗，炉火在瓦下，瓦的温度在上升，鸡胗的香味浮上来，钻进我的嗅觉，我的胃里发出阵阵轰鸣。鸡胗越发黄了起来，而瓦却没有改变颜色。瓦的承受力很强。

在最冷的时候，邻家大妈会用布片包好烧热的瓦放在孩子的被窝里，那种温暖能够持续很长的时间。我让娘也这样做。冰凉的脚放上去，瓦的温度渐渐上传，等瓦把自己的体温传遍我的全身，瓦变得冰冷起来。

下雨了，我顶着一片瓦跑回家去，雨在地上冒起了泡泡，那片瓦给了我巨大的信心。我快速地跑着，我的头上起了白烟，闪电闪在身后。

五

风撞在瓦上，跌跌撞撞地发出怪怪的声音。那是风与瓦语言上的障碍。风改变不了瓦的方向，风只能改变自己。

从我们的先民的茅屋生活、窑洞生活，进入瓦的生活，是一种生活的进步。瓦是家的新理念的最外面的东西，是家的被子。

失落那么一片、两片，为了维护家，也会修修补补。时间长了，你会看到瓦的不一样的形态和布局。瓦是家温暖的补丁连缀的形式。

屋子一直在漏。雨从瓦的缝隙淌下来，大盆小盆都接满，然后溢到了地上。娘要上到屋子上面去，娘说，我上去看看，肯定是瓦的事。

雨下了一个星期了，城外已成泽国，人们涌到城里，挤满了街道的屋檐和学校走廊，后来学校也停课了，水漫进了院子。我说娘你要小心。娘哗哗地蹚着积水走到房基角，从一个墙头上到房上去。

我站在屋子里，看到一片瓦在移动，又一片瓦动过之后，屋子里的雨停止了，那一刻我感到了家的温暖和瓦的力量。

鳞是鱼的瓦，甲是兵的瓦，云是天的瓦，娘是我们家的瓦。

一个"五保户"老人走了，仅有的财产是茅屋旁的一堆瓦，那是他多年的积蓄。每捡回一片较为完整的瓦，他都要摆放在那里，他对瓦有着什么情结或是寄望？他走了，那堆瓦还在等着他，瓦知道老人的心思。

一条狗不知道从哪里衔着一片瓦跑过来。
不知道狗对这片瓦有什么情愫，难道它认得这瓦或这瓦的主人？

六

我们的姓氏的起源，多是由先人出门所遇或所居之物而定，比如石，比如水，比如花。只是没有姓瓦的，概是瓦出现得晚的缘故。

外国人中出现了瓦的名字：瓦格纳、瓦西里、瓦尔特、瓦德海姆。这个瓦的发音非常适应于外国人的口齿吗？每次听到这些名字，都有一种油然而生的亲切感。

涅瓦、哈瓦那、瓦尔登。似乎这个瓦很适合那名字的本义，让我们叫起来觉得亲近。尽管我明白，那只是汉语翻译而整出的事情。

这个瓦，在物理上还有一个意思，表示功率的单位。同瓦的本身没大意思，是同那个叫瓦特的人联系着。


在西藏扎什伦布寺，我看到了一种带有瓦字的树。

扎什伦布寺是日喀则地区最负盛名的藏传佛教寺院，修建在日喀则西面的尼玛山上。以前，达赖喇嘛主持前藏，驻锡地是拉萨的布达拉宫，班禅主持后藏，驻锡地就是日喀则的扎什伦布寺。十世班禅最后在这里圆寂。

通往寺内的路在爬升，庙宇层层叠叠，一种树也是层层叠叠，高高地遮盖了一条路和路两边的屋舍，绿色的叶片同白色的屋舍形成了比照。

我第一次听到树的名字的时候，惊喜地让人再强调了一遍，不错，卓瓦树。

像卓越的瓦的植物，它长在寺庙里，长成了三百年树龄的参天大树，荫蔽着广大无边的佛。

树也是瓦啊。

卓瓦树据说只能在西藏生长，先开花后长叶，树的枝条可用来做酥油灯的灯芯。

尽管我并不明白为什么叫卓瓦树，并且我带有了某种主观的理解，但是我喜欢这种树，喜欢树的名字，卓瓦树。


像黄河一样奔涌的济水早就消失了，只留下济南、济宁、济阳的地名。我在济水的源头，依然能看到滚涌的泉水，泉水流过的地方，土地肥沃而润泽。临近泉水处，有三十亩的土地，种的都是蒜，长得非常好，早年是为贡品，当地人叫精蒜。

我奇怪这片地的名字：河瓦地。不错，当地人都这么说。河瓦地，是河的形象说法吗？河消失的时候，留下水的痕迹，一层层的，像一大片的瓦。

村人说，是因为土下边盖了瓦，瓦下面洇水，上面种蒜。

第一次听说瓦的另一种作用，一鳞鳞的瓦拱起身子，让土在上面肥沃，苗在上面蓬勃。

不知道为什么由瓦和土构成的地上只适合种蒜而不种其他作物。

而且，这些瓦从来不见天日。

我曾经试图瞻仰那些瓦，它们一定比我的年龄长。但我没能如愿，我只看到了黄色的土地和土地上的蒜苗。

我对这片土地充满了好奇。我不知道，除了这一片土地，还有没有其他地方叫这个名字的。这或许是一个独特的创造。

河瓦地，很好听的名字。


去大连的路上，看到一个地名：瓦房店。

多少年前，或许看到这个地名会有一种欣喜。

那里是先有一片瓦房的吗？既然不叫草房店，说明当时的瓦房给人的印象很深，很特别。

尤其在离海不远的地方，一大片的瓦。

在当时，或许是一个很气派的地名。


你听说过"弄瓦之喜"吗？那是因为谁家添了女孩。

那个瓦指的是古代纺车下的物件，大概是纺轮或纺锤之类。

让女孩在下面玩弄，或许不会影响母亲纺纱织布，还给女儿找到了乐趣。玩耍之中，就会对织布机产生印象和兴趣。女孩嘛，长大了就是要相夫教子、纺织缝补的，这也是一种早教的方法吧。所以生了女孩自然称为弄瓦之喜。

那么，对待男孩是怎样的？会让他在床上把玩玉器，希望儿子将来有玉样的追求与前途。因而对于生了男孩的，被称为"弄璋之喜"。璋为玉质，瓦为陶制，璋为礼器，瓦为工具。在两千多年前的周代，男女做事有别，《诗经》反映了时代的真实。瓦本就是带有着一种平民性，女子是平民中的平民。

让女子与瓦相连起来，倒是使得瓦的美质上升了，那是一种优雅的、柔韧的、静默的、隐忍的美。


我第一次听到用瓦来做形容词使用的话语。那是在乡间，瓦竟然表示一种姿势。

"这人，瓦着腰蹿过去了。"似乎是身体前倾，腰部微曲，腿脚极力朝前。"我要去城里，瓦着劲猛干，挣我自己想要的。"状如瓦的形体活泛起来，形象而贴切地出现在我的想象里。

瓦是乡村的产物，也就必然地出现在乡间土语中。

在中原，瓦还可以和其他词组合在一起，比如"瓦开"，"这家伙，一出门就瓦开了"。"瓦开"既是指跑的神态，又指跑的速度，透露出跑者的诸多信息。当我明白这种意思的时候，我甚至找不出更好的与之相对应的词语。

瓦，实在是一个好用的物件。

（原载《天涯》2017 年第 1 期）

# 什 么 是 海

韩小蕙

## （一）

飞机晚点，落到宁波栎社机场时，夜幕已低垂。有些小沮丧，因为是去舟山群岛，本想早些看到海的——对于整天囿于干枯京城里的我来说，大海才是宏大叙事！

汽车在簇新的柏油路上飞驰。我不死心，一次次向窗外张望，却只有黑黝黝，千篇一律。打开车窗，既无风声雨声，也无读书声，我想象：大海已经睡过去？

就这么疑疑惑惑地，忽然就穿进了灯红酒绿。人影憧憧，摩肩接踵，路旁是一排排楼宇、商场、街道。我被告诉："到了。"惊愕之间，蠢问："海呢？定海不是岛吗？咱们怎么过来的？……"人家像王熙凤耍弄刘姥姥："亲，从桥上飞过来的哦，侬不晓得中国人的造桥是天下第一吗！"我赶紧自嘲："哎哟，我还以为到了岛上，是海风啊轻轻吹，海浪啊轻轻摇……"

第二天在岛上"长征"，车行东南西北，还是可劲儿在陆地上穿梭，一直未见到海。忍不住又打问号，人曰别说定海这个最大的岛了，即使周边的好多小岛屿，也都造桥连起来了。"所以，我们也都快忘记自己是在海岛上啦……"

神了！

是，神了。我就没来由想起一个问题——

什么是海？

## （二）

海是大神波塞冬的舞蹈，是东海龙王的大笑，是妈祖娘娘的花园；

海是宇宙的墨水瓶，是太阳系的黑洞，是天荒地老的智库；

海是横卧的群山，是翻滚的森林，是高举的手臂；

海是时间的舵手，是空间的领袖，是万寿无疆的主宰；

海是闪电的 Wi－Fi，是风雨的 iPad，是雷暴的 Facebook；

海是人类的玄幻，是帝王的野心，是民众的梦想；

海是大红的"福"字，是平顺的"寿"字，是笑盈盈的"喜"字；

海是父兄的胸膛，是妻女的柔肠，是游子的眷恋；

海是勤奋的双手，是奔驰的高铁，是冲上蓝天的 C919；

海是奋斗的目标，是励志的课堂，是激情的泊地；

海是智慧的集合，是意识的闪光，是思想者的家乡；

海是歌德的诗句，是欧·亨利的小说，是莎士比亚的戏剧；

海是艺术的思念，是绘画的牵挂，是雕塑的守望；

海是"大"的神显，是"小"的形象，是无垠的知白守黑；

海是一代代的激情，是年轮的能量，是古往今来的热泪盈眶；

海是梦断的忧郁，是悲涕的扼腕，是千年的一声叹息；

海是水中月，是镜中花，是心无挂碍的企盼；

海是命运的大网，是多舛的坎坷，是大自然的曲曲折折；

海是重启的电脑，是光量子计算机，是创新的充电基地；

海是苦够了八十一难仍不回头的刚毅男人，

海是尝遍了酸甜苦辣仍不退缩的顽韧女子，

海是涅槃的火凤凰！

## （三）

而对于生活在舟山群岛上的定海人来说：

海是他们的全息宇宙。每天天光未亮，金塘岛、大鹏岛、长峙岛、长白岛……勤劳的耕海人就精精神神地起身了。一年三百六十五日，一万年三百六十五万天，从马岙镇走出古原始人开始，定海人就用耕种、造屋、编织、养殖、加工、旅游招商乃至海防、边防，迎接着红日冉冉升起！

海是他们的衣食父母。"普渔 6003 号"是一艘近海作业船，两百多吨，张军磊船长带着他的二十多名船员，每年有 6 ~ 7 个月闯荡在北太平洋的滚滚波涛上。七级巨浪劈上船头的时候，他们也手不抖，心不慌——这不就是在耕海吗？只要你披荆斩棘，筚路蓝缕，精心侍弄，海田里自会长出银灿灿的鱼谷、鱼麦、鱼瓜、鱼菜、鱼水果、鱼薯类……还会开出四时不断的鱼梅花、鱼迎春、鱼玉兰、鱼玫瑰、鱼含笑、鱼牡丹、鱼红掌、鱼仙客来、鱼倒挂金钟……呢！

海是他们的梦里故乡。"浙普远 98 号"陆亨辉船长驾着他那九百吨的远洋捕捞船，铿锵出港了！一面鲜红的五星红旗，在雪白浪花的翻腾中惊艳飘舞，三十多名船员眼里噙满浪花。这一去就是两年！目标——南太平洋和大西洋！猎物——赤道鱿鱼、秘鲁鱿鱼、阿根廷鱿鱼！理想——豁出去苦上两年，挣个几十万，回老家盖房子、娶媳妇！阵势——我中华常年有两百多艘这样的捕鱼船，在那片远离祖国的公海上作业！

海是他们的身家性命。悠久的渔业历史，浓郁的渔业文化，千百年来锻造出一代代果敢而乐观的闯海人。黄鱼、带鱼、鲷鱼、鲈鱼、石斑鱼……尤其舟山鱿鱼是中国主要的集散地，鱿钓产量竟然占到全世界的 10%！你道鱿鱼是怎么打捞上来的？NO，不是下大网捕，却原来是靠人的一双手又一双手，一条一条钓上来的！

海是他们的传奇故事。作为中国的东大门，点点岛屿，片片征帆，袅袅炊烟，张张脸庞，左手右手，曾写下多少可歌可泣，曾传出多少威武雄壮，曾创造了多少辉煌灿烂！史前和新石器遗址文化，古代海防和近当代抗战历史，佛家和道家的神秘传说，古村落建筑和渔民画，海运商贸和闭关锁国，改革开放和"一带一路"……把哪一个册页展开，都像奔腾不息的排浪一样，精彩难具陈！

海是他们的铜墙铁壁。一百多年前的战败与耻辱，淌血的伤痕犹存，却是再也不会重演了。涛声只是一遍遍地讲述着同一天捐躯的三位总兵王锡朋、郑国鸿、葛云飞，不复有悲号，不复有哀叹，不复有弯腰摧眉，不复有银牙咬碎——因为整个民族已经巍然耸立。定海人热爱和平，但为了保卫祖祖辈辈的家乡，他们也绝不再忍气吞声，眼睁睁看着强盗来我中华的大海上横行！

海是他们永久的起跑线。六年前的那个早春，随着我国首个以海洋经济为主题的国家级新区的获批，舟山群岛新区挺胸昂首，走在了中国海洋战略的前沿。也就短短一瞬的两千多天过去，在定海古老的海岸边，已经屹立起国家远洋渔业基地、太平洋海工等一大批国企和民企；然后，国家级立项的中澳现代产业园也已完成规划，进入实施阶段——全世界人民都知道的一件事是：中国人一旦撸胳膊挽袖子地干起来，那就是高铁速度。当 LED 大屏幕

"哐！哐！哐！哐！……"地推演着画面，把一座八年后就将建成的现代化、国际化、创新化、全面电子科技化的，无比豪华、亮丽、高端的滨海新城推到我们眼前时，我兴奋得站都站不直了，只感到海风真的是在可劲儿吹，海浪真的是在摇啊摇！

## （四）

我曾看过法国导演雅克·贝汉和雅克·克鲁奥德联合执导的大型纪录片《海洋》。我当然醉心于大鱼群那种电光石火般聚、散、开、合的惊天动地的大奇美；可最让我刻骨铭心和椎心泣血的一个问题是：若是有一天，当人类将海洋里的鱼都捕尽了以后，怎么办?！

在长白岛后岸余家古村，望着远远在海面上漂浮的养殖网箱，这一阵忧郁又袭上心头。我忍不住把这心思剖给春祥弟听。

陆春祥，虽非舟山定海人，却也是多海岛的浙江之子。加上聪明透亮，修养亦高上，就淡然一笑，百分之百说："不会的！海多大啊，占地球表面积的71%呢，三百年也捕不完的。"见我犹疑不语，他又眨着那双智多星的眼睛说："三百年后，我相信人类早就研制出代食品了……"

话虽是这样说，我的眼前，却总也抹不去海匪们的身影——君不见小日本的捕鲸强盗们，是在怎样争分夺秒地用鲸鱼们的鲜血，疯狂涂抹着他们罪恶的狞笑！

就像当年他们野兽般杀害中国人、东南亚人时的狞笑一样。而我中华是太热爱和平的民族了，我们温良恭俭让，眼里的大海只是经济的大海、商业的大海、建设的大海、风平浪静的大海。

心愿如此！海晏河清！

（原载《人民政协报》2017年6月3日）

# 扎日沙巴以北

嘎玛丹增（藏族）

看见风，在林中穿越。

无数的叶子，先用晃动的姿势告诉了我。随着风的发言，枝叶开始蠢蠢欲动，弄得沉寂的森林，终于有了一些活性。其实，在大地的根部，生命从未停止律动，只是我们缺了昆虫的耳朵。寒冷却异常疯狂，锥子样砸骨穿心。我以为可以抵抗，等风走过，应该要不了多久，或者找到一块有阳光的空地。天空被丛林遮挡得密密实实。我并不知道林子的深浅，方向变得难以辨别。铺满松毛、青苔和腐殖质的林地，没有现成的道路引导方向。世上原本没有路，又处处道路，问题是，如何才能走出正确的道路。

灌木丛在幽深的河谷晃动，坚硬稀疏的枝干上，细碎的叶子花一般迷眼，闪耀着比阳光更炫目的色彩。原想赶在风之前，捡到一片鲜艳的叶子，不管夹进书页，或是送给情人，都是关于深秋的信物。它们精灵样翻滚在地，总是把我远远地抛在身后。试图追赶风速，原本就是一种妄想。

为了这次攀越，除了一身厚重的衣服，什么也没带。在这个难以企及的高度，相机变得沉重，重得使行走变得异常辛苦。透过东摇西晃的林梢，隐约看得见一座孤绝的山峰，顶部插满木箭和经幡。在青藏高原的很多地方，高山顶上总有刻满经文的嘛尼堆和飘飞的五色幡，它们既是信仰的物证，也是人间烟火的象征。如果你在旅途中，看见了白塔或煨桑炉，表明附近一定有人的居所。人们把经幡和嘛尼石放在最为险要的垭口和山顶，不仅能给孤独的旅人指引方向，还能给人以勇气和安慰。一个人了行高原，看见它们，旅途就会变得不像事实上那样空旷和孤独。

树木变得稀疏起来，地面有了零星的嵩草和细碎的花朵，行进也显得更加吃力。经验告诉我，穿过这片冷杉林，就是高山草甸。前方五十米开外有一片空地，阳光在那里倾泻而下，给人以想象的温度。寒冷残酷得一言不发，暴君样统御着高山峡谷。行进途中，我的肺腑，一定有什么东西在用力撕扯，迫使心脏在体内东逃西窜，好像随时打算弃我而去。

我只能走几步歇几分钟，张开大嘴，费力寻找着稀薄的氧气。我听见自己的心跳，战鼓样雷动。

其实，我很想奔跑，尽快看到阿旺边巴坚实的身影。我必须迅速离开这片荒无人烟的原始森林。我被空气限制了。一切行动，无可奈何地慢了下来。我产生过丢弃相机的冲动，事实上，没有人愿意那样做。自然，试图捡拾一片叶子的努力，以失败告终。

四千三百米以上的海拔高度，不支持我奔跑。我瘫坐在潮暗的森林里。在此间无法充当英雄，也不可以目空一切，在真实的自然地理面前，习惯主宰大地的人或动物，毫不例外地变得谦虚起来，任何人定胜天的壮志和豪迈，都可能因为不切实际的虚狂，跟世界永别。

这是喜马拉雅山脉北麓，来自印度洋的暖湿气流，让这个地区的沟谷，意外地披上了浓密的植被。在有众多神灵居住的高大山峰中，扎日沙巴是西藏最富传奇色彩的神山之一。早在藏传佛教进入吐蕃以前，它就是苯波教徒最重要的朝圣之地。而生活在这个地区的藏族人和珞巴人，一直把它视为西穹菩萨的化身。只是扎日沙巴有一张无常的脸，很难在云雾缠绕的白天黑夜，清晰地看见其尊容。我坐着喘息的地方，还不知道距离它有多远。边巴告诉过我，如果看见它，并日廓（转山）一周，就可以出离六道轮回之苦。那是很多人想要的来世。人们选择在马年转冈仁波齐峰，猴年转扎日，据说都可以免除轮回地狱，往生人间或佛界。而环绕扎日沙巴转山，意味着要在高海拔地区行走一周，从隆子县的加玉，走到中印边界线上的塔克辛，再回到我眼下走一步如行千里的地方，这对于习惯了平地和汽车的身体，无疑像一个超越时空的传奇。我缺少信仰者那种信念和毅力，只想远远地看见扎日，哪怕只是一瞬。我一直想站在距离神灵最近的地方，把我对信仰、对高山、对一个民族的敬畏和崇敬，安放在世界的最高处，成为心底最干净的教堂。

坐在草甸上，纸烟刚刚点燃，风的寒芒刺得我四肢冰冷。别无选择，只好站起身来，继续朝有阳光的地方缓慢移动。不到五十米的距离，好像用了一生的力气，才摸到了阳光的皮肤。在高寒的森林触摸太阳，让人感到了伟大的幸福，瞬间懂得温暖的意义。

云在亮晃晃的天空疾走，它的速度，让人嫉妒。源自山顶的融雪蜿蜒在湿地，用一种我们听不懂的语言，跟石头和青草说着话。

一切都静了下来。树叶继续从树枝落下，并在草地上蝴蝶样翻滚。

刚刚进入森林时，我问过边巴，到神山有多远。边巴说不远，穿过树林就能看到。但眼下这片森林，让我觉得深不可测。事实上也就两三公里的长度，因为举步艰难，给了我漫无边际的错觉。有着十年侦察兵经验的边巴，走遍了喜马拉雅山脉、冈底斯山脉和唐古拉山脉的每一寸土地，对世界高处的雪山冰川、河流沟谷、森林洞穴、村寨寺庙，包括藏地最深的秘密，了如指掌。边巴虽已六十高龄，行动仍然矫健自如。常年的高原作业，让他变得异常健康睿智，几乎可以用强大和博学进行形容。

之前，我们的越野车从朗县出发，离开雅鲁藏布江南岸公路，沿着深切山谷进入隆子县地界。在尘土飞扬的黄土便道颠簸了大概一个半时辰，汽车刚从烟尘中站定，马及敦村民立马就从各个方向围拢了过来，纷纷跟边巴招呼问候。看上去，边巴就像回到了久别的兄弟姐妹中间一样。这个袖珍的珞巴族村落，不到十户人家，过着半农半牧的传统生活。石木结构的土掌房依山就势，原本很是古老朴素，可惜被新盖的彩钢顶棚彻底破坏了，看上去就像一个穿着氆氇的老人，套了一件笔挺的西装样滑稽。于今，到处都在发展旅游，偏远的马及敦村也不例外。给建筑立面穿衣戴帽的现代化建设，开始作为形象工程，在许多地方的外部进行。但现代建筑材料的胡乱使用，让一些原本充满历史和文化的建筑词汇，被修改得张三李四，完全失去了原本的温度和灵性。

简便道路沿马及敦村西侧山脊，上行约三公里以后，我们便来到了一片湿地的边缘。道路于此结束，开始步行。边巴背着水和食物，一次次把我远远丢在后面，不时停下并回头望着我，他的身体语言已经无数次告诉我：老弟，你走得太慢了。边巴只是出于礼貌，没有说出口而已。这个在高海拔地区如履平地的藏族老兵，最终不习惯我的迟缓，半途扔下我，自顾自地向山顶走去了。

我以为，没有工厂和噪声的安静，是自己一直需要的。独自坐在扎日沙巴的森林，才意识到习惯了有人群的生活，已成日常经验的靠背，一旦离开人群，就会惊恐不安。大地完全敞开，世界了无遮拦，寂静的荒野，美丽得让人恐惧。我突然有些担心，在这个见不到村庄和牛羊的地方，除了树林、风和寒冷，雪豹、狼或源羊，随时可能在眼前出现。

边巴说，翻过扎日神山，就是麦克马洪线。上个世纪初，英印外交大臣麦克马洪，有一天坐在新德里满是雪茄气味的办公室，听完英国探险队关于喜马拉雅山的地理测绘报告，眼睛突然一亮，指示探险队重新画一条中印界线。为了满足麦克马洪的突发奇想，几个英国人回到伦敦的实验室，把喜马拉雅山山脊分水岭的连接线，异想天开地画成了中印界线。传统上属于西藏当局管辖权、税收权和放牧权九万多平方公里领土，被强盗们顺手牵羊地掀进了腰带。谁也不愿相信，这条纸上入侵的连接线，后来被印度政府一厢情愿地当成了中印边界。

在这片荒寒广大的土地上，生活着一个很特别的族群——珞巴人。于今，大部分的珞巴人活动在扎日神山以南的印占区，仅有少数珞巴人居住在西藏珞瑜地区。事情虽然已经过去了将近一百年，错误的麦克马洪线，成为世界上最漫长的错误，让这片土地，一直在强盗的仓库中争议，至今没有得到正确地修正。1962年夏秋时季，呼啸在我脚下这片土地上的枪炮声，迄今虽已消失五十多年，在彬彬有礼的谈判桌上，我们依然看不见收复失地的任何曙光。在长达一千七百公里的麦克马洪线上，含混不清的中印边界，必然为喜欢和平的心灵，蒙上危机四伏的暗影。

我几乎就走进了麦克马洪谎言，但没有见到珞巴人，更无从享受用火中烧烫的石头，煎烤青稞面饼的特色美食。可以想象一下，石头在柴火中烧烫以后，再用来煎烤吃食，应该是天下无双的美味吧。

我的力气几乎耗尽，才走出了扎日沙巴的森林。边巴坐在错嘎湖畔，已经备好酥油茶、糌粑和风干牛肉。我瘫倒在寒冷的草甸上面，再也不想起来。我知道，我已经没有力气继续攀爬了。

错嘎湖是历代大宝法王噶玛巴的圣湖，也是传说中天神女居住的地方。湖岸四周植被丰厚，与藏传佛教噶举派相关的古迹甚多。湖盆装满世界上最干净的水，清澈幽蓝得牵心摄魂。无数细小的游鱼，在湖边的浅草间穿梭游弋。它们是这里最古老的居民，一生都不用担心什么，过着自由幸福的生活。

一群身裹厚重氆氇的妇女，背着几乎和身体一样高的背囊，突然穿过云雾，出现在我们眼前。边巴照例和她们很熟悉，甚至叫出了其中一个妇女的名字。她们是杂日乡的村民，从扎日沙巴神山以南的塔克辛购物归来。背囊里装着盐巴、肥皂、锅碗瓢盆和其他日常用品。她们放下背囊，坐在我们中间，愉快地吃着我们余下的水和食物。边巴跟她们有说有笑，使用了我听不懂的语言。我被声音抛弃了，直到她们高兴地离去。

边巴一支又一支地抽着纸烟，树皮一样清晰的褐色脸膛，写满了一个老兵不动声色的机警和狡黠。我们之间话茬不多。说话也消耗氧气，很费力，或者话不投机。我们像两棵彼此间隔的树，杵在荒无人烟的错嘎湖畔。有一刻，我甚至确信边巴就是扎日沙巴的石头。这个噶厦政府警卫长的后代，曾追随祖辈的足迹走遍了西藏。在常年的侦察巡防中，亲历过最深的孤独、危险、饥饿和寒冷，也可能经受过无数牵肠挂肚的爱情。刚才那个叫拉姆的女人，年轻的时候一定很美，跟年轻时的边巴，完全可能一见钟情。虽然我没有听懂他们的谈话，边巴和拉姆彼此交会的眼神语言，与我的情感经验完全暗合。眼神里有光，很柔软，自然让我想到了爱情。

边巴从小就开始见证信仰的崇高和强大，漠然的表情，不仅仅发表坚硬，还装满了西藏的神灵。在众神居住之地，谁愿意在心里离开神灵呢。这里没有绝对的强大或卑微，你是大地的主人，也是自然的奴隶。万物平等，是传统和信仰一贯坚持的主张，永远至高无上。同样作为过去的军人，我没有边巴那样强悍，面对那些高山大川，我的身体和心灵，一次次举起了双手。

我们等了很久，云雾没有离开扎日沙巴的任何迹象，而暮色开始在山谷集结。边巴是老兵，也是无神论者，但并不影响他对天地神灵的敬畏。我躺在草甸上假寐了一会儿，努力想象着扎日雪山的模样。暴晒在亮晃晃的阳光下，强烈的紫外线很快抓疼了我，裸露的皮肤像有芒刺在动。睁开眼，见边巴正双手合揖，对着扎日雪山的方向凝神静默。我听到了颂歌式的梵语，声声盈耳净心，好像天籁。走在这片神性的大地，我听得最多的语言，就是观世音六字大明咒和莲花生心咒。人们一生都在念叨它，从未停止跟神灵交谈。"巴特玛萨木巴瓦——"我瞬间念出了莲花生大师的梵语发音。声音真是美妙，具有穿越时空的神奇力量，跟着它，我一下子就回到了桑耶寺，我在那里朝觐过莲花生尊者。就在桑耶寺转经回廊壁画前，听拉措姆念叨过这句梵语。我当时感觉美妙极了，有如身边念诵它的仙女。因为美丽的拉措姆，我牢牢记住了这句梵语，而这个声音，又必然观想法相端严的莲花生尊者。我也跟着边巴唱颂起来："嗡阿吽——班杂咕噜——叭嘛悉地吽。"

我走到了灵魂的入口，天神不愿意让我进入。满以为西穹菩萨可以加持我，让我见见过去的自己和未来的自己，让我无家可归的心灵变得踏实、温厚、淡远一些，以慈悲美好的胸怀面对天地人生。虽然我没有宗教信仰，似乎一直在关心精神，满怀希望地想在神的怀抱，聆听神的低语，顺便看看灵魂的去路。温柔的云团，把我挡在了门外。我很失望。边巴对我说，他多次来过这个地区，但扎日沙巴终日云遮雾罩，就像很多西藏人一样，从未见过扎日沙巴的真容。他温和地看了我一眼，并沓蔷地笑了笑。那笑容就像在我心里划亮了一根火柴。"嘎玛老弟，看来，你的一生无缘西穹咯。"其实，边巴脸上的表情，和我一样充满失望。

一场冰雹突如其来。上帝想干什么，一向无须向谁预告。我和边巴坐在空旷的草甸上，被淋了个精透。瑟缩发抖之际，阳光又钻出了云层，针芒样落满肌肤，火辣辣地灼疼。我们在气候多变的错嘎湖畔，继续等待。扎日沙巴仍在云雾里，一直没有向我露出神的面孔。

出现在扎日沙巴，已是我人生旅程里，最正确的一段线路。那是一个离我比想象很远的地方，如同长寿的麦克马洪谎言。下山时，我暗自寻思，可能比死亡更远。这个念头，让我感到了沮丧。我无法不沮丧。之所以这样想，是因为我可能再也走不到扎日沙巴了。

无缘神谕，自然不是神的错误。

（原载《旅游新报》2017 年第 7 期）

# 下谷子的雨

刘　云

春天让陕南具有弹性，树叶有皮肤感。水的温度明显上升，掬口溪里的清水喝，不牙疼。水分从地层下浸出地表，人的肚子迟早就有咕咕的水响。

雨意在云层下方，飘来飘去，不小心拂到脸上。陕南嘛，春天的雨并非贵似油，它就是屋檐下的露水，在太阳出来后滴下尘土，或随早上的风吹散到半空中去。

这时候，谷雨说来就来了。谷雨是节气，一般在阳历四月二十前后来。陕南谷雨，是专一为种谷而下的，三月来，四月来，看气候，看今年庄稼的安排。谷子需要下种了，那雨下的就是谷雨，陕南人说，这是下谷子的雨哩！如果大面积种下早谷子，谷雨说下早些吧，如果今年回茬面积大，谷雨就下迟些。

谷雨一定是在夜里下的。所有敏感的农人在睡梦中闻到了谷雨的气息，因为他身上的"劳伤"发了，骨节酸痛，肚子里咕咕的水响，越响声音越大，他不得不披着褂子下床，迷糊着摸到厕下滋一大泡热尿，然后回去再睡回笼觉。农人知道谷雨是不需要别人去照料的，有田接着它们，有土接着它们，有园子和菜蔬接着它们，有堰和渠接着它们。

谷雨一口气下个两三天，是常有的事。所以要紧的亲戚，一年中总要在谷雨前，走一走要紧的家门。若是正好赶上下雨了，亲戚们就坐在堂屋里，看着大门外的场院里，谷雨在地上溅出水花。然后，灶屋里的油下锅声，菜刀在案板上的咯咯声，包括灶洞里的火焰声，都能传到堂屋里。如果有老人抱着水烟袋抽完两支纸煤儿了，那一定是谷雨下得不紧不慢，都渗进地里去，一点也没有糟践。

等到天放晴时，整个陕南就是一片水汪汪，你出门，所能看见的山、地、田、堰、渠、河沟，都涨了两指深的水了。有经验的农人，站在自家大门口，拿眼一望，就知道地里几成墒。一般来讲，地里六成墒最好下种，七八成墒，可以翻水田，十成墒嘛，可以耙田、蹚田，若是十二三成墒，谷雨就是下过性的，偏多了，陕南的黄泥地，要粘牛的脚了。

那就趁六成墒种豆子，下菜苗，黄豆、四季豆、扁豆，都可下到地里去。这样的墒土，不需要施底肥，一锄一窝一苗，掩实了，不出五日，就见苗了。待苗长得一拃高了，可以在天放晴时，施些粪水，这就算定根定苗了。所有在夏天里长的菜苗，都可以下到地里，可以直接下种子，可以从圃里起出育苗移栽。辣子、茄子、黄瓜、葫芦、南瓜、丝瓜、金瓜、苦瓜、西红柿，都该下田下地了。谷雨是水，更是肥，错过了谷雨，辣子不辣，黄瓜不甜，苦瓜不苦，茄子是个柴火头。

七八成墒呢，就正好下秧母田。把最肥厚的老母子田，犁得深透了，耙得平细了，起沟起垄，用抿子抿得镜面也似，把浸胀的谷种匀匀地撒到田母子上，然后，棚上篾，覆上膜。不出五七天，母田上，就出现了一层半指厚的星星米芽儿，雪白地间着青色，雪白的是细根芽，青的是细叶芽。

其实，秧母田，就是庄稼坐月子，庄稼把式照护得跟自己媳妇一般，不教缺了吃喝。不下雨了，天气一般是晴好的，也有阴天，气温却似慢火熬米汤，热劲儿是一天天见涨着。大正午的，要时不时地揭了篾棚上的膜，给苗透透气。早晚也要照看，若是有暖风一个劲儿吹沟吹山吹田，该揭膜也得揭。不出月，那谷的苗，就水葱一般蹿得一拃高了，那苗的根系雪白里有了紫红，苗叶儿一色儿都是韭菜叶宽，叶间的筋纹是土金色，懂经的人一看，这厢秧母成了。

这下，乡下的农事就紧密了。早中晚，三歇连成一气了。牛都喂足了青草和精料，比如，用去年的黄豆壳包了成把的炒得半生的黄豆，有点像日本人的料理寿司，或者是安康的菜夹馍罢，牛吃了，胃里打出粮食嗝来。如果是上等牛，兴喂安康五里黄酒啊，用青竹筒子灌，正出劲的牛，该要灌上三五筒的，搁在人里头相当于斤把酒量的汉子了。

晴好的天气里，是陕南犁田打坝的好日子。就算不出太阳，下着细毛毛雨，也要犁田打坝呀。这时候，节令不等人，秧母田的谷秧不等人，田里注了的水不等人，就连田里沤的青肥，田里下的猪肥、牛粪也不等人。要把它们和田土田水一齐翻耙得细匀了，把一色儿清的田水，都耙成浑水，这才像个兴谷的样子。田坎要重新起新泥垒了，用钉耙儿起泥，用它们的四根银白的齿在坎上抿出纹路来。要抿得结实，待太阳一晒，就能下脚，就能种黄豆。田坎壁上的杂草都要片了去，用薅锄片，片出新土来，那些杂草正好片到田里沤肥。

犁田打坝都是硬活路，兴一等劳力做，讲究用暗劲儿，用脆劲，用一股子气势，所以这项活路被列为乡下的三大重活路之一，其他两项是背坡、上树。做这样的活路，兴吃好的喝好的。除了过年，这个时节的好吃喝，是最讲究的了，插秧时看一户人家发旺不发旺，就看吃食办得好孬了。

　　那就吃硬菜硬饭。一天三顿饭，早上兴喝甜酒，吃汤圆、杠子馍，甜酒不光甜，还有十来酒度，喝这酒是要提劲儿的。中午兴吃干饭，四荤四素，荤要见猪蹄髈，素要见青，莴笋山笋，新胡豆新洋芋。早年乡下请劳力，兴看饭量，中午这一顿不海上三大碗饭，主人心里就犯嘀咕，嫌你力气不够。晚间，讲究吃一回酒，满桌子满碗，用一个大酒海盛苞谷酒，苞谷酒讲浑色，不浑不酒，那浑的苞谷酒，都是在罐子里封了一大半年的，是去年腊月酿下的头子酒，专等着插秧时喝。这吃酒讲究解一天的乏。牛卸了犁了，也讲究吃一筒两筒酒，然后卧在牛圈里吃夜草，反刍半晚上。

　　下谷子的雨，催着田里长出时髦的庄稼。谷雨下过了，秧母长齐了，水汪汪的陕南，凡是田里驻着水的，都插上青碧的谷秧了。谷雨到来的前后个把月，陕南的乡下出奇地人气见旺，人在田里，牛在田里，农家的炊烟像是远古的情景。走再远的人，在再远的地方，只要陕南的谷雨下着了，他们就能闻到谷雨气息，他们的驿马星就要动了，打上车票，坐火车，坐汽车，坐乡下跑短的拖拉机，回到陕南的乡下去。他们看见谷雨下在自家的田里地里，自家的菜园子里，下在房前屋后的水沟里，干了一冬的堰塘也满槽了满塘了，他们就知道这谷雨该生百谷哩。他们把自家田里都插上新秧，在新田坎上种上黄豆，等着秋天再回来收割。

（原载《人民日报》2017 年 4 月 17 日）

# 大梁坡上的生活

帕蒂古丽（维吾尔族）

我们家在老沙湾大梁坡的屋子，盖在高高的土坡上。前些日子，白天装修，夜里，我和弟弟打了地铺，躺在埋着我们胎衣的地方，心里安宁得就像躺在爹娘的怀里。小时候进进出出的庄稼地，长满芦苇的河坝上，那些记忆都回来，一片一片落满院子，栖息在苞米叶子上、棉花秆子上和葵花的盘子上。

花了二十年时间书写，现在，我终于把自己写回大梁坡。这个村庄，对于别人可能只是一个村庄，对于我，却是一本打开的书。我回来，就是向故乡索要一份记忆，一份丢失的记忆。

坐在屋子的门槛上，用父亲的目光看那些荒草。我是在荒草中长大的，却从没有这么长久地凝视它们。孩童时代只顾着在一路奔跑中长大，似乎奔跑的方向，就是长大的方向；奔跑的速度，就是长大的速度，遥不可及的远方，充满了诱惑。成长中的奔跑，不会为谁停留，我甚至不会停下来，等一株荒草长大、追上来。童年的我，像一只惊慌失措的鸟。任何事物，都是匆匆从眼角掠过。

现在，我用父亲的目光，打量大梁坡，村里的房子沿着一个椭圆形的大坑排列着，似乎从来就是为了我从这一头打量起来一览无余。坑里一直种着棉花，无论地分给了谁家，都种棉花。似乎这块地就属于棉花，从我穿开裆裤到现在，几十年来没有变过。

我大学毕业不久，就当了记者，离开大梁坡的第二年，父亲用嫁我的五百元彩礼钱，开垦了房子西南面，靠着河坝的十几亩地，这块地，用尽了他最后一点力气。等我抱着孩子，带着一架为他买的收录机回来，只赶上为他送埋。

我的婚礼父亲没有来，家里一个人也没有来，父亲本来可以用那五百钱买车票，到塔城参加我的婚礼，可他把钱用在了开垦荒地上，他想着我还有三个弟弟，一个妹妹在读书，他雄心勃勃，准备把他们都培养成"国家的人"，结果他走了，把他们全部留给了我来负担。

我们个个都像父亲，都留恋大梁坡，都想在年纪大了以后回来。这里养了我们一大家子人。大梁坡有父亲打了一辈子交道的邻居，邻居呼唤孩子的声音，跟他们的父辈一样，邻居吠叫的狗，似乎还是多少年前，我们听着入眠的那一只。

早上起来，看着葵花的脸盘渐渐亮起来，一点点仰起来，转向太阳。雪山在远远的地方，就像画在天幕上。站在房顶，能看到海子湾水库的大坝。二十八年前，这条路扬起黄尘，运送父亲尸体的拖拉机，突突突地驶过。埋葬了父亲后，就是那条路，带着我们迁徙，让我们兄妹六人，朝着六个方向，走了几十年。现在，都该回来了。回到当初，回到没有离开过的大梁坡，回到另一个梦境，等父亲的声音，远远地叫醒我们。

三弟弟每天盘算着，口袋里的钱还能做多少事情。他盘算着盘一个大炕，叫兄弟姐妹们都回来，像小时候一样，大家一起并排睡在大炕上，这是他一辈子的理想，现在快要变成现实了。

三弟弟现在盘算的，父亲在他这个年纪也盘算过，大弟弟想的，跟父亲一模一样。一旦回到这里，日子似乎只有一种单纯的过法。这是真正的重来，地里种的，院子里养的，一样都不多，一样都不少。大地就这么古老，村庄也这么古老，日子还很悠长……还来得及，把过去的时光，再从头过上一遍。

最小的四弟，打算第一个回来。他是六个孩子中，最早离开这个家的。

冬天，我倚在门框上，看着大弟、三弟带着孩子，在雪地里撒欢，我猛然想起，这个院子里，从来没有过四弟弟童年的脚印，他六个月就送给了姨姨家，被姨夫裹在被子里抱走了。

这个夏天，四弟久久地钻进茂密的蒿子里，似乎在寻找什么，我看见淹没过我们童年的蒿草，幸福地淹没了他。

白天种菜拔草，晚上一起睡在大炕上，这些小弟弟没能经历的村庄岁月，我们要为他补回来。我们从小欠了他这样一份日子。谁也无法把过世的爹娘还给他，我们现在只想把大梁坡的生活，原原本本还给他。


## 大梁坡的狗


回到大梁坡后发现，要想在村里来去自由，得先跟村庄里的狗搞好关系。回大梁坡村的家，路只有一条，必须从邻居家门口过，邻居家的大白狗从来不拴。大白狗刚产了崽子，凶得简直像一头母狼。我不认识大白狗，它也不认识我。只好来去坐车，根本不敢下地。进自己家的门，还要经过邻居家的狗认同，回乡真不容易。

怎么过大白狗这一关，四弟弟的说法是：把它喂熟。大白狗的窝，在我家和邻居家之间，临近我家的大门，所有来我家的客人，都要过它这道关。养熟了，等于咱家养了狗。

要想喂熟，先得从生开始，这狗根本无法近身，每次狭路相逢，即便我是坐在"铁壳子"里，它都要来咬个不停，一直咬到大门口，我没法下车，只好对着邻居家大喊："图拉訇，挡狗！"

图拉訇用维吾尔语骂了一句，大白狗撤退了。图拉訇大喊着："你骂它，用维吾尔语骂它，声音要大，骂得凶一点，他就会怕你。"

我一边发抖，一边用维吾尔语骂狗，狗果然低下头，不叫了，乖乖进了狗窝。

后来我发现行走在大梁坡，你得不断变换语言方式，跟村庄里的狗对话。维吾尔庄子里的狗，维吾尔语和哈萨克语通用，回族庄子的狗，只理会回族话，你可以说甘肃话、宁夏话、青海话，如果你说普通话，它立刻能辨别出你是个外来客，就不会那么客气了。

汉族庄子的狗，即便不出狗窝，也可以从来人的武威口音、张掖口音、天水口音分辨得出是谁来了。汉族庄子的狗，对说河南话、陕西话的人十分顺从，庄子里操这两种口音的人居多，当然它也不排斥山东话。狗的器官很灵敏，如果你明明满口的大葱味，却说着一口河南话，它反而会起疑心。

现在到了大梁坡，你千万不要以为大梁坡人养狗是为了看家护院。过去大梁坡人养狗，多半是为了放羊、捕狐狸、追野兔、逮野鸡，现在狗的作用类似于石狮子，是为了迎客和装点门面。

在家里坐着，只要院子里的狗叫了，就是在给主人报信，有客人来了，赶紧出来迎客。

村庄各户人家的院子，根本用不着狗来看，田晓武家的摩托车扔在地边上，从四月扔到了八月，忙完收割，田晓武想起来摩托车还在地头，带了扳手、榔头和起子，敲打了一下，又把摩托车开回来了。

阿布麦提去了县城，家里的母牛扔在河边五六天，等他回来去河边牵牛，母牛下的牛犊都在河边欢蹦乱跳了。

玉努斯家的车没油了，扔在村道边一个礼拜，钥匙插在锁孔里，也没人去动。

村里人太太平平，谁也没空惦记别人家的东西。如果有外人打村庄里任何一家的主意，村庄里的狗就闻得出来。村庄里的人听得出来，迎客的狗叫声和狗的斥责声是不一样的，现在我不管去哪个庄子，都能变换着语言方式，跟狗准确地对话，进进出出再也不会有狗冲我恶吠。

邻居家的那条母狼一样的大白狗一见了我，就侧着身子温柔地躺下去，亮出两排大号黑纽扣一样的乳房。我一开始不明白大白狗何以跟以前"判若两狗"，四弟开玩笑说，狗的意思是你给了它许多好吃的东西，为了表示感恩，它也把身上最好吃的东西亮给你。

说笑归说笑，狗把最柔软的地方亮给我，至少狗表示它认识我、信任我，如果村里的狗都不认你，那你就算不上大梁坡人。

## 爬　犁

她从外婆家走了出来，矮矮的，像外婆家低矮的烟囱。穿着胖嘟嘟的棉衣，脖子缩得像只小狗熊。她呼着哈气，越走越近，朝着这边的沙枣林走过来，她曾经看到给大舅舅送埋的亲人路过那片沙枣林，妈妈站在那里，用头巾捂着脸，肩膀不停地颤动。那是初夏，沙枣花的香味包围的初夏。现在是严冬，四处白茫茫一片，只有雪片寒冷的气味。

她拉着一架小爬犁，一直朝着沙枣林这边的小沙包走过来。雪在她的脚底下嘎吱嘎吱地响。她的嘴上不再有哈气，外面冰冷的空气吃掉了她嘴上的哈气。她拉着爬犁上了很高很高的雪坡，她认得那个大雪坡，夏天是一座沙包，大舅舅的双拐，就被孩子们埋在沙包边缘的沙子里。大舅舅满脸眼泪粘着沙子，眼睛上都是红血丝，他的嘴巴哭得干裂出血。

她希望在雪坡下面看到大舅舅陪着她。夏天大舅舅在这里陪她玩沙子，现在他躺在沙枣林后面的墓地里。

她眼睫毛和眉毛上结满了霜，雪娃娃一样，一次一次地把爬犁拉上雪坡顶峰，爬在爬犁上，呼啦一下子从坡顶俯冲下来。她爬上滑下，滑掉了整整一个上午。

太阳从坡顶滑向沙枣林的时候，她似乎看到大舅舅挂着双拐，立在沙枣林下看着她。除了他，似乎再也没有人陪她在沙坡边玩过。

她那么熟悉大舅舅挂着双拐的站姿。她玩爬犁的时候，他却不能来陪她了。她这样想着的时候，觉得白色的大雪坡，像一座巨大的坟。

她从小被外婆娇惯，大舅舅也总是保护她，可小舅舅不怎么待见她。他喜欢跟她抢东西。小舅舅跟她一起去沙包上滑爬犁，总是让她给他拉爬犁。坐在爬犁上的总是他，他一个人刺溜刺溜地滑下去，让她帮他把爬犁拉上来，然后他坐在爬犁上，刺溜刺溜滑下去。她站在寒风里，看着他一次次像飞一样滑下去，她看呆了，感觉雪中的爬犁像长了一对翅膀，载着小舅舅飞下雪坡。

小舅舅不在家的时候，总是把爬犁藏起来。这一天，外婆和小舅舅、外公都出门了，就她一个人在家里。她偷偷把爬犁从仓房里拉出来，拉到了雪坡上。

谁也没看到，她像一个长了翅膀的小雪人一样，从雪坡上飞下。雪在她四周飞溅，她闭上眼睛张大嘴巴，幻想着地上的雪都变成甜甜的白砂糖，飞进她嘴巴里。

小舅舅滑爬犁时，嘴里总是含着从大队商店里买的橘子味水果糖，坐爬犁没有她的份，水果糖更没有她的份。她看着爬犁在雪里飞，水果糖的气息和雪的气息搅和在一起。

她期待小舅舅能给她玩一次爬犁。她期待的事情没有发生，雪地上的雪也没有变成白砂糖，要吃糖只有外婆大铁锅里的糖稀。用糖萝卜煮啊煮啊，从早上煮到晚上，糖萝卜就变成了糖稀。每次，等外婆把糖稀煮好了，她也在外婆的诵经声里睡着了。

熬过糖稀，一连几天，屋子里总是弥漫着一股焦煳气息，她的嘴巴里也是糖稀的焦煳气息。小舅舅不喜欢这种气息，只有小舅舅不在家的时候，外婆才会给她做糖稀。她一直盼着小舅舅出门，外婆好给她煮糖稀，吃了糖稀，再偷着玩小舅舅的小爬犁，让雪坡上散发出糖稀的味道。

她虽然没有吃到糖稀，却拥有了一次滑爬犁的机会。整整一个上午，她很满足地从雪坡顶上，坐着爬犁一次次地往下滑，沙包是她的，爬犁是她的，雪中的整个世界都是她的。尽管那个爬犁，只属于过她那么一个上午。

事隔几十年后的冬天，走过外婆家原来的房子时，我又看到了那排沙枣林、那个大雪坡，看到了她在北风里，冻得像红萝卜一样的小脸蛋。她侧着小小的身体，用冻红的双手紧紧地跩着拴在爬犁上的麻绳，在雪地里吃力地往前拉。

我看到她的孤独，一个孩子童年的孤独。

我一下子认出了她，她就是五岁时候的我自己。


# 记忆的侵犯


他的目光那么专注和坚定地看着我，好像要拔出多年前在我身上撒下的一些钩。从他熟悉的问候语和看我时用力的表情，我能感受到，他和我在相逢的同一时刻，我们一起紧紧拥抱了过去。那个被称为"记忆"的奇妙东西，骤然飞临我们头顶，栖息在我们紧挨在一起的肩头，在我们之间倏然滑落，化成深秋的雨水，洒落在我们的眼眶和脸颊。

无数死亡的记忆复活，掺杂着重逢的喜悦，就这样他紧紧拥抱了我，这个少年时代的见证者，也深深地拥抱了他自己。

这个年龄的男人，拥抱我和拥抱自己同样需要勇气，少时那些记忆给了他这一刻的勇气。紧接着他颓然地丢开我，似乎那股勇气一下子抽离了他的身体，像被什么东西抛下一般，他愣在院子里不知所措，有些惊异地看着我，似乎在惊异我如何从天而降，惊异刚才的那股突如其来、冲破世俗的力量。

我明白他目光坚定，是因为只有这样的目光，才能集聚足够的力量，穿透那么深重的岁月，调动那些久远的记忆。

我眼前闪过一个镜头：在他家的羊圈里，他让五岁的萨吾列和七岁的我，还有六岁的古丽尼沙为他挠脊背，他的身体已经发育得很强壮，肩膀宽阔，膀大腰圆。

童年的我，连同那个羊圈里的气味，还有他油腻的脊背上的体味，一下子紧逼过来，白花花的脊背在黑暗的羊圈里让人眼花缭乱。

我没想到，自己还保存着这样一个镜头，也没想到这个镜头，会在几十年后再见到他时显影，我有点慌乱地看向他。

我有点眩晕，羊圈里的那个镜头，恍然是梦。

他有点奇怪地对我点头说："铁辽喀孜就是我，我就是铁辽喀孜。"

从我有点疑惑的目光中，他似乎看出了一种怀疑，像是在对自己做一个自我肯定。我不知道，那一刻，他是不是把过去那个青春年少的铁辽喀孜，和现在站在我面前苍老的铁辽喀孜连接在了一起，他的话像是为了让我和他一起，认领几十年前那个镜头。

铁辽喀孜的语气，让我确认羊圈里的那一幕真的发生过，一个小伙子，把三个年龄加起来跟他一样大的女孩关进羊圈里，逼着女孩们为他挠痒痒，他背对着我们，两条胳膊搭在羊圈凸凹不平的墙壁上，很享受地轻轻呻吟。

他只是发出低微的呻吟，他用声音侵犯了我们的耳朵，除此以外，他对我们没有做任何侵犯的动作，他可能还没有学会该如何侵犯。

他不会知道，此刻，这件往事突如其来，侵犯了我的记忆，那声音和镜头，竟然储存在我的记忆里那么久，只是为了在再次遇见他时显现出来。

铁辽喀孜穿着短袖衬衫和棉马甲，站在无遮挡的院子里，他的衣服和暴露在冰雨里的胳膊被淋湿了，他浑然不觉地说："没错，你就是大梁坡的那个小小的古丽，你没有变。"

尽管我已经年过半百，可在他面前，我确认地点点头。

他被无边无际的冰雨包围，我想把他拉回来躲避一下，让墙壁为他阻挡一下冰雨。我知道，我们无法阻挡记忆的侵犯，就像无法阻挡漫天的冰雨无边无际地降落下来，我和他花白的头发，都被记忆的冰雨淋湿了。

（原载 2017 年《大家》杂志春季号）

# 人　的　城

邱华栋

　　比人的个体生命长久的东西很多，比如大江大河、大山和森林，还有海洋。而关于这些长久存在物的历史，最好是有相关的传记以供人们阅读，人类才会有一种奇怪的敬畏心的满足。恰好，专门有这一类的传记书，为比人的个体生命长久的存在物作传。我曾专门搜集阅读过一些大江大河的传记，比如，路德维希的名著《尼罗河传》、意大利作家克劳迪奥·马格里斯的《多瑙河传》，我还读过中国学者王嵘的《塔里木河传》以及陈梧桐、陈名杰所著的《黄河传》等，这些为江河作的传记，都将河流看作是一个生命体，将江河这一生命体的文化记忆和时间痕迹联系起来进行书写，在书写过程中，结合了地理学、人类学、地域文化学和民族宗教等多种的内容和因素，成就了江河的传记。因为，江河是人类赖以生存的基础——水的载体，江河的传记就是人类认识这一母体的记忆。

　　而为一座城市作传，也有一些相关的书，小说比较多。从文学史上来考察，与一座城市死磕的作家，比如詹姆斯·乔伊斯和都柏林，保罗·奥斯特和纽约，安德烈·别雷和彼得堡，张爱玲、王安忆和上海，以及老舍和北京等，都是和一座城市死磕，写的小说都和一座城市有关，这些大城市又都是世界上最为伟大的城市，因此，能够书写一座城市的独特时间段的记忆，将一个作家的个体生命和一座城市联系起来，也是作家能够不朽的方法之一。

　　但除了小说，我还在寻找关于一座城市的传记。这方面我曾搜集过一些，都不很满意，包括澳大利亚当红作家彼得·凯里写的《悉尼》，就比较小巧和简单。因此，当我拿到译林出版社 2016 年刚刚推出的大厚本的《伦敦传》，仔细读后，实在是十分兴奋。

　　给一座著名的城市作传？没错，《伦敦传》就是一部城市的传记，而且，是伦敦的活体记忆。这本书的作者彼得·阿克罗伊德是土生土长的伦敦人，他 1949 年出生在这座城市的东阿克顿区。这人除了写了《伦敦传》这本城市传记之外，此前主要是给人写传记的。他出版过《莎士比亚传》《牛顿传》《狄更斯传》等传记，一共出版有五十多部著作，获得了不少传记奖和非虚构文学奖。这部《伦敦传》翻译成中文有八十多万字，厚厚的一大本，精装，看上去让人有些望而生畏。但是不，依照我的经验，有时候看上去很厚的书，其实更加具有亲和力和吸引力。果不其然，我是去过两次伦敦的，知道个大概，但对伦敦并不熟悉，我知道有不少华人熟悉伦敦，这一世界十大名城之一。在我心目中，世界十大名城，我早就排列过，目前大致是伦敦、巴黎、纽约、北京、东京、莫斯科、罗马、柏林、上海、墨西哥城。当然马德里、彼得堡、迪拜、开罗、新德里、加尔各答、香港和首尔也不错。每个人应该有自己心目中的世界十大城市。伦敦，这座城市你怎么数，都是落不下的世界十大城市之一。那么，一个关于给人作传记的作家，如何给一座生养他的大城市作传呢？我想，阿克罗伊德给了我一个最好的答案。

在他的笔下，我看到了一座活体城市。也就是说，伦敦绝对不是一座冷漠的钢筋水泥玻璃幕墙和下水道、大桥、教堂、皇宫城市，伦敦在他笔下，是活体的生命。这就是这部城市传记最大的特点，也是吸引我读下去的原因。八十多万字的篇幅，一共分为了七十九章，分成了三十一个部分，有的部分有一章，有的有两三章。这是全书的结构，这七十九章，每一章在一万字左右，读起来的感觉刚好是一天一章，不累，这一点很重要。因为阅读需要呼吸，需要消化，需要停顿，需要静思。像《伦敦传》这样厚重的书，与时间的长时段相联系的书，在书写和阅读过程中，最好是有一个呼吸的节奏，对于读者的阅读，是很重要的。好在这本书有这样的阅读节奏。

本书开篇第一部分标题是"史前至 1066 年"，这一部分又分为三章：《海！》《石头》《圣哉！圣哉！圣哉！》，乍一看这几个题目，我觉得实在是一部史诗的标题呢。实际上，我读这本伦敦传记，的确像是在阅读一本波澜壮阔的关于一座伟大城市的史诗。好了，只需要简单列举这本书的章节名称，你就知道阿克罗伊德是多么擅长写传记，不管是人的还是城市的，他很会吸引人的眼球，很会抓住伦敦这座城市的要害，时间节点，重大历史事件，小人物，建筑和建筑后面的人，生命在这座城市的感觉，这些东西林林总总加在一起，就是一部伟大城市的活体历史：

**大章节题目**：《伦敦的反差》《贸易街与贸易区》《伦敦社区》《伦敦大剧院》《瘟疫与火灾》《大火之后》《罪与罚》《贪婪的伦敦》《伦敦自然史》《夜与日》《暴力伦敦》《黑魔法与白魔法》《地下》《妇女与儿

童》《城东与城南》《帝国中心》《闪电战》《再造城市》《伦敦预言家》……

小章节题目：《喧嚣与永恒》《沉默是金》《黑暗与拥挤》《泰晤士街的芝士哪里去了?》《表演! 表演! 表演! 表演! 表演!》《时间的落款》《愿你得瘟疫》《自杀简札》《悔罪史》《无赖画廊》《一堂烹饪课》《一股臭味》《给女士买朵花吧》《要有光》《围起来! 围起来!》《我遇见一个不在的人》《地下世界》《城中野人》《女权主张》《你有时间吗?》《角落里的树》《发臭的一堆》《郊区之梦》《战争的消息》《设计之外的命运》《虚幻的城市》《我将再起》……

这些大章节和小章节名，就是我们进入到这座城市的历史记忆的路标、街牌名和巷道的标志，就是引领我们进去的提示语和指路明灯。而这些章节名，实在不像那些建筑学家写的看上去乏味枯燥的城市建筑史，也不像是民俗学家历史学家写的关于一座城市的历史沿革、分布的学术书写，而是一种文学的表达、文学的书写，我将阿克罗伊德的这种写法称为是新百科全书式的写法，或者是全息写作，打通了文史哲的写作，最重要的，是一种带有深刻生命经验的写作，正是这一点，使他笔下的伦敦活了起来，是一具庞大的、历史长久的生命体，这一座城市那么亲切、生动、丰富和复杂，人在城市的肚腹里就像是她体内的器官和小细菌，与城市共生在一起，生生死死的是人，不死的是城市的生长。

阅读这样的城市传记，我们会体会到人的生命与一座城市相联系，是一件多么好的事情，因为你将为此成为城市的一部分，并被城市所记忆。

（原载《美文》2017 年第 5 期）

# 有一个故事，叫乌镇

刘汉俊

做了一夜的水之梦，古镇在橹声中醒来。

这一觉睡了 7000 年。这一带属于新石器时期的马家浜文化圈，是先民的家园，文明的摇篮。

这一觉睡了 2500 多年。这里是春秋时期吴越两国交界处，发生过一些著名的战事，是历史的切片，中国的从前。

这一觉睡了 1100 多年。这里在唐朝咸通年间建镇，几度起落，几经枯荣，是江南的化石，文化的标本。

几千年的中国，风尘仆仆地走来，在杭嘉湖平原一处小桥流水人家美美地歇了一宿，留下一段美丽的故事。故事的名字，叫乌镇——一个牵动全世界鼠标的互联网小镇。

## 此处忆江南

乌镇美，美在水。一条河从春秋时期流来，南北贯穿乌镇。河的本名叫车溪，今天的名字叫市河，两条支流分别叫西市河、东市河。京杭大运河流近乌镇，分出一支从镇的西北角注入，一直往前走是河，略一分神就成了港，稍一驻脚便成了湖，七拐八弯就织成了水网。乌镇宛在水中央。

乌镇备东南之形胜，具吴越之风韵，依水建街、傍水设市；西栅大街随水而形，汲水而生，家家是临河阁楼，户户有汲水晓窗。碧水清荡，似有鱼儿在游，看得见的是各种绿，软泥上有青荇在招摇，望不见的是水乡的根。鸟瞰乌镇，房屋林林总总、挤挤密密，老街高高低低、曲曲折折，满眼是紧凑与生动，像茂密的藤萝做自然的舒卷。

西市河宽不过 20 米，鸡犬之声相闻。隔河人家，轻唤一声儿，对岸便探出头来回应。石板路一走到底，像漫长的老胶卷，每一格都是故事。墙根躺三两排木椅，支三两根木柱，下八九级石阶，便有渡船荡着波儿在候着。河埠系舟，水畔勒马，到处有码头，随地是水口，出门便上船，起岸就进店，乌镇人随时可以出发，哪里都能生根。船工或者船娘慈善地坐着或者蹲着，不招徕你，只等你的借问，或者谦和地纠正你，这不叫乌篷船，乌镇不是一切都姓乌。独自坐在平顶的摇橹船里，什么都可以想，什么都可以不想，让绿波拍打你的心波，轻轻荡。乌镇是一个可以发呆的地方，直到你呆若木鸡，凝成一幅壁上画、岸边图、水中景。水乡乌镇，是温润的江南玉，任由风雨刻刀精心地雕、细细地磨，在流水时光里淡淡地沁养。

桥是乌镇的书签，乌镇是桥的故乡。世上没有两片相同的树叶，乌镇没有两座一样的桥。乌镇的桥始建于南宋，今天已有 70 多座。单孔桥、三孔桥、石拱桥，造型不一，各成风景。或庄严持重，结结实实，披一身斑驳的绿苔；或纵身跃然，寥寥几笔，如国画里一勾灵巧的飞白；或朴素平坦，简简单单，像老农民的汗巾，随意搁在河腰上。通安桥、万兴桥、如意桥、迁善桥、咸宁桥、平安桥、延嗣桥……寓示乌镇人价值观的桥名，读得你慈眉善目，佛心满满。

倚桥顾盼，凭栏张望，一秒钟的邂逅，一百年的守候。中国的爱情多与桥有关，断桥、鹊桥、廊桥……桥乡乌镇该是有故事的地方。桃红李白青石条，斜风细雨青石桥，乌镇是青色的雨巷里行走的江南女子，着一袭蓝印花布旗袍，撑一柄青伞，最是那一低头的温柔，把个袅袅娜娜留在空空蒙蒙的画里。软软的风，牵起江南的衣角，分分钟在等。画外音，是人间四月天在轻轻地吟。

驿动的心需要安顿的窝，乌镇的亭台楼阁是最好的去处。"九寺十三庵，东西两宝塔"，历史上曾有庙、观、塔、寺、庵、堂、殿、祠达 50 多处，佛教、道教、基督教、天主教在这里开坛布道，庙宇教堂廊腰缦回，檐牙高啄，钟磬相闻，乌镇弥漫了几分宗教般的神秘。南朝的风，唐朝的派，南宋的雅，明清的颂，民国的韵，流转在乌镇的屋宇檐角，发出沧桑天籁；幢幢不同景，款款不重样，各色各样的老墙列队走在乌镇长长的 T 台，展示自己的颜值。

古镇不能没有古塔。建于宋朝，毁于元朝，重修于明朝的白莲塔，如今仙风道骨地肃立在镇西的潋滟水光之中，是乌镇的魂；看过风，观过雨，见证过小镇春秋，是乌镇的眼。

古朴是乌镇的底色，灵动是乌镇的天性。遍地茶馆酒肆，满街客栈商铺，可以接南北客，谈东西事，聊古今天，每一句都那么妥帖。从从容容，低低缓缓，乌镇的日子散淡而恬静。

乌镇的民居大多砖木结构，河中生柱，水上架阁。角角落落的创意，里里外外的匠心，结构密集但有章法，紧凑中常有闲笔。高墙深宅，园林奇石，爬墙虎沿着窗棂苍苍地攀缘。每一户窗牖都很讲究，大窗套小窗，扇叶微启，似清风在晓叩、快门在美拍。进门有梯，楼上有阁，虽然逼仄却有妥妥的舒适感，不会壅塞，没有磕绊。屋挨屋，墙跟墙，门通门，进一家门做百家客。枕水人家，千家一条枕，万户不同梦，各进各的温柔乡。

醒来的乌镇，从曙色里钻出来那么多的船，或撑一支长篙，或摇一柄烂桨，聚向水村渔市。夸着自家的瓜果菜蔬、鸡鸭鱼虾，你让我推，讨价还价，从容和气不争吵，吴侬软语像唱歌，句句是水乡晨曲和谐的音符。

不尝乌镇小吃，不算到过乌镇，舌尖上的乌镇让你垂涎三尺。嘉兴粽子蜜糖糕、春卷茶食杭白菊、鲜肉包子姑嫂饼让你口口香甜，梅干菜烧饼、三珍斋酱鸡令你唇齿留香，更有吴妈馄饨、沈记花生糕、茅老太臭豆腐叫你乡愁萦心。点一道乌镇的红烧羊肉，喝一口乌镇产白米、白面、白水制成的"三白酒"，何妨"醉卧春风深巷里，晓寻香旆小桥东"。

乌镇人家逐水草而居，在烟雨中寻梦。青砖青瓦青石板，木门木船木桌椅，虽然有些斑驳，却是岁月留痕，是李杜苏白遗落的稿笺，是乾隆皇帝六下江南丢失的诗句。河边修竹丛丛，粽叶蓁蓁，芦花依依，乌镇的雨季是水草的天堂。河暗雨欲来，浪白风初起，一会儿便是细雨湿衣、闲花落地，草在水中舞了。秋雨滴篷牵牵扯，残风打头习习凉，乌镇是泊在淡烟疏雨里的一条船。秋色里的乌镇残荷清凄水清泠，凝住了霜桥夜泊风雨楼，冻住了枯树寒鸦半支桨，只有斜阳穿柳，一缕青烟生动地飘向天外。

哪一块是唐宋的砖，哪一片是明清的瓦，哪一片青叶是南梁太子心碎的诗词在低吟，哪一滴水珠是吴越弟子心酸的泪滴流至今？江南是中国的乡愁，乌镇是江南的愁乡。那一缕缕风、一丝丝雨，是满天的诗词在飞扬、满天的泪滴在找眼窝；那一爿爿粉墙黛瓦、一湾湾河港水巷，走进明信片，把心事寄给远方。寻亲乌镇，倚桥而立、枕河而眠，立起的是思念，躺下的是愁肠。乌镇是天界馈赠的一幅水墨画，飘落在江南的一隅，让你流连忘返，直想卷起带走。

带走是奢念，冥想却是长长的巷子，探不到底，钻不出去。古镇是该有巷子的，斑斓故事，锦绣文章，全藏在这百转柔肠里了。拾掇起记忆的残片，四通八达地走向幽深或者遥远，让你牵肠挂肚却又看不尽、想不清、思无期。没有巷子的老街没有历史，没有巷子的人生没有风景。

小巷深深，一定要有路灯来照亮，但乌镇的街灯常常被人忽略。铁皮白罩，简洁、端庄，秀美、素朴，挂在街角，不夸张，不挡道，不遮视线，却是青砖粉墙上不能或缺的一笔，是乌镇的缩影。曙色初上就隐退，只装点你的风景；夜幕一降便上岗，在该亮处发光。月读天，风读地，灯读人。巷口处遥遥对对的，是一只陈年的灯笼，轻轻地晃，敲着岁月的更。

历史是最好的美容师，时间是最好的泥瓦匠，窘迫的步履焦躁的心，紧巴巴的念想皱巴巴的情，来乌镇一憩，这里能修复一切。

但是，我们还能修复被撕碎的乡愁吗？当一堆堆奇形怪状的建筑垃圾、富丽堂皇的文化败笔充斥我们眼帘的时候，乌镇为我们提供了一个乡愁样本。

没有乌镇，怎能忆江南？

没有江南，何处寄乡愁？

## 往事越千年

绵绵的风雨长廊悄悄地走，从春秋的月夜走进明清的秋雨；长长的车溪河水静静地流，河道刻痕深深，是乌镇的历史数轴。

春秋无义战，诸侯竞交兵，乌镇自古为兵家必争之地。鼓角铮鸣，刀光剑影，吴、越两国隔车溪河对峙，河西"吴驻军以备越"，叫乌墩；东岸则属越国，称青墩。公元前496年，吴王阖闾起兵伐越，越王勾践率兵拼死抵抗。在交界处两军对峙，按剑不动。突然间，越兵前三排的敢死队员齐刷刷拔剑自刎！这一悲壮之举看得吴兵目瞪口呆，越兵乘机发起猛攻，吴王阖闾脚受重伤不治而死。司马迁在《史记》里讲述的这个故事，就是历史上著名的"檇李之战"。"檇李"，离乌镇不远。

乌镇还见证过不同时期的战争。五代十国时吴国的创立者杨行密在这里驻兵，北宋方腊的起义军在这里驰骋，元代蒙古铁骑的战刀在这里横扫，明太祖朱元璋派徐达在这里鏖战，清朝时太平军与清军在这里激战，民国时江浙两省军阀在这里混战，国共两党两军的英雄们在这里共同抗击日本侵略者……白露轻霜，在水一方，静悄悄的乌镇水，满是历史的波光；兼葭泽国，温柔水乡，乌镇让男人接受检阅。

车溪河流淌到南朝的南梁，驻足在一处幽静的书院。它的名字叫"昭明书院"，是为纪念梁武帝的长子昭明太子读书而设的。太子曾寄宿白莲寺，筑馆读书，成年后主持编纂《文选》，选录了先秦至南梁八九百年间100多个作者、700余篇经典作品，是现存编选最早的汉族诗文总集。今天的书院，静谧如昨，书架上的典籍发出沉香，给古朴的乌镇增添了几分文气。

乌镇有一处水码头，叫乌将军庙码头。乌将军叫乌赞，甘肃张掖人，唐朝时为湖州镇将，驻守乌墩。公元807年镇海节度使李锜反叛，兵犯乌墩，乌赞与副将吴起奉命阻击，因寡不敌众，乌赞阵亡。副将吴起将乌赞就地安葬。由于乌赞也姓乌，所以乌镇人对他多了几分暖爱，特地建庙来供奉。他们宁愿相信，乌镇得名于乌将军。一棵象征乌将军忠勇智德的古银杏树苍然挺拔于西市河畔，护佑乌镇1200多年。

乌镇的兴盛始于赵宋南渡之后。这个离南宋首都临安仅一箭之遥的重镇成了后花园。这里土地肥沃、雨水丰沛、物产丰富，交通便利，手工制造业发达、商贸活跃，酒坊勃兴，染坊红火，家家会养蚕、户户善缫丝，成为鱼米之乡、丝绸之府、舟车之都、通商之埠，富甲浙北一方。但随着南宋的覆灭，乌镇日趋衰败；元末时屡遭兵燹，使乌镇走向沉寂。

明代的乌镇，一度生机重现，商贸辐辏苏杭闽粤，"富商大贾数千里辇万金而来，摩肩接袂如一都会"，但又深受倭寇侵扰、宗教冲突之害。清初之际的乌镇再陷战乱之苦，康熙年间才出现"市肆商贾汇集，蚕桑编织甲他县"的盛景，但清末时战火又起，好景不长。

民国时期的乌镇饱受军阀混战之苦、屡遭水匪洗劫之难。1937年11月日军进攻嘉兴地区，乌镇沦陷，日寇狂轰滥炸、烧杀抢掠，杀我同胞200人，血流入河，乌镇一片殷红呜咽。

千年乌镇，起起落落，是斑斓历史的一道景，多难民族的一个痛，风雨江南的一个愁。

风在念经，月在读史，乌镇让人读了一遍想重来。

但好在可以网上读乌镇。世界互联网大会让乌镇吸引了全世界的鼠标，小镇成了互联网战场、互联网市场。年轻的创客们在这里品咖啡，资深的CEO在这里论剑，前沿技术在这里合纵，神奇资本在这里连横。世界那么小，乌镇那么大。在这里，无须带一分现金，手机支付功能开通，可以帮你搞定一切。

钱鑫明师傅是西栅大街上钱氏竹器店的老板，钱氏家族第五代手艺传人，祖上给宫廷制作贡品。他亲手编织直径五米的大蚕扁，挂在自家外墙，成了中央电视台画面里的乌镇地标。儿子通过互联网与国内外艺术家交流竹编文化，儿媳在镇上开了英语学校。古老的乌镇网罗天下，满街流行时尚风。

看江南的昨天，到乌镇来，这里是江南的根。

看中国的明天，到乌镇来，这里是中国的梦。


## 小镇故事多

幽深说往事，斑驳写古色，乌镇是中国文化的一枚脚印。

据统计，自宋至清，乌镇古老的石街上走出过贡生 160 人、举人 161 人、进士 64 人，136 人荫功袭封；行走过南朝山水诗人谢灵运，南朝史学家沈约，中唐诗人李绅，晚唐宰相、书法家裴休，南宋翰林学士、爱国诗人陈与义，南宋资政殿大学士、田园诗人范成大，明末清初理学家张杨园，清朝学者鲍廷博，主办上海《新闻报》副刊达 30 多年报人严独鹤，民国时期爱国实业家卢学溥，当代文化人木心，当代国画家徐昌酩，等等。水乡乌镇，因人而文，因文而兴。

嘉兴南湖的那艘红船，纤绳的一头也在乌镇。1921 年的这艘画舫里，一群非凡的人物在讨论着一个伟大的话题，而船头却端坐着一位戴眼镜的知识女性。她看似优雅赏景，却是异常警觉，一有异常情况，她便哼起嘉兴小调报警，舱内便响起麻将声一片。这位文静貌美的女子，正是中共创始人之一李达的夫人王会悟。

当时，一大代表们在上海石库门秘密开会，被法国巡捕觉察，正是负责会务和安保工作的王会悟提出转移到嘉兴船上开会的。她的家乡就在离南湖不远的乌镇。

王会悟的父亲是乌镇的私塾先生，小会悟 6 岁启蒙，12 岁时考入嘉兴女子师范学校。一年后父亲病故，她便回到乌镇，1918 年 20 岁的王会悟到湖州读英语，接触到《新青年》杂志的新思想新文化，用白话文给陈独秀、李达、恽代英等写过信。五四运动爆发后，王会悟到上海从事妇女工作，与李达相识相恋，二人于 1920 年在陈独秀的家中举行了婚礼，王会悟也因此成为中共一大的见证人和服务者。

1993 年 10 月，这位对党的创建有功而无名的乌镇女儿，在北京走完了 96 年的人生。乌镇没有忘记自己的女儿，在放生桥旁的灵水居辟出了王会悟纪念馆。洁净雅致的庭院里，那一幅眼含笑意、娴淑秀丽的美女照，定格在王会悟 20 岁离开家乡时的青葱花容，让你感受到有一种力量，叫温柔。

王会悟父亲的私塾里，还走出过一位了不起的学生。当年这个乌镇小顽童，从私塾走向北平、上海，一直走上新中国第一任文化部长的岗位。他便是沈雁冰，笔名茅盾。王会悟小他两岁，却是他的表姑。

茅盾不但自己走上革命道路，还从乌镇带出了一批有志者，其中就有他的胞弟沈泽民。他在哥哥影响下积极追求进步，一起组织"桐乡青年社"的活动。1919 年与同窗好友张闻天一同创办进步刊物。1920 年 7 月，他俩东渡扶桑求学，回到上海后积极传播马克思主义。1921 年沈泽民成为建党前的第一批党员，与蒋光慈、恽代英、肖楚女一道成为新文化运动的战士。1925 年，他与张闻天、伍修权、王稼祥等一起，被派往莫斯科中山大学学习。

1931 年 1 月，沈泽民被推选为中央宣传部部长，同年 3 月被任命为鄂豫皖省委书记。在艰苦恶劣的环境中，沈泽民不幸染上重疾。1933 年 11 月，沈泽民把到上海向党中央汇报并能够治病的唯一机会，让给了同样身患疾病的成仿吾，自己却病逝于湖北黄冈的工作岗位上，年仅 34 岁。生命的最后时刻，他把给中央的报告写在一条白色裤衩上，请成仿吾穿上躲过了敌人的搜查。捐躯革命，身死他乡，乌镇却永远记住她优秀的儿子。

乌镇还有一位文化人，名叫孔另境，孔子第七十六代孙。他青年时就追随茅盾、沈泽民，参加了桐乡青年社。1922 年考入上海大学，1925 年入党，在五卅运动中被拘捕。后来赴广州参加国民革命，随军北伐。再次被捕后经鲁迅等人营救出狱。解放后他在上海文化出版社工作，后受到冲击。那年，他悄悄地回到阔别已久的故乡乌镇，却不料椅子没坐热就被抓走，后来含冤病逝。但愿故乡乌镇的最后一瞥，多少能给他一丝慰藉。

在那个特殊的年代，不仅故乡保护不了自己的游子，连亲人也保护不了他。孔另境的胞姐孔德沚正是茅盾的夫人，但此时的茅盾身处逆境，而孔德沚也因急恼交加一病不起。一声长长的叹息，被湍湍流淌的车溪水咽进了自己的肚里。1979 年，孔另境被平反昭雪，他的《现代作家书简》《中国小说史料》《我的记忆》相继出版。乌镇为这位现当代著名的革命家、文学家、出版家设馆以祭。

乌镇一家人的故事，是中国文化的一个标点。

历史被江南的水淘洗，又被江南的风翻篇。千年的车溪水，浸泡了一段不老的故事，涵养着一丛文化的根。人在乌镇，梦在水乡，何处不江南！

（原载《人民日报》2016 年 10 月 27 日）

# 门

傅　菲

一扇大门，究竟迎接了多少人？送走了多少人？我不知道。

一栋房子，无论它有多庞大，它只有一扇大门。大门，是房子的脸部。饶北河边的房子，大多坯土房，坐南朝北，或坐西朝东，长四边形，中间大门进去，是厅堂，左右两边各有一间厢房，厅后叫后堂，左右两边叫偏房。这样的房子叫三家屋，四坯。也有六坯，或八坯，在厢房和偏房之间，修一条叫风弄的通道。也有大户人家的院屋，里外两栋，两边厢房相连，中间大天井，厅堂两个，前厅请客，后厅祭神。院屋和南方的祠堂差不多。一栋院屋，至少可以住四户人家，左右各开一条风弄。

大门，都不能挑粪桶进出，人和六畜平等，污物避开大门而行。相邻之间，无论有多大的仇恨，即使有杀父之仇，也不能把茅厕建在别人大门正前方——杀父之仇可以报，茅厕建在别人大门正前方，会引起全村人公愤，也就失去立脚之地。大门是正前门，我们上门做客，即使身份再卑微，年龄多小，必须从大门进去，以表示体面光鲜，从侧门或后门进去，有些灰溜溜，做事谈话，不堂堂正正。不堂堂正正的人，受人鄙夷。门是一个家庭威严的地界。进门便是客，再好的邻居，再近的邻居，再仇怨的人，进了门，都得摆椅子让座，若是吃饭时间，还要让桌，请邻居一起上桌。夏季昼长，下午会有一餐点心，烧面条，煮绿豆粥，蒸灯盏粿，搓饭麸粿，再苦的人家也有一碗葱花炒饭，进了门的人，都要留一碗。

妇人吵架，都站在路边，或巷子，或洗衣埠头，拉起架势吵，吵个半天，吵累了，坐一会儿，继续吵，唾沫都吵没了，脸部抽筋，过个十天半个月，又和好了，有说有笑。但不能在家里吵，没有谁坐在别人厅堂吵架的，会被人用棍子打出来。二十世纪八九十年代，乡镇实行计划生育，对违规生育又不缴纳罚款的人，政府派人把猪圈里肥猪拉出来杀，把谷仓里的谷畚出来卖，把屋顶捅烂，还炸房子，轰的一声，房子掀掉半边，但大门是要留着的，炸了大门会惹杀祸上身。

再穷的人家，都有一扇厚实的大门。房子再烂，大门不能烂。大门的木板，必是老木，杉木或苦槠，木头在家里陈放上十年，锯开，做门板。现在做房子，大门用料是镀铜水的铝合金。铝合金门色彩鲜亮，易清洗，显得气派堂皇，十年八年后，铝合金氧化，烂得像一个患了白癜风的人。有钱的人，买实木门，厚重。我做房子的时候，做一扇什么大门，问了很多人，也征求我父亲意见。父亲说，木门好，但不要实木门，实木门用不到几年，会开裂。我表弟水根是个木匠，常年在顺德一带做实木家具，我问他，他说，自己买木头，自己做，是最好的。实木门的门板是物理脱水，不是阴干的，时间长了，会膨化，热胀冷缩很厉害，陈年老木不膨化，门板腐烂了，也不开裂。可到哪里去买陈放了十几年的老木呢？一次，表哥兴泉来看我母亲。他开了锯板厂。我说我要陈年老木，做木门。表哥说，哪来这样的老木，不过还有比陈年老木更好的木料，用上一百年也不腐烂也不开裂。我说，这样的木料，谁买得起呀，不就是金丝楠木吗，或者红豆杉，是国家严控的。表哥笑了起来，说，地主也用不起呀，老房子拆下来的圆柱，锯开，做门板，是好得不能再好了。过了一个多月，表哥来电话了，说，木料找到了，你来看看。两根圆柱，是老房子的中柱，四米来长，老杉木，木质还是浅黄色，手拍起来，嘣嘣嘣，像拍在绷紧的鼓面上。我说，要了，做三分厚木门，上三道清漆，雨水不沾边。房子上大门那天，父亲用手一遍一遍地摸大门，还用力甩几下，说，这门好，厚重，拙朴，有村野大雅之气。我也笑得像个裂开的核桃。

门，就是要把一个空间密闭起来，也是要把一个密闭空间打开。门是一个空间对另一个空间的防守与开放。门是矛盾的统一体。一栋房子，有很多门。大门，后门，侧门，房间门，风弄门。还有院门。枫林没有院门，可能是山多地少，宅地不足吧。进山五里，我有一个舅公，即我母亲的舅舅，有院门。我还是十四五岁，进山。翻一座山，到山谷底，偷砍松树做柴火，我把松树扛到半山腰，被几个人追了上来。我扔下木头，往山顶跑。饥饿，体力不支，我没跑多远，被几个六十来岁的人抓住了。一条猎狗，围着我，汪汪汪狂叫，我吓得瘫软。我属狗，却十分怕狗。其中一个满脸胡茬的人，问我，你是枫林人，还是洲村人。我说，枫林的。又问，你是谁家孩子，敢偷木头，这是犯法的。我说，傅家的。问我的人，一下子语调温和起来，说，你是傅家第几个孩子。我说，第六个。"兰花的老六，都这么大了。"满脸胡茬的人说。我看看他，不知所措。我知道，我外婆出生在谷底叫坳头的小村子，但我从来没去过，我有三个外公，三外公还是一个远近闻名的猎人，一把土铳震四方。满脸胡茬的人，正是我三外公，怪不得他跑山路那么快，像头野猪。他看我饥饿得人都瘪了，带我去他家吃饭。我第一次去舅公家，也是唯一一次。我第一次看见了高大的院门。山边的房子临一条宽阔的山涧，涧水哗哗哗，冲击着巨大的涧石。土夯的院墙，有两米多高，瓦压在芦苇上，芦苇压紧墙垛。院门有三米多高，门轴是粗大的枫树兜切开的，门槛高过我膝盖，门板厚实，推开，门轴咿呀作响。院门上，盖了一个蜂窝形状的大门垛，是厚木板上垒土砖的。开了院门，一个椭圆形的院子豁然开朗，柚子树、枣树、梨树、枇杷树，喷出了院墙。高大的院门，自有一种猎人的凛然之气，威武，强壮。再猛的野兽，也侵犯不了院中牲畜，伤害不了家人。

古代的财主或员外，有家丁护院。院侧有弄堂门，弄堂门之上有阁楼，阁楼有暗哨，看见外边来人。晚上关了大门，客人从弄堂入院。护院睡阁楼，若是不义之徒入院，护院从阁楼跳下楼，以棍棒刀枪锤偷袭。大门也有讲究，两侧各有小门，门槛高且厚，普通客人从侧门入屋，贵胄之人才能跨大门。门口有两尊石狮子，憨态而威武。锁是大铜锁，锁侧有猫眼门孔，门外一览无余。也有门闩，是一根圆柱粗的原木，闩门，要两个人抬起来，穿进闩套。在枫林老式祠堂里，还可以看到。

车马盈门，是世俗中人所奢望的，多好，日日宾朋满座。

书香门第，多好的人家，诗书礼贤，是理想的家境。

名门世族，甲胄之后，三代出贵族，五代出世家，是个门阀。

相门出相，官是世袭的，种田人的子嗣想做官，太难，读再多的书，不倚门傍户，难出头。

饶北河两岸贫瘠，有望族无世家。大多是撑门立户，席门蓬巷，筚门圭窦，沿门托钵，织楚成门，窄门窄户。穷人重子嗣，多生育，望芝麻开门，望鲤鱼跃龙门。门是命运的高度。越生育越贫苦。

乌衣门巷，户户捣衣。也是南方胜景。南方多河流，河流多支汊，支汊多水沟。水沟经过户户门前，有激越水声。雨夜，流水摇动铃铛，清脆悦耳。夜风轻轻地扑打门环，像个夜归人。门环是门的拉手，关门的时候，把门环拉起来，合紧门缝。门环也相当于叩门的手指，用手拉着门环，击门——铛——铛——铛——铛，轻轻叩，是对人的尊重。铛铛铛，铛铛铛，门环敲得急促又响亮，是遇上了急事，上门求助了。卫生员的门，通常响起这样的敲门声，可能病号到门口了，也可能病号出不了门，急需上门急诊。门环，铁质，圆形，和手镯的形态差不多，像门的耳朵。

间谍敲门是有暗号的。偷情的人敲门也有暗号。铛，铛铛。铛，铛铛。也有不小心敲门的人，敲出情人的节奏，闹出笑话。村里有一个赤脚老师，瘦小，踮起脚尖，也没窗台高。赤脚老师爱偷情。村口有一个女裁缝，三十来岁，细腰圆臀，餐餐爱吃红烧肉，老公常年在外做油漆。赤脚老师几次想和她相好，都没成功。一次夜里，赤脚老师敲窗户，窗户里的女裁缝问："谁呀？"赤脚老师也不说话，拿起两张纸在窗外晃动。女裁缝看看，是两张十块头，说："谁呀，要进来就来，晃什么，侧门又没上闩。"赤脚老师溜了进去，干柴烈火，烧了半夜。烧完了，赤脚老师也走了。女裁缝说，你晃在手上的钱呢？赤脚老师说，我又没钱，晃的是大前门烟纸。就这样，两人相好了。村口人杂，来往不方便，赤脚老师便说，我用门环敲门，三声长。——铛——铛——铛。女裁缝便天天盼着门环——铛——铛——铛，像和尚盼着敲钟。赤脚老师也是个爱打麻将的人，常常打了麻将，忘记了去敲门。有一次，一个喝醉酒的人，口渴难耐，醉在女裁缝门前，手拉着门环，有气无力地——铛——铛——铛。女裁缝半夜梦中，听到敲门，知道是赤脚老师来了，急不可耐地开门，灯也不开，拉着醉汉往房间走，说，等了这么多天，你才来，满嘴酒气，有酒气好，有酒就有力。醉汉见女裁缝这个样子，一下子酒醒了，但假装没醒，两个人折腾起来。折腾了半夜，完了，女裁缝开灯去洗身，发现床上的人是打铜修锁的老七。女裁缝说，你这个吃冤枉食的家伙，叫我怎么做人呢？老七说，我以后经常来吃冤枉食，不就行了吗？你不能怨我。女裁缝扑哧笑了起来，说，你这样说还差不多，我便饶过你了。

天亮，门就要打开。这是人对生活的宣示。门打开，厅堂里，有了人来，也有了人往。我们去耘田，去拔稗草，去收麦，去晒谷。我们去上学，去摆摊设铺，去走街串巷，去翻山越岭。我们去访亲问友。我们去拜师学艺。我们走出门，去很远很远的地方。我们去幽会亲爱的人。也有相邻来坐，谈天气，谈恩怨。也有提亲的人来了，好茶好饭好笑脸相待。阉猪的人，来了。割鸡卵的人，来了。摇拨浪鼓的人，来了。配牛种的人，来了。郎中背一个褡裢，来了。找酒喝的人，来了。问路的人，来了。挑担歇脚的人，来了。躲债的人，来了。回娘家的人，来了。借钱的人，来了。卖水桶的人，来了。沿街吆喝"磨剪子嘞——戗菜刀"的人，来了。收鸭毛鹅毛的人，来了。

有每天都要来坐坐的人。有一年来三五次的人。有三五年来一次的人。有十几年来一次的人。有一生只来一次的人。有来了一次再也不来的人。有频繁来却突然不来的人。

有凌晨就来的人，这是报丧的人。有半夜突然来的人，是走投无门的人。

有吃饭时间来的人，是嘴馋的人。有喝上茶就不想走的人，是孤单的人。

有说完事就拔脚走路的人，是命苦的人。有吃了午饭等晚饭的人，是无处可去的人。有看了一眼就走的人，是失望的人。有看了一眼还想问的人，是留恋的人。有来了就痴痴呆呆的人，是有口难言的人。

一扇大门，把这些人迎接了进来。门，迎接了相熟的人，也迎接了不相熟的人。相熟的人，有的会变得日渐陌生。不相熟的人，有的成了知己。我们坐在门里，等待一个人来，等一天，等一年，等十年，却始终不来。我们也屐齿印苍苔，小叩柴扉久不开。我们也雪夜柴门闻犬吠。

新娘穿大红的衣服，盖着红绸盖头，在炮仗声声中，在唢呐欢快的调曲中，牵进了我们的大门，抱进了房门，成了我们的堂客，生儿育女，相守在一扇大门里，日日开门七件事，柴米油盐酱醋茶，脸有了皱纹，乳房扁塌，双鬓白斑，儿女又顶门壮户了。

姑娘被舅舅抱出大门，抱上花轿，远嫁。这扇大门，将在她一生的梦中，拍打，关了又开，开了又关。

被抬出大门的人，却再也不会回来，去了一个没有门的地方。每一个人，最终都是从大门抬出去的，穿上干净的衣服，盖着白布，眼睛再也不会睁开。一扇大门，要抬出多少人，也是不知道的。

一扇久久锁着的门，里面一定有一个曾经长久居住的人，里面放着我们再也不忍目睹的物件。比如一本书，一把二胡。比如一件蓑衣，一顶笠帽。比如一双鞋，一袭外套。比如一只箱子，一个木匣。比如一封旧信，一支帽笔。我祖父故去之后，他住过的房间，在很多年里，我都不敢推开那扇门。门右边，有一张床，还铺着草席，挂着蚊帐，竹椅子还靠在墙边，酒瓶里还有半瓶酒，鞋子里还塞着袜子，拐杖还斜放在门后。每次进那个房门，我都要站半天。当我们分离，人世间，最温暖的东西，不是茶壶，不是锅，不是火炉，不是棉絮，而是恋人的唇，和亲人的遗物。当我们分离，人世间，最寒冷的东西，不是冰凌，不是灰烬，不是孤枕，不是残月，也是恋人的唇，和亲人的遗物。上帝不是关了一扇门，却开了一扇窗，而是先关了窗，再关门。所有的门窗都关了，我们被抬出了大门。

事实上，每一人，都有一扇属于自己的门。有人在门里，等待我们去敲门。我们也在门里，等待门环叩响。——铛——铛——铛。

有些门，我们已经无法敲开。

松脂滴落。门外月光如海。温和的夜，想起这些，我心扉痛彻。

（原载《滇池》2017年第6期）

# 河流告诉你

范燕慧

北纬32°，东经120°。如果从空中俯视，那是一片交织的水网，湖荡密布，河流纵横；植被茂盛，大地丰盈。目之所及，铺陈的绿意上泛着晶亮的水光。大小不一的湖，称之为"荡"：野窑荡、湖芦荡、石涠荡、莲花荡、虞墅荡……汩汩流淌的河，称之为"港"：黄渎港、庙渎港、双桥港、八房港、定跨港、乌溪港……念及这些水汽淋漓的名字，口齿间仿佛都噙着菱角莲藕的清香；而许多与此相关的意象，也随之接踵而至，比如芦笛、乡场、四季；比如鱼米、稻禾、橹桨……草色天光，时令更迭；寻常烟火，出入生息。反正生活的节律，都与水密切关联着。而我们，似乎也有理由相信，由水汽滋养着的土地，以及这片土地上绵延出的生命，一定有着非同寻常的妖娆和灵性。

古丁蜀的水域地图，如同一只摊开的手掌。掌纹里的四季，随波流淌。春雨惊春，河流在花香和细雨里醒来，堤上的青柳，岸边的芦苇，绿意零星，睫毛一般忽闪忽闪。若是晴日，河流水波清亮，在通透的空气里轻快地流淌；若是春阴，水光云影里，仿佛蓄满了地老天荒一般的忧伤。至仲春之月，桃花水至，众流汇集，波澜盛长，此时河流的滋媚，不仅在岸上，更是在水里：鱼肥虾美自不必说，待有西风吹过，河水稍稍退去，那青石板下的螺丝、嵌在泥里的蛤蜊，既是饭桌上的牙祭，也是乡里少年闲暇的乐趣和为生计的担当。春深夏长，因梅雨而暴涨的水流，浑浊而急躁，攻城掠地般，淹没苍老的树根，漫过繁盛的草丛，直至盛夏，才肯慢慢退去。河岸上一道道高低不一的水痕，记录着每一年的水位，也记录着流水曾经带来的，是福音还是灾祸。当梅雨带来的丰沛被时间和支流逐渐消解，季节的漫漶里，无波当属秋水。一切无征无兆，无声无息，只见河流慢慢地瘦下来，静下来，水的颜色却又深起来，深到有些冷清，深到起了凉意。直至寒风四起，冬天来临。毕竟是江南，有雪和结冰的日子并不多见，冬季的大部分时间，河流只是带着季节的表情，透彻而苍凉，在朔风吹动枯枝的呼啦声中，茫茫而来，又茫茫而去……

几百年，上千年，或是更久远的时间，太湖西岸的先人们，就是在这流水起落的四季轮回里，起居，繁衍，沉睡又醒来。

一个个自然村落，安卧在流水经过的地方。村，以河为名，临河而居；河，绕村走巷，忠实笃定。丰沛的水流，养育着世代的乡民。淘米、浆衣、炊饮、洗涤。一天的光景，是从河埠头开始的。当清粼粼的河水，带着夜的凉意，激灵灵地拂上面颊的那一刻，眉眼和筋骨，仿佛都舒展了起来。而担水的乡亲，总是早起，沉睡了一夜的河，尚未被打搅，木桶舀起时溅起的水花，白得纯净。陶缸，明矾，一汪汪的清水就这样有了新的生命，在每家每户的锅碗瓢盆里发出各种轻响。亮堂的一天，就这样开始了。等到夕阳挂在林梢，河面上会漾起金亮酡红的波光，荷锄归来的乡亲，一面把农具浸入河水，一面濯洗着粘在裤管脚丫上的黄泥，一种满足，一种自得，一种疲惫之后的释然，从指间的烟卷里袅袅升起，当然，与之一同升起的，还有炊烟。傍晚的天幕，一缕缕青色的烟气，聚拢，又飘散，在悄悄降临的暮色里。

河埠上的青石板，被时间和流水打磨，光滑平展，无声地记录着日子里的各种动静。家长与里短，欢颜和龃龉，红装的嫁娶或者先行的别离。嫁来的新妇，是几时褪去陌生和羞涩；摸鱼的少年，又在何年悄悄长成壮硕的青年；新生婴儿的第一张尿片，每个亡灵的最后一张纸钱。所有的惊心动魄和潜滋暗长，它都默默地记着，在飘逝的光阴里留下不为人知的痕迹。当迎娶或送嫁的机帆船，突突地开来又开走，新婚的喜悦与哭嫁的哀伤，在狭长的跳板上颤颤巍巍地荡漾。青春与红颜，爱与暖，繁衍和生死，这些生命里鲜亮又深沉的主题，都深深落在了河流的水纹里，与河底的水草一起，在水里轻轻招摇，一代又一代，一年又一年。

谁都不能忽略了河流的存在。是的，谁都不能。记忆如果从这里延展开去，船，算得上是河流真正的知音。来来往往的船只，穿梭在四季里，见证着每一条河流的前世今生。柔媚与苍凉，宽容和残忍。舟行河上，水载舟行，任凭千般面目，也都是船看惯了的风景。得从最吃重的情节说起。冬日农闲，罱河泥的船，迎着朔风，摇进了河荡深处。河泥夹子起落之间，水草淤泥，扑嗒扑嗒吐进船舱。"冬里一船泥，秋里几担谷。"尽管如此，在肚里没有多少油水的年代，即使每天 12 工分的诱惑，也不见得有人抢着要干。太费力气！岁月沉沙，草枯叶落，都是有分量的；陈腐走向新生，也总得要费些周折。而年年的淘泥沤肥，却是一举两得：流水不腐，麦谷飘香。河流的肥瘦，船最清楚，它们把最深的默契一起奉献给了岸上的土地，也把丰收的愿景，送进了庄稼人疲累的梦境。

不腐的流水，是精神的，也是欢畅的。乡村生活里，最主要的运输，都是通过船来完成的。粮食、饲料、柴草。很多时候，船也充当交通工具，走亲访友，买卖赶集。大大小小的船，在河流里频繁出入，在四通八达的水网里自由通行。日复一日，年复一年，船与河，共同记录和承载着岸上的岁月。生计、梦想；情感、命运，在汩汩的流水里起落交融，在千年不变的阳光里一次次踏歌出发，又黯然归来。

乡间作坊里，捣泥声声；板盘上面目灵动的壶坯，也是在清晨欸乃的橹声中，被送往窑场的。那一船船的壶坯，承载了多少酝酿已久的计划和期待啊，那里面，有孩子们待缴的学费，有女人想要的新衣；有老人急等的良药，有生计所需的油盐柴米……送坯的一整天里，家里的人都会暗暗祈祷，祈祷壶坯能尽量多地被验收过关，能尽量多地换回钱来。那一船船摇出去的，是壶坯，又哪里是壶坯，那是生活万事里面的那个"底"啊。

而那些叮当作响的日常窑器，出场的气势盛大而隆重。满满当当、重重叠叠，在蠡河的波涛里走向远方。泥和水，水与火，功夫和技艺。一切都流落在日子悠长的褶皱里，只问耕耘，不知寂寞。多少年，一些微妙而神秘的变化，在悄悄发生着，天地知道，时间知道，河流知道。如果说五色土是上苍对这块土地独特的赐予，那么蠡河水就是紫砂从孤独走向繁盛最好的见证。也许，当年陶朱公与西施荡舟河上，早就看出，这片活水之地，已然显现出不同寻常的气象。当一个个如雷贯耳的名字，开始被业界口口相传的时候；当一把把壶被拍出天价的时候，人们才惊讶地发现，窑里出来的，船上出去的，不仅仅是壶器，而是一把把钥匙、一张张名片，它们共同赋予了一种古老艺术新的生命，叫响了一个城市世界级的声名。

时光像风一样从河上掠过。任何一条有性情的河流，一定还记得鱼鹰。两头上翘的木船，梆梆作响的踏板，渔人急急的吆喝，鱼鹰矫健的身姿。那热闹的场面，几乎是要沸腾了。围观乡邻的惊喜与好奇，来自于鱼鹰的喉囊。一个猛子扎下去，喉囊鼓起来，渔人轻轻一挤，啪的一声，鱼就跌落在船舱里。整个流程一气呵成。河流的丰盛，在此刻体现得淋漓尽致。餐桌上口腹之欲的满足，成就了捕鱼人的生计。当鱼鹰收起了翅膀，河面回归了平静，渔船离去，炊烟四起。漾开的涟漪里，有狗吠深巷，有渔歌唱晚。

日子就这样流过了第一千个春天。河岸上桃红了柳绿，春去了冬来，光阴泛滥，成了最不值钱的东西。可最不值钱的时间，却并没有闲着，仿佛是用一种无形的力量，在不动声色地改变着这个世界。可到底改变了什么呢，却没有人能说得清楚。只知道世代都是农民的农民，开始厌弃自己的农民身份。这怪不了农民。城市多好啊，城市多干净啊，生活多体面啊。社会形态漫长而又艰难的更替里，农民永远是卑微和贫穷的代名词。当日夜躬耕也总换不来日子的游刃有余，当封闭的日子被工业文明悄悄撕开了一道口子，农民，终于开始想方设法摆脱和逃离了。青壮年，纷纷自谋生路，进厂了进城了；更年轻的一代，也慢慢都迁走了。清晨上班的自行车铃声，取代了下田挣工分的哨子；荷锄晚归的队伍里，只剩下老年人落寞的背影。成为工人的忙碌和自豪，每月领到工资的喜悦与舒展，日渐消解了人们对土地最后的一丝留恋。稻田里建起了工厂，工厂里升起了烟囱；公路修到了门口，村庄拆迁至别处……终于，罱河泥的船搁浅在河滩，长满了青苔和虫豸；故乡被抛到了身后，眉目日渐残破支离；家家户户不再去河里挑水了，拧开自来水龙头，哗哗而来的水声，欢快得让人都来不及体会幸福的滋味。

一个村庄最初的生机，是由河流营造的。世界上任何一种古老文明的背后，也都有着河流健旺的身影。而一条河流的衰亡，到底意味着什么，迟钝的人们，没有认真去想过。只知道，水，再也不是免费的了，得要用钱买了；而且，好水越来越稀有了。水为茶母，茶圣陆羽的《茶经》中，曾把煮茶之水分为上中下三等，而仅次于上等山泉的河水，已经再也不能直接饮用了。城市不如想象中的城市，乡村却已不再是以前的乡村。这让人们开始怀念，怀念那些满河活水尽挑尽用的日子，怀念那些曾经在舌尖上呼之欲出的美味，怀念那些消失在岁月光阴里的温暖故事，怀念分明的四季和清甜的空气……那些生，那些死，那些热闹，那些再也拽不回来的从前，在远去的时间里落满灰尘，又在人们偶尔的追忆和叹息声里波光粼粼。

只有河流，依然是沉默的。沉默里既沉淀着斗转星移的过去，也有无法预知的未来。有风的日子里，河面依然有涟漪漾起，那是河流无声地告别，与过往，与村庄，与曾经的风生水起。

有谁能阻挡一条河流的走远，又有谁能理解一条河流深切的情怀。每一条河流，都有自己的远方。河流的远方，应该是长流一千年、一万年；是一畦春韭，十里稻花；是旷野寂静，炊烟飘荡；是鸟鸣划过长空，是野花次第开放。而如今，人们眼皮子底下的那些瘦骨嶙峋的、步履蹒跚的、浑浊不堪的河流，还会有汤汤之势吗，会有春暖花开吗，会有千年万年的远方吗？

假如，你还愿意掬起一捧，闻嗅她，亲吻她，那么，请用内心最真实无华的声音，向这个世界大声宣告：那一捧水，依然能让你情怀激荡，让你热泪盈眶；那一捧水里，依然还保留着曾经的丰盛和温情，有着蓬勃的朝气、谦卑的胸怀，以及，历久弥新的美好。

（原载《陶都》2017 秋季号）

# "西旗"的云

任林举

我们行走，在西旗干旱的草原上——

如果是从前，那些没有公路和汽车的年代，数骑并驾齐驱，在这样的地上或"路上"，一定会蹚起一路滚滚的烟尘。

还好，从呼伦湖西岸到宝格德乌拉，一路陪伴我们的，除了地上不时走过的羊群，还有天空里那些美丽的云，那些美丽得如传说一样的云。

如果说，天空是蓝色的草场，那些云就是肥硕而又洁白的羊群。或者说就是一群结队飞翔的百灵鸟，快乐得喊哑了歌喉，如今只是止住了歌唱，却止不住到处飞翔，自由自在地飞翔。如果天空是一个干净的街市，那些云就是结伴而行的白衣少女。风吹起了她们衣服领口上的流苏，吹变了她们裙裾的形状，一会儿鼓鼓的如一个装满了粮食的口袋，一会儿如迎风飘展的旗帜，但不论如何，风也吹不散她们快乐的情绪和四处游荡的兴致……在阿拉坦额莫勒镇附近，一哨白云逆光飘起，一朵接一朵排成一个长阵，既彼此独立又相互照应。每一朵都纯净美丽得如刚刚出浴的仙子，闪亮的光晕勾勒出它们明亮的轮廓，在水蓝的天空映衬下，洋溢出一派吉祥的氛围。凭直觉，还以为天上正在举行一场神圣的婚礼，只是在那一群仙子中，我们并辨识不出哪个是新人，哪些是伴娘。

西旗的云，很容易让人联想到天堂，却联想不到雨水。这样美丽的云彩，怎么可以想象要想让她们下一场雨？那不是和见到美丽的少女就想让她生一个漂亮的娃娃一样，荒唐可笑或失于功利吗？偶尔也就那么怯怯地想一想，内心里便会泛起丝丝袅袅的"耻"感或"罪"感，但脚下的这片草原真的是太需要一场透彻的雨水啦！

草原上民谚有"大旱不过五月十三"的说法，如今都已经进入旧历的六月了，整个蒙古高原上还没有下过一场可以叫作雨的雨。旱情最严重的蒙古国东方省已经湖泊干涸，不少野生黄羊渴死在无水的湖底。有朋友发来微信，图片上横七竖八的黄羊尸体，看过后，直让人内心充满悲伤。与蒙古国毗邻的呼伦贝尔草原右翼广大区域，两万多平方公里的草场，也因为持续干旱而停留在"草色遥看近却无"的"初春"状态。满目焦黄，满目土色。200多万头牛羊纷纷埋下头，在裸露的泥土上，寻找和追逐着草的踪迹——饥饿和焦渴，以及不再从容的脚步，使它们看起来很像一片片从土地上隆起并向前滚动的泥团。而在它们身后缓缓升起的尘埃，则是它们直抵云霄的苦情。

小时候，我一直天真地认为，天上的云就是地上的尘埃或水汽所化，原本也属于草原。它们就像从地上起飞的鸟儿，尽管可以在天空里飞来飞去，由于心仍被大地牵着，终究还是会降落到地上的。但现在，我不太敢那样想了，尤其在这旱情弥漫的草原。地上的一切，似乎和天上的云没有任何关联。在碧蓝如洗的天空上，云，依旧是那样地洁白，洁白得一尘不染；依旧那样地闲适，闲适得无动于衷。她们时而翻卷，时而变幻，时而与那些我们看不见的风互动一下，向前或向后移动一段距离，似乎，就是对地上的一切视而不见。

如果，它们真的有"眼"，只要没有闭着，就一定能清清楚楚地看到草原上那令人心焦的旱像啊——

没精打采的乌尔逊河和克鲁伦河已经瘦得细若游丝；呼伦湖和贝尔湖从原来的岸边在一步步向后退却；草地上很多中、小型泡沼已然干涸，露出了白白亮亮或幽幽暗暗的湖底。阳光照上去，像一个个空空的、敞向天空的碗。那些盖不住地皮的小草，纤细、短小得如一棵棵气色不佳的松针，如果从高处看下来，任凭多好的视力也看不到地面上还有"物"的存在。以至于那些紧贴地面埋头吃"草"的牛羊，看起来很像在啃食着泥土或不间歇地与大地亲吻。与其说那已是它们无法选择的生存姿态，不如说那是一种表达内心愿望的仪式，比如说，祷告。

虽然，云是天上的事物，也还是有应尽的职责和义务吧？难道说，云的职责不就是为干旱的土地"施"雨的吗？入春以来，哪怕是只下一场雨，也算是天上的云尽了它们的本分。可为什么事已至此，它们仍然像往返于草原上的那些过客一样，保持着身心轻盈，优哉游哉，对地上的一切既不走心也不关情？难道它们真的听不到地上传来的那些声音或信息吗？那么多焦渴的生灵在期盼着久违的雨水啊！纵然看不清小草们的枯萎和憔悴，也无法了解它们渴望的心情，还看不到牛羊们焦灼的眼神和空空的咀嚼中所夹杂的绝望吗？纵然这些都不能入眼，入耳，入心，还看不到牧人们策马奔突的身影吗？听不到他们一声接一声无奈的叹息吗？听不到从他们鞭梢上发出的一声声诘问和长调里传达出的低沉而又悠长的倾述吗？茫茫无垠的大草原啊，无草的时候，比有草的时候显得更加空旷、广大、无朋，更加需要有苍天一样宽广的胸怀将其包容、抚慰或滋润。

然而，云并不是苍天。

或许，云只是苍天与大地之间的一种特殊语言或表象，在天与地之间传递和表达着"情""意"和能量。当天地和谐时，云行雨施，阴阳调和；当天地失和时，纵使云卷云飞，也尽皆徒劳，不是大旱就是洪涝；纵使云聚云散，也于事无补，不是形同虚设，就是劳而无功。如此说，草原上这一春零半夏的持续干旱，定然是天地之间因一气不合而展开的一场旷日持久的较量，或"冷战"。这对拥有着无限时空的天和地来说，这自然是一段小之又小的风波或插曲，但对靠雨水活命的草来说，却是难以应付的大事。雨水是植物生长的指令，没有雨水，植物就不敢贸然"挺进"，特别是草原上的花草，在没有雨水的年份里，只能凭借生命经验和本能，默默忍受着干旱，将根系扎向泥土的更深处，而露在地面上的部分，仅仅可以证明自己还活着。如果运气好，就等待着下一次雨水到来时集中精力生长；如果运气不好，就只能等待下一年自天而降的生机。也就是说，野草们虽然迫于无奈，但毕竟还有一些资本和能力"搅"在这场风波里，它们可以因为"天气"或"地气"不顺而停止生长，等躲过风头之后，再做"重生"的计议。但属血气的人和牲畜是耗不起的，如果没有食物和水的支撑，很快就会如耗尽能源的钟表一样，让生命的指针永远停止在某日某时的某一刻。

或许，云只是司雨之龙麾下听令的小卒，在没有得到行雨命令之前，它们只是一些散兵游勇，或躺或坐或悠然独处或聚而嬉戏，懒懒散散地分散在天空各处，形成不了任何"行动"的力量。只有得到明确的行雨指令，它们才能凝聚成一个有战斗力的"军团"，向大地施雨。这几年，"厄尔尼诺"现象尤其严重，南方的雨下了又下，已至成灾，北方却没有一场透雨，甚至滴雨未见。想来，一定是那司雨之龙"懒政"，就地就近，不离南方，就把降雨的指标用完，然后回天庭草草交差。也可能因为那龙的正义感极强，因为人们破坏了自然生态，败坏了他按律行政的好心情和必要的环境，一怒之下，就降灾于这片草原，让所有在草原上和来草原的人，好好地想一想，问题出在哪里，怎样做才能更好地调和"地气"和天意。天心自然，有时也过于苛责。

毕竟，我不是天上那不染红尘的云，且我自己也属于那些从血气而生的污浊之物，所以就算凑巧猜中并理解了天意，也还是要对那些在焦渴中忍耐和挣扎的脆弱的生灵怀有深深的同情。于是，便一边在那旱得冒烟的路上行走，一边仰望着天上的云痴痴地想，天上那么多的云朵，怎么都像大街上内心麻木、没有表情的路人？就不会有哪一朵云能发一发恻隐之心，自作主张能给草原一个承诺？公然或悄悄地下一点儿雨，哪怕只够洇湿草们干渴的口唇，也好让他们获得一些在焦渴中坚持下去的信心和勇气。

住宿在阿拉坦额莫勒镇的那个傍晚，天空里的云突然聚到了一处，色彩也由原来的洁白变成了灰黑色，幽暗地，遮挡住了曾经透彻的天空。我突然有所感悟，原来白色是云嬉戏、游玩时的着装，黑色的"衣服"才是它们工作时的着装。看来，久久期盼的雨终于是要来了。我心里暗暗地兴奋，希望雨尽快下来，越大越好，哪怕大得阻碍了我们的行程。我要和草原上的牧民们共同关注、经历和庆祝这非同寻常的时刻。夜里，我几次处于半醒的状态，似乎还隐约听到了窗外的雨声。待到天色微明，我迫不及待地打开窗帘，想看一看昨夜的雨到底下成了什么样子。可令人沮丧的是，地上并没有一滴雨，我听到的不过是一夜风摇树叶的窸窣碎响。

又是一个响晴的天。仍然有云挂在天空，如今它们只是一些空空的佩饰，没有雨，没有重量，也没有情义。

我们到草原深处米吉格牧场去体验生活。当人们拎着一只装有奶水混合物的壶，喂那头走起路来摇摇晃晃的小牛时，我看见有一头瘦骨嶙峋的花母牛一直神色焦躁地在附近徘徊，欲进又止，不离左右。据主人介绍，那是小牛的母亲，由于草原干旱缺水，和许多产犊的母牛一样，母牛已经瘦弱得没有一点儿奶水，牧场的主人就只能到超市买来奶粉喂养它们的小牛。我们猜不出那头母牛当时的心情，是担忧，是愤怒，还是喜悦。但有那么一瞬间，我突然发现，它的两只突出的大眼睛里，似乎装着满满的忧伤。于是，我又想起了那个横着很多黄羊尸体的干涸的湖底。

我的心，突然一阵紧缩。此后，我不敢再看脚下干裂的大地，地上的苦情太重了，我只能仰起头看云，看天地相合的远方。但不知那些漂亮的云，什么时候才能脱去它们身上的美丽婚纱，进入幽深潮湿的夜晚；也不知那些曾经看到过草原丰饶美丽面貌的人，会不会特意来探望一下焦渴中的草原。这草原，已经有难啦！

（原载《文汇报》2017 年 8 月 24 日）

# 儒、道、法 ——成败之间

鲍鹏山

德国雅斯贝斯的《历史的起源与目标》一书中讲了轴心时代，定义的时间是公元前800年到公元前200年，尤其是公元前600到公元前300年。这个时间基本就是按照中国先秦诸子的出现来设定的。公元前600年就是老子出世，孔子出世是公元前551年，所以老子比孔子大一个辈分，这个说法是可以接受的。公元前300年孟子去世，这个时候荀子已经50多岁了，韩非子、李斯也都在世。按照比较宽泛的说法，公元前200年相当于秦王朝的灭亡，整个先秦时代结束。我觉得中国先秦时代的发展起点很高，有一个非常高的文化高度，包括有孔子、老子这样的人物。但是结局比较悲剧，先秦诸子是以法家结束的。先秦各国的争霸最后由秦国来统一，这个在历史上应该属于一个悲剧事件，也对中国历史产生了很多影响。按照韩非的说法，儒家、法家、道家是那个时代的显学，产生了很重要的影响。

中国古代的思想家们都很关心政治，以孔子为代表的儒家特别关心政治的正当性。政治的正当性包括两方面：一个是政权的合法性。这个在孔子之前就已经被解决了。在周王朝取代商朝的时候，他们的革命理论实际上已经解决了周朝统治合法性的问题。另外一个是执政时行为的正当性。比如孔子在和季康子谈话时提出过一个对政治最经典的解释，"政者，正也"，即政治是要用正当的手法来推广公平和正义。正当的手法是非常非常重要的，哪怕你的目标是公平正义，但手法不正当也是不可以的。季康子问，这个世界上无道的人太多了，我们能不能"如杀无道，以就有道"。看起来目标没问题，但是孔子坚决反对，因为手段不合法、不正当。所以说，用正当的手法来推广公平、正义，这才是政治。我认为孔子的这个定义是中国政治学上最高的一个定义。关于政治的正当性，孔子和鲁哀公也有过一次谈话。孔子讲了五个字"好生而恶杀"，即一个好的政治应该让人民可以更多地休养生息。这里休养生息不仅仅是指吃饱饭、活下去，还包括能不能受到良好的教育。孔子主张"富之，然后教之"，即先富起来然后教育他。我认为孔子把政治正当性讲得非常好。孟子也讲过类似的问题，比如"制民之产"，让老百姓有一定的产业。孟子还讲到了让老百姓拥有私产的重要性："有恒产者有恒心，无恒产者无恒心。"没有恒心就患得患失，就会"放僻邪侈，无不为己"，什么都可以做。我认为儒家为我国古代政治确立了的目标非常有价值。再比如讲到社会时讲"和为贵"，特别强调礼乐文化。礼乐在文化上是有所区别的，乐统同，礼别异。为什么说礼别异呢？因为差距是客观存在、无法否认的。我们总是说孔子讲等级差异，其实这个等级差异不是孔子讲的，他只是希望可以更好地处理好这样的等级差异。我们今天仍然有等级差异，就算是报社里面也有总编和副总编，他们不是一个级别，这都是正常的等级差异，关键是我们如何处理好这个等级差异，让我们在社会不同台阶的人能够和平、和谐地相处。礼乐就是用来解决这个问题的。

## 儒家的"礼"是指一种文明社会运作方式

儒家的"礼"到底是什么？很简单，从社会功能的角度来说它就是指一种文明的社会运作方式。儒家的"礼"某种程度上来说是从商朝统治上吸取的教训得来的。商朝的统治是使用非常野蛮的方式，而到了周朝则开始用礼的方式，所以我说礼是一种文明的社会运作方式。"礼"的本质是"自卑而尊人"，即我们每个人把自己放低一些，把别人放高一些。商朝只知道尊天事鬼，尊的只有天和鬼，而周朝知道尊人了。礼乐文化实际上是人的文化，是人本文化的起点。我这里只大致讲一下儒家的政治目标，我知道任何的概括和抽象都可能有危险，但是我要讲得简单一点，所以会抽象一些。儒家在这样的政治伦理约束之下，它的政治目标就是社会和谐、政治公正、人民幸福。

道家即"道法自然"。道家里面老子、庄子还是有所不同。老子会讲"治"，想着怎么把天下治好，他认为我们人为的痕迹太多，过分、造作、违背规律的东西太多，所以他希望"无为而治"。到了庄子的时候，他根本就开始反对"治"了。他看到孔子的儒家思想说政治一定要合乎规范、有伦理约束，但也看到了权力天然就有反伦理、反民众的特性。在有政治的地方，我们很难保持像孔子想象中的那种伦理状态。所以庄子就走向了极端，他干脆反对政治。在庄子的哲学中，他很讨厌"治"这个字。他举了一个例子，有人善于治马，但他却反问："难道马生下来就是让你治的吗？"这代表了庄子的一个很重要的思想。老子和庄子之间有许多相同的地方，也有很多不同。他们都看到了政治本身具有反伦理的性质，所以他们的目标都认为政治应该是"无为而治"，人生应该是逍遥自由。这里我也要说明一下，任何的总结和概括都是在冒险，我只是想说得简单一点。

法家的目标则是富国强兵。首先我认为法家是战国思想，法家思想产生于战国，产生于那个时代的需求。在那个时代，诸侯国之间互相争战，而战争的目的也已经不像春秋时期只是一种外交手段，而是要灭掉其他国家。所以战国时期对法家思想有非常大的需求。第二点我想讲的是，我想把法家的思想局限在战国，因为在其他时代法家思想实际上是非常有害的思想。

法家思想讲究"以法治民"，很多人看到法家会对其思想很有感情上的认同。我们看到"法"这个字可能会产生误会，认为是我们现在说的法制。我们现在对中国传统文化的批判总是集中在孔子，我们把孔子看成是传统文化中一个很糟糕的东西。实际上在 20 世纪，鲁迅、胡适也讲了很多中国传统文化中阴暗的东西，那些黑暗、专制、独裁、奴性的东西实际上都不是儒家思想，而是法家思想。等于孔子在给法家背黑锅，只是很多人不明白这一点。很多中国当代知识分子一讲到中国传统文化，讲到孔子的时候，他们就会义愤填膺地要把孔子打倒，而这个义愤填膺的样子像极了战国时候的荆轲，"风萧萧兮易水寒，壮士一去兮不复还"。但今天很多学者拿着一把宝剑不是去刺秦王，而是去刺孔子。刺秦王的是勇士，刺孔子就不是了。所以说中国传统文化中最黑暗的东西是法家，以及用法家思想最终取得的一统的秦王朝，这才是中国文化中黑暗的东西。"法以治民"中的法并不是我们今天说的法律，并不是权利的保障，恰恰相反是剥夺人的权利，是剥夺所有人的权利只给君主一个人。这个和我们现在的法制完全不一样，甚至针锋相对、截然不同，所以不要看到法就想到法制。另外一个字是"术",这也是中国传统政治中最阴暗的东西——权术,即所谓的城府。我们说一个人是不是政治成熟、是不是有政治才干,会觉得一个人会玩手段、有城府就是了不起。这不是政治,这是小人之政客。真正的政治家,像孔子"政者,正也",用正当的方式推广公平正义才叫政治。从这个角度来看,法家的"术"根本不是政治家的素质,只是阴谋家的素质,但法家却把它看成是政治。再一个字是"势",势以凌民,这个"势"就是指权力。法家一再提醒君主所能利用的最大的武器就是你的权力,有了权力你就可以实现你所有的目标、压服这个世界上所有的人。

## 法家思想:"以法治民",讲究"法术势"

从伦理的角度来做一个总结:孔子希望政治有伦理的约束;道家看出来用伦理约束政治比较困难所以干脆不要政治;法家则认为政治干脆不要伦理,只要权术。可以看出法家是特别强调政治效益的。法家在战国时期受欢迎的原因是它本身只是一种高明的手段、没有伦理的约束。由法家思想来治理一个国家、控制一个社会、集合社会资源与其他国家在战场上比拼,确实会占优势。秦国当时能战胜其他六国,与它用法家思想有很大的关系。所有的文化、道德、自我的约束都被去除,所以可以放开手什么都能做。

关于法家的商鞅"少好刑名之学"。商鞅之所以出山就是因为秦孝公下了一个求贤诏,其中讲得很清楚,他要的只是"出奇计强秦者",强秦是目标,奇计是手段,只要能用这个手段把秦国搞强大即可。李斯带到秦国去的根本就没有伦理的东西,只是一套非常高明的灭六国的手段。大家可以看看李斯写的《谏逐客书》,这篇文章在大陆的中学课本中都有。《谏逐客书》整篇下来,除了"是以太山不让土壤,故能成其大;河海不择细流,故能就其深"等几句是李斯从他的老师荀子那边抄来的之外,整个文章毫无价值观上的约束,全都是手段。这就是法家。秦孝公就是这样"出奇计强秦国",奇计是手段、强秦是目标。这里面没有人民幸福、没有人身自由、没有道德是非,有的只是利益上的利与害。法家一般不讲是非,只讲利害,不讲手段是否正当,只讲是否实用。

在先秦诸子中,孔子的人为什么可以超越商鞅这些人获得后世更多的关注?因为他们有价值的坚持。商鞅,从他进入秦国,包括他在宫廷里面时,做了一次关于改革的辩论会,他所讲的话里面除了手段之外,没有价值的坚持。因为这个很多人夸奖商鞅讲信义,实际上这是我们对商鞅解读中的一个很大的误差。连宋朝的王安石都认为商鞅的"立木为信"很了不起。但我们仔细分析一下就会发现这个事情根本就不是在讲政府的诚信，而是在讲"只要是政府说的你就不可以怀疑"。商鞅知道秦国的老百姓不相信政府，所以他在改革法令还未公布时，就"立三丈之木于国都市之南门"，并提了一个公告，说谁能把木头搬动就给他十金。老百姓们就觉得奇怪，为什么如此简单的事情会给这么重的酬金，这显然是不可信的。商鞅的这一奇怪的举动，不是为了树立政府讲信用的形象，而是在告诉大家，只要是政府说的，哪怕完全不合常理，你们也必须相信。他为的是让老百姓不怀疑政府，而不是为了让政府守信用。我们对这个故事的解读历来都是错误的。十金的赏金没人信，就再增加到五十金，才终于有一个人出场了。我甚至怀疑这个人是不是商鞅安排的，因为这也不是没可能，商鞅必须想好后招，万一五十金还没人干怎么办。商鞅拿五十金，"以明不欺，卒下令"。

一年之后，老百姓都说改的法令不好，于是商鞅说"法之不行自上犯之"，想找一个猴杀给鸡看，却又不敢杀太子，于是叫太子的师傅接受这个惩罚。这样一来，老百姓怕了，知道政府要干的事情他们没办法违抗，于是就去做。做了十年之后，效果还不错，老百姓也逐渐适应了，都说这个法令挺好，都表扬他。表扬的结果是"秦民初言令不便者有来言令便者"，即以前一些说这个法令不好的人改口说这个法令好。商鞅对此的态度则是"此皆乱化之民也，尽迁之于边城"。说它不好不可以，说它好也不可以。按照商鞅的做法，首先，政府做的哪怕再不合常理，都不能怀疑；其次，做的过程中不能反抗；最后，做的结果不得议论。这是他立木为信真正的用意。

针对《商君书》中商鞅对国家所谓的政治伦理，我做过一个总结。在商鞅看来国家只需要一种民——生产机器和战争机器，这二者是合二为一的。平常的时候农民生产，打仗时则全民皆兵上战场。除了生产粮食的农民到了战争的时候就会全部上战场打仗，其他民则都叫"虱"。商鞅的《六虱》和韩非子的《五蠹》是一脉相承的关系，他们都认为不是国家所需要的人就都不应该活下去，只是国家的蛀虫。按照商鞅的《六虱》和韩非子的《五蠹》，今天在场的所有人都是虱子或蛀虫，因为大家都不是种粮食的农民，也不是拿枪的战士。国民应该只做一件事情，就是农战，这是他所谓的"壹民理论"。若民不这么做，商鞅也在《商君书》中提到了制服老百姓的五种方法。这五种方法今天由于时间关系不能展开讲，讲起来真的是非常非常黑暗，你们根本想不到那种以弱去强、以奸治良的小人政治。商鞅是公开宣称要以奸民治良民。正如有一个村庄，治理它的方法不是找一个德高望重的人，而是要找一个最流氓的人。同时做思想统治、剥夺别人资产。儒家讲人一定要有恒产、有恒心，但法家就讲人一定不能有恒产、恒心，因为一旦有了这些，人就有了自己的坚持，那我就没办法管控你了。所以商鞅提出"辱民，贫民，弱民"，让你贫穷、羞辱你，如若前面提出的这些手段还不足以把一个国家的老百姓制得服服帖帖的话，则还有一招——杀，即发动战争，让你在战场上当炮灰。

韩非子后来把法家的思想概括为"法术势"，这一点我在前面已经提到，这里再解释一下。"法"是法令，是公开的，是臣民的心中准则而不是国君的心中准则；"术"是权术、手段，隐藏在君主心中，驾驭、驱使、对付臣民，不可公之于众，也是法家政治中最阴暗的部分；"势"就是权力、权势，君主都有，不得分给臣民。法家讲的是独裁专制。

关于韩非子讲的君臣关系，有这么一段话。秦国遇到了大饥荒，国相应侯范雎就跟秦昭襄王说，现在老百姓遇上了饥荒，而你的私家园林里有很多野生的蔬果，"足以活民，请发之"，让老百姓继续活命吧！昭襄王却说，按照秦朝的法律，有功的才受赏，有罪的受诛，若你现在要我把门打开让所有人都进去，就会变成没功的也受赏了，这违背了我们的法令原则，是不可以的。"夫发五苑而乱，不如弃枣蔬而治"，如果我们打开这个门，是可以养活很多人，但国家法令被破坏了，还不如就这样保持法令的严肃性。下面一句话讲得就更明白了："生而乱，不如死而治。"不读法家的人真的不会知道中国历史上有如此血淋淋的政治。老百姓遇上了饥荒也不会开仓散粮，甚至于皇家园林中的野菜野果都不会让老百姓吃，只是因为这样违背了法例。话也讲得非常冷血——"生而乱，不如死而治"，活下来弄乱了法例还不如让他们都死掉。这叫政治吗？但这就是法家的政治，是商鞅和韩非提倡的政治。你也可以认为这个故事是韩非编的，但若是这样就更可怕了，因为他的主张竟然是：就算碰到饥荒也绝不可以赈济老百姓，没有立功的人饿死也活该。所以到了最后大家可以看到一个很有意思的现象，在先秦诸子中，儒家和道家的人都是善终的。儒家的三个人物，孔子活到73岁，孟子活到84岁，荀子据说活了97岁，善终；道家人物老子活得更久，庄子也不错，也都是善终的。但法家人物确几乎无一善终，所以我觉得报应还是存在的。商鞅、韩非、李斯有一个善终的吗？没有。商鞅之死有人说是五马分尸，也有人说是死后才分尸，《史记》中两种说法都有。商鞅死的时候一家都被灭族，李斯和韩非也是一样的结果。

## 歌颂秦朝伟大统一时，要想想死去的亡灵

很多人会讲一个问题，商鞅变法中，他本人是被杀掉了，但是他的政策

取得了成功，让秦国成功地统一了六国。这种成功观在我来看是很可怕的。

　　我们先看一下法家到底塑造了一个怎样的秦国。秦国在先秦的典籍中有一个专门的称呼叫"虎狼之国"，大家可以去看《战国策》。讲到秦国，前面往往加上两个字变成"虎狼之秦"，这是法家改革的最后结果。商鞅变法把一个落后的秦国变成一个强大的秦国，这没错，但是却同时把愚昧的秦国变成了野蛮的秦国。这个变法并没有使秦国文明化，而是让它野蛮化。我们也应该知道，在冷兵器的时代，野蛮是一种很重要的力量。他实际是通过增加秦国法例、秦国老百姓民风中的野蛮性来增加秦国军队的战斗力量。荀子曾分析过战国时期各国军队的战斗力，秦国第一，魏国第二，楚国第三。秦国的战斗力最强是因为秦国军队是最没有人性的。福山写的《政治秩序的起源》这本书是这样分析秦国的成功：与其他军事化的社会相比，周朝的中国异常残暴，秦国成功动员了其总人口的8%~20%，全民皆兵。而古罗马共和国仅仅1%，希腊的提洛同盟仅5.2%，欧洲早期则更低。罗马共和国在一个会战中损失了5万军人，而中国的数字可以说是西方对应国的10倍。我举一个《史记》里的例子——秦国和赵国的长平之战。我们都知道长平之战的结局是赵国失败了，40万人成为俘虏。在赵国失败之前，双方对峙了很久，在对峙的最后阶段，取得胜利的秦国本来都顶不住想打退堂鼓了。当时在前线的秦王给范雎写信说顶不住了是不是要撤退，范雎说现在就是要看谁顶得住最后一口气，不能退，之后把秦国15岁以上的男孩子全都送到前线，才取得战争的最后胜利。我们可以想象一下在战争结束之前，双方的伤亡人数是何等巨大。最终赵国有40多万人被俘虏，放回200多人是为了制造恐惧，其余40多万人全部阬杀。注意这个阬杀的阬不是坑，它们的区别在于，坑是挖个坑埋掉，然而我们现在考古并没有找到这个万人坑，实际上秦国是把这40万人杀了之后堆成一座山，这样的目的是造成恐惧。商鞅在《商君书》中则提出一场战争要达到多少指标才算是完成任务领取赏赐，类似于我们现在的指标管理。我们可以看一下秦国大将白起的战绩：昭王十四年，斩首24万；昭王三十四年，斩首10万；沉卒2万人于黄河中；昭王四十三年，斩首5万；昭王四十七年，阬杀赵降卒40万。一个将军导致了这么多人死，并不是每一场战争《史记》都会加以记载。根据《史记》的统计，秦国在统一六国的过程中斩杀的人数在150万以上，这不包括秦国自己士兵的死亡。一般来说，在冷兵器时代一般这是8:10的比例。若对方死亡150万则秦国自己大概要死亡120万。当时全中国的人在1500万左右。所以，当我们歌颂秦朝伟大统一的时候，要小心一点，想一想死去的亡灵。

　　在我们今天的教材上，学者常常这样告诉我们，虽然他们本人失败了，他们的政策却在秦国取得了成功，秦国终于灭尽六国、一统天下，所以他们给了商鞅一个成功的评价。但我想问，秦国是谁的秦国？秦国灭了六国又是谁的成功？我们现在试图回答这样的问题。第一，六国当然是失败了。第二，六国的老百姓此后必须忍受更加残暴的政权，也是失败了。所以后来陈胜起义的时候，他根本不需要做政治宣传，他只说了六个字就够了——"天下苦秦久矣"。这六个字喊出来，天下人都热泪盈眶。第三，秦国的老百姓。秦国的老百姓成功了吗？在商鞅变法时，秦国老百姓所承受苦难就已经比其他六国老百姓多很多。有一个资料前面没给大家讲，《商君书》自己也承认，在秦国军队攻打六国的过程中，秦国几乎是战无不胜、攻无不克，但是他们每占据一个地方，这个地方就没有人了，老百姓都跑光了。老百姓绝不愿意去秦国做老百姓，他们用他们的脚在2000多年前就做了选择，今天很多的学者却还在说秦国好。我们看秦国的老百姓"什伍连坐，轻罪重罚"，动辄就没为官婢，战陷即全家为奴。很多人傻傻地说《商君书》废除了奴隶制，这可笑得不得了。他们没有看到《商君书》中所有的奖励里面有一条就说到，获得了多少军功就奖励你多少奴隶。这些奴隶是哪里来的？他认为所有的人都是潜在的奴隶。你今天是战士，获得了奖赏，马上给你三个奴隶，但若明天你上战场失败了，你就又变成了奴隶。每个人都在患得患失，整个社会没有身份认同。在秦国没有任何东西是你自己的，也没有任何东西是你有把握保得住的。所谓人人都是潜在的奴隶，只不过不是世袭的奴隶。最后刘邦进入关中的时候，就是靠"父老苦秦久矣"这六个字就站住了脚跟。他进了关中，为那里的父老乡亲感到着急，跟他们就讲了两句话，一句是"父老苦秦久矣"，父老指的是秦国本国的老百姓，他们听到这句话眼泪夺眶而出；之后刘邦就讲秦国的法律太残忍，把秦国所有法律废除，并和大家约法三章："杀人者死，伤人及盗抵罪"，就是这么简单，秦国的父老就认同了刘邦，后来项羽进来都站不住脚。项羽没有占关中，有人说是因为项羽笨、策略不行，其实并不是，是项羽到了关中之后发现关中的人心已经不是他的了，而是刘邦的。所以他既不想让刘邦在关中，自己也不能在关中。

既然六国失败了、六国的贵族失败了、秦国的老百姓失败了，那我们是否可以得出一个结论，只有秦国的贵族成功了？

秦二世即位后在咸阳杀害了12个公子，车裂公主10人。公子高看情况很严重，为了保妻子，自行殉葬于始皇帝。法家防止宗族分权，所以一定要打击贵族。从周朝以来一直是贵族民主制，他要把贵族消灭掉让国君一个人独裁。这也是为什么法家的结局都很惨，因为法家打击贵族，所以他们和贵族是你死我活的。

所以，秦国的贵族，也失败了。

那么是不是秦二世一个人赢了呢？

两年后，二世被赵高杀死。

那么，是赵高这个人赢了吗？在杀死二世后仅仅五天，赵高也被子婴杀了。

那么，在一轮又一轮的自相残杀中幸存的子婴，是最后的赢家？

46天之后，刘邦来了，子婴"降轵道旁，奉天子玺符"，秦朝灭亡了。

刘邦对子婴还是不错的，没有杀他，只是把他作为俘虏。但是一个月后项羽来了，子婴被他杀死，同时被杀的是秦诸公子宗族。整个秦朝残留下来的人都被项羽屠杀殆尽。"逐屠咸阳，烧其宫室，掳其子女，收其珍宝货财，诸侯共分之。"

法家建立的这套体制没有一个人是胜利者。秦政就是一架绞肉机。

秦国，从秦非子算起，近七百年，从秦襄公算起，近五百年，几百年的发愤图强、不息自强、好胜争强，就是一个强字，强到最后攻无不克、战无不胜、席卷天下、并吞八方，但到了最后却是瞬间崩溃、一败涂地、宗族绝灭。所以中国真的应该反思一下：秦制到底能够给这个国家带来什么？

数百年的时间、一百多万身经百战的军队，可以说当时是世界上最强大的王朝，最后却输给了草根陈胜、吴广，输给了半文盲项羽、刘邦，还输给了两千多年的历史。

为什么说输给了两千多年的历史？秦朝灭亡之后，从汉到清，没有一个有良知的读书人同情、歌颂秦朝，没有一个朝代的官方意识形态肯定秦朝，甚至没有一个暴君敢公开声明自己效仿秦朝，秦朝几乎在所有的时间里被所有的人毫不留情地抛弃。

（原载《美文》2016年第12期）

# "隐侯"沈约

李国文

"隐侯"是南朝宋、齐、梁时诗人沈约死后的谥封。

这个"隐"字，不算体面，是个具有贬义的谥。那是他早年的文友，后来的帝王梁武帝萧衍所定夺，陛下发话，谁敢违拗，这倒也说明沈约在文学和史学上地位显赫，但他健在时人缘不佳，竟无一位要员，为他辩白一下。历史有时爱开玩笑，将两个不相干的人拉到一起，譬如沈约和萧衍。然后，有了故事，然后，就没有然后了，因为沈约体质很差，最终竟因帝王的威风，惊恐而亡。文人被吓，常事，被吓死，罕见。其实，南朝政权更迭飞快，萧齐朝存世只有23年，换了七个皇帝，按这样改朝换代的速度，他是有机会翻案的，可这个萧衍活了八十多岁，称帝四十多年，这样，沈约连平反的机会也等不到，隐侯就这样当定了。

萧衍相当自负，最后，他把自己夺来的江山丢了，他说"自我得之，自我失之，亦复何恨？"能说出这种大气之言，说明他最后败了仍不失为一条汉子。他看不上沈约，尽管沈是文坛盟主，自始至终没放在眼里，对其评价不高，四个字，"为人轻脱"。所谓"轻脱"，词典上的解释为"轻佻"，这是现代词汇，不足说明沈约。此语本出《左传·僖公三十三年》："轻则寡谋，无礼则脱。"杜预注："脱，易也"，就知道他心底里对此公的蔑视了。沈约一生，诗写得很好，人做得很差，一是太容易转变立场；二是缺乏最起码的节操；三是自以为得计，总自我感觉良好。凡文人，皆聪明，不聪明，无以成文人。沈约太聪明了，聪明过头，便自作聪明，随风转篷，投机取巧，把持不住自己，是他一生的致命伤。

沈约（441—513），字休文，吴兴武康人。因为他的"四声八病"说，为后代格律诗起到规范作用，在南朝文学史上称得上重镇。当下，很多人爱写几句旧体诗，以示学筍赡博，但平仄不通，焉谈四声？八病未除，何来格律？大都经不起推敲，除了五言五个字，七言七个字，没有犯算术错误，余下就无一是处了，遂为识者诟病。萧衍未称帝前，也写诗，称帝后，更写诗，此人甚至不辨四声，颇不赞成沈约主导的永明体潮流，后来篡齐为梁，成就王霸之业，对格律说，"武帝雅不好焉"。这可能是他与沈约积不相能的所在。因此，中国历史上，出了一个写诗的皇帝，对当时的诗人而言，绝非福音。好在，早期的萧衍在文学上尚属大器，你写你的，我不理你，我写我的，你也不要理我。当然，人是复杂的多棱体，大器是一面，小气也是一面，而小人，则是另一面。后来，贵为帝王之尊，就缺乏最起码的容人之量了。这不奇怪，一个小八腊子，登上高位，骤得富贵，马上狗脸生霜，六亲不认，何况萧衍？

　　此时为萧齐朝，齐武帝萧赜的次子，竟陵王萧子良，位居宰执高位，是个没有什么本事和才气，却要做出有本事和才气样子的厾包。由于其兄已故，萧赜立太孙萧昭业为东宫。尽管如此，长子继承权和兄终弟及，在理论上都可作为嗣君选项，于是他觉得自己有戏，心中痒痒不已。因而网罗一批文人为他马屁，这也是自古以来无良政客，耐不得寂寞，便附庸风雅，文墨造势，揽求盛誉，猎取大名的通病。那时尚未发迹，诗名平平，文名一般的萧衍，与沈约、范云、谢朓、王融等大腕同游，号称"竟陵八友"。少不了有一点文青式的自惭形秽，也是人之常情。那八位文友，也是看中这支强劲的潜力股，各怀鬼胎，使劲巴结，不遗余力。而沈约与萧子良的诗为友，诗为政的文字交往，也是肉麻而有趣的。

　　这年，为永明十一年（493），沈约47岁，萧衍24岁。卓有文名的沈约，一向很牛，有理由不把这个名不见经传的青年放在眼里。文人聚会，名望是很重要的衡量砝码。沈约凭举足轻重的老牌子，大家不得不高山仰止。有的老先生常常把别人对他年长几岁的尊重，当成是对他文学成就的敬畏，于是产生感觉误区，端一点架子，即使住进医院，还要在病房里端坐着等别人向他致敬，这当然是演戏了。其实，名望这东西，很大程度上是其徒众拱起来的一股虚火。一时的火，不等于一世的火；一世的火，不等于隔代文学史上的火。可沈约太高看自己了，再加上他的士族情结，等于火上浇油。同为八友，其实萧衍与谢朓同龄，王融甚至还小萧衍两岁，但沈约与这两位王谢子弟亲近，热脸相迎，谈笑风生，而疏离萧衍，常请他坐冷板凳。南朝承袭魏晋余风，看重门第，别看萧衍的祖父，为齐高祖萧道成族弟，萧道成篡宋为齐，跟着成为新兴皇族。但在士族出身的沈约看来，不过是刚学会打领带的土豪而已。蔑视的眼光，冷漠的脸色，老先生难免不形诸于色，恐怕是沈约死后得到隐侯贬谥的远因。

谁知长期卧病的齐武帝萧赜，突然病危，昏厥过去，如同死去。司马光《资治通鉴》称这种现象为"蹔绝"，胡三省注解"气暂绝而不息也"。这就是说齐武帝虽死而脉息未断。"竟陵八友"之一的王融，做梦也想30岁前做公辅的小野心家，竟然"戎服绛衫"地武装起来，矫诏称旨，拥立萧子良。偏偏此刻萧赜回光返照，还问太孙安在？而他钦定的继承人萧昭叶，正被王融挡在中书省，"断东宫仗不得进"。这小子敢养死士，居然创造出来难得的政治真空，问题在于萧子良太过窝囊，名正言顺奉诏在宫内伴驾的他，只消将其老子了结，就此上位，岂不顺理成章？可这个脓包，关键时刻尿了。正在这时，西昌侯萧鸾（萧道成的侄子）适时赶到，率重兵簇拥太孙进宫，谁也奈何不得。萧赜一见他，只说一句话，要他辅太孙登位，然后两眼一翻，死了。于是，王融政变未遂，坐牢等着杀头；萧子良失宠，最后疑虑而亡，竟陵八友，作鸟兽散；沈约、范云等皆外放，逐出建康。只有萧衍成为萧鸾的第一亲信，自此青云直上。

　　这可让善于精算的沈约，关起门来自打耳光不及。后来，才明白过来，大家在宰相府马屁萧子良的时候，他萧衍已经与西昌侯萧鸾暗通款曲。所以说，为文人者，装傻，是有的，偶尔犯傻，也是有的，真正的傻子是不存在的。老前辈赶紧觉悟，放着眼前这支绩优股，不加大进仓，更待何时。从沈约后来为《萧衍文集》写的长序，为佞佛的萧衍而写那些宣扬佛法的文章，以及赞颂萧衍的诗词看，其卖力程度，可谓使出浑身解数。凡文人，无不清高，但是，凡文人，也无不有一两页见不得天日的历史，中国人讲恕道，不大揭穿罢了。而沈约之流，以为天下人皆不明底里，竟乐此不疲。

　　最受不了沈约这种变化，莫过于其好友山人陶弘景了。这位茅山道士，很难理解他为什么不好好做自己，而偏要做别人心目中的那个自己，总要扮演一个角色，那是多累多苦多不自由的差事啊！最为甚者，这位大文人，连信仰也为迎合萧衍，由道教改为佛门。老兄，转舵太快，是会翻船的。后来，听说沈约吓死了，写了一首特有感情的诗怀念他，"我有数行泪，不落十余年。今日为君尽，并洒秋风前"。也为他"轻脱"的一生惋惜。陶弘景，"山中无所有，岭上白云多"，闲云野鹤一个，自然就看淡物质世界。哪里知道这位入世太深的好友，陷进名利场中，不能自拔，也就只好跟他分道扬镳。

　　公元494年，这年在萧齐国史上有三个年号（隆昌元年、延兴元年、建武元年），这就意味着西昌侯萧鸾，先后弑掉两个萧赜的太孙（郁林王萧昭业和海陵王萧昭文），然后自立为帝，萧赜算是白托孤了。是年冬十月，齐明帝萧鸾即位，沈约这回没有犯傻，赶忙作贺齐明帝的《登祚启》，以讨当局欢心，很快从外放的东阳太守位上，回到京师，任国子祭酒。萧鸾即位后，集中精力铲除齐武帝萧赜残余势力，一口气杀掉他11个儿子和若干孙子，可谓寸草不留，满朝血腥。萧齐宫廷杀戮结束不久，在位仅四年的萧鸾也死了，他实际上是为萧衍篡齐为梁，清除了障碍。

这一年，齐和帝萧宝融中兴二年（502），沈约觉得他的春天到了。史称："初，梁武在西邸，与约游旧。建康城平，引为骠骑司马。时帝勋业既就，天人允属。约尝扣其端，帝默然而不应。"沈约一看有门，遂不止一次劝立，以示他多么铁杆效忠。其实，萧衍称帝之心，早已有之，不过故作姿态的矫情而已。接下来，范云也不甘人后，跑去向萧衍进言，萧衍很得意，"智者乃尔暗同，卿明早将休文更来"。也就是说，你们俩明早一起来，我要跟你们探讨改元立国的决定，这两位文人的雀跃之情，竟比马上要登基的萧衍更甚。

沈约对范云约定，你一定要等着我，咱们一同进宫。范云回答，那是当然。谁知沈约邀功心切，起大早先朝拜去了。萧衍一见大喜，如此这般一吩咐，"令草其事"，筹备登基大典。这位明天的陛下，没想到"约乃出怀中诏书并诸选置"，看来，这位文学老前辈，开了整宿的夜车，早就替陛下未雨绸缪，一切都想周到了。萧衍真的被感动了，事后对人说过："生平与沈休文群居，不觉有异人处，今日才智纵横，可谓明识。"马屁人人会拍，但拍得及时，拍得对路，拍得恰到火候，拍得本主儿通体舒泰，也是一门很大的学问。"俄而云自外来，至殿门不得入，徘徊寿光门外，但云'咄咄'"，显然，被放了鸽子的范云，不得不承认自己的马屁学，要较沈休文略逊一筹。"咄咄"之后，只有认输。盲翁陈寅恪曾云，"最是文人不自由"，这"不自由"中应该也包括这种谁会马屁，谁更马屁的高低上下的较量吧？

萧衍立国为帝，改齐为梁，沈约自然也跟着水涨船高，皆大欢喜。现在看来，作为帝王，萧衍固然不是东西，然而，作为文人，沈约也不是什么好货。千古以来，"昧于荣利"，是文人难逃的一劫。不过，自负得很的萧衍，给以高官厚禄，并不器重沈约，更不引为心腹；甚至，萧衍认为杀萧宝融陷他于不义，纯系沈约蛊惑所致。因为萧衍称帝后，对于前朝末帝如何处理，杀掉他，还是留条命，颇费周章。按刘宋、萧齐的做法，人身消灭，断子绝孙，这是最干净的。萧衍信佛，不那么嗜杀，想依曹丕篡汉，赐汉献帝为山阳公，给一块封地使其养老送终。他先征求范云意见，范云奸猾，不敢贸然表态，说陛下容我想想，便两眼看天，装作思考状。在场的沈约，本来好大一个不爽快，竟先征求范云的意见，晾着本老爷子，好在范云识相，把回答的机会让给了他。他身子虽弱，嗓子很亮，那一言九鼎的恶习，腾地就上来了。这也是所有文学老人被人惯出来的臭毛病，麦克风就在嘴边，不说白不说。"今古殊事，魏武所云，'不可慕虚名而受实祸'。"《南史》称："梁武颔之。于是遣郑伯禽进以生金，帝（萧宝融）曰：'我死不须金，醇酒足矣。'乃引饮一升，伯禽就折杀焉。"

等到萧宝融醉中毙命，萧衍悟过来了，本想当曹丕的他，在历史上仍属刘裕，萧道成屠夫一流，这才后悔不该听沈约的。所以，别看他授以沈约尚书令的高位，并不让他握有实权，参与机要。可自我感觉特棒的沈约，浑不当回事，在其内心深处，甚至认为萧衍能登大位，实际乃他促成，要官要权要地位要面子，呶呶不休。《梁书》曰："自负高才，昧于荣利，乘时射势，颇累清谈。及居端揆，稍弘止足，每进一官，辄殷勤请退，而终不能去，论者方之山涛。用事十余年，未常有所荐达，政之得失，唯唯而已。"

萧梁立国的天监元年（502），沈约六十出头年岁，照当下规矩，他至少要退出一线，如果他识趣知足，及时致仕，也就免了以后的无妄之灾。可他，名望、名位，加之还有名利，都热辣辣地诱惑着他，成其政治野心的助燃剂，活跃于官场，应酬于同僚，露面于文坛，唱和于帝王，忙得一塌糊涂，也风光得一塌糊涂。甚至他老娘去世，也是万般无奈地离开建康，回家乡苫块衰绖，这是那时的官场规矩，他不得不从。再说，他的家乡浙江湖州德清，风光宜人，最适合怡养天年了。此时的他，也是将近古稀之年的老先生了。萧衍亲临吊唁，给了他很大哀荣，其实那意思他也明白，归隐山林吧，写你的诗去吧，可他，两年丁忧期满，来不及回到首都报到，继续折腾。这样，终于因张稷事，与萧衍的口角之争，走到了生命的尽头。

此时，梁天监十二年（513），史载："初，高祖有憾张稷，张稷卒，因与约言之。约曰：'尚书左仆射出作边州刺史，已往之事，何足复论。'帝以为婚家相为，大怒曰：'卿言如此，是忠臣邪！'乃辇归内殿。约惧，不觉高祖起，犹坐如初。及还，未至床，而凭空顿于户下。因病，梦齐和帝（萧宝融）以剑断其舌。召巫视之，巫言如梦。乃呼道士奏赤章于天，禅代之事，不由己出。高祖遣上省医徐奘视约疾，还具以状闻。先此，约尝侍宴，值豫州献栗，径寸半，帝奇之，问曰：'栗事多少？'与约各疏所忆，少帝三事。出谓人曰：'此公护前，不让即羞死。'帝以其言不逊，欲抵其罪，徐勉固谏乃止。及闻赤章事，大怒，中使谴责者数焉，约惧遂卒。"

人贵在知止，沈约当然明白这个道理，但他做不到止，就这样活生生地给吓死了。

文人至此，不亦悲夫。

（原载《中华读书报》2017 年 10 月 18 日、25 日）

# 个 狗 主 义

韩少功

有一种说法，称国门打开，个人主义这类东西从西方国家传进来，正污染着我们的社会风气。这种说法其实有点可疑。我们大唐人的老祖宗在国门紧缩的朝代，是不是各个都不贪污、不盗窃、不走后门？那叫什么主义？

欧美国家确实以个人主义为主潮，让一些博爱而忧世的君子扼腕叹息，大呼精神危机。不过，这一般情形来说，大多数欧美人自利，同时辅以自尊；行个人主义，还是把自己看作人。比方说签合同守信用，不做伪证，不随地吐痰，有时候还跟着"票一票"绿色环保运动抗议核弹或热爱海鲸。欧美式个人主义我们尽可以看不起，但可惜的是，在我们周围，我们看到更多的是签合同不守信用，是毫不犹豫地做伪证，是有痰偏往地毯上吐，是不吃国家珍稀动物就觉得宴席不够档次。更为严重的，是一个村子一个村子在干部的率领下制造假药——你说这叫什么主义？恐怕连个人主义也算不上，充其量只能叫"个狗主义"——不把别人当人，也不把自己当人。

有些人一辈子想有钱，却没想怎么当一个有钱"人"。

人和狗有什么区别呢？如果说人活着不过就是饮食男女，那么狗也能够"食色性也"，并无差别。细想人与狗的不同，无非是人还多一点理智、道德、审美、社会理想等。一句话，人多一点精神。西方的现代化绝不是一场狗们的纯物质运动，从文艺复兴开始，到启蒙运动，到宗教改革，他们以几个世纪文化的精神准备来铺垫现代化，推动和塑造现代化。有些西方人即使沦为乞丐，也不失绅士派头的尊严或牛仔风度的侠义，这就足见他们的骨血中人文传统的深厚和强大。与此相反，我们的现代化则是在十年文化大破坏的废墟上开始的，在很多人那里，不仅毛泽东思想不那么香了，连仁义道德、因果报应也所剩无多，精神重建的任务更为艰巨。我们不常看到乞丐，但不时可以看到一些腰缠万贯者，专干制造假药之类的禽兽勾当。

没有一种精神的规范和秩序——哪怕是一种个人主义的规范和秩序——势必侵蚀和瓦解法制，造成经济政治方面的动乱或乱动，就像打球没有规则，这场球最终是打不好的，打不下去的。以"社会"为主义的国家，欲昭公道和正义于世，理应比西方国家更具精神优势，能为经济建设提供更优质的精神能源——起码应少一些狗眼看人、狗胆包天、狗尾摇摇以邀宠之类的狗态。我想应该是这样的。

（原载《百度文库》2017 年 8 月 30 日）

# 依旧冰清与石坚（节选）

伍立杨

赴义的烈士身死沟壑，"身后是非谁管得？"波诡云谲的历史机缘，其所包裹的偶然变数，活人尚且难以控制，何况死人？要说局限性，也当有所专指，辛亥以后，同盟会根据宋教仁提议改组为国民党，不少军阀、买办、官僚参加进来，其中不少人根本就反对孙先生的革命主张。所以孙先生曾感慨叹息"现在革命党人，多已丧失革命锐气，一味只知贪图富贵荣华，今后恐难有大作为"（转自何香凝《我的回忆》）。当此历史的集体人群社会演进的关键时刻，党人精英及领袖相继以疾病或其他非正常亡故而淘汰出局，良性政治结构远未稳固，则社会结构与观念结构的异动变迁，领惯性之力，遂发生自然转移，诗家所谓"殆天数，非人力"，就此种硕大偶然性，可发长叹也。

《太虚法师年谱》提到"非隆隆之炸弹，不足以惊其人梦之魂"，此则指杨笃生。杨笃生烈士，名守仁。1871 年生于长沙，1903 年与黄兴等在日本成立暗杀团，1904 年谋刺西太后未果，旋赴上海，与蔡元培、章士钊、陈独秀等扩建组成总部设于上海的暗杀团。1905 年 9 月 24 日北京正阳门车站，轰然巨响，吴樾弹炸五大臣，此次爆炸虽未达暗杀直接目的，而其震慑清廷功莫大焉。杨笃生即为炸弹制造者，蔡元培称之为中国第一炸弹。夏敬观的《蔡元培传》说，蔡入同盟会、暗杀团，即由杨笃生、何海樵介绍加入，亲与筹制炸弹。倾盖论文，即关大计。一般说来，立德者不必有功，勤事者未必绩学，而暗杀团领袖，乃能兼备四者。金声玉振，霆气流形，可谓出乎其类，拔乎其萃者也。革命家而兼文人学者，洞烛机先，规划宏远，运天下如掌上，罗形胜于胸中。所以于毛锥之外，而亲炙冷热武器者，实因有清末叶，政治陵迟，非树义旗，不足以挫其凶锋。

杨笃生当正阳门事败吴樾身死之后，远赴英伦，时国内同志义举无望而殉难者益夥。吴樾的遗物，即由陈独秀寄给他保存。烈士以此深受刺激。加之国族的无知愚顽，使其内心极为忧愤。苦熬至辛亥年闰六月十一日（1911年8月5日）在利物浦蹈海自尽，以其绝望深矣、透矣，而无解脱之道，遂出此下策。他给吴稚晖写信说："吾胸闷不可解，惨不乐生，恨而之死……弟欲求从速解脱形神之束缚，与他人无关。"而与黄兴、杨笃生最早在日本相集为军国民教育会的龚宝铨（未生），因同盟会和光复会嫌隙滋甚，渐无意世事。他少年慷慨，甚至不循礼法，"晚既失意，听同县范古农谈《内典》，始深自悔，与友人言，至于泣下。由是茹蔬奉佛，持杀戒甚严"（章太炎《龚未生事略》），理致有类同之处。

几十年前的美国总统杜鲁门尝有一句名言，"如果你在华盛顿想交一个真朋友，你就养一只狗吧！"（转引自《信报》第27版，国际评论，1998年1月13日）这句伤怀之语，说明华府政治圈内的险恶。晚清官场，其昏聩荒谬，更增加政治圈内的钩心斗角，皇权以下，构成梯级主奴关系；一般社会，更只有利用勒赎。而在奋起的志士之间，却存着人间真正的血肉情谊，1911年3月的广州起义，喻培伦是制弹专家，战友们想把他留下来，他却说："啥子话，我为革命才学制炸弹，大家都去，我倒不去，那不行。"（《辛亥革命回忆录》，第132页）他即在此役壮烈成仁，为黄花岗七十二烈士之一。

南社作家与同盟会，既像孪生，又为一物之两面，浑沦一体，同样是挽狂澜扶大厦的慷慨悲歌。而南社的基本社员，不少又是后来文学史称之为鸳鸯蝴蝶派的。略举其名如次：

王蕴章（西神）、林獬（宜樊）、许指严（国英）、柳亚子、胡怀琛（寄尘）、徐珂（仲可）、周瘦鹃、吴梅、吴虞、徐觉（枕亚）、包天笑、范烟桥、叶楚伧、黄节（晦闻）、周桂笙、胡朴安、高旭（天梅）、成舍我……

这当中，一半以上是所谓鸳鸯蝴蝶派。那不负责任的文学史，别有居心，把这派文人说成是卿卿我我，酸寒瘦弱，一副寒蛩不住鸣的样子，真是天大的误解。实则这派文人痛哭苍生，醉心自由民主，更兼参酌新学来认知中国文化，如宋教仁所言可为代表，"中国学问极佳，惟散见于各书中，未加整理耳！"（胡朴安《南社诗话》）他们在学问方面博览旁搜，对古人的微言大义极深领略，诗文态度严肃激昂。新文学家叶圣陶、历史学家顾颉刚年轻时常在报上抄录这派文人的诗词文章，作为自己创作的范本（参见顾颉刚《我在辛亥革命时期的观感》《中国哲学》，第九期）。他们又不仅以诗文来推动革命的波澜，1910年周骏祥致书高旭，甚至提出由南社作家领先发动武装起义，并促其起草宣告独立之文。信中甚至分析了江淮以北、豫鲁徐陕荆襄一带军事地理形势，及行军速度及控制方法。他们深于国学，于泰西文哲史政等学问，多能直接阅读原文，大含细入，修养全面，自铸伟词，别成一家。是崇尚英雄亦自成英雄的血性男儿。今人朝学执笔，夕且著书，以鸳鸯蝴蝶硬冠之；课堂教材，口吐笔述，尘羹土饭，强人哺啜。如此厚诬前贤，且误人子弟。倘不急改乖谬以归雅正，其遭报应之日，亦当不远！

少数人领悟到的事理，也不可能令所有人认同。但青年的激烈冲刺，其间就分蘖着时代思潮的前兆。思考的自由驰骋与现实变异速度相抵触，仿佛卡夫卡的时钟理念："体内时钟着魔飞跑，体外时钟吃力拍拖。"（1922年1月16日日记）反差益大，则痛感益增。

思想界的苦闷，在于政治空气的凝固。这时对社会的理智的关心与信仰自由就抵牾枘凿，顶抗难通。然缺口一旦打开，包含着社会环境及个人自由的新生命就很容易在导师影响下，由灌木怒生滋长，形成葳蕤莽林。形势推动，血气腾涌，实为主导。明代哲学家李贽所谓："今年不死，明年不死，年年等死，等不出死，反等出祸。等死又不即死，真令人叹尘世苦海之难逃也。"（《续焚书》）他不是没有敢死之志，也不是行易知难，而是在知与行之间，横亘政治僵化腐败的巨洋大海，其学说无丝毫实施的可能。而晚清以还，党人知识分子改造社会的观点萌生极速，仿佛巨洋大海，鲲鹏化焉，蛟龙生焉。报刊蜂起，等于向社会公开挑战，同时不但以燃犀烛照的锐利眼光看透社会的痼疾，且怀抱与汝偕亡的决心付诸实践，故其文论，饱含发现崇高真理，而愿牺牲一己之志。字里行间，自然蒙络一种燃烧状的自我满足和欣快。

新派电影中的暗杀分子，多是一脸的冷峻，思多话少，电影家要竭力造成一种神秘感。这种印象拿来衡量民初民党暗杀人物，必致谬以千里。他们多是文质彬彬的书生，甚至有挥不去的学究气。他们真不是为杀人而杀人。近世以旧诗名世的南社诗人林庚白早年协创碧血黄花社，以暗杀帝制余孽为事，其人则超逸孤傲，其作品则理想瑰奇，魄力雄厚。黄兴更是革命党中义贯日月的大将军，作战有投鞭断流之气魄，虽然"君性刚果，而对人柔顺如女子"（章太炎《黄兴墓志铭》）。他们的仁心仁术，实到了菩萨慈悲的境界。如曾参与北方暗杀团的蔡元培先生，1903年以后，军国民教育会的暗杀团以杨笃生、章士钊为正副团长，并在上海成立分会，"欲先狙击二三重要满大臣，会员有蔡元培、何海樵、黄兴、陈天华、张继、陈独秀等人，以暗杀为军事进行之声援"，蔡先生常与年轻人在密室试验炸药，从蔡先生用人的标准来看，就可知道他是怎样一位古道照人的长者，有怎样一副大悲悯的心肠，有怎样含辛茹苦，折齿自吞的克制。五四之前，蔡元培先生为《公言报》写《答林琴南书》尝谓："嫖、赌、妾等事，本校进德会所戒也，教员中间有喜作侧艳之诗词，以纳妾、狎妓为韵事，以赌为消遣者，苟其功课不荒，并不诱学生而与之堕落，则姑听之。夫人才至为难得，若求全责备，则学校殆难成立。"

当年孙中山先生顾全大局，不忍生灵涂炭，慨然隐退，让大总统之位于袁世凯，南北议和时所发电报有云："……暂时承乏，而虚位以待之心，终可大白于将来。""倘由君之力，不劳战争，达国民之志愿，保民族之调和，清室亦得安乐，一举数善，自有公论。"其坦白无私如此，吴樾烈士弹炸五大臣牺牲后，当时均不明烈士为谁，及桐城会馆仆役往观，惊呼："此非吴老爷乎！"可见自革党领袖，至赴义战士，其初衷所寄，绝不在生前名利的攫取，也不在死后峨峨之铜像与巍巍之穹碑。老同盟会健将梁乔山先生，入民国后已是耄耋老者，有名的白屋诗人吴芳吉先生以晚辈执弟子礼甚恭。他们有过一次长谈。梁先生颇为伤怀地说道："同盟会中，真正革命的人，现在都是穷的。可是这话说来长了，也不必向人说。"（《吴芳吉集》，第395页，巴蜀书社版）之所以伏尸数人，流血五步，匕首交于前，弹丸发于后，其意洵在警虎狼之吏，慑淫昏之长。志士心情，亦时势所迫也。

1904年，黄兴偕刘揆一赴湘潭策动马福益起义，为避清廷官吏注意，着褐衣芒鞋，头顶斗笠，冒大雪夜行三十里，与马先生相见于茶园铺矿山一岩洞中，马福益表示"如果有用得着我的时候，无不唯命是听"，"柴火熊熊，三人席地而坐，各倾肝胆，共谋光复"（参见《辛亥革命回忆录》二卷，第246页）。并计划10月10日清西太后生辰，全省官吏在皇殿行礼时，预埋炸药其下，以炸毙之，并由此发动大规模起义。起义将以新旧军人及洪会健儿为主，军界、学界人士为指挥。至10月，事机不密为清师特工侦悉底蕴，各路志士乃暂遁去，至11月黄兴潜赴上海，与学界军界精英续谋再举，其中数十位为南社诗人，气魄雄伟，态度磊落，意志坚定，会势大振。

这一代革命家虽说是一代文人，但其或偏重文学、科学、教育、学术、创作……最终塑成以思想为经纬的智识者群体。他们作为时代经纬人物的历史不朽性，其历史代表者的性格，可以说在其生存的时期中即给肯定了的。其所以如此，是在他们的综合时代的性格于一身，这一如伟大的文学作品是伟大时代的反映一样，伟大的人物，也是伟大历史的结晶。不论后来历史的书写者如何命笔，一代伟人的历史评价是其毕生的事功。人格的综合，就是革命者所以成为伟人的基本条件。他们抱近世政治思想而崛起，为中国奋斗、为民族博战的事业与精神，无论毁之者或誉之者，总不能加以抹杀。与各门类的专家一样，究其根底，是对人类文明史的贡献。但一位纯粹的革命斗士，其伟大除了间接保卫文明外，更含有保卫国族生命的现实意义。他们的道德文章，亦与脚踏实地的实践相并行。

民间对革命的认识，也有一个较明显的转换过程，其间以 1900 年 10 月间的惠州起义为分水岭，在此之前，"举国舆论莫不目予辈为乱臣贼子，大逆不道。吾人足迹所到，凡认识者，几视为毒蛇猛兽"。惠州起义虽失败，但自此以后"则鲜闻一般人之恶声相加，且多为吾人扼腕叹息，恨其事不成矣。吾人睹此情形中心快慰，知国从之迷梦已有渐醒之兆"。（《孙中山全集》6 卷，第 235 页）法国当代法学巨匠，曾任司法部长、宪法委员会主席的罗贝尔·巴开特尔所著《孔多塞传》题词尝谓："任何不为哲学家所启迪的社会，都会被江湖骗子所误导。"中国民间对革命的认识，当然也并非惠州一役所造成，其连绵的过程，无不浸延中山政治哲学的热忱与挚爱，它关怀的对象是人本身，其直接目的是人的自由幸福，行政机构唯有保障尊重人权时才是有价值的。一个社会呢，又唯有令其中每一个人都享有生存权时才是有价值的。中山政治哲学之正义渴求，根深蒂固，其内蕴力图将社会从专制的狂悖奴役的压迫下导出新局。

辛亥革命前，各地报刊蜂起，政论家在纸上纵横捭阖，笔扫千军，颟蒙日启。而种族畛域日益宣昭，孙中山先生又在沿海树起义帜，当此时艰孔亟之际，各地舍生取义之士，顿悟公仇，咸来奔走于前。如罗仲霍烈士，就是看到义师屡踬，而"欲以暗杀抒愤懑"。"事败，为虏吏所执，将就刑，而烈士犹于南海县署演说革命宗旨，激昂慷慨视死如归。"（《光华日报》，1911 年 5 月 24 日）

革命党人挥戈跃起之际，"穷年忧黎元，叹息肠内热"（杜甫）。唯一的愿望是民主、人道的社会早日达成，国家可以偃武修文，生息休养，革命者即卸甲归农，也无不可。若革命闪失，则脑汁涂地，马革裹尸就是唯一归宿。

另有被后代文学史归入鸳鸯蝴蝶派的作家何海鸣，长于军事学，且深于实战经验，二次革命前后，曾任江苏讨袁军总司令。文人姚雨平，为广东光复后第一任北伐军总司令，率各兵种近万人部队，以华侨炸弹冲锋队为先导，一路北进。当时北伐军秘书长叶楚伧（他亦被文学史家归入鸳鸯蝴蝶派）在此次北伐誓师文中尝谓："血埋碧草，魂祀黄花。此传非吾粤英雄之陈迹，为吾诸将士烈所必继，仇所必仇者哉……今江汉炳灵，义师四举，万里长江，还于故主。"兵至安徽，与清军张勋所部血战，姚雨平总司令亲临前线，军心益壮，冲锋陷阵，无不一以当百。并善用机枪及山炮之优势，一克宿州，再克徐州，令东线无战事。京津震动，清廷迫于大势，于 1912 年 2 月下诏宣布退位。他们都是携笔从戎的典型。

人之无学，则不如物。党人革命，而其著述，往往文采斐然，如投海的杨笃生，浸深于辞章旧学，生前著《新湖南》论文，文藻赡逸，文思如泉，有不择地涌出之慨。革命精神与文辞之美，激气互高。后代自许革命者，每遇撰述，大抵命人捉刀，自身文墨不通，还要教育百姓，未免可哂。至章太炎先生，则识者论其一生功绩，尝以革命与国学，各占其半。其余党人精英，率多如是，盖以分途实行革命之际，无论从事暴动，投身暗杀，从不忘记埋头苦学。于政治理论、国学西文、军事科技，尤多致力。学习的态度，又非戮力拼命不能形容。故自始至终，葆有可敬可亲之书生本色。烈士赵声，爱好作诗，尤喜古歌行，兴酣命笔，俄顷而就。曾口占古风一首给他的朋友吴樾，其中有句云："……杯酒发挥豪气尽，笑声如带哭声多。一腔热血千行泪，慷慨淋漓为我言。大好头颅拼一掷，太空追攫国民魂。临行握手一咨嗟，小别千年一刹那。再见不知何处是，茫茫血海怒翻花。"吴樾把这首诗读了又读，每为之泪下潸然，不久即以弹掷五大臣，死于车站，赵声得噩耗大恸不已。后辗转配合南方黄兴等同志革命，与专制政府相激战，屡仆屡振，不达目的不止。后虽事败身殒，然坚绝之性，英飒之姿，尤足以振荡天下之人心。

北伐是辛亥革命的转进，截然将两者划为上级与民众沟壑并不准确。所谓上级社会革命，实因革命家多为知识分子，或为农村耕读人家子弟或为小布尔乔亚面目，此种身份，容易为人视作士大夫苗裔。实际上他们所代表的却是布衣黔黎。古语常谓："秀才造反，三年不成。"而刘项从不读书，反可横行天下。古代文人长期伏案，诵经作文，以致手无缚鸡之力，成为弱不禁风的白面书生，而这种情形反而为统治者所期许，其重文轻武，是为着易于驾驭起见。近代以还交通发达，讯息加速，革命的思潮易于传播，统治者转为恐惧智识分子，对好勇斗狠一般武人，反而觉得易于解决。时代的转掾，也要求革命家非智识者莫属，既担负启蒙的责任，又躬行具体的操作，视利害，辨轻重，犯强敌，力攻守，文武兼之一身，而以武为植，以文为种，以武为志，以文为里。所以辛亥时期的文人革命，为前所未有。

辛亥以后约十年否定传统文化、打倒孔家店的呼声甚嚣尘上。此即是在政治改革运作过程中走偏门。传统源流是一种文化原型，可堪阐释的空间极为广阔，具有或此或彼的特性，但最忌非此即彼，势等火水。在时序推移的思想流变过程中，后人横论竖说，不免以空洞旁逸之公式，混淆解构最初的原理及潜力；灵活的方法往往异变为僵化的教条，但蜕化的责任，却万不可由被阐释者来担负。中国近世文化（包括科技）、政治文化落后于欧西，然古文化识理之深透非但不远劣于各国，且多独善胜场之处。近世政治窳败之危害是一种现实问题，正当以解决具体问题的态度改造之。此正可借传统文化之合理内核接洽民权之真理；倘不问三七二十一，一律加以摧败，而天下滔滔皆从，或如究诘持械杀人者，唯于枪械刀剑是问，于凶手本人，倒置诸事外，此真认庙不认神了。谚所谓中国月亮不及外国月亮圆，习俗移人，即在大师亦所难免。然评泊考量，避实而就虚，抹杀之论腾于众口，而实际问题并无蓑尔改观。呜呼，辩证智者几希矣。已有之文化凝为静物，人则活人也，以活人之支绌鄙谬迁怒于静物，不但难以服人，也实难以理喻。又有将现代专制复辟之罪完全归咎于民族传统"劣根性"者，这固然是极权者钳制思想、消灭自由的严重恶果，说得直率一点，怕也是某些乡愿，因内心庸俗恐惧，不愿否定现实的心态，才使其将中华民族的历史与文化拉来为现代专制的罪案做替罪羊罢了。这在实质上，无非是为极权专制统治，做了一种"软性的辩护"。其实，祖宗何罪，罪在专制。

中国古典文化中缺乏作为政治与法律概念的"自由"。但是却到处都弥漫着自由的精神。儒家固然重视群体秩序，但大体上仍然肯定这个秩序出于个人的自由选择。现代罕见的一党专政，较古代君主专制更为变本加厉，专制程度深而密。他们阴谋打造的社会控制人身自由，控制死刑自由的"文化"，我的朋友余樟法说，那种现代的极权，撕去了儒家温情面纱，打开潘多拉盒子，中国就命定了落入更为邪恶的僭主专制魔掌和更为巨大的灾祸深渊，恶之花迎风怒放。就现代极权而言，儒家文化有一定责任，但不是罪魁祸首万恶根源。它有缺陷有错误有丑陋的一面，嫁鸡变成鸡，嫁狗变了狗，被迫嫁给历代君主，它就成了专制的帮闲帮忙。但我相信，如果嫁给了民主自由，它就会去丑扬美、去恶扬善，焕发新的风采永恒的魅力，成为大家贵妇人和民主贤内助，成为中华新文化大家族的重要成员。

中山先生对于仁政战胜暴政，自由战胜极权，光明战胜黑暗，有坚定无比的自信。他以为中国所需要的，是传统理想的大同世界，而不是秦始皇似的统一；是一个自由开放的天地，而不是一个互相监视的牢笼；是一个现代化均富社会，而不是一些落后的均贫公社。这样的政治理念，恰切指示中华文化与中国社会适应现代潮流，创造人类更美好的未来，而不是盲目地反对甚至消灭传统的中国文化，拔除我们中国人在文化上的根本。

南明抗清的名将夏完淳牺牲时只有17岁（虚岁），但其《夏完淳集》却是集部里头的珠玉。清末的革命党自孙中山以下，牺牲了的青少年如史坚如、吴樾既能深刻了解世界文明的进程，又能葆有极佳之中国学问。于中国古书，尤三致意，故每一诗文出，必理精辞粹，彬彬可诵；思想上更能以今魂脱略古胎。吴宓先生发表在《新华日报》（1952年7月8日）的文章，以为中华民族即使亡于异族，一定时期以后，最终也必能驱除侵略，恢复独立。但是"若中国文化灭亡或损失了，那真是万劫不复，不管这灭亡损失是外国人或中国人所造成的"。老先生真是忧患漠漠，包含一种高迈深远的卓识在里头。任何现代类型的民主与法治，任何将欲刷新政治的表现，任何改革的大手笔，若失却了本民族丰厚的人文精神去滋养发荣，必将以缺乏精神养料和成长基础而归于夭折。文化香火一旦彻底断灭，进而沦于无道德无信仰无文化的惨境，转以拍胸撸袖以大老粗相炫示威，则该民族铩羽折损的末日也就必为期不远。在因应末世巨变之际，辛亥党人使用的语言工具是文言文，从某种意义上说，文言文保持了文化的水土生态，而白话文则反之。前者葆有文化的风骨；后者却成为后来专制者洗脑的帮凶，试比较一下辛亥时期的文章和"文革"期间的文章，则思过半矣。

辛亥前后，党人的伟岸，乃在于其有一种先天的文化内省，以及一种先天对历史负责的态度。他们尊重文化，且有兼容并蓄的襟怀与理想，他们对破坏什么、保留什么、建立什么具有一种正确取舍的理性。法国记者 Montal-bett，曾访问现代旅法阿根廷重要作家柯塔萨尔（Cortaza），谈到革命并非游戏，将如何保持严肃性时，他认为："一个革命，倘不考虑精神心理上对游戏、对欢乐的需求，则此革命便注定僵化，注定官僚化，注定简化为一些文件与措施。"（《一木一石》香港三联版，第 324 页）他之所以做如是强调，无非重视人类本质上的自由，把革命的目的和过程统一为有机整体，否则，即使此种革命极有效率，却与蜜蜂、蚁蝼的幸福没有什么区别。清末民初舍生取义的志士仁人，却可说都是些性情中人，除了敢于抛头颅抗暴虐，反独裁反专制以外，多为以政论抒写怀抱，以诗言志的高手。他们的诗文都不仅善于蕴发理致，即作为欣赏品，也有极大美感。思想绝不是朔方寒冬的大地，一片肃然，思想而有文采，便如蓊郁无尽的丛山，有蕴藏、有洄环，而造成一种美学运动，感动人心，莫逾夫此。

（原载《随笔》杂志 2017 年第 3 期）

# 青 铜 岁 月

熊育群

一

深秋中的白与灰，简洁、醒目，从欹斜的广场步步逼近，博物馆的气度与格局令人神情一爽。与我的心境有关吧，现代建筑无非积木游戏，已令人麻木，反倒老旧的东西不管多么简陋，我的目光总是粘连的，难以割舍。富乐山上下来，就听说绵阳博物馆的馆藏，青桐一样的女子带着一种神秘又自信的口吻，说起镇馆之宝，话如珠露，却不肯告诉真相。

突然就被怔住了，震撼了！上了二楼，橱窗里立着的一排排树，带着时光老旧的面容，它们来自遥远的东汉，来自绵阳这片土地下，绵阳人称它为"摇钱树"。不错，的确是青铜铸造的树。

世上真的有摇钱树吗？儿时惯听的"摇钱树"想不到真有来历！

一瞬之间便陷入了回忆，八年前的一幕在我脑海跳闪，从遗忘的深川回溯，那也是青铜铸树，它立于大厅中央，黑暗中射来的光，一种遥远神秘的召唤，一种灵异与雄壮，震惊得人魂不守舍。

这便是三星堆博物馆的青铜神树，出现在三千年之前甚至五千年前、完全陌生异样的器物。

青铜器、玉器、金器，数量之多体形之大，三星堆用了两座馆才摆放下来，它们充满了异域情调，它们刚健、自信、雄奇、精湛、神秘，隐隐有一种理性与思辨的光芒，一种强大的逻辑，一种对于世界整体的诠释。黄金的面罩和权杖，在东方大陆十分罕见，那个时期黄金冶炼和制作传统尚未开启。它是古埃及和苏美尔文明的器物，它们是否经由西亚、中亚草原、河西走廊、蒙古草原传来？

青铜面具与青铜人物塑像，高鼻、宽嘴唇、三角大凸眼，劲拔的棱线与峻峭的轮廓，庄严雄强的气势，浓烈的神巫文化，造型高度概括，抽象、精准而有力，表现出了超越现实与遐思未来的气象。他们与汉人面相相去甚远，与埃及、西亚人形象却很贴近。这与黄金面具的源头只是一种巧合吗？

青铜神树呈现了一个奇异的世界，它如此高大，四米的高度让人举头仰望。它把人带入了一个诡秘的时空——它们是通天神树，是宇宙树、生命树，是祭祀天地的神器，是天人感应场。它们接通了中国古典神话——东方的扶桑、中央的建木、西方的若木——这些流传千古的神树，扶桑树上升起太阳，若木承接落日，而建木则可通天，神树构筑了一个宇宙。《山海经·海外东经》有"汤谷上有扶桑，十日所浴，在黑齿北。居水中，有大木，九日居下枝，一日居上枝"。建木、若木在《淮南子·地形训》被描述成："建木在都广，众帝所自上下，日中无影，呼而无响，盖天地之中也。""若木在建木西，末有十日，其华照下地。"在《蜀王本纪》中，"都广"说的正是今日的成都。

远古神树与太阳的传说遍及世界，太阳与树成了人类早期文明典型的图形，而太阳多以鸟来象征。长沙马王堆汉墓帛画"扶桑树"画了九个太阳，最大的太阳内栖金乌。一些普通的墓葬也画有"扶桑十日""羿射十日"画像。亚述人的"圣树与带翼日轮"，北非腓尼基印章上的"圣树与太阳"，西亚米坦尼印章上的"日与树"纹饰、石梳上的圣树画，底比斯的神树壁画，古印度的"宇宙树""太阳树"，古埃及的"天树"与太阳神霍鲁斯像，北欧宇宙树"伊德拉西尔"……神树崇拜源远流长，直到今天，民间仍然十分流行。在我漫长的游历岁月中，经常能遇见受到香火祭拜的古木，特别是在南方的偏远村落，树下或是设置神坛，或是树上高系红布带、神符，或是挂锁、牛头骨，或是在树旁立起人偶木雕，古木给人们带来了巨大的精神慰藉与寄托。

但中华大地从没有出土过以青铜铸造与真实树木一样高大的神树！就是全世界也极为罕有。美索不达米亚平原曾出土黄金树，但树形简陋。那是从一座叫乌尔王陵的墓中发现的。它同样非常古老。土耳其安那托利亚出土过神树，那是公元前22世纪的造物，树上铸造了各种人物和动物雕像。三星堆再一次与遥远的西亚暗合。

二

青铜铸树又出现了，它在涪江之东的古绵治所，也许，这栋现代设计感极强的博物馆就是因它而建的吧。

一阵喧哗，脚步杂沓，摇钱树出现的展厅，灯光明亮，参观者轻轻发出了惊叹。

初以为三星堆青铜神树又出现了，细看，眼前的青铜树却大不相同，它们形若水杉，纤细的树叶更加精美，被一层铜绿覆盖。四面橱窗、大厅正中都摆满了树，数量如此之多！这是青铜铸树的又一个高峰！我一棵棵看过去，观察、辨析，却感受不到曾经的神秘高蹈，仿佛时空转换，一个人类充满幻想与创造精神的世界遽然远去，一个注重现实利益的世界扑面而来。

真的是摇钱树吗？树枝上的确挂了很多外圆内方的五铢铜钱。有的铜钱朝外拉出一条条线，呈现辐射状，是表现光芒四射？初始意义应该是象征太阳吧。它会不会是天圆地方世界的表达？远古没有文字，一切靠象征。这样的传统一直沿袭，尤其造型艺术，依然不借助于文字。铜钱在古代不一定就是钱吧？如果是钱还闪闪发光，这样的财迷心窍，拜金到了何等程度?!

我努力回想钱币出现的年代，从最早的贝，到铜铸的贝，再到演变成外圆内方的铜钱，恰好在东汉前完成了吗？我心里多不情愿。东汉人求财如此心切，真可谓钱可通神，比之今天的市场经济似乎过犹不及，我难以接受神树变得如此世俗。

这片土地发生的变化是显而易见的，古蜀先民突然消失，三星堆文明湮没。寒来暑往，斗移星转，岁月既如此迅疾又这么漫长，仿佛一道魔方。两种铜树之间相隔了千年的时光，它们既不相同，却又有某些相似。它们本身构成了前后蜀人联系与区分的一个象征。青铜神树以神鸟代金乌，摇钱树以朱雀喻日神，象征光明。它们都以神木、神山相结合而达天地不绝、人神相通之旨意。主干都用数节铜管拼接。摇钱树的朱雀立于顶端，树叶呈片状，分层插入各节榫孔，有的大树叶上再挂小叶，叶片铸钱纹和人像动物图案，它的重点在树叶。而青铜神树树干粗犷弯曲，充满生命最原初的力量，只有枝端的叶片似叶又似花果，它的重点在树干，造型似竹。青铜神树树座为三角形云山状，每面有跪立的人像，摇钱树的树座比它要丰富得多，它们大都三四十公分高，由陶或石制作，有羽人骑神兽的，有西王母与瑞兽家禽垒叠的，有动物相累的。一个陶质山形树座，山上有双阙相连的门阙，象征天门，阙上西王母坐于龙虎座上，有三青鸟与九尾狐相伴。这正是西王母的居所玉山。树上也有结跏趺座的佛像。汉代的西王母有了道教化倾向，成了摇钱树的主神，她是长生不老药的所有者，并与嫦娥奔月神话联系在一起，变得家喻户晓。

# 三

一幅立体地貌图出现了，呈西北东南向条带状，西北高山区占据大部分，与阿坝藏族羌族自治州和甘肃省文县接壤。绵阳地形就像一种怪异的动物，飞翔或者奔跑，动感十足。它起伏巨大，平坝与山区高差最大达到5000多米，从白雪皑皑的雪包顶到蜿蜒湍急的涪江河谷，生态呈现垂直分布。自然展馆里，进入高山模拟区，我想着古蜀先民的来路，想起了黄金面具的传播之路，他们沿着岷江高山峡谷来到大盆地吗？真的是古羌人的后裔？传说中的大禹与嫘祖，就是从那片植被贫瘠的苍茫群山中走来的。

大地震后，我曾四次溯岷江而上，直到它的源头，那里山势陡峭，满目苍黄，大地震的塌方把一座座高山塌成一块块巨大触目的伤疤。羌族村寨高居山巅，夺补河两岸至今生活着东亚最古老的部族白马部落，他们圆盘毡帽上插白色羽毛，一派远古气息，让人想起遥远的氐人。西南彝族人也头戴羽毛，他们认为这是通神之物。同样的羽毛，同样的迁徙路线，指向了古羌人的大迁徙——从古康青藏大高原沿着西南的高山峡谷一路南迁。但大迁徙的历史却鲜为人知。

三星堆的出现，使得这一切重又变得神秘、诡异。

汶川特大地震震出了一个比三星堆更古老的遗址——布瓦。2008年秋天和第二年春天，我在山上古寨采访，两次爬上布瓦，那时余震仍然不断。布瓦位于岷江西岸，在杂谷脑河东北岸，海拔2100米。如果三星堆人来自这片高原，布瓦出土的文物应该与三星堆有某种关联。广东援建队对布瓦群碉进行灾后重建，考古人员发现了史前期文化遗址，出土了大量的陶片、石器，但并没有玉礼器和金属器，陶器的纹饰也与三星堆的不同，多以瓦棱纹、戳印纹、凹弦纹、锯齿状花边口沿装饰。它的原始简陋与三星堆的巧夺天工对比太过鲜明了。

在汶川县城威州，一座高大的雕像，地震一周年时刚刚建好，他就是大禹塑像。他穿簑戴笠，手执古耜，目视远方。《汶川县志》记述了一座碑铭："县南十里许，名飞沙关。山顶有石纽剜儿坪，相传即禹诞生处。""禹兴于西羌"，"生于石纽"，见于许多文献，中原诸地的地方志也记载了"禹生西羌石纽"。石纽村位于岷江岸边，突出的山体与河床高地尽显山河气势，高地上新修建了规模宏大的大禹庙。但是，绵阳北川县也有一个石纽村，位于禹里羌族乡，20世纪80年代末就修建了大禹故里风景名胜区。一年一度的禹王庙会和羌历年，人们从四面八方汇集过来，庆贺大禹诞辰，欢度羌历年。

这仅仅是传说吗？那时我疑惑于险恶的高山峡谷地带，大禹如何知道外面的世界，又如何走到中原那么遥远的地方。更早的时候，我疑惑大禹踪迹如何到达这么广阔的地域。这一切无疑与古代的交通有关。三星堆的出现，映照出现代人的历史偏见，我相信大禹一定有自己的速度。《史记》写到大禹："陆行乘车，水行乘船，泥行乘橇，山行乘檋。""车"与"檋"一定超出了我们的想象。

三星堆辉煌的文明殒落、消逝，一点痕迹都不曾留下。历史的谜团如此凝重，如同坠入黑暗。我打量大盆地的眼光变得迷茫，而投向盆地周围高大山脉的目光却充满了敬畏。对一个长期行走于岭南的人，我深感历史对南方的忽视与蔑视，历史的偏见无处不在。三星堆让我愈来愈坚信，一部中华编年史只是中原的历史，文明中心不过是臆想，黄河文明只是东亚文明的一种。

3000年的文字太过年轻，真实的历史面目并非我们所熟知的文字的历史，譬如玉文化8000年漫长的历史，以玉为神的信仰观念、玉教神话早已失落；譬如西王母，她不是什么道家长生不老药的所有者，她的流传是上古时代女神文明的遗产；譬如昆仑山神话，也是玉文化的遗产，昆仑山和田玉采掘的历史非常漫长，它是形成玉文化的源头之一，西玉东输，丝绸之路之前更有玉石之路；譬如"龙进熊退"，龙与凤的图腾取代了具有8000年偶像传统的熊和鸮。譬如《山海经》描述的世界，并不是什么奇幻神怪，它叙事观念的可信度不输于任何一本上古之书，它透露了罕见的远古信息，是一部神话政治地理之书……这一切比之文字的传统要古老、深厚、巨大得多。历史等待着新的勘探，新的解读与发现，也等待着重写。

四

这一刻，我在橱窗前发呆，不只是惊讶，还有一些怅惘。人类远离神话时代后，历朝历代的人活着似乎都在为钱奔忙，留下来的这些青铜树，表达着世代相袭的物质欲望，这欲望洞穿了千年岁月。似乎我的童年、青少年时光，共产主义的理想，社会主义的实践，人们摆脱了金钱的奴役，一个如此短暂的时期，现在想来却是一个历史的奇迹。

为何摇钱树出现在东汉？为何集中出现于蜀地？

游仙区仙人桥附近有一对汉平阳府君阙，它们是东汉墓阙。阙额上有一幅"车骑出行图"，仔细研读，"车骑出行图"绕阙一周，前面骑马者两人为导行，后面二列带剑步卒为随行，八人，六乘轺车，每乘后面又跟随带剑步卒一人，最后登场的才是主车。这幅出行图描绘的正是东汉时期豪侈的仕宦生活。

富乐山发生过一个著名的历史事件：建安十六年，刘备入蜀，就在这座山上，他与益州牧刘璋相见。这是剑门蜀道南段，属盆地咽喉要冲。刘备眺望蜀地，发出了由衷的赞叹："富哉！今日之乐乎！"于是，饮酒乐甚！于是，这座叫东山的山更名为富乐山。一个为刘氏江山四处奔走的人对这个地方如此兴叹，可见其富庶程度。

东汉的富庶与排场还可从汉代的厚葬之风寻找到痕迹。汉代的帝王陵墓纷纷隆起在大地之上，它们如山一样高大雄伟，陪葬品更是极尽奢华。据载，汉武帝的陵墓，"金钱财物，鸟兽鱼鳖牛马虎生禽，凡百九十物"。他口含蝉玉，身穿金缕玉衣，安放五棺二椁的梓宫，随黄肠题凑、便房、堂坛、墓道、羡门、甬道一起埋入地下。墓穴随葬品多得放不进去了。这样的朝代连文风也是奢华的，汉赋的繁复华丽登峰造极。班固的《西都赋》、张衡的《西京赋》，无不写尽帝都长安的瑰丽与壮观。

蜀地本就是富庶之地。三星堆出土的数以千计的青铜酒器，以及动物遗骨，证明了大盆地稻作农业与家畜饲养业的发达。海贝、象牙及饰品，反映的是当时商贸与交通的繁忙。青铜人像衣饰华丽、做工考究，证明了纺织服装业的兴旺。李冰父子修筑都江堰后，成都平原不再有旱涝之灾，其富庶更加难以想象。

摇钱树恰恰集中出现在最富裕的地区！这当然是人们追求财富的结果，但也证明了人类越是富裕越是追求金钱，不但今生要享有财富，死后也要拥有。这与当今社会又是何其相似，空前的物质享受，地球已不可承载。摇钱树不只是祈求财富的手段，挂满树枝的五铢铜钱本身就是财。它供死者冥府享用。

摇钱树还与流行的佛、道文化有关，生命轮回与长生不老的信仰进入了铸树行为，这使得摇钱树多少保留了一点神秘的宗教气息，只是这远非三星堆的精神气象可比了。

五

摇钱树上，众多仙人骑鹿、博弈、吃药，牛郎织女七夕相会，西王母像频频出现，她成了摇钱树的主神。这一切确凿无疑地呈现出蜀地道教兴起的盛景。它与四川"五斗米道"风行的历史背景是相互印证的。"五斗米道"创教人张道陵在大邑县鹤鸣山修道，他写成道书24篇。李意期是张道陵的高足，跟随张道陵修炼了十余年，就在刘备与刘璋富乐山上相见的同一年，李意期也来到了富乐山，就在山下的冷源洞修行布道。游仙便是李意期仙游至此而得名。仙道文化、神仙思想于是在大盆地流行。

自称谪仙人的李白，出生于古绵州江油，他的诗潇洒飘逸，仙风道骨，贯穿了道家思想与神仙风韵。他在游仙越王楼写下"危楼高百尺，手可摘星辰，不敢高声语，恐惊天上人"。这是一幅仙道世界的生存图景。楼换成树，就是通天树了。

登越王楼望江油青莲乡，旷野茫茫，李白出生地是如此之近，若非云遮雾挡，当可尽收眼帘。早就想着去拜谒，这天晚上，天黑得伸手不见五指，青莲乡镇青石板的街看不到一个人影，街两边的房子只有一家亮着灯，稀疏的灯影照得木楼愈加诡异、悬幻。打着手电筒寻找李白的衣冠冢，像是一场梦游。经过一所学校大门，推开一扇门，进入一道院墙，高高的树木伸向漆黑的夜空，落叶满地，旧屋空荡，散发着颓废的气息。世界如此沉寂、凄清，一切物体只在微弱的灯光里出现又消失，不知身在何方，又像命中注定，这样的约会是迷失的，连记忆也是迷失的。墓碑上的字迹出现在晃动的光下："唐李白衣冠墓"，左下角一行小字："1963 年重刻"。墓上长着一棵树，天黑看不清。墓碑左右角下摆了两个玻璃酒瓶。默立片刻，微光熄灭，香火燃起，我们行三鞠躬之礼。

夜深人静，秋虫亦不闻声息，风吹落叶发出很大的响声。带路的是镇里一家红木家具店的老板，他说，"文革"时期红卫兵来挖墓，刚举起锄头，一个炸雷打在墓前，把一棵大树劈断了，吓得他们丢下锄头跑了。

反身离去的时候，想起"不敢高声语，恐惊天上人"的诗句，我感觉诗人一直在黑暗之中。他匡山读书十年，24 岁仗剑去国，出蜀东游，开始了狂放不羁跌宕起伏的壮阔人生。在《蜀道难》一诗开篇后他写道："蚕丛及鱼凫，开国何茫然！尔来四万八千岁，不与秦塞通人烟。西当太白有鸟道，可以横绝峨眉巅。"蚕丛、鱼凫就是古蜀人的祖先。李白一定风闻了古蜀先民残留的信息。从蚕丛、柏灌、鱼凫、杜宇到开明氏，时空隔绝一切，与最近的开明氏，李白生活的唐代仍然隔着遥遥的一千多年漫长的岁月，正如我与李白又相隔千年。鱼凫在商末之前，蚕丛远至新石器时代晚期距今约 4800 年，它对应的是中原龙山文化时代、"五帝"传说时期。开明氏到了春秋早期距今 2600 年的时代。它们与三星堆遗址四期文化一一对应。

所幸唐代早有了文字，一千多年前一个人的所思所想，他的感受、情绪、爱憎，这样的夜晚仍然能够被深切地体会到，他的字迹在手电光下，仿佛照透了千年的岁月，诗人近得生出了气息，恍惚中飘拂到了空中。现实的青莲反倒被夜色隔离。多么浪漫温情的一夜。

如此虚幻又如此真实，岁月是烟而不似烟，像死亡一样没有踪迹却无处不在，远看成茵近却无。恍然一梦，如黑夜笼罩，太阳一出，现实变得强大，面对街市的烟火，生命依然这般坚实。

匆匆来去，连涪江也没来得及亲近。离去的路途，无垠的大平原，轮盘一样旋转。游仙并无高山，连丘陵也少见，城区只有一座富乐山。涪江两岸人烟稠密。坡屋顶的民居，竹林粉墙，青瓦木构，一派古意，一片安宁。

清晨，从绵阳机场起飞，阴晦的天气突然蓝天重现，碧日高悬。舷窗外，我看到了岷江的高大山脉刺破了云层，山头一片静谧与洁白，就像古蜀先民正在注视着我的飞行一样，积雪原来如此之近！大盆地却隐藏到了云层之下，不见踪影。这个只有蓝天白云组成的世界，仿佛是远古时空的呈现。

空中飞行，在我并非普通的旅途，总有灵魂穿越的感觉。现代钢铁的翅膀，凝聚着古人神树升天的愿望。在我内心深处，仍然在渴望着一棵神树，如同白日梦，进行着生命与精神的超度。

（原载《收获》2017年第4期）

# 致 敬 乡 贤

李 辉

每到一个初次走进的地方，总会有意想不到的惊喜。

前年，走进陕西汉中，归来撰写一篇《世上已无张佐周，何时再唱石门颂?》，叙述抗战前夕年轻工程师张佐周，为保护石门汉魏以来的碑刻，决定易道而建的故事。"文革"期间，因修建石门水库，石门里的大部分碑刻从此淹没水中。幸好著名的有"石门十三品"，被切割下来，成为汉中博物馆的镇馆之宝。其名录如下：汉《鄐君开通褒斜道摩崖》；汉《故司隶校尉楗为杨君颂》（又以《石门颂》而著称）；汉《石扶丞李君表记》；汉《杨淮·杨弼表记》；汉隶大字"石虎"摩崖；汉隶大字"石门"摩崖；汉隶大字"玉盆"摩崖；汉隶大字"衮雪"摩崖（为曹操所书）；曹魏《李苞通阁道题名》；北魏《石门铭》；南宋晏袤《鄐君开通褒斜道摩崖释文》；南宋《潘宗伯韩仲元李孝章碑字及晏袤释文》；南宋《山河堰落成记》。

写完此篇，心里萌生一个想法，应该好好写一组民间人士保护文物的故事。百年之间，因战争，因无知，多少文物被无情破坏，纷纷消失。然而，就在这种情形下，不少地方的有识之士，他们热爱故里，热爱故里的文化，尽其所能，保护千百年的古建筑，使之侥幸留存。去年，我从福建安溪归来写下一篇安溪文庙保护的文章，题为《乡贤何在，文脉谁续?》。

是的，一个地方，如无乡贤，就没有了文脉的延续。走进亳州，又一次深切感受到这一点。

前往亳州，与古井贡集团的杨小凡先生相关。依稀20年前，我收到一本《人地书》书话集，寄书者就是杨小凡，他喜欢书话作品，请我签名。我签名寄回，并复信一封。多年后，我们重新取得联系，当年的他，已经成为颇有名气的小说家，同时还是古井贡集团的一名负责人。小凡兄，热爱文化，对亳州历史研究颇深。2016年岁末，应古井贡集团邀请，我们一行人，走进亳州，走进古井贡。

儿时不认识"亳"这个字，总是念成"毫"。不过，读《三国演义》，知道曹操、华佗是这里的人。来到亳州古地道门口（如今命名为"曹操运兵道"），两个大大的汉隶"衮雪"，镌刻于巨大石碑之上。真是巧，在汉中见到的真迹，被曹操故里复制于此，千里相互呼应，衔接一起。

走进亳州，就是走进历史。地面古建筑与地下千年遗迹，一一呈现眼前。魏晋时代的古井，考古发现的历代酿酒遗址，由汉唐至明清，延续至今。佩服古井贡集团的文化创意，他们把这些遗址保护下来，建立一座古井酒文化博览园。伫立于酿酒废墟面前，酒文化的脉络清晰可见。这座遗址，几年前由国务院公布为国家级重点文物保护单位。因千年遗址，文化与酒的紧密关联，莫过于此。

最大的惊喜，是走进了大关帝庙。

三百年前的亳州，因华佗而成为清代医药之都，各地药商汇聚于此，一时间，亳州的繁荣景象可想而知。至今，亳州的药材市场也是蔚为壮观，与我在安溪看到的茶都一样。

史料记载，大关帝庙始建于清顺治十三年。那一年是1656年，距我1956年出生，正好三百年。发起筹建大关帝庙的是山西商人王璧、陕西商人朱孔领，故这一带也称为山陕会馆，大关帝庙为其中一部分。

在曹操故里修建一座关羽的庙宇，可谓一个美谈。读《三国演义》，都知道曹操曾一心笼络关羽。关羽为保护刘备家眷，虽然一度有条件地归顺曹操，但他恪守"桃园三结义"，仍身在曹营心在汉。曹操最终只好放行。关羽为寻找刘备，离开许都，千里一路闯关，连斩曹营数员大将，曹操却依然宽厚相待，这不能不令关羽为之感动。赤壁之战，曹操败走华容道，关羽违反军令放走曹操。三国鼎立，未能持久。蜀吴交战，关羽败走麦城，为孙吴所杀。孙权为挑拨蜀汉关系，把关羽头颅送到曹营。曹操感念关羽的忠义仁勇，在洛阳以王侯之礼为他举行隆重的葬仪。曹操此举成就其敬重天下英才的美名。

两人的命运也难以想象的巧合。安葬关羽一个多月后，曹操病逝于邺城。千余年之后，又因山、陕客商在亳州修建大关帝庙，两个人的历史渊源又紧紧联系在一起。亳州朋友告诉我，曹魏故里的人们，敬仰曹操，同样敬仰崇拜关羽。亳州大关帝庙得以修建，凸显其与众不同的意义。

史料记载，在大关帝庙落成20年后，清康熙十五年（1676），陕西、山西的药商在大关帝庙里面修建一座花戏楼。花戏楼可谓大关帝庙的精华所在。300年间，大关帝庙多次翻修。清乾隆五年（1740），重建。乾隆三十一年（1766），建新大殿，增置座楼，戏楼增加藻井彩绘。乾隆四十九年（1784），大关帝庙重修一次。

这座大关帝庙，数百年间历经战火与浩劫，有的毁掉，有的侥幸保存，尤其是大关帝庙与花戏楼的保护故事，亳州朋友的讲述，令我深为感动。

回到北京，念念不忘花戏楼那些美妙绝伦的砖雕，念念不忘曾经为保护花戏楼做过贡献的亳州乡贤。我咨询杨小凡，他先后发来这样的线索：

  李老师，花戏楼历经三次劫难被保护线索：1. 1925 年 12 月军阀孙殿英祸亳，大火十八昼夜，而其以神灵护佑传说免于火；1930 年亳县民国政府下令废除各处庙宇庙产充公，宗教界联合到省府安庆控告获胜；1956 年有识之士申报省文保成功，"文革"时六文保单位、县博物馆之名，加之在上面贴毛主席语录、毛像、大字报而保护；1988 年申报国保成功，免于被改建。

  李老师，这是一些基本材料。其中有采访 80 岁李绍义老师文字。李灿先生当时亲自管理保护花戏楼，他已 93 岁了，身体时好时差，思路清晰，说话不太顺，建议早采访。

一直想再次前往亳州，拜望这位保护花戏楼的亳州乡贤李灿老人。未能成行，却可以在他的回忆文章中，在李景彪、马荣振两人撰写的《涡水之恋——李灿与中原文化》一书中，读李灿的一生，读他与亳州文化融为一体的感人故事。

李灿保护大关帝庙的故事，其实早在 1958 年"大跃进"期间的"大炼钢铁"就已经开始。

人称亳州大关帝庙以及花戏楼有"三绝"：一绝是铁旗杆。两根铁旗杆，各重一万二千斤，高十六米。二绝在山门。镶嵌在山门上面的立体水磨砖雕，闻名天下。三绝是木雕。戏台檐枋上的木雕玲珑剔透、琳琅满目，令人赞不绝口。这两根高高的铁旗杆，能够逃过"大炼钢铁"一劫，保存至今，李灿功不可没。《涡水之恋》一书，作者描叙李灿保护铁旗杆的故事：

  大炼钢铁时，花戏楼铁旗杆时刻处在危险之中。

  有一天，李灿来到花戏楼，土产公司看管仓库的老头（因当时花戏楼还归土产公司做仓库使用）说："你来得正好，有一拨人来看多少回了，想拉铁旗杆，因为怕砸着人不敢动。你看西边旗杆上的铁对联被他们砸了，还有下边一层的风铃也被他们摘跑了。"

  李灿来到院内，看到大香炉还在，但作为大蜡台站着的龟驮鹤已没有了。李灿问："那一只残损的龟鹤呢？"老头说："被他们拉走炼铁了。"于是李灿对老头说："再有人来，您告诉他，这是文物，不许破坏。"老头说："他们能听我的吗？"

李灿想老头说得对，就立即赶回去，找来一张纸，在上面写道："花戏楼属文物，所有铁体亦属文物，如有违反，依文物法处置。"他盖上亳县文物管理委员会的公章，交给了仓库老头，并告诉他，这是保护古物的"文件"。

李灿又到花戏楼大殿后面的"古关帝庙"（当时归咸宁街小学用），古关帝庙内有四对一米多高的铁铸怪兽，属艺术品，李灿一看也没有了。他便问老师，老师说："大炼钢铁了！"

李灿听后，胸口像是被撞击了一下。

但是，花戏楼标志之一的铁旗杆却从此保住了！

遥想当年"大跃进"的"大炼钢铁"，一时的忽发奇想，多少与铁器有关的文物，被扔进火炉之中，化为铁水。为炼铁，多少树木被砍伐，丛林变为秃岭，许多年之后森林生态也难以恢复。乡贤李灿，站在花戏楼空荡荡的大院里，亳州人钟爱的龟驮鹤和四对铁铸怪兽，早已化为铁水，其内心之痛，足可让他仰天长啸。

8年之后，1966年5月"文革"爆发。8月下旬，"破四旧"高潮迭起，花戏楼又一次处在危机之中。读《亳州文史参考资料》第一辑，刊有李灿所写《漫步文博考古三十年》一文，他写到"破四旧"期间保护亳州文物的亲历记：

> 1966年夏，文化大革命运动开始"破四旧"，博物馆《历史陈列》首被砸掉，一些文物被毁掉。库房的古书字画也被抄走，拉到大街上焚掉。我仅偷偷地保存下来两部《亳州志》。社会上被破坏的珍贵文物更多。
>
> 清末民初，亳县有一位当过捻军首领的上将军姜桂题。二中红卫兵为"破四旧"，挖了他的墓，接着又挖汤王墓。"县文革"照顾红卫兵安全，要我去参加他们的挖墓，我借此机会向红卫兵宣传保护文物的重要性，说明文物与四旧的界限。学生还是热爱祖国的，他们听后，不但中止破坏汤王墓的活动，还把从姜桂题墓中挖出的墓志铭和金、银饰物交给文化馆保存；并向一中、师范红卫兵造反团发出一份《在破四旧中注意保护文物的倡导书》。这一举动，对维护花戏楼的安全发挥了重要

作用。

　　亳县城郊有许多大墓，不少属省级重点文物保护单位。1968年春，一伙农民造反组织去挖离城四里的省重点文物刘园孤堆（汉墓），这时，该村社员刘玉昆到文化馆找我报信，我随即同他前往劝阻，这些造反者非但不听，反说我保四旧，该打。当时，我意识到问题的严重性，要管，强行制止不住；不管，如刘园孤堆一被挖，附近许多大墓亦势难保存，出于不得已，就去找支左部队，幸好得到解放军的支持，一场挖墓风刹住了。

（《漫步文博考古三十年》）

　　尽管采取这样一些保护措施，但如同全国各地一样，亳州的诸多古建筑与文物，仍难以幸免。咸平寺、徽州会馆、白衣律院、东观稼台、大悲寺等会馆与庙宇的古建，大多被毁，宋、元、明各代的石碑，也被毁。

　　幸好还有乡贤李灿！动荡岁月，以个人之力影响学生，以个人之力四处奔波。虽无法力挽狂澜，他却以点点滴滴的努力，涓涓小溪，汇入涡水……

　　读《涡水之恋》，得知少年李灿，就读于涡北中学，学校前身是美国教会学校。李灿和著名影星仲星火是同学，他们的历史老师靳铁山，是芝加哥大学归来的留学生。李灿对考古产生兴趣，源自这位博学的历史老师。中学毕业后，李灿被分配到城父完小任教。城父历史悠久，古迹众多，文物遍地，从此时起，他开始热衷于田野考察。李灿后来被调至亳县豫剧团当编剧。无论当老师，还是当编剧，考古兴趣却一直没有离开他半步。

　　最终，李灿走进文物部门。

　　多年间，李灿参与的考古发现，古建修葺，遍布亳州——曹操宗族墓群、花戏楼、曹操地下运兵道、汤王陵、华祖庵、道德中宫、薛阁塔、明王台、古井博物馆、南京巷钱庄、江宁会馆、青凤岭遗址、傅庄遗址、黛台遗址、东钓鱼台遗址、希夷故里、城父故城遗址、章华台、东西观稼台、二女孤堆……如今，花戏楼、地下运兵道、曹操宗族墓群，已被评为国家级重点文物保护单位。

　　亳州考古第一人，非李灿莫属！

　　亳州何其有幸！一位九旬老人，数十年间，为生于斯长于斯的亳州，倾注心血，挽救文物，发掘文物，在他心中，故乡的一切，早已融于他的生命！

　　在一次谈地名保护的演讲中，我谈到乡贤。一些年轻朋友好奇，说从来没有听说过"乡贤"这个词汇。他们有所不知，乡贤早已是中国传统文化的一部分。抗战爆发前夕修建西安至汉中的公路时，保护石门碑刻时，张佐周站了出来，他是乡贤；云南腾冲抗战硝烟处，李根源、张问德挺身而出，保家护国，他们是乡贤；为保护福建安溪文庙，文化馆馆长叶清琳站出来，他是乡贤；亳州花戏楼面临破坏时，李灿站了出来，他是乡贤……

不忍心看到千年文物被破坏，不忍心文化脉络被割断，艰难之际，挺身而出的所有热爱文化之人，就是我心目中的乡贤！

乡贤何处寻？乡贤处处在。

致敬乡贤！

（原载《上海文学》2017 年第 7 期）

# 汉代告诫我们的

穆　涛

## 由家国到国家：汉代的政治体制改革

秦汉之前的周代，中国的政治体制是家族制，也可以说是改良版的部落联盟体。

西周从公元前 11 世纪到公元前 771 年，春秋和战国，从公元前 770 年，一直到秦朝建立的公元前 221 年。周天子是国家元首，是联盟领袖，也是最大的家长。各诸侯国王是地方长官，但也是一个个家长。周天子分封建立了数百个国家，最多时达到八百多个，到孔子著《春秋》的时候，有据可查的还有 120 个，"昔孔子受端门（端门，即国之正门，代指周天子）之命，制《春秋》大义，使子夏等十四人求周史记，得百二十国宝书（宝书，指国家档案资料），九月经立"（《春秋公羊传注疏》）。周代是家国天下，是典型的血缘政治。国家的政务，也是家务，家国合一。周天子是国君，但天下不是他一个人的，是他和各诸侯王的，最初被分封的诸侯王，都是周天子的亲戚或盟友，也算是一种共和。周天子去世，把王位传给儿子。诸侯国王去世，也是把王位传给自己的儿子。到战国时诸侯列强纷争天下，就是一些诸侯王做大做强了，支流漫过了主流。

秦汉之后，变封建制为帝国制，一切权力收归中央。普天之下，只有皇帝一个人可以传位给儿子，地方官如郡守县令等，实行退休制，由朝廷任免。

公元前 221 年，秦统一天下，自首都地区之外，在全国设置三十六郡，郡下置县，每郡辖制 20—40 个县不等，县的总数在 900—1100 之间。秦朝公元前 221 年建立，到公元前 206 年就灭亡了，存世仅有十五年，郡县制只是个架构概念，没有什么实质内容。秦朝的郡区域面积大，一郡差不多等于战国时候的一国，甚或大于一国。这样的区划规模，于今天是可行的，但在交通和信息均严重落后的古代，政府在施政上掣肘太多。汉代建国后，即着手进行行政区划改革，给国家重新布局，基本上是打碎了重来。后来国力不断增强，边疆地区逐步稳定与界定，以及少数民族地区内附，又不断新置郡县。（中国边境的首次整体界定，是在汉代完成的。汉之前，国家边境线是模糊的，无论东南西北，到处都是"有争议地区"）。汉代的设郡置县工作是渐次完成的，自汉高祖刘邦始，到汉昭帝刘弗陵（西汉第七位皇帝，含吕后）时，共置 103 个郡，1314 个县，每郡辖制 10—20 个县不等。刘邦开国设置 62 郡；汉文帝刘恒时 68 郡；汉景帝刘启时 74 郡；汉武帝刘彻开疆拓土，"开广三边"，增置 28 郡，为 102 郡；汉昭帝刘弗陵增置一郡，合为 103 郡。"本秦京师为内史，分天下作三十六郡。汉兴，以其郡大，稍复开置，又立诸侯王国，武帝开广三边。故自高祖增二十六、文景各六，武帝二十八，昭帝一，讫于孝平（汉平帝，公元一年即位），凡郡国一百三，县邑千三百一十四，道三十二，侯国二百四十一。地东西九千三百二里，南北万三千三百六十八里……民户千二百二十三万三千六十二，口五千九百五十九万四千九百七十八，汉极盛矣。"（《汉书·地理志》）

由封建制到郡县制，由家国天下，到国家天下，是中国政治史里的一个转折性进步。这个帝国体制，一直沿用二千余年，至清朝结束。

汉代中央政府对地方的治理，是帝国时代里的范本，"西汉吏治，后世称美"。汉代后来的昏聩出在中央层面，皇权被相权架空，外戚摄政等，这些因素导致西汉十一位皇帝，竟有五位无后嗣。而唐朝的失政，乃至亡国，祸根则在地方治理上。唐代改郡县制为州县制，358 个州，1573 个县。为管控州县，中央政府强大了监察机构的权力，设置御史台。唐代的御史权重，监察内地州县的叫观察处置史，监察边疆的叫节度使，不仅监察，还坐地为实，是地方军政最高长官［汉代的御史（刺史）无行政权，职级也比郡守低很多］。唐代后来发生"安史之乱"，即是节度使反过来以地方制挟中央。

（原载《美文》2017 年第 6 期）

## 汉代的一国两治

汉代的一国两治，不是体制创新，而是封建遗存。

封建这个词，专指周代的分封诸侯建制国家。汉代改封建制为帝国制，但也部分保留了封建制。刘邦在建国后，分天下为 62 郡，郡相当于今天的省，在郡之外，还分封了 10 位异姓功臣王和 11 位刘氏同姓王，这些诸侯王国，是当年的特别行政区，有独立的行政权和经济权，并且也有一定的军事权。但诸侯王国权力过重，给国家埋下了隐患的种子。

10 位异姓功臣王是打江山时期分封的，国家的政权稍事稳定后，刘邦即以"非刘氏而王者，天下共击之"的名义，诛除了其中的 7 位，具体是，韩王信（都城初在山西太原，古称晋阳，后迁朔州，古称马邑），赵王张耳（都城在河北邢台，古称襄国），齐王韩信（都城在山东淄博，古称临淄），淮南王英布（都城初在安徽六安，古称六，后迁淮南寿县，古称寿春），梁王彭越（都城在山东菏泽，古称定陶），燕王先封臧荼，臧荼反叛被诛后，再封卢绾（都城在北京房山区，古称蓟城）。另外的 3 位异姓王，一位是长沙王吴芮（都城在湖南临湘），吴芮深得刘邦信任，他的后代得以享国，传位五世，至汉文帝时，因无后嗣除国。还有两位王地处南疆，南越王赵佗（都城在广州，古称番禺），传位至汉武帝时期，因谋反被除国。闽越王无诸（都城在福建冶山，古称冶城），传位至汉武帝时期除国。

刘邦诛灭异姓王的同时，册封了 11 位同姓王，11 位同姓王中，有 7 位是刘邦的儿子，长子刘肥，封齐王。三子刘如意，封赵王。四子刘恒，封代王。五子刘恢，封梁王。六子刘友，封淮阳王。七子刘长，封淮南王。八子刘建，封燕王。刘邦共有 8 个儿子，史称"两帝六王"，二子汉惠帝刘盈，四子汉文帝刘恒，刘恒即帝位之前，被封代王。

刘邦的胞兄刘喜，初封代王，镇守北方，匈奴入侵代国，刘喜弃国而逃，被贬为郃阳侯。刘喜儿子刘濞，受封吴王。刘邦的异母弟刘交，受封楚王。刘邦的族兄刘贾，一说为堂兄，受封荆王。

汉代隐患的爆发是在建国 50 年之后，吴王刘濞坐拥扬州，盘踞富庶之地，构建了自己的独立王国，长达 20 年不进京朝奉皇帝。在经济上，吴国垄断着半壁江山的盐业，并且依仗着境内的铜矿资源发行货币。汉景帝三年（公元前 154 年），刘濞联合楚王、赵王等七国刘氏诸侯王举兵反汉，纵然三个月之后即被平叛，但留下的教训是苦涩而沉重的，当年特别行政区的待遇太过特别，大汉的江山险些命丧在自家王爷手中。

刘邦册封刘濞为吴王时，是第一次见到这个侄子，很反感他的面相，"若状有反相"，《汉书》记载，刘邦当时拍打着刘濞的背部，说，"50 年后东南有一场祸乱，不会是你吧"。

（原载《美文》2017 年第 7 期）

# 以丝绸为罪证的一桩宫廷命案

公元前 71 年是汉宣帝即位第三年，霍光的妻子霍显买通宫廷女医官淳于衍，毒死许皇后。第二年，霍光的小女儿霍成君被立为皇后。霍光时任大司马，大将军，领尚书事，是当时的国家二号人物。

西汉十一位皇帝，有五位无后嗣，分别是惠帝刘盈、昭帝刘弗陵、成帝刘骜、哀帝刘欣、平帝刘衎。在嫔妃如织如梭的后宫，却高瀑断流，还有十一分之五的高比例，放在世界政治史里也是唯一的。无后嗣的皇帝山崩后，需要在皇室支嗣中海选继位者，三公和九卿均有推举权，但决策人物只有两位，主要是太后，还有柄持时政的重臣。汉代的皇后被废被立是经常发生的事情，但皇后一旦熬成太后，权力就了不得了，收掌皇帝玺绶，对选择新皇帝有决定性的权力。外戚揽权，是汉代政治脸谱上一个大瘤子，显眼也扎眼。

太后干预国政由吕后开始。刘邦去世后，刘盈即位，但基本上是个摆设，16 岁登基，在位 7 年，23 岁崩，一切都是妈妈说了算。司马迁著《史记》，体例上甚至不设《孝惠本纪》，而是《吕太后本纪》。在司马迁眼里，刘盈就不算个皇帝。刘盈 20 岁那一年，吕后为确保对权力的掌控，立外孙女张嫣为皇后，张嫣是鲁元公主的女儿，是刘盈的亲外甥女，张嫣封后时 12 岁，14 岁守寡，无后嗣。

昭帝刘弗陵是武帝刘彻最小的儿子，霍光受武帝托孤遗命，辅佐幼主。刘弗陵 8 岁即位，11 岁时立霍光的外孙女上官氏为皇后，上官皇后时年 6 岁。汉昭帝在位 13 年，21 岁崩。上官皇后 15 岁守寡，无后嗣，却成了中国历史上最年轻的太皇太后。但这个太皇太后，比新任皇后的辈分低，在家里要叫姨，汉代的后宫这个乱呐。

成帝刘骜和哀帝刘欣均是 19 岁即帝位，刘骜在位 25 年，44 岁时崩，刘欣在位 7 年，25 岁崩。两位皇帝哥哥都是双性恋男神，是公开模式的，朝野尽知。刘骜的男宠叫张放，出双入对形影不离，太后实在看不下去了，下旨流放外地，刘骜仍是"玉玺书问不绝"，后来有赵飞燕赵合德姐妹花出现，乾坤才得以回转，张放则在异地忧思而死。刘欣的男宠叫董贤，小帅哥一个。两人也是双宿双飞的，有一次哥俩合寝，刘欣先醒来起身，但被董贤的身子压住衣袖，不忍叫醒，便用剑割断衣袖，此即"断袖"一典的源头。刘骜和刘欣是汉代第九帝和第十帝，均无后嗣。当时的汉王朝已呈大厦将倾的颓相，国家将亡，皇帝有无后嗣已属无所谓了。

汉平帝刘衎 9 岁即位，14 岁崩。刘衎在位时，国家政权事实上已经不姓刘了，由王莽把持着，刘衍只算个门面而已。

霍光是霍去病同父异母的弟弟，是武帝第二任皇后卫子夫的外甥。武帝66岁那一年，命画工给霍光画了一幅"周公负成王朝诸侯图"，以周公佑护周成王的寓意，拜托霍光辅佐幼主，四年后，8岁的刘弗陵即昭帝位，霍光不辱使命，以"大将军领尚书事"相国，秉政勤恳，老成谋国。霍光有个大家庭，生了七女一男，外孙女上官氏6岁时被封为汉昭帝皇后，宣帝即位后，小女儿霍成君又被封后，但此举也为后来霍家被满门抄斩埋下了孽因。

汉宣帝自幼生长在民间，昭帝无后嗣，通过海选入宫为帝。在民间娶许氏为妻，并育有一子（汉元帝刘奭），继大位后，许氏被封为许皇后。霍光的妻子霍显，一心谋求女儿入宫，买通宫内的医宦淳于衍，毒死许皇后。为酬谢淳于衍，霍显专门建了一个小型丝绸厂，引进最新式机械和最新工艺，请名师织造丝绸，同时赠金钱，送宅院和奴婢。但淳于衍仍不满足，和人抱怨说："我给霍家办了这么大事，就得到这点回报。"这个细节记载在《西京杂记》中。

> 霍光妻遗淳于衍。蒲桃（葡萄，葡萄是西汉时才从西域引进，葡萄花纹是新工艺图案）锦二十四匹，散花绫二十五匹。绫出钜鹿（今邢台）陈宝光家。宝光妻传其法，霍显召入其第，使作之。机用一百二十镊，六十日成一匹，匹直万钱。又与走珠一琲（珠十贯为一琲），绿绫百端，钱百万，黄金百两。为起第宅，奴婢不可胜数。衍犹怨，曰吾为尔成何功而报我若是哉。

恶有恶报，事情很快败露了，前后只有短短的五年时间。公元前71年，许皇后被毒身亡，第二年霍成君封后。两年后，公元前68年，霍光去世。再一年，公元前67年，汉宣帝立太子刘奭。皇后（霍成君）与母亲霍显再施毒计，阴谋毒死太子，却被太子的侍女发现。此时霍光已去世，保护伞没有了，水落石出，许皇后的冤死也随之昭雪。霍光家族，连同霍去病的后辈，数十个大家庭满门被斩。

大人物恃权力作孽，迟早会遭天报应的。

《汉书·宣帝纪》对这一桩大案的记载很简单，辑取相关联文字如下：

> 元平元年秋七月（公元前74年），（刘洵）入未央宫，见皇太后，封为阳武侯，已而群臣奉上玺、绶，即皇帝位。
>
> 十一月壬子（同年），立皇后许氏。

本始三年春正月（公元前 71 年），皇后许氏崩。

本始二年三月（公元前 70 年），立皇后霍氏。

地节二年春（公元前 68 年），大司马大将军光薨。

地节三年四月（公元前 67 年），立皇太子，大赦天下。

地节四年秋七月（公元前 66 年），显（霍显）前又使女侍医淳于衍进药杀共哀后（许皇后），谋毒太子，欲危宗庙。逆乱不道，咸伏其辜。诸为霍氏所注误未发觉在吏者，皆赦除之。

八月，皇后霍氏废。

（原载《美文》2017 年第 4 期）

# 想 象 迷 楼

蒋 蓝

　　仲春时节，我在扬州古运河畔目迷五色，小抿数口。我急急希望探访的，恰是翁郁蜿蜒的蜀冈。

　　阳光固执地穿过高处的乔木林，在灌木丛间搁浅，与凝结在枝叶上的露水互嵌，发出琥珀的辉光，它们彼此辉映，几只金龟子收翅而栖，立即散落下一串隋唐的珠玉。

　　这是路边花园中的一景。作为反抗重力的实践者，果实已经将枝条拉弯，它在折磨姐妹的过程里渴望永葆青春，渴望自己高举的灯笼获得登徒子的青睐。但失踪的赏识者永不到来。果实丰腴，直至胀破皮肤，它在破裂的过程中芳名播散，引来成群的蜜蜂。这是果实顽强之余，最大的悲哀……

　　我一路快走，沿一条公路而上。

　　冈，大土包也。十里蜀冈是扬州的历史之根。冈不在高，广陵一脉，宛如掌纹托举的星宿，至此纤毫毕显，也成为长江流域和淮河流域的分水岭。广义的蜀冈范围更大，扬州市文物考古研究所所长束家平对我说，蜀冈山脉绵延有 80 公里左右。蜀冈一头西去，延伸至安徽，扑向大别山；向东北联袂起七里、司徒庙至平山堂、观音山、黄金坝……蜀冈横跨江淮，习惯上称为"蜀冈古陆"，如一条力道十足的龙脊，把扬州的丰沛水系分派为城市的任督之脉。

　　我统计过，巴蜀学者对"蜀"的解释，不低于二三十种。古蜀人称都城为"dudu"，即"蜀都"之意，当时的"蜀"字读音为"du"，其字义一直保留至今。据《史记·封禅书》记载："渎山，蜀之汶山也。"又据《水经·江水注》云："岷山即渎山也。"蜀古音独，故渎山乃蜀山。岷山即古蜀先民所崇拜的圣山，是沟通天地的天梯，为独一无二的圣山。岷山被称为蜀山，是指其"独一"的特征。蜀冈就是独立之冈。

广陵诸冈，其奔腾入海之势，又暗合蜀字后起的一个解释，那就是"一"。这就像在平山堂喝茶，看着修长的茶叶在水里懵懂地醒来，或竖、或躺，它们一心一意地舒展筋骨，玉山倾倒，把看不见的梦，铺成了一泓澄碧。

穿过著名的"宫人斜"遗址，我走到蜀冈东峰，黄墙碧瓦的观音寺崛立山巅。此地旧称功德山，位于大明寺东首。山门并不高敞，门外有两尊石狮，应该是旧物，但那种顽皮、讨好的夸张表情，显示为清代打造。因为明朝之前的石狮，古朴之中带有凶悍之气，那才是隋唐风韵之狮。我曾经看到过一张观音寺山门1950年的老照片，那时的山门与现在的制形趋于一致。

迷楼，隋炀帝的迷楼遗址，就在观音寺以东稍偏南处，这并不是传闻，而是一段湮没于历史风尘的真史，迷楼同样是一个峭拔于东方美学的高地。

我顺石头台阶而上，回廊尽头就有一幢小楼，古色古香，这就是昔日迷楼的所在地。

关于建筑过程，唐无名氏《迷楼记》记述颇详：一日炀帝对近侍说："今天下安富，外内无事，此吾得以遂其乐也。今宫殿虽壮丽显敞，苦无曲房小室，幽轩短槛。若得此，则吾期老于其间也。"近侍高昌立即向炀帝推荐了一个能人，就是浙江工匠项升。项升几天后向炀帝进献新宫设计图，炀帝看后非常满意，立即下令向天下征索材料。隋代名匠项升（581—618）成为迷楼的总设计师，据描述，迷楼幽房秘房前后映遮，花木扶疏帘栊掩映，画栏雕栋曲折逶迤，愈入愈奇，各有情趣，何况黄金饰柱碧玉镂栏，富丽堂皇，华美精大，穷极天人之机巧。龙心愉悦，项升被授五品官阶。

唐朝冯贽《南部烟花记·迷楼》记载说："迷楼凡役夫数万，经岁而成。楼阁高下，轩窗掩映，幽房曲室，玉栏朱楯，互相连属。帝大喜，顾左右曰：'使真仙游其中，亦当自迷也。'故云。"看起来，隋炀帝心目中的最高导师，乃是真仙，"自迷"才是迷楼的锁钥。迷到何等程度呢？相传楼内分为四阁，分别为散春愁、醉忘归、夜酣香、追秋月；更选三千处女轮番入阁值夜，隋炀帝任意寝宿，真可谓是日日新婚、夜夜洞房，乐不可支，把一切军国大事，尽抛脑后。

"夜酣香"是隋炀帝迷楼时专烧的香……心醉神迷，炀帝"每一幸，有经月而不出"。

东方建筑学的繁复幽深，幽房曲室，玉栏朱楯，这些显然还不是"自迷"的理由，只是"自迷"的道具罢了。

据唐颜师古所撰《大业拾遗记》载："帝尝幸昭明文选楼，车驾未至，先命宫娥数千人升楼迎侍。宫娥衣被风绰，微风东来，直泊肩项，帝睹之，色荒愈炽，因此乃建迷楼。"文选楼在今旌忠寺地址，迷楼则无疑是建于扬州蜀冈。唐代诗人咏扬州诗中提及迷楼的则更多，如包何的《同诸公寻李芳直不遇》诗："闻说到扬州，吹箫有旧游。人来多不见，莫是上迷楼。"

北宋乐史著《太平寰宇记》"扬州"条中载："十宫在县北五里，长阜苑内，依林傍涧，高跨冈阜，随城形置焉。曰归雁、回流、九里、松林、枫林、大雷、小雷、春草、九华、光汾，是曰十宫。"列出的十宫，应是迷楼的主要建筑部分。"十宫在县北五里，长阜。"盖自唐代以后，江都县治所即在扬州州城内，此县北五里长阜，即指扬州北五里的蜀冈。当时有"大雷""小雷"之宫名，那么迷楼北应靠近雷塘，南至蜀冈无疑。旧观音山寺所在的蜀冈东峰当然也包括在内。

由此可见，诗人是事物的命名者，他们强力佐证了事物的历史辉光。他们的"说出"，就是富有深意的照亮。基于对漫漶历史的难以言说，今天的诗人正在失去命名的能力，但总有人试图恢复往昔命名的光荣。记得我最早认真阅读宇文所安的作品就是《迷楼》。书名是一个让人浮想联翩的命名，正如副标题"诗与欲望的迷宫"所显示的，是诗歌中对欲望的呈现。诗歌是欲望的语感，而欲望就是诗歌的语境。

用迷宫对应于西方诗歌，用迷楼来标举中国古典诗心，可谓一语中的。对这样一种命名风格的偏爱甚至迷恋，在宇文所安来说已是根性。

迷宫里的事物，总是被赋予了超现实的光晕，因而披上了神光。

在古希腊的神话里，迷宫是由代达罗斯设计出来囚禁米诺陶洛斯的。迷宫揭示了人类精神中表现出来的双重特性：复杂与简单、神秘与可知、感性与理性，象征自由意志与现实命运之间恒在的纠结。

在我看来，迷宫是一种理性建构。既然是理性的，那就有路可寻。

中国读书人对迷宫产生迷恋，主要是源自置身庞大图书馆和时间深处的博尔赫斯。可是博尔赫斯认为迷宫根本无出路，错综复杂的均是"假路"，提供了无数可能，但世界只存在于迷宫之中。而在希腊神话里，米诺斯迷宫就成为了一种极端复杂的隐喻。忒修斯到了米诺斯王宫，公主艾丽阿德涅对他一见钟情，公主送他一团线球和一柄魔剑，叫他将线头系在入口处，放线进入迷宫，忒修斯在迷宫深处找到了米诺陶洛斯，经过殊死搏斗，终于杀死了米诺陶洛斯。

这是一个有解的迷宫，是有出路的迷宫，理性主义的睿智洞悉秋毫，迷宫不迷，我们不妨称之为一种"线性迷宫"。

中国式的迷宫——隋炀帝命名的迷楼，是否藏匿着出路？我认为不妨命名为"蚕茧迷宫"。对有些人来说，迷楼正是保护自我欲望的超级堡垒。

迷楼固然是隋炀帝恣意享乐的宫殿，其本义就是"让人迷失的宫殿"。无论是谁，只要欲望尚存，只要进入迷楼就会迷而忘返。不把迷楼当作自己家园的人，比如误入者，"目眩神迷，虽终日不能出"，这一幕更让"当局者"喜不自胜。这里自然没有"烂柯"的时间美学，展示的只是声色犬马对欲望的反复镀金。逃避欲望的古代高人，在"方外"安置了一个自治社会的宿命地，那就是桃花源。这是褪去欲望、远离纷争的净土，适合老人颐养、孩子成长、男耕女织。而且，桃花源也是一个只能奇遇、无从发现的偶在。

这些对于隋炀帝而言，等于是在皮囊之累、权欲之累之上，再叠加了一层麻木的痂壳。他在欲望迷宫之上，再次叠加了一个对权力迷宫的想象蓝图，也就是说，身体欲望与权力欲望时而合一，时而像衣服与身体那样暂时分开。所以，他恨不得把血肉倒翻出来，来一次骨与肉的畅游。

迷楼固然是穷奢极欲的符码，不值仿效与重构，但恰恰体现了一种东方极其罕见的酒神情怀。

古人对隋炀帝在迷楼的踪迹，展开了吊诡的想象。比如说，"隋炀帝建造迷楼后，诏选后宫良家女子数千，住在其中。隋炀帝令画工绘制男女交合图数十幅悬在楼阁中。还铸了数十面的乌铜屏风，将铜屏风磨成镜子，环绕在床榻边。隋炀帝在屏风内与女子交合的身影，纤毫不漏地映在屏风上。隋炀帝好御童女，但童女往往因羞涩不能配合。他便叫大臣们制作了一辆专门御童女的车，这车只可容一人，其中有机关，小女孩躺在里面被机关锁住不能动弹，皇帝御女的时候车子会自己摇动。隋炀帝把此车取名叫'任意车'……""羊车望幸"是司马炎的杰作，与隋炀帝无关，可见这些描述多系"小说家言"，把历史上荒淫帝王的所作所为，高度集中地叠加到隋炀帝身上，由此创造出东方的皇权"弗兰肯斯坦"。我曾读到过一则回忆：在饥馑年代，一个乡下老农询问下派的知识分子："马克思那么多胡子，怎么喝玉米糊糊？"这个朴实的想象，与古人对迷楼的想象，应是五十步与百步的关系。

杨广在位 14 年，无论在文治还是武功方面都取得很大成就。他留下了两件惠泽于后世的政绩：一是创建科举制度；二是开通了京杭大运河。单说大运河泽被的区域与对经济民生的深浸程度，就高于都江堰水利工程。至于他西巡张掖、三游江都、三驾辽东等事功，均对历史格局产生过深远影响。据此，隋炀帝是中国帝王里行游最远者之一。

胡戟教授在《隋炀帝的真相》之序中说："我们差不多可以说，秦始皇做过的事，他多半也做了，但是他没有焚书坑儒；我们还可以说，隋炀帝做过的事，唐太宗多半也做了，但是唐太宗没有开运河。然而，秦始皇、唐太宗都有'千古一帝'的美誉，隋炀帝却落了个万世唾骂的恶名……重新研究隋炀帝，还他一个公道。"这固然切中历史死穴的剀切之评，但这也不能妨碍我审视迷楼。

置身迷楼的人会出现两种情况：一种是筋骨酥软，双股战战，像熬过的药渣，根本无力走出迷楼；还有一种是置身其中压根儿就不想出去，樱花那样猛烈、短暂地怒放。那么，无论作为时间纠结的迷楼还是作为空间回环的迷楼，宇文所安忽略了有关东方迷楼的另一个理由：炀帝之迷，乃目迷五色之迷，迷恋乃至糜烂，更多体现了迷楼的情色空间构成。尽管如此，宇文所安用来打量东方迷楼的那把手电筒，就是隐喻。

以西方的隐喻之光照亮中国的隐喻建筑与欲望，以修辞的隐喻来"澄清"认知的隐喻，可能吗？也许，这会让事情进一步"迷楼化"。

中国古典建筑、文学表达的远不止是一种空间/写作经验，不仅具有审美价值，建筑、文学还揭示了更加重要的东西，它们可以帮助一个人确定他在世界上所处的位置，包括在时间中的位置。当然，作为纸上迷楼的建筑者，宇文所安可能比读者更清楚一个用意：他在以"隐喻诠释学"的神行甲马行走于东方诗歌，他留在诗歌巷道中的急促身影，也是一种他者隐喻。这就像一个文物的修复者，他的复原主义努力，恐怕也有不少粉饰成分。这自然让我产生了如下臆想：古人的建筑与诗文，真有如此繁奥吗？

宇文所安做出了一种富有生机的解释，意味着他给出了一种他的理解。这姑且叫作"以其昭昭，使人昭昭"，但他显然并不满足于此，而是尝试"抛开固定的期待"，经常给出完全相反的解释，颇有启迪人心之处。宇文所安实际上将古典文学中的作家还原成了具备普遍人性的普通人——《回忆的诱引》对于李清照之潜在的怨恨情绪的发掘，将这种还原推向了极致。所以，《迷楼》的成功，不在于提出了什么观念结构，而在于这些诗歌经过他的复原，给人们（西方人？中国人？）带来了簇新的愉悦。

问题是，迷楼还是一个谜团，他可能真的没有想象过。

当谜底倒翻为谜面的时候，我们会发现歧义，还有更多的谜语纷至沓来，构成了迷楼的砖石。到了明朝，穷奢极欲的明武宗学习炀帝好榜样，利用元朝时期的皇家动物园，予以扩建装修，豢养虎豹等猛兽，名为"豹房公廨"。其实里面还有象房、虎房、鹰房等，这是平面意义的北方园林建构，个中并无智力危机，在珍禽异兽的加盟下独裁者心猿意马，满眼酒池肉林，狐媚红颜，歇斯底里……从阿房宫、迷楼再推演至豹房、天王府的欲望建筑谱系里，艳帜高张的宫阙必定短命，因为里面从来就不会出现一个所谓的青天明君。大业七年（611），各地起义，豪强亦趁势崛立。公元618年，炀帝在扬州被禁军将领宇文化及等缢杀。隋亡，迷楼也毁于大火。

气数短促的隋朝留给后世最大的教训是：纵欲均是柄权者，纵欲必败，

"迷于人"而非"迷于楼",诚哉斯言。在这样的道德语境下,谁还有"二心",敢于去窥视那种回荡在东方迷楼中的大狂喜?!

我想起一句话,那是在邗江北路司徒村曹庄隋炀帝真陵发掘现场的束家平所长说的:"炀帝真陵里,除了葬品,只剩下两颗牙齿。经检测,牙齿主人的年龄约50岁左右,恰符合杨广年龄。"

杨广被道德托升至迷楼的顶巅,留下的是千古骂名。他剩下了两颗牙齿留给历史。古人不是说过,牙齿硬不过舌头吗?呵呵,呵呵。

（原载《作家》2017 年第 4 期）

# 离开安平的伍秉鉴（节选）

许谋清

我长期注视那条伸向大海的三里古街，清代诗人有诗句："古塔东西排两岸，大江南北渡千航。"当代诗人颜长江有诗句："长长的五里桥，瘦瘦的三里街。"这都在勾画安海（安平）古镇的风貌。我从古代到现代，立体地观察曾经出现在这条街上每一个青史和野史上留名的人。中国千万条古街，它很容易被淹没。可它又有擦不掉的辉煌。人们听到朱熹行走的木屐声，也听到郑成功战马的嘶鸣。那个古港快填没了，那座跨海的五里长桥却是国家级重点保护文物而留存下来。但是，有一个家族悄悄从这里离开，我疏忽了，我疏漏了伍秉鉴。

2000 年，伍秉鉴被美国《华尔街日报》评为 1001—2000 年世界 50 巨富之一，尽管那时西方由于工业革命已经强盛起来，东方的伍秉鉴仍然是世界首富。

伍秉鉴（1769—1843），马克思（1818—1883）曾提到他的商名伍浩官。后来，在欧美多国，找到保存下来的伍秉鉴的画像，可见伍秉鉴在海外有其深远的影响。

查一下伍秉鉴，是广东十三行之首，十三行被称为"天子南库"，那他远在天边。偏偏他又近在眼前，这个商业巨鳄简介的结尾处却缀上几个字：籍贯福建安海。就是我注目的那条三里古街。

安海没人知道伍秉鉴。

这么重要的人物被遗忘了……于是，我开始我的寻找。

伍秉鉴跟安海的关系就只有几个字：伍家在康熙年间移居广州，祖上伍灿廷，是安海的一个茶农。安海一带，原先有很多茶山，产出的茶叫本山茶。一个茶农为什么要移居？兵匪？灾荒？瘟疫？没有这方面的依据。伍灿廷靠茶为生。关于茶，伍灿廷在安海的年代，究竟发生了什么事，让他下决心离乡背井？

　　明末清初，郑芝龙、郑成功在安海，明朝实行海禁政策，但那时王朝受到东北满人和西北农民起义的冲击，已经风雨飘摇，无暇顾及东南沿海，只好把这一线海岸和这一片海交给郑芝龙，所以，安海这个口岸其实是开放的。安海成为海禁中的唯一出入口。郑氏家族和外国人做生意，和荷兰和西班牙和法国和日本和东南亚。做的是什么生意？出口生丝、陶瓷、糖和茶。郑芝龙、郑成功离开后，清朝延用明朝的海禁政策，安海这个出入口被封起来了。这就是伍灿廷离开安海的背景。

　　伍秉鉴的家族是一个敏感的有商业意识的家族，他的祖辈在康熙年间就移居广州。也就是说，郑芝龙、郑成功掌握的那个出入口刚刚被关上，他们马上就离开了。

　　在安海，什么让伍灿廷刻骨铭心？茶。外国人。用现在的话说，国际贸易。没了外商，茶的销售锐减，茶农如濒临干枯的水坑里的鱼。当然，伍灿廷身上带有迁徙的基因，这里的人有多次大迁徙的记忆，西晋，他们的祖先从中原南迁来到这里，一直面对东边的大海。后来，这里是海上丝绸之路的起点，"东方第一大港"。又后来，左邻右舍，有的过台湾，有的下南洋。伍家的移居，不像内地人，有那么多的心理障碍。内地农民，土里刨食，难免热土难离。这里的人，除了土里刨食，钱财还有别的来路。有时他们抓住生意的心比抓住土地的心还强。

　　伍灿廷离开安海，他是带着一种意识离开的，他去寻找，找到广州。那里还有外国人，还可以做茶的生意。所以，这不是农民迁移，不是盲目迁移，这是脱胎换骨，因伍灿廷是茶农出身，不能简单地说是没钱买地，生存方式已经发生了变化，伍家由农民变成商人。他很快取得成效，1681年搬进大宅院。伍家第一个有商业头脑的应该就是伍灿廷。

　　1731年，一个承上启下的人物出世，叫伍国莹，这就是伍秉鉴的父亲。伍国莹去潘振承的散货档当伙计。伍家就这样一步一步接近他们的目标。

　　潘振承何许人也？基本可以说是福建老乡。潘振承是福建同安人，船工出身，后在广州创办同文行，成为广州十三行的总商，是伍秉鉴之前的世界首富。潘振承会多国外语，包括葡萄牙语、西班牙语、英语，几次勇闯大海，堪称"胆商"。潘振承做什么生意？丝绸、陶瓷等，其中之一也是茶。

　　伍国莹已经站在巨人边上。但成功还需要机遇。巨人有可能把他搁到肩膀上吗？天上是不会自己掉馅饼的。机遇属于早就把条件准备好了的人。

　　一天，潘振承让人把伍国莹叫到前厅。

　　伍国莹见潘振承端着盖杯，专注地吹着茶叶末子，恭敬地问："老爷，您有事？"

坐在梨花木雕花椅子上的潘振承，一边慢慢品茶，一边审视着这个朴朴实实的后生家。

"识字吗？"

"识几字。"

潘振承和他说闽南话。

潘振承和他认老乡，伍国莹心里踏实了。

潘振承指了指墙上挂的条幅问："顶头的字识不识？"

伍国莹已经看过多遍，说："识。"

潘振承说："念给我听。"

伍国莹一字一字念："商人四德：智、仁、勇、信。"又念，"人弃我取，人取我予。"

潘振承说，我们做生意的人，得拜拜说这话的人，跟读书人拜孔子一样。

伍国莹从潘振承那里知道了商祖白圭。

潘振承让他去跟账房先生管账。现在的账房先生已经老了，不能后继无人。

这是伍国莹的人生转折。

再说天时，1757 年，也就是伍国莹 26 岁的时候，乾隆皇帝下圣旨，关掉其他海关，只留广州一个海关，这就是"一口通商"。这对于控制广州海关的十三行自然是绝好的商机。但对于才 26 岁的伍国莹，条件尚未成熟，而且，他还是一个知恩必报的人，他没借机自立门户。但他在这期间，却熟悉了大量外国客商，并得到他们的好评。伍国莹到年近花甲，才自己创业，创办怡和行，为伍家的事业奠了基。

伍国莹 1800 年撒手人寰，把怡和行交给了他认为最有商业头脑的儿子伍秉钧，偏偏伍秉钧短命，不到一年就意外病逝，由上帝选择的伍秉鉴才成为怡和行的新的掌门人。时人并没有看好伍秉鉴，有人甚至断言怡和行会败在伍秉鉴的手上。只有在潘振承死后也当上了总商的潘有度对他另有评价。《晚清首富伍秉鉴》中说："与大众的眼光相反，潘有度更看好伍秉鉴。潘有度比伍秉鉴年长十几岁，几乎是看着伍秉鉴长大，他心知在伍国莹的众多子女中，唯有伍秉鉴最像伍国莹，低调沉稳，看似没有锋芒，却胸中自有丘壑。"

伍秉鉴怎么让人对他刮目相看？

茶走向世界，有人把它比喻成钻石，有时，它比金子还要贵。而伍家长期独领风骚。伍秉鉴把怡和行的茶做到极致，他和福建等产茶区有密切的关系，有相对固定的茶农，从采茶开始把好质量关，茶农都知道伍秉鉴一发现毛茶中有烂茶、死茶、折蒂茶绝不收购，他们之间形成一种信誉。所以，只要盖上"伍家戳记"就是上好的茶。

伍秉鉴并没有得意忘形，物极必反，他是一个有危机感的商人，懂得未雨绸缪。如果说，伍家从一开始就注意和洋人做生意，到伍秉鉴就想到国外去挣钱，他有超前的商业意识，到国外去做广告，到国外去投资，从怡和行，发展到跨国集团。《晚清首富伍秉鉴》说："商场如战场，数十年来，伍秉鉴凭自己的经营哲学，在这片充满机遇、风险及挑战的广袤领域东征西讨。在国内拥有地产、房产、茶园、店铺。伍氏又在国外进行铁路投资、证券交易，并涉足保险业务。"

诗人海涅说：每一个心灵都是一个宇宙，每一块墓碑底下都埋着一部世界史。伍秉鉴一生都在广州，没读万卷书，没行万里路，因做大生意，大量接触欧美商人，弥补了他的缺陷，仍然是见多识广，又谙熟生意经。乃祖识商祖白圭的字句，伍秉鉴应该是精通白圭商论："吾治生产，犹伊尹、吕尚之谋，孙吴用兵，商鞅行法是也。是故其智不足与权变，勇不足以决断，仁不能以取予，强不能有所守，虽欲学吾术，终不告之矣。"伍秉鉴比美国大几岁，由于他有独到的眼光，他看重美国商人看到美国的前景，跨国集团，一步跨到西半球。

无疑，伍秉鉴是他那个时代的商业巨才。反过来说，"一口通商""广州十三行"是清朝实行海禁出现的一个怪胎。欧美已经进入工业时代，世界首富却出在落后的中国，这本身也就是一个怪胎。清政府把对外贸易和海关税收都交给民间的广州十三行，以示天朝上国凌驾于一切之上，洋人没有资格和它的官员直接对话。钱还是要的，清朝实行保商制度，外商都必须有一家行商作保，称"以官制商，以商制夷"。

这个怪胎光彩夺目。《大清商埠》给我们展开当时的画面："耸立在江边的夷楼高大宽敞，窗户梶条拼成几何图案，嵌着晶莹剔透的彩色玻璃。夷楼后面有少量的茶铺、食肆、瓷器店、兑银店、估衣店、杂货店……西洋人把这条街叫中国街，街北正面是令人仰慕的十三行会所。"

伍秉鉴有多富？当时，清政府的财政是 4000 万两，伍秉鉴的财富是 2600 万两。欧美富豪都不能望其项背。

伍秉鉴家族延伸了郑芝龙、郑成功家族的理想。

我看到一个祖籍安平（安海）的茶叶家族在 17 世纪中叶到 19 世纪中叶这 200 年里边的活动轨迹，从一个唯一的开放口岸（安平）的茶农的迁移到 200 年后另一个唯一的开放口岸（广州）的世界首富的大茶商。

茶让我们大开眼界。《茶叶大盗》说，中国茶改变了世界史。萨拉罗斯说:"17 世纪 60 年代,葡萄牙布拉甘孔王朝的凯瑟琳公主与英王查理二世成婚,茶叶作为其嫁妆的一部分(中国茶和中国茶器),从此流入英国……作为外来的奢侈品,茶叶迅速在气候寒冷干燥的英国成为上流社会阶层用于展示自身气质、品位的理想载体。打这以后,它迅速渗透到下层社会阶层的日常生活中。因而到了 18 世纪,茶叶一跃成为最受欢迎的饮品,风靡全英,其销量甚至超过了啤酒。"

萨拉罗斯把"气候寒冷干燥"作为茶叶流入英国的重要原因,我想,更重要的原因应该是当时英国的工业雾霾。

工厂工人下午休息 15 分钟喝茶,不但不影响工作,工作效率反倒提高了。下午茶没有成为英国贵族的专利,反而在全英固定下来。茶是中国茶,却成为英国人的"国饮",茶叶贸易一下子占了英国经济总量的百分之十……

东印度公司有一批积压的茶叶,想把它倾销到北美殖民地,得到英国政府的支持,颁布了《救济东印度公司条例》,给他们专利权,而且进口关税全免。茶价是殖民地私茶价格的一半,这严重损害殖民地茶商的利益。在北美殖民地人民群情激愤的情况下,约翰·托马斯策动了 1773 年 12 月 16 日的"波士顿倾茶事件",60 位美国人乔装成印第安人,潜入停泊在波士顿港的东印度公司的货船,把 340 多箱茶叶推入大海,波士顿港那天夜里成为他们的口号所说的世界上最大的茶壶。

美国总统约翰·昆西·亚当斯说,鸦片战争的起因是磕头,正如美国独立战争的起因是茶叶。这带有戏谑的成分,但它们都是这两个世界大事件的导火索。

中国茶由欧洲又流入北美。

先前说丝绸之路,也有说丝瓷之路,我们销售给西方的是丝绸和陶瓷。后来知道欧洲温度太低,不适宜种甘蔗,糖是欧洲贵族的所爱,但它也是中国糖。现在,又知道中国茶在世界上有这么大的影响。

当然,居于高位的皇权还觉得自己是中心,不把蛮夷小国看在眼里。白银滚滚而来,仍然做着盛世的美梦。

英国开始制定它的战略计划,挣脱中国的束缚。

萨拉罗斯说:"若要茶叶产业成功落户印度,英国需要从(中国)最好的茶树上采集最健康的样本,成千上万的茶种以及中国顶尖茶匠传承了千百年的工艺。完成这个任务的人必须是一个植物猎人、一个园艺学家、一个窃贼、一个间谍。"

在茶成为世界性饮品的历史进程里,有两个人是值得研究的:一个是做茶生意成为世界首富的中国人伍秉鉴,一个是"茶叶大盗"英国人福钧(福尼特）。不管你在感情上能不能接受，一个东方，一个西方，这两个人物构成两部传奇。

历史的一页翻过去了。福钧并不是超人，他只靠一把生锈的手枪和一条假辫子，却在闭关锁国的中华帝国做成他的大事业。我们还是豁达一点儿好，只能夸奖他有本事。

有一点是明确的，原来这个世界上，只有中国有茶。茶是怎么来的？只有中国人能说清楚。现在让外国人来讲也蛮有意思。萨拉罗斯说："许多中国人相信茶叶是神话人物——中国医药和农业的创造者神农氏发现的。神农氏斜躺在一片山茶树的树荫之下，一片闪亮的有光泽的叶子掉进了他那个盛着开水的杯子里。那片薄而柔软的叶子立刻激起了一阵阵浅绿色的涟漪。神农氏熟悉具有治愈功能的植物，他远足一天就能辨认出多达 70 种有毒植物。他确信这种药茶汤对人体是无害的，于是呷了一小口，发现它的味道爽口宜人：芳香、微苦，具有提神和滋补的作用。"萨拉罗斯说这是儒家的说法，还有另一种是佛教徒的说法：茶是释迦牟尼的眉毛变的。"事实上，极品茶叶叶片背面那纤细的银色绒毛确实酷似纤细的人类睫毛。大慈大悲的佛祖释迦牟尼留给信徒们这一伟大遗产，让他们在虔诚的修行中能保持灵台清明、精力充沛，从而专心致志地研习佛法。"

伍秉鉴生活在中国茶的全盛时期，他没有受到印度红茶的冲击，冲击他的是另一种植物，冲击他的是一场因国家落后而挨打的战争，是一条耻辱的不平等条约，可以说让他死不瞑目。

鸦片战争前的 200 年，中国控制着世界茶叶市场，却忽视一股暗流，英国东印度公司一方面用从中国偷来的而后制作的红茶悄悄代替中国茶为处于雾霾时代的英国人排毒，一方面把鸦片输送到中国让中国人中毒。

现在中国也出现雾霾，中国人应该喝茶，喝茶时要记住这段历史。

（原载《北京文学》2017 年第 9 期）

# 女子何必江南（节选）

徐 风

说到江南女子，人们的印象里大抵会出现"红袖添香""柔情蜜意"这样的词句。

天下人都愿意相信，江南女子是水做的骨肉，是春天的彩蝶，是夏天的彩虹，是水中月，是镜中花，是为才子准备的佳人。王宝钏寒窑苦守的故事，花木兰替父从军的故事，都不可能发生在江南。

都喜欢江南女人，帝王能到边远的荒蛮之地去选妃吗？自然不会，江南的气场总是温情脉脉，皇上说到江南，语气会不一样，于是江南的极品女人，大都是为皇上准备的，明代的第十一代皇帝嘉靖，登基十年没有龙子，朝廷上下急坏了，派了精干的工作组来江南选妃。江南女子当然不会让皇上失望，仅南京一地，就有三位美女入选，其中一位王氏，生了太子载壑，被册为庄妃；还有一位方氏，后来还升为皇后，明史上记载的"孝烈皇后"就是她老人家。

最资深的江南美女应该是西施。她的成功当然是男人造就的。吴越争霸的相互杀伐，给了她一个非常吃重的角色。她扛住了。许多女子不是没有机会，而是不能把握机会，如果西施不将自己变成灭亡吴国的祸水，不把自己炼成越国复兴的英雄，她就不是历史意义上的西施了。如果她只是一个村姑，一个村头河边的浣纱女，任她再怎么花容月貌，也熬不过岁月的风霜，她老了，和所有的村妇一样，也无异田间一只秋后的蚂蚱。

说到底西施只有一个。太多的未能出道的"西施"则被湮没在江南民间的皱褶深处。如果我们把目光投向那些民间的文本，许多故事的内核会颠覆千百年来对江南女子的概念。一份与江南不相称的沉重，会出现在我们的字里行间，让我们压抑，甚至透不过气来。

案头有一本清代江南某县的县志，其中有一册《列女传》，文字练达绵密，亦时有适度的开张。藏匿的历史，时不时裸现出旧时肌理，透露陈腐气息。也堪称江南民间价值观的说项，既有晦暗、惨烈的人事，也有豆蔻被碎裂后的荒芜。登堂入室、值得称颂的女人大抵有三种：贞女、孝女、烈女。许多记载，读来不能释怀。

第一个故事是讲贞女的。旧时女子，未出嫁时随父姓。父姓潘，她就是潘氏，她嫁了一个姓蔡的男人，就变成了蔡潘氏。关于蔡潘氏，县志上是这样记载的：

> 蔡川大之妻潘氏，川大原安徽人，徙居县北青龙桥西，成婚之夕花烛失火，氏觅衣，急不能得，川大促之出，氏曰：吾新妇，奈何裸见人？川大出，将取衣衣之，而火已塞屋，不得入，氏遂焚死。邑侯万公立钧闻之，重其人，厚殓之。

这一段文字非常精当。新婚之夜，新郎新娘正当缠绵交媾之际，洞房内花烛失火，一时间火势弥漫，潘氏在慌乱中找不到自己的衣服。老公川大敦促她赶快逃出洞房，潘氏说，我是个新媳妇，岂能裸身出门，被人见到成何体统？估计此时川大方寸已乱，记不起妻子的衣服脱在哪里了，或许已经被大火烧着了。反正是里里外外乱找，等到他找到可以让妻子穿的衣服，洞房内火势太大了，人根本进不去。潘氏就这样被活活烧死了。

这段文字还透露了一些信息：第一，作为新婚的丈夫，川大裸着身体跑出跑进是没有关系的，他不用担心外人看见自己的"裸身"，因为旧时社会的观念里，男人裸身在外，虽然"有碍观瞻"而有失文雅，但至少与贞操无关。江南乡村的男人，酷夏车水的时候，基本是不穿衣服的，那是一种彪悍的证明，不会有人骂他们流氓。第二，川大还是有良心的丈夫，最紧要的时刻，他一直在敦促妻子快冲出洞房，哪怕她一丝不挂也无所谓。第三，潘氏是有机会逃生的，但她放弃了，因为她知道，如果她裸身逃命，最终命还是保不住的，为什么？因为让外人见到她的裸身，她的贞操就打折扣了，这个折扣看起来不用性命去抵押，但是，她是一个不完整的女人了，如果真的有人见到她的裸身，那更不得了，添油加醋的说辞，街头巷尾的议论，会一直跟在她的背后，也会动摇川大以及川大家人对她的看法。最终川大可以行使男人的特权，一纸休书便可以打发了她。退一步，即便川大心善，把她留下了，她的尊严也没有了，无非是厚颜无耻地苟活，那不比死还难受吗？

在最危急的时刻，潘氏肯定把这一切都想到了，所以她宁可被烧死，也不会离开洞房半步。

这段文字里的最后一段不可忽略。此事在当地肯定是家喻户晓了。县里的最高领导必须有个姿态。"重其人，厚殓之。"这六个字的分量，说重不重，说轻不轻。因为潘氏不是因公被烧死的，所以很难给她一个什么名号，但她维护了一个女人的贞操，她的死，为广大妇女树立了一个榜样。给潘氏一个说法，是为了让更多的潘氏效仿潘氏，让大家记住，死不足惜，而万事贞为首。"厚葬"的规格折换在今天，就是她的葬礼会有妇联这样的官方群团机构来主持，县里的四套班子主要领导会出席，而在旧时还可以赏赐一口像样的棺材。那是很高的规格了，看起来潘氏真是死得其所，死得很划算。但潘氏肯定是死不瞑目的，因为她只当了半夜新娘，她的生活才刚刚打开。如果让她活下去，她会给川大生一堆孩子，她会做个好妈妈，她会卅年媳妇熬成婆，成为一个坊间称颂的贤良女子。

还有一段更短的文字，读起来一样触目惊心。

童生许定宝未婚妻唐氏女，童养夫家，未成婚。夫病殁，女时年十八，不次投水，家人百计救护始止。五十四岁寿终，终身未字。

这个唐姓女子从小就去夫家当了童养媳。她18岁那年，丈夫病死。此前她并未与夫君圆房。但她悲恸欲绝，多次投水自尽而被家人救下。直到54岁去世时，终身未嫁。

替她想想也真不容易，18岁到54岁，其间有36年，或许前18年，她还算年轻的时候，一直在试图投水自尽。那是一个寡妇证明自己清白的功课。没有前18年的打拼，何来后18年的安稳？为什么一直想投水？想必她的家靠近水边，是江南小城典型的那种临水而居的吊脚楼。18岁的女子，丈夫还没有正式和她睡一个被窝，就撒手离去。日子是很难熬的，生活上的清苦倒是其次，关键是她如何做人。她不能有自己的生活，不能有心仪的男人，更不能忘了那个没有给过她多少温暖的男人。寡妇门前是非多。这一句话沉重得很。如果亡夫和她生下一儿半女，也好有个依靠。婆家的人看在小孩的分上，也会给她几分面子。但事实上，最终除了一个亡夫的牌位，唐家什么也没有给她。她或许长得周正，更兼有几分姿色，那就更会无端生出许多是非，她只消出门，就会碰到各色人等，特别是看社戏、赶庙会，一个新寡的女子，会是人们消闲的谈资。如果她无意间朝某个时尚男人多瞧了一眼，抑或是朝与她搭讪的男子礼貌地浅浅一笑，而这随意的一笑偏偏有些迷人，就会引来一片非议。简直是闷骚啊，看男人的眼光那么放肆，好像要把男人一口吞下去。笑起来那么轻贱，真是骨头没有三两重！

作为童养媳，唐氏还有一个问题就是，到底是不是处女。这在旧时非常重要。唐氏的丈夫去世时，她已经18岁，旧时女人的这个年龄，正是生儿育女的大好时光。老公虽然没有正式跟她圆房成婚，但只要愿意，就随时可以跟她睡在一起。但街坊们都知道，那个小伙子自小多病，连走路都喘得慌，只怕是有那个心，也没有那把力气，甚至丧失了那个功能。那么，如果丈夫真和她没有什么肌肤之亲，如果她还真是个处女，她怎么可能对那个痨病鬼那么一往情深，誓言不嫁？旧时人的观念非常实际，男女感情可不是谈出来的，而是睡出来的。

这就导致了唐氏坚持不离开许家的原因变得复杂起来。娘家人会可惜，既然还是处女，就应该重新嫁个好人家，但是，力量的博弈需要时间和际遇。唐家这时各方面的气候还不够。街坊中的好事者，比如王婆阎婆惜之类，也会旁敲侧击地说媒。谁也不能保证，古城里就没有像西门庆这样的人。很快就有一些柳絮般的闲言碎语飞进许家，即便是谎言，听多了，许家也会当真，于是对唐氏留下不走的原因，必须重新加以考察。或许唐氏的老家在偏远的乡下，而许家是地地道道的城里人，门前的河水也比乡下贵三分。城里阔少多，倜傥的公子多，唐氏不走，是不是想留在城里等待机会，要么嫁个大佬，要么最终占有许家的家产啊？

但是唐氏暂时会过得比较安稳。因为她的留下，不但给了许家莫大面子，也迎合了当时主流社会的价值观。女人，生下来就不属于自己，她要么必须是孝女，要么必须是贤女，必要的时候，还应该是烈女。唐氏起早贪晚地敬奉公婆，进进出出小心翼翼。应该给她一个什么称号呢，还不能，因为一切还才刚刚开始。

现在大家都知道了，虽然唐氏没有为许家生下一儿半女，但她坚持要把许家的媳妇做下去。说坚持，是因为有难度。旧时社会，虽然不似当今，到处都是摄像探头，但似乎每个人都对寡居的年轻女子都持有一种兴趣，历史上是一以贯之的。这种兴趣，往往是以不感兴趣的方式进行的，也就是说，唐氏走在街上，正面看她的人并不多，很多认识她的人与她相遇，只是用余光瞄她一眼。一个年轻女人如果没有丈夫，只要她长得不难看，只要她没有坏名声，就会有人来提亲。唐姓女人保护自己的方法，想必比较独特，她周围的人都知道，虽然丈夫已经不在了，但她还生活在亡夫的世界里，每天给他的牌位供香火，逢年过节给他上坟，她嘤嘤的哭声是巷子里人都熟悉的音乐，江南民间把这称为"哭青天"，其腔调和词汇，都有相对固定的格式。女人哭青天的时候，男人们大概会有片刻的肃然起敬，甚至会有片刻的幻觉。将来老子有那么一天，会有一个女人这样来哭我吗？但唐氏哭过了，爱占便宜的男人就还是会来骚扰她，明明是男人对她非礼的，偏偏说成是她撩拨男人的。唐氏纵然浑身是嘴，也解释不清。这个时候，唐氏只能亮出自己的撒手锏了。那就是在适当的时候、适当的地点、在有适当的娘家人监护下，悲情万丈地朝河里纵身一跳。飞溅的水花会替她堵住流言蜚语，还将洗清她的淑德与名节。投河的地点，说不定是事先勘察过的，必须是稠人广众的闹市，水却不宜太深。小命是自己的，虽然不值钱，好歹还要活下去。所以，在最危急的时候被救起来，也是必须的。在附近游弋的娘家兄弟，肯定有一身好水性，此刻就混迹于人群中，唐氏在水里挣扎的时候，娘家兄弟就在岸上大叫救命。这里不是演戏，悲情是真的，但既然河岸上有那么多的看客，就必须加强悲壮的浓度和烈度。

很惊险地，唐氏被救起来了。

有一段时间唐氏过得很安逸。婆家人几乎全部被她感动了。街巷里的邻舍也什么都不说了，这么一个以命相抵的贞节媳妇，走到哪里都是一块招牌。

也不是一直云淡风轻。江南一带，把不好的天气叫"作阴天"。风雨交加的黄昏，是最难耐的。唐氏一直到54岁才彻底安稳。之前她跳过几次河，没有人能记得清。到后来，当地的男人都怕她，动不动就跳河，谁扛得住啊。唐氏简直就是当地的一面"西洋镜"，因为她说不定就会制造一次小小的轰动。但50岁后，唐氏被这里的人称为唐奶奶了。用我们今天的话说，她已经安全落地。县里要修志，秀才监生都找她，并不是要她"口述历史"，而是非虚构的县志列女传中，有关"烈女"一节的撰写，需要唐氏的素材，那是励志的需要。为了增加一点现场感。秀才们来下生活、接地气了，他们发现，这位刚五十出头的烈女，已然飞雪白头，弯腰驼背。满脸的风霜，已经彻底改变了曾经美丽的容颜。她坐在那里，时刻做警惕状，与来人保持一定的距离，有一种难以亲近的凛然。秀才们过后感叹，天知道，她是怎么活到今天的。

（原载《钟山》2017 年第 5 期）

# 域外丛话

# 意大利二章

冯骥才

维罗纳古堡美术馆

一座古老而残损的建筑到了当代建筑师手里应当怎么办?

如果是经典的遗产当然要严格地保护,不能随便动手动脚,慎重地加以修复。如果这古建筑还要应用呢?西方的建筑师拿出来一种办法,就是:与它对话。所谓对话,就是一边尊重它,维护它的尊严,保存它珍贵的记忆;一边用现代语言与它交流,让古典与现代在交相辉映中并存。这样的建筑师中间有一位让我十分钦佩,就是卡洛·斯卡帕。这也是我从威尼斯特意跑到维罗纳来的原因之一。我要看他的名作——古堡美术馆。

维罗纳的这座古城堡是当地有权有势的斯卡拉家族于 14 世纪建造的。维罗纳是扼守意大利北方的城市,屡经战火"洗礼",还曾经几次落入奥地利帝国和拿破仑之手,待到二战之后这座古堡已经相当破落。可是维罗纳人没有丢弃它，仍然把它作为城市历史的象征，在 20 世纪中期经过慎重的研究和决定，把它交给了著名的理性主义建筑大师卡洛·斯卡帕，改为一座美术博物馆使用。

修复，当然是斯卡帕首要的工作。修复不是整旧如新，而是在十分细心地保留古堡的历史原貌的基础上，进行加固和适当的填补。一边让它恢复当年的气概，一边还要保存住这座历尽沧桑的古建筑的历史真实及所具有的残缺美。为此，斯卡帕刻意地将那些曾经遭遇炮火的累累"伤痕"保留在古堡的墙面上，特别把一段已经残破不堪的老城墙，原封不动地保存在一片绿盈盈的草坡上，远远看去像一件历史的雕塑和雕塑的历史。绝不像山西大同那个苍劲的北魏古城完全被用新砖包裹起来——老汉穿童装——"做大做强"地做成一座亮光光、荒诞的新城。

然而，这位理性主义的建筑大师的工作并不止于文物修复。他的高明之处，是把古建修复、美术馆的构建与展品陈列作为一个整体进行再创作。他的思路是将展品与古堡内的空间一并构思；同时把展品陈列的支架、台座、背板以及固定方式一起设计，连材质、颜色和制作工艺全都视为一个整体。

同时，他放入现代的理念与十分强烈的审美个性。

比如窗洞和门洞。从外边看，他一点也没改变原有的样式，里边却加上现代感很强的黑铁边框的玻璃窗或落地窗，让它成为美术馆室内自然的光源。黑铁是他使用的主要材料，也是他主要的设计语言。他用黑铁将各种石刻的神像、雕花的建筑构件及碎块固定在墙上，为大型雕像制作背板和台基，甚至作为一些装饰性的建筑语言。这些铁件的造型简约到极致，全部采用直线和直角，具有斯卡帕鲜明的个人的现代风格；制作手段却全部采用传统手工的榫卯、钳接与切割工艺，以使历史与现代能够融洽地"交谈"。

在古堡美术馆里，斯卡帕陈列在每一个空间的东西都不多，有时只有几件，留下足够的空间给观众去想象。他对每件展品的陈列方式都十分考究，绝没有雷同。从他当时的设计草图看，他或是为具体空间选择展品，或是为具体展品寻找陈列位置，都经过精心的别出心裁的设计。比如进入一个展室，一尊石像立在一块四四方方的铁板上，看起来极其简单，但他故意让石像背对着你，为了让你欣赏这尊石像背上的衣袍特有的几条非常优美的长线，还有一种伫立沉思之感。他采用这种创造性的陈列方式，还有一种意图，是迫使你必须绕到石像身前去看，因为这石像的正面与脸部非常值得一看——很美很沉静。

他的方式很独特、很个性、很现代。现代是斯卡帕必须表现的。因为他是现代建筑师。他给坑坑洼洼的古堡美术馆的地面铺上一种平整的灰石板时，有意在现代的地面与古老的墙体的交接处留一条沟槽，画一条界线。表明地是新的，墙是老的，历史与现代界线分明。

他鲜明地表明一种理念，便是让历史与现代两种元素并存。彼此鲜明的不同，但不冲突。相互不是融合，而是对话。只有在这样的对话中，古老才会更古老，现代才会更现代。使历史与现代之间的时空感拉大。

这已经是当今西方保护历史建筑经常采用的方式之一。米兰的斯福尔扎古堡博物馆也用了这种方式。这种方式的思想理念是历史被虔诚地敬畏，现代被自豪地表达。谁说历史和现代一定是冲突的，关键要看你是否有高超而文明的理念以及创造力了。

## 古城博洛尼亚

这次从维罗纳出来，一路南下，径直往文艺复兴时期重要的古城博洛尼亚看看。待到了这地方，连标志性的双塔都没去瞧一眼，就直奔着三样老东西——最老最重要的东西去了。这三样是乔托的画、圣路加教堂的圣母像和博洛尼亚大学。乔托称得上文艺复兴画家中的鼻祖，圣路加的圣母像是传说最早的圣母像，博洛尼亚大学是世界上最古老的大学，快一千年了！哪一样能够不看？

一

车子穿过广阔的林莽田野，到达博洛尼亚。没有入城，首先朝着市郊的圣路加教堂驶去，我要先去看圣母像。驰名于世的圣路加教堂在一座百米高的小山顶上，有点像我国南通小狼山的广教寺。教堂建于中世纪，传说出生于世纪初的耶稣的门徒圣路加擅长肖像画，这座教堂收藏的一幅《圣母与圣婴》为圣路加所画，称得上"史上第一幅圣母像"，为此他被基督教奉为美术家和艺术家的"主保圣人"。不管这幅画是否真是他画的，但这确是远在文艺复兴之前最早的宗教画，更重要的是信徒们坚信不疑。

信徒们的坚信来自一个类似神话的传说。据说1433年天降大雨，连日不停，农家受灾。人们就到圣路加教堂向圣母祈祷，祈求雨住天晴，谁知不久竟然云破日出。从此，每年人们举行盛大庆典，将圣路加的圣母像抬出教堂，从山上下来，一直抬到博洛尼亚市中心的圣彼得教堂，举行过隆重的仪式后再将圣母像送回来。这种说法和仪式与我的家乡天津的皇会祭典十分相像。皇会祭典传说海神娘娘妈祖救渔民船工于大海的风浪之中，故此也是一年一度要将娘娘雕像从天后宫中抬出来，巡街三日，万众敬拜，事后再将娘娘神像送回宫中。不同的是，天津的皇会自民国以来就已日渐式微，现在保持无多，而且已经演化为一种纯娱乐的社区活动和民俗表演。博洛尼亚的仪式却至今不衰，具体日期虽不确定，但每年准要举办一次；前年是 5 月 9 日，去年是 5 月 17 日。这两地的区别恐怕因为前者（天津的皇会祭典）是民间信仰，后者是宗教信仰。民间信仰有功利性，失去现实的需要就会渐渐消退。

我们的车子爬上山时，渐渐看到一条券洞式、橙黄色的长廊盘山而上，车子走了很长的路，长廊却一直随山就势，延绵不断。一问方知这长廊非同小可，它正是为迎送圣母的仪式而建，从山顶到市中心竟有十里之远，蜿蜒曲折，未有中断，极为壮观。长廊的拱顶多达 666 个，不过这 666，与中国人的六六大顺无关。

罗马式砖红色的圣路加教堂屹立在这绿木葱茏的小山顶上，看上去像一个城堡。从这里可以俯瞰平坦又优美的平原和完整地保持着中世纪景象的博洛尼亚古城。我喜欢教堂内宏大的气息，走进教堂时里边正在做弥撒。我不敢扰动人家的活动，站在一角欣赏教堂的建筑与艺术。圣路加的圣母像远远地镶嵌在金碧辉煌的祭坛中央。由于尺幅小，远处看不清，又不便走到前边去，我用照相机镜头的焦距把距离拉近，终于看到了这幅古老的圣母像——圣路加的《圣母与圣婴》。它有一种异常的遥远和肃穆之感。从现代人的眼光看，这幅画的人物形象比例不对，神情木讷而无生气，动作直愣愣，只用一些线条简单地勾勒着，因此画面显得单调又呆板；然而正是这样，一种古拙、执着、纯粹的气息，是万能的今人无法画得出来的。就像我们中国顾恺之的《洛神赋图》和《女史箴图》。在艺术中，技术与精神不完全是一码事；也可以说，人一旦精明反而无法返回纯朴与纯粹。

啊，我看到了最古老的圣母，看到了人最初怎么画圣母。如果没看到最古老的圣母像，就不明白后来的文艺复兴何以伟大了。

二

看乔托的画是我走进博洛尼亚美术博物馆主要的目的。尽管这座建于拿破仑时期的博物馆还收藏着其他很多旷世名作。

这是乔托于 1300 年为博洛尼亚一座礼拜堂画的祭坛画。这种画多是画在木板上。画面周围有繁复的木板贴金与雕刻工艺，装饰得非常讲究；绘画被这种细致的金饰衬托着，显得华美又高贵。

乔托的这幅祭坛画分为五个竖长的神龛，每个神龛中间镶着一个画面。

中间最重要的画面也是"圣母与圣婴"，可是拿它与圣路加以及中世纪的圣母像一比较，就看出明显的不同。乔托的圣母不再是呆板与庄重的偶像，她有表情了，面部的神情显得深沉与慈爱，怀抱中的圣婴伸手向她表现出亲昵。在这幅祭坛画底座上还有一个圣母像，手捂着嘴——这是耶稣受难后的圣母吧，她披着蓝色的披风，掩面而泣，表情极度悲切。

仅仅凭着这一些表情，乔托在艺术史就这么重要的吗？

可是，在乔托之前中世纪黑暗时代所有的圣母像中，我们能看到这样的表情吗？

乔托的时代适逢基督教从黑暗时代自我地解脱出来，他最早站出来，充满勇气和热情地拥抱圣法兰关于宗教必须抚慰人心灵的主张，并将客观世界的生命情感和人性需求引入绘画中来。他认为圣母和耶稣必须是有血有肉有爱心的。尽管那个时代绘画还都是宗教题材，但在他的笔下已经把圣母视为慈母，把圣子视作娇儿。虽然他做得远不如此后的画家如达·芬奇、拉斐尔等更充分更鲜明，可他是第一个。是伟大的起步。历史总是要记住甚至特别记住第一个人的。因为，没有第一步就没有第二步。

因此我站在乔托这幅画前时，不知不觉心中充满了敬意。

三

在博洛尼亚找博洛尼亚大学可不大容易，它好像空气一样散布在整个城市里。你到处可以看到学生，感受到校园特有的气息，但是走了许多条街，问了许多人，都说不好哪里是大学的正门。一会儿在这条街上看到一所什么学院，一会儿在那条街上见到另一所什么学院或图书馆。这些街都是些幽暗的数百年的石板老街，墙体厚厚的老房子，窗洞像山洞；而且所有街道的便道都在各式各样的券廊里。券顶和柱式各色各样，罗马式、哥特式、爱奥尼克式、科林斯式。从中穿来穿去，如入迷宫，最后终于找到这座大学的"参观室"，但正值中午休息时间，大门关着。我想，这就是我想看的世界最早的大学吗？我的大学是中国最早的北洋大学，1895年建校。它建校于1088年，比我的大学年长800岁。可是他们为什么不弄几百亩地建一个合乎身份的、气派十足的新校区？政府也不要个面子吗？

我忽想起，大前年在牛津大学演讲，几个中国同学带我去到校园里一个矮矮的、墙上爬着常春藤的小楼休息。楼是老的，门是老的，楼梯是老的，屋里的皮沙发不但老，而且坐垫是破的，从破洞可以拉出里边的棕丝来。据说这里是他们的博士生导师与学生交谈的地方。这就是大名鼎鼎的牛津？可是如果你想一想那些教授会与博士生谈些什么，这几把椅子破不破重要吗？如果换一个锃光瓦亮的新校区，坐在崭新的大椅上，说的话却平庸而无思想，还有大学的意义吗？

如果按校区的规模和占地面积排名，我们的大学肯定雄踞世界前五十名。想到这里方才明白，原来我们至今还没弄懂什么是教育。

（原载《北京文学》2017 年第 4 期）

# 纽约的冬和春

王安忆

　　纽约的冬天十分漫长，到三、四月，依然寒冷，偶一二日转暖的间隙里，樱花却适时绽出花朵。这樱花不是成片和成行，而是街头一株、街脚一株，兀自开放。气温瞬息下降，照理要颓败了，可是它不，花季既已开始，就不可中途废弃，必要坚持到底。在萧瑟的冬景里，就这么透露出春期的信息。因要经受严寒的考验——纽约的冷可不是闹着玩的，冻得你哭，所以，那樱花就很茁壮，事实上，离樱花的本义相当远了。亚洲的樱花，常有"婆娑"之状，类似纱和绢的材质。有一年初春，韩国仁川的夜里，走在山路，漫坡的樱花，仿佛遍地起雾，一眨眼工夫，开始落英，飘飘摇摇，带一点星光，扑朔迷离，真好比人在绮梦。纽约的樱花则是确凿的现实，颜色也要肯定得多，意志是坚定的。在日本，樱花也象征着意志，通常用来喻作武士精神，但是指败势——全盛时一谢而尽，义无反顾。在纽约，樱花是败在枝头的，焦枯的一骨朵一骨朵，有股子蛮劲，所以，意志是在花开，有点原始人的性格。寄居的公寓楼下，有一个"日本花园"，在城市花园评比中得过名次。为什么叫"日本花园"，可能是园中草木来自日本。我不识植物，就也看不出来，只觉得这一方园地经过修剪，呈现出人工的刻意。而纽约的裸土，多是野蛮生长，肥沃的地力从水泥钢铁的接缝里，蹿出来，养息着杂树杂花。

　　据称，这一年是少雪的冬天，但也有过几次雪飘，其中最大的一场，亦相当可观。事先通知停止路面车辆交通，于是，一眼望去，就成白色旷野，一座座雪堡即是楼房。日间没有出门，暖气烧得起燥，只见一排排白色鸟雀，从窗前垂直坠落，是被降雪压下去，还是辨不出方向，将地上当天空，来个倒栽葱。风扫着雪粒，呼啦啦往这边来，又呼啦啦往那边去。看不见人。楼下的空地，原本是幼儿园的游乐场，每日里，以罩衫颜色为组别的小孩子，七八人一队，八九人一队，由各自老师带领玩耍，我们称之"红衫军""绿衫军""蓝衫军"等。其时，各路军销声匿迹，滑梯、秋千、跷跷板、小车、木马，都埋在雪里，看起来很是寂寥，就像回到宇宙洪荒。

晚上，赴朋友生日宴。铲雪车推出的干道，即刻被新雪覆盖，再推开，再覆盖，到底留下一条浅路，供出门人行走。出乎意料的是，脚下极其松软，这大约就是"干雪"了。所以就不打滑，只是走不快，缓缓陷进去，缓缓拔出来，时间和力气都耗去一些。气温应该是低的，可是并不觉得，风吹来，雪粒一板子刮在脸上，不是凉，而是疼痛。想起古人的咏雪诗："燕山雪花大如席"，一直讨论是指整体，还是单独，现在以为应在前者，就是雪阵，扑地而来。推进餐馆的门，即刻人声灌耳。前台是等座的人，趔进是寄存衣服的队伍，餐桌挤得不能再挤，服务生忙得不能再忙。街上的人都汇集在这里了，身上的寒气和雪片，在暖热中化水，烛光变得湿漉漉的，呼吸也是湿漉漉的。爱斯基摩人的冬天大概就是这样，在帐篷火堆旁，剖开马哈鱼，剥下一张完整的皮，然后，鱼肉割成一绺一绺，烤在火上，嗞嗞地响，故事篓子就打开了。此时此刻，所有的人都在说话和大笑，极尽全部注意和听力，方得只言片语入耳。要是有故事，也都成零碎了。客人还在涌入，订餐的电话一径地响，于是，一径加座，门厅里、遮风的皮帘子底下，都安了餐桌。

一顿饭的时间，雪又下猛了，铲雪车压过的痕迹一点看不出来，凭依稀的印象，以及建筑物的参照，在齐膝的雪里，犁地般地蹚路。为保持平衡伸开手臂，扶到的是雪墙。真也不觉得冷，就是睁不开眼，雪粒子封住了，立定等它过去，人就种在了雪里。有一段路是在酒店的廊檐下走，灯光里立着门卫，往路上撒盐，雪就退下了，走过去，又是雪路。这一条路是从华盛顿广场穿行，走一截，回头看，白色平原上耸立白色的小凯旋门，像生日蛋糕上的奶油，有歌声和叫声，仿佛在很远的地方，降雪改变了声线，视线也有所改变。曼哈顿的海拔似乎抬高了，与天空接得很近。人呢，变得很小，爬在雪沟里，盲目地挪步子。

第二天，是个大晴天，太阳高照，尖利的阳光穿透大气层，却穿不透积雪，还是要靠人力。百老汇大街上，商铺门前，店员们都在奋力铲雪，堆到路边。汽车轮胎，大踏步的靴子底，将余下的残雪碾碎，纽约人的脚步特别有力，人行道的钢板哐哐作响，污水横流下，露出金属的表面。纽约一定是钢铁生产的年代里建成，墙的立面是钢铁，露天的防火梯是钢铁，桥梁的钢架，铸铁的门窗，城市的钢铁的回音壁，反射出铿锵之音。气温还是在零度以下，雪就变成一种固体，倒也不是冰，依然保持松软的质地，需要多个升温的日子，才能化成液体，挥发干净。

真正的寒冷在20天以后来临，官方气象部门报告零下十六度，学校给员工信箱发出预警，称之"危及生命"之寒潮。恰是周末，红绿衫军们未到校，楼下的乐园空寂着。路上行人极少，凡在外必须疾走，略一停顿便血流凝固。无风尚可坚持，一旦有风，顿时站立不稳，周身麻木，意识都开始模糊，对环境失去判断。而曼哈顿岛地势平坦，楼宇纵横排列，于是四面来风，人称"穿堂风"。幸而店铺照常营业，受不了时，便一头扎进门内。没有顾客，店员显然知道来意，善解地静立一旁。就这样，一忽儿进，一忽儿出，将路程走完。不知觉中，满脸是泪，还有皮帽上蒸化的水珠子。太阳出奇地明亮，很可能是因为空气透彻，不像亚洲，长年处在氤氲中。曾在什么地方看到日本美术史学者千叶成夫说过一句话，大致意思是空气的湿度决定绘画的性质。我想，不仅绘画，还有音乐、文学、思想，大约也受此规范呢！我们生活在湿度较高的环境里，中医有一个基础性概念，就是"湿"。而纽约，湿度很低，日光取直而下。

之后，进到三月，街角的樱花已有几株吐蕊，月末的时候，又有一次严寒。虽不至于通告预警"危及生命"，但因具体所在位置，感受甚至有过之无不及。这一日，纽约的张北海携我们往修道院博物馆。张北海是老纽约，1983年尾，我随母亲和吴祖光先生从爱荷华"国际写作计划"出发，旅行全美，来到纽约，就住在他位于百老汇街东头的家里。那时，他还在联合国工作，专门请假带领我们游览。退休之后，他独自一人遍走纽约，做田野调查。因文艺人的眼光——不是吗？他本名就叫"张文艺"，他看到的纽约与旅游指南不同，也和正史记载不同，而是别开生面、独创路数。这一回来，我们的公寓竟与他家相邻，十分钟的步行路程。事实上，居住纽约，也是多年来他一直怂恿的，来到不久，便向他报到了。他引去苏荷区一家老店，当年劳工们在此餐饮打尖，如今保持工业时代旧貌，座上客已换作时尚消费一族。先喝上一杯，然后制订计划，一半自助，另半由他亲领，即可粗疏覆盖曼哈顿。这个春寒料峭的下午，张北海率我们出行，就是其中一项。

去时尚不觉得，地铁往上城方向，经过哈林区，到一百九十街下。午时的寒意比较含蓄，走在哈德逊河边的坡路，草木都已泛青，临高远看河面，金水流淌，就有暖色。参观完毕，走出博物馆大门，情形就不太对了，少顷，周身冰凉，站立不定。从哈德逊河上过来的风，在坡地回旋，多少消耗些能量，一时还可坚持，温度却已降到零度以下。好不容易等到巴士，上得车去。车厢里的温暖简直让人动容，眼睛湿湿的，可是，寻访的项目没完呢！下一节是看李鸿章栽的树。在一百二十条街下车，天色大变，日头收起了，风一股一股袭来，前后夹击，越往河边——李鸿章的树就在那里——风越凛冽，气温降得更低。张北海走在风里，衣着单薄，却毫无瑟缩之意，周遭环境对他没有任何影响，而我们一个个东倒西歪，脚步踉跄，泪眼迷离中，只看得见他的背影。就像德国作家派屈克·徐四金的小说《夏先生的故事》，他就是那个夏先生，往前走，往前走，"不论是下雪、降冰雹、刮暴风、大雨倾盆、阳光炽热如火、狂风来袭"一直一直往前走，最终走进湖水。哈德逊河复又亮起，闪闪发光，是一种兵器的光芒，风就从那里来。到了李鸿章的树跟前，所有的草木都在大幅度摇摆，很奇怪的，听不见风声，万物移动。更加离奇的是，李鸿章的树，被铁栅栏围起的一小圈地上，不是一棵，而是两棵。关于李鸿章栽树的由来，旅游手册和中美关系史上都有记载，在我们最切身的经验就是，大风天，以及大风施向人间的魔法：一棵树变成两棵树，还有，张北海变成夏先生。

当日项目最后一个内容，到导演李安经常光顾的中国餐馆"五粮液"晚饭。大风继续作祟，推进门去，不是"五粮液"，而是"山王"，应该算作第三个魔法。

那几个骇世惊俗的寒冷日子，异峰突起在漫长的冬天里，否则，日子就会显得平淡，现在，有了高潮和跌宕。正当你以为冬季永远结束不了的时候，春天突然来临。就仿佛在一瞬间，路上满满的人，餐桌餐椅从门里蔓延到门外，铺满街面。这些桌椅，叠架在墙脚，铁链子拴着，铁锁扣着，结着霜，盖着雪，几乎要长在一起。现在，被晒得滚烫，坐满了人。坐不到的，就站着，挤成一堆。人们都穿了单衣，在羊毛、羽绒、皮革里捂了一冬的身体——听起来就像原始人，此时来不及地裸出来，接触空气和太阳，顿时镀上一层釉。被寒冷压缩收紧，结成饼状的物质，这时候蓬松开纤维，拉出丝来，于是，视野就变得毛茸茸、亮晶晶。抑郁症一扫而空，人人意气风发，浩荡前进。各种花都在怒放，樱花却谢幕了。华盛顿广场上，做了一个小花坛，粗人动的细巧心思，笨笨的，让人好笑，又有点鼻酸。四下里都是人，长椅上、石墩子、草地、树下。各样的地摊都摆出来了，翻跟头的，耍棍棒的，唱曲子，拉四重奏，还有诗歌摊子，席地而坐，守一台老式打字机，出售诗歌，亦可定制，就像移民方才涌上海岸时的代写书信。各种组织的募捐也来了，为患病儿童、为妇女、为无家可归的人。有一种募捐很别致，募的是故事——有意者可在一页纸上写下文字，然后用晾衣夹子夹在拉起的棉线上，纸片儿在风中起舞。到了夜间，交易大麻的贩子出动了，广场公园灯光昏暗的一角——对了，满街都是大麻焦叶般的气味，许多地区将它排除出毒品的名单，但依然保留违禁的遗韵。我最喜欢的景观是从纽约图书馆的窗户望出去，那一片新绿，垂柳底下的春衫，被照得透亮。这个钢铁城市，忽然轻盈起来，薄如蝉翼，都能飞上天去。

（原载《北京文学》2017 年第 8 期）

# 北 极 昼 话

袁 敏

去过世界上许多国家，一般用不了一两天，时差就倒过来了。把手表上的数字调到所在国家的时间，很自然地就融进了当地的作息规律，并无不适。

然而在北极，情况就完全不同了。8 月的北极正是极昼时节，24 小时都是白天，无论你在什么时候拉开舷窗的窗帘，外面都是亮的，时差似乎不存在了。

小时候从地理课本中学到过极昼，但那只是一个遥远虚幻的概念。这次参加杭州至尊度假组织的北极探险之旅，才让我真正体会了极昼生活。

经过二十五六个小时的长途飞行，经转芬兰的赫尔辛基、挪威的奥斯陆，我们终于到达了世界最北端的小城朗伊尔。

走出机舱，就觉着了久违的寒冷，从酷暑的杭州一下子掉进极地的彻骨，又一次感到了世界之大。此刻是当地时间半夜 12 点多，却依旧亮如白天，朗伊尔这座冰海小城像一幅油画清晰地呈现在我们面前。这座小城并不属于哪个国家，而是北极公约领地，来这里不用签证。小城虽然面积不大，却居住着 40 多个国家的人口，因为有 40 多个国家在这里建立了科考站，不同国家的国旗飘扬在小城的上空，像一个小联合国。所不同的是，小联合国没有大联合国的雄伟壮观，它更有一种居家式的随意自然。据说小城周围藏匿着 5000 多头北极熊，你不知道哪个角落里会不会有一头北极熊突然钻出来，很自然地拍拍你的肩膀，让你心惊肉跳的同时，又有点喜出望外。

这里的房子都很低矮，全部都是木质板壁，五颜六色，尖尖的屋顶，像童话里的小木屋。

最初我很亢奋，凌晨两三点依然无法入睡。即便拉上窗帘，关上电灯，总觉得还是有一丝光亮从窗子的隙缝里钻进来。几次起身，拉开窗帘，一切都在光天化日之下。远处的冰川、雪山，近海的绒鸭、飞鸟，无论是山岩的肌理还是海水的波纹，无论是冰雪的质地还是岛屿的层次，大自然的鬼斧神工将一幅幅壮美的画图立体地凸显在你的面前，你会觉得苍穹、宇宙似乎触手可摸，地球似乎就在你的脚底下滚动。这是一种非常奇妙的感觉。

## 遥望北极熊

在我心目中，假如到北极没有看到北极熊，那就如同到南极没有看到企鹅一样。

今年春天，我去了南极，分别登陆南乔治亚岛、南设得兰岛、南桑威奇群岛等多个岛屿，先后看到了几十万只企鹅。多次和不同品种的企鹅近距离接触，拍了几百张各种形态的企鹅照片，还和企鹅留下了亲密的合影。

这次来北极，若能和萌萌哒的北极熊合影留念，那该是一桩多么有趣而刺激的事情。

到达朗伊尔的时候，在来接我们的大巴上就听说这座小城的周边有五千多头北极熊，那我们真正进入北极腹地，深入到海域冰川深处，还怕看不到北极熊吗？

然而，真正到了北极，才知道，要看到北极熊还真不那么容易，而要和北极熊亲密接触，更是一桩可望而不可即的事情。

为我们这次探险之旅专门配备的美国夸克探险队，是一支训练有素、专业素养很高的队伍，探险队的成员大多是各个领域的专家。我们乘坐的海诺娃号船上的探险队员，有地质学家毕吉、海洋生物学家麦迪、历史学家沙沙，他们分别来自美国、挪威、俄罗斯。除了能给我们讲授自己专业领域的各种知识以外，几乎每一个人都练就了一双火眼金睛。他们能够在茫茫大海上发现鲸鱼的行踪，也能在冰川雪地里找到海豹的身影；他们不仅会在悬崖峭壁处寻觅鸟类的栖息地，更擅长通过辨认动物脚印的形状、深浅，粪便的颜色、新鲜度，来判断其是驯鹿还是狐狸，或者是北极熊。

每一个探险队员都是每一艘冲锋舟的驾驶者，他们身上的装备让我们吃惊：身上背着长枪，肩上挎着短枪，左边望远镜，右边步话机。这副近乎军旅野战部队的装备，让我们意识到极地探险和以往的旅游截然不同，每个人在心生忐忑的同时，都有一种莫名的兴奋和刺激，一种跃跃欲试的冲动。

探险队长在给我们做的极地野生动物讲座中特意提醒我们，人类在北极熊眼里是肉类动物，有血有肉就是北极熊眼中最好的食物。所以，在北极看北极熊，千万不要以为是在动物园里看北极熊，你一定要离它远远的，绝对不能靠近。

远远是多远呢？有人问。

起码在二百米以外。探险队长回答。

登船的第二天，我们就幸运地遇到了北极熊。当时正是下午两点左右，所有的人都在船舱里午休。突然，广播里传出探险队翻译兼广播员晴儿欣喜的声音：报告大家一个好消息，左舷正前方，九点钟的位置，发现两头北极熊！

我正睡得迷迷糊糊，听到广播，赶紧一跃而起，穿上冲锋衣，抓起照相机，箭步冲出去。

甲板上已经挤满了人，几乎人人都手握长枪短炮各种照相机，咔嚓卡嚓的拍照声此起彼落。

一开始，我根本找不到北极熊所在的位置，幸亏旁边一个小姑娘把她的望远镜借给我，我才在两三百米外的一块巨大的蓝色浮冰上找到了那两头北极熊。

这样的距离实在是太遥远了，如果不借助望远镜，肉眼看到的，大约就是两个白点。

我带的相机就是一般的单反，相机镜框里能拍出来的也就是两个白点，但我还是很兴奋地喊里咔嚓一通狂拍。我相信，我们这一船极地探险者中，大部分人和普通旅游观光客没什么两样，大家看北极熊的心态，一定迥异于那些用麻醉枪先将北极熊射倒，然后再在熊的耳朵里放置测试仪器的科研工作者，更多的人恐怕是想像我和企鹅亲密合影一样，和北极熊也能留下亲近的照片。

然而，遥远的距离注定我们无法和北极熊靠近，远远地眺望，是我们和北极熊之间一道无法逾越的门槛。那些带着长枪短炮专业相机的摄影者，虽然拍下了比我的单反相机肯定要清晰得多的北极熊照片，但从他们遗憾的表情和嘟嘟囔囔不满足的话语中，你还是可以感觉到，远远地眺望和近距离的接触，有着怎样的天壤之别。

我不禁想起了亚洲第一个驾驭爱斯基摩犬雪橇到达北极点的日本探险家植村直己，他在漫长的北极探险途中曾遭遇北极熊的袭击，当北极熊的鼻息声传进他的耳朵，吐出的热气喷在他的脸上，在生命面临死亡威胁的时候，他举枪射杀了袭击他的北极熊。

也许是为了解答我们的疑问，几天以后，当我们再次和一头雌性北极熊相遇时，来自挪威的海洋生物学家麦迪，特意在我们远眺北极熊之后的巡游中，驾驶着冲锋舟靠近了这头北极熊刚刚离开不久的一块大浮冰。浮冰上有一摊血，一块鲜红的、肉已经被啃得干干净净的小海豹的肋排骨。

麦迪说，北极熊是北极最危险最凶狠的动物，它们在冰天雪地里唯一的念头就是生存，捕猎食物，填饱肚子，才是它活下去的唯一出路。北极熊虽然体态笨重，行动却十分灵敏。在北极，无论是海豹还是驯鹿，无论是北极狐还是绒鸭，只要你靠近北极熊，它就会在几秒钟之内扑杀你，把你吃掉。所以，我们人类还是不要以卵击石，去冒这个险。

大家看着雪地上那一摊鲜红的血，有点不寒而栗，对探险队员反复强调不能近距离接触北极熊有了理解，觉得远眺北极熊大概是我们唯一的选择。

然而，麦迪接下来的一番话又让我们对这种貌似凶残的动物产生了一种复杂的心情。麦迪说，北极熊有二十多万年的历史，但与几亿年、几十亿年的冰川相比，它们还是很年轻。北极熊的毛其实是透明的，人们看到的北极熊白色皮毛，那是雪山的倒影。北极熊可以像人一样站立，一头成年的北极熊站起来的高度，可以有房顶那么高。它们天生御寒，零下四五十度都不会感到寒冷。冬眠时，它们会在雪地上刨一个坑，钻进去，把雪盖在身上，雪是北极熊温暖的床和被子。可是，近年来，地球在急剧地升温，而气候过热，对北极的动物是个致命的麻烦。这些年，北极各类动物一直都呈下降趋势，这让北极熊可以果腹的肉类也越来越稀少。2013 年，英国《每日邮报》曾经报道，当年 4 月，挪威极地研究所的研究员在北冰洋斯瓦尔巴德群岛上，抓拍到一只看似体格健壮的雄性北极熊。而 7 月，再次见到这只北极熊时，却看到了它枯瘦如柴的尸体，令人不忍直视。对此，野生动物专家推测，正是由于全球气候变化，引起海冰层的不断消退，北极熊难以捕食。这只北极熊死前肯定饱受饥饿的折磨。因为它的身上早已没有一点脂肪。而且其尸体距挪威科学家拍到它的地点约 150 英里（约 241 公里），由此可见，这只北极熊为了觅食，已经过了长途跋涉。

麦迪还告诉我们，1973 年之前，各国对北极熊的捕杀没有禁令，而 1973 年之后，北极周边国家共同做出决议，不可以随意捕杀北极熊，只有当地的爱斯基摩人因生存需要才可以捕杀。然而，这些年北极熊的数量依然在迅速下降。显然，除了捕杀之外，人类对这个世界疯狂地开发和索取，让地球的质地发生了根本的变化，极地虽然地处边缘，也难逃其厄运。这实际上是北极熊和其他极地动物数量大幅度减少的更重要的原因，人类或许还没有意识到，自己正在透支子孙万代未来的生存环境。

麦迪的话让我们每一个人的心情都很沉重，这个世界总有杀戮，总有弱肉强食，北极熊为了生存，扑杀比自己更弱小的动物，让它们的面目在我们面前变得可憎，可是人类对地球的摧残和无休止的索取，是不是也有一种强取豪夺的意味呢？人类对北极熊又爱又怕的心理，是否也是北极熊心中对人类的无奈呢？

## 收藏小木屋

贝尔桑德的伯本哈姆娜岛坐落在北冰洋一个美丽的峡湾，四周的山谷经过亿万年的变迁，呈现出高度变形的各种岩石，低洼的沉积岩，大片土黄色、棕红色、草绿色、银白色等缤纷斑斓的苔原汇聚成巨幅抽象画的长卷。

这里历史上曾经是著名的捕鲸基地，来自世界许多国家的冒险者、捕鲸人都到这里驻扎捕鲸。挪威、瑞典、荷兰、丹麦、俄罗斯、西班牙，都有捕鲸船队前赴后继地在这里登陆，盖房，在附近的海域上捕猎鲸鱼。

我们登上伯本哈姆娜岛时，在海边看到了大片大片堆积在一起的鲸鱼骨骸，灰白色的骨骸在阳光的映照下散发出淡淡的银光，鲸鱼脊梁骨硕大的骨节上布满了奇异的花纹。一条倒扣的木船，不知是否被多少年前的狂风暴雨掀翻在地，但它的船头依然冲着大海，仿佛随时准备出海远航，到茫茫的海洋中去搏击风浪，抓捕鲸鱼。

海边有一栋小木屋，古旧的木质板壁呈灰白色，厚厚的海象皮制成的屋顶上矗立的烟囱，让你可以想见一个世纪前从这里飘出的袅袅炊烟；仰天向上的旗杆虽然没有悬挂旗帜，但百年小屋上空的猎猎风声，依然可以让你感受到一面小小的飘扬的旗帜，能给远航归来的捕鲸人带来怎么样的温暖。房屋四周都有粗大结实的木头抵住木板壁，显然是为了抵抗海浪的侵袭。

历史学家沙沙告诉我们，这栋小木屋大约是十九世纪末由挪威的捕鲸人建造的，距今已经有120多年的历史。在北冰洋沿岸，这样的小屋虽然已经不多，但留存下来的大多品相完好，北极特有的寒冷使它们并没有因为岁月风霜而腐朽倒塌。它们有的做了科考人员的居所，有的被挪威政府征用，作为通讯站网点或基地。换言之，这些小木屋如今都属于国家和政府，是公共财产。而唯独我们面前的这栋小木屋，被一位神秘的挪威人买下，产权在私人手里。因为是私人财产，所以我们不能擅自闯入。

因为我们在北极的这些日子里已经看到过好几处这样的小木屋，每一处大家都可以进去参观，或者在屋前留影。所以，沙沙现在突然告诉我们，这是私人收藏的小木屋，不能进去参观，大家便有了更多的好奇。我们在小屋四周转来转去，拍照，扒着门缝朝里张望，久久不愿离去。

沙沙看出我们很想窥探一下小屋内部，犹豫了一下，他把探险队长毕吉拉到一边，两人叽叽咕咕说了半天，终于向我们宣布，可以打开小屋的木窗，让我们排队从窗外看小屋内部的陈设。

大家欢呼起来，一个个轮流趴在木窗上向里面探望。

沙沙把小屋另一面的窗子也打开了，两面光线一对流，屋里顿时敞亮起来，屋里的所有摆设都一目了然。

小屋内部的陈设显然是当代北欧风格，无论家具、被褥、窗帘都透出简约舒适和休闲，餐桌上一对精致的烛台似乎是北欧宫廷里的器皿，烛台上烧了一半的蜡烛，留下了小屋主人的气息和温度。但屋子里更引人注意的还是那些古老的狩猎工具，生了锈的长矛、铁钩，挂在墙上的缆绳、鲸油壶，沉重的铁锚，颜色发黑钉满铆钉的皮鼓，巨大的锈迹斑斑的壁炉，斜靠在墙角的两副古老的雪橇，雪橇的滑行部位还镶着海象牙片……

我不知道是什么人买下并收藏了这栋古老而美丽的小屋，我只是惊讶于小屋现在的主人为什么会有这样的情致，不露痕迹地把现代的生活融入久远的历史场景，让今天的人重温一百多年前以前捕鲸人的生活。

这样的小屋显然已经成为不可多得的历史古董。在当下的中国，收藏古董似乎已经成为人们追逐财富的一种新的途径，各家电视台不断推出的收藏节目虽然有种种不同的文化包装，但最后却总是万变不离其宗，让专家对每件古董给出市场价格，货币似乎是衡量古董价值几何的唯一标准。捡漏者，会欣喜若狂；若是买了赝品的人，则难免会懊丧得捶胸顿足。有多少人是真正把古董当作历史文化来热爱的？

这座百年捕鲸小屋现在的主人，据说平时住在奥斯陆，但会不定期地到小屋来度假，看大海、听涛声，驾着皮划艇和鲸鱼邂逅。他保留了小屋内所有古老的物件，也保留了逐渐消亡的捕鲸人的历史文化，他对小屋的爱，不是为了对古董的占有，更没有将其变现成金钱的欲望，而只是为了和古人有心灵的贴近，而不是我们引为时尚的所谓穿越。

## 听冰川哭泣

北极的冰川有一种灰调子，是我喜欢的。它和南极冰川的冰清玉洁、晶莹剔透绝然不同。它不是那种坚硬透明，毫无杂质的冰，而更像蓬松干爽的雪粉垒砌的冰墙、堤坝。这种雪粉并非洁白无瑕，黑色的条纹像游动的水蛇镶嵌在冰层里，大多数的冰川下半截是淡湖蓝色，而上面厚厚的冰盖则是灰色的。

在斯瓦尔巴德群岛的冰川中，摩纳哥冰川是最著名、最壮观、也是最美丽的，它又被人们称为爱的海峡。这个以地中海小国摩纳哥命名的大冰川，源于 20 世纪 80 年代，摩纳哥王子埃尔伯特二世曾经来此探险。

探险队员、海洋生物学家麦迪驾驶着我们巡游的冲锋舟，进入了 Leifdef-jord 峡湾，这里是观赏摩纳哥冰川的最佳地点。摩纳哥冰川究竟形成于多少年前，众说纷纭，无从考证，但它扑面而来的雄伟气势，让你觉得，研究冰川的年代其实并没有什么意义。人在自然面前就像蝼蚁，哪怕你曾经呼风唤雨，指点江山，视亿万年的山岩、冰海如水中盆景，你都无力在如此震慑你身心的冰川面前，挺直你的脊梁。人在冰川下，那种自觉渺小若尘埃的心理会油然而生。你会慨叹：人定胜天，那是诳语；天造奇观，那是在告诉你，苍穹宇宙，万物皆有定数，顺其自然，一切随缘才好。

摩纳哥冰川的高度和天际融合，你即便架起天梯也无法触摸到它的顶端，无论将颈脖仰得酸涨麻木你也看不清它的容颜和肌理；它的宽度向两旁绵延伸展，据说有人做过统计，大约有五公里长，但这样的统计是否真实准确，却无人可以证明；它的纵向更是一望无际，让你觉得冰川的厚度是地球的襁褓，地球襁褓的尺寸，谁能丈量呢？

冰川海域上的浮冰，宛若大自然神奇之手创作的一尊尊冰雕艺术品，形状多姿，精彩纷呈。我们乘坐的冲锋舟在浮冰中穿行，不断看到有海豹、水鸟、绒鸭、三趾鸥停留在浮冰上，我们在船上看动物，动物在冰上看我们，彼此不相扰，安然两相望。静谧中，我们甚至用肉眼就可以看清海豹胡须上挂着的亮晶晶的水珠，水鸟翅膀上羽毛的一根根纹路。

浮冰下的海水中时不时会蹦跳出小鱼和磷虾，那是给鸟儿和海豹提供的充足的食物。眼前的冰川常常会出现一弯半圆形窑洞状的洞穴，穴口处总是盘旋着一拨又一拨的三趾鸥。

我们问麦迪，这些洞穴是怎么回事？那些绕着洞穴的鸟儿为什么总在那里盘旋不肯飞走呢？

麦迪说，其实，冰川和飞鸟都是有生命的，它们能听懂彼此的语言。近年来，地球不断地变暖，冰川也在不断地崩塌，你们现在看到的洞穴，说不定我们转一圈回来，这个洞穴就不存在了。有洞穴的地方就有冰川的哭泣，那是冰川的身体已经开始松懈瓦解，它预感到自己就要沦陷而伤心呢，鸟儿听到冰川的哭声，它们就不走了。

它们是给将要沉沦的冰川送行吗？我问麦迪。

当然不是，鸟儿听到冰川的哭泣，就知道自己很快会有一顿丰盛大餐，它们是等着大饱口福呢！

这又是为什么呢？我们这条冲锋舟上的所有人都被麦迪的话吸引，纷纷要麦迪告诉我们原因。麦迪的神色变得很凝重，沉默了一会儿，她才长长地叹了一口气，幽幽地说：冰川崩塌时，巨大的冰块跌落在海水中，惊到水里的鱼虾，受到惊吓的鱼虾就会恐慌地跃出海面，守候在这里的飞鸟就是等着这些美味呢！

正说着，只听远处传来一串仿佛雷阵雨前闷雷般的声音，这声音由远而近，还没等我们反应过来，只听一阵轰隆隆的巨响，眼前飞扬起冲天的水柱，一团团雪雾弥漫开来。刚才还在我们面前的洞穴顷刻间消失得无影无踪，冰川断裂处，一道两三米宽的深深的沟壑赫然出现。

我们所有的人都目瞪口呆，谁都不会想到，听亿万年的冰川轰然倒塌的巨响，看自然界的壮美奇观演变，是那样一种绝无仅有的、令人心颤，甚至会全身战栗的体验。

许久，船上没有一个人说话，大家都肃穆地站立着，仿佛在为刚刚从我们面前消亡的那一段冰川默哀。绕着沟壑盘旋的三趾鸥，发出一串串叫声，那叫声在我听来，似乎并没有麦迪所说的饱食大餐的欢快，却只有失去家园的忧伤。

那一刻，我仿佛也听到了冰川的哭泣。作为地球村微若尘埃的人类，虽然我们还不知道自己能为自己赖以生存的家园做些什么，但我们至少应该开始思考。

# 去 看 狼 巢

方　方

　　二十世纪九十年代，我应邀去美国进行四周的访问。在翻译陪同下，由东而西，一路走过。最后一站是旧金山。有一天，翻译把我交给当地义工。按行程安排，是由他们陪同我参观旧金山郊外的葡萄园。

　　陪我的义工是来自中国甘肃的一位老师。她的先生是美国人。与我们同行的还有他们正上中学的儿子。惭愧的是，岁月已久，我忘记了他们姓甚名谁。老师的美国先生负责开车，并带领我们参观。旧金山葡萄园的历史，也主要由他来讲述。他领着我们去到一座很老旧的葡萄园作坊。说最初的作坊就是那个样子。那里几无游人，四处陈旧不堪。但放眼望，环绕它的，却是一望无际的葡萄园。我们就在这个旧作坊的空地处吃着自带的午餐。美国先生突然说，你是作家，知道杰克·伦敦吗？

　　这个名字对我来说，简直太熟悉了。从少年时代起，我就开始读杰克·伦敦。无论是《荒野的呼唤》或是《热爱生命》，还有他的《白牙》《马丁·伊登》，都曾是我喜爱的作品。兼及作家，杰克·伦敦充满野性和张力的人生，也是我等平庸之辈所羡慕所向往但却做不到的。

　　我立即回答说，当然知道。我非常喜欢他的作品。美国先生高兴起来，他说，杰克·伦敦的墓就在附近，你想去看看吗？我大声说，太好了。他还有座狼巢，被烧掉了。美国先生见我知道狼巢，更高兴了，说是的，也在那里。树林很大，我也是很久以前去的，要寻找一下。

　　于是我们马上驱车而去。其实美国先生道路很熟，稍微转了一下，随即找到了那片森林。森林之大，之荒凉，之寂静，完全在我的意料之外。正值秋天，满林子被季节熏染过的或黄或红的树叶与一些常青树木重叠交错，让人满眼的斑斓混杂。我们踏上一条林中小路。小路两边，灌木和大树高低错落，不时有乱枝横挡在眼前。似乎从未有过人迹，而覆盖着树叶的小路却又已是被人踩实。可见过来的人也不会太少。

依着指示路牌，在林中小路上走了大约十几分钟，我们先到了杰克·伦敦的墓地。没有墓碑，没有坟包，也没有墓志铭，有的只是一块大石头。石头在雨露风霜下，长着层层苔藓，老的死去，新的再生。杰克·伦敦的肉身就埋在这块石头之下。而石头，被一圈业已陈旧的木栅栏围护着。真不知道他狂放不羁的灵魂是否能被这石头压扁或被栅栏围困。好在杰克·伦敦并不孤独，邻旁便是他儿女的墓地。

从墓地到狼巢，步行只需三五分钟。尽管已知狼巢建在密林之中，但它出现在我眼前时，我仍然有点心惊。没有料到，它给我的感觉，竟然有些悲壮。四周有参天的大树围绕。被焚过的狼巢，尽管火痕历历，但其轮廓依然清晰，在斑驳的阳光下，一派风光地挺立着。

狼巢的外墙所用石块呈赭红色，大小不一，交错砌就。据说附近的山谷叫月亮谷，石头都是从那里运来。时光已久，石块表层一如墓地的石头，也生长着些许苔藓，东一片西一片地粘在石墙上。室内已烧毁得完全不成形状，但巨大的浴缸却清晰可见。最显著的是狼巢的烟囱，有四五个，高耸着，威武而挺拔。纵然已成废墟，但其粗犷而坚定的风格，还保有杰克·伦敦气质，与我脑海中的印记很是吻合。

狼巢是杰克·伦敦的心血之作。据说花了他好些年的时间，延请名家设计，精心筑就。内部豪华，外观壮丽。但意外的是，在他即将搬入的前两三天，一场大火将它烧毁，至今都没有人说清火灾的缘由。这场火似乎也烧掉了杰克·伦敦的野心和生命。大概三年后，杰克·伦敦便去世。是自杀身亡还是疾病无治，我已经记不太清。所记得的只是，他死时只有四十岁——这该是何等风华正茂的年龄。

离开时，我们都没有说什么。甚至，我连其所在的地名都没有问。

一晃过去了十几年，我再次去到旧金山，是路过。秋阳下狼巢的样子，不时从脑海浮现，我突然很想再去看看。有同学居住在旧金山，特意来酒店看我。我问他你去过杰克·伦敦的狼巢吗？同学吃了一惊，说他居然完全不知道。我说我去过，但我还想再去看看。同学立即说，我陪你去。于是他向朋友打听了路线，第二天我们即驱车前往。

现在我知道了我们要去的地方在旧金山北部的索诺玛县。这一带正是葡萄盛产区域。索诺玛山脉环绕着这里密集的葡萄酒庄。一百年前，杰克·伦敦在这里买下了一个农场，看上去，他试图过一种边耕作种植边写作的生活。狼巢便建筑在他的农场之内。

当年的农场现已是杰克·伦敦历史公园。经过一棵老树，我看到一幢石屋。同学看了介绍说，这是杰克·伦敦纪念馆。房屋是杰克·伦敦去世后，其夫人仿狼巢风格所建造的，新近才开设为纪念馆。

馆内很清静，墙上挂着杰克·伦敦的照片，柜中陈列着杰克·伦敦的遗物和手稿。虽然触碰不到，但走近它们时，似乎仍然能感觉得到杰克·伦敦的气息。想到这曾是杰克·伦敦亲用之物，亲抚之纸，难免不怦然心动。

再一次踏上了那条小路。墓地和狼巢与我十多年前看到的完全一样。时间在此，有如凝固。它们仿佛潜伏这森林之中，不动声色地看春来秋去，人世沧桑，只是苔藓更密更厚了一些而已。甚至，这一切给我的感受，与十几年前相比，也没有什么两样。

有时候，什么也不为，只因为你读了他的作品，他的作品影响过你的人生，于是，就想来看看。看看就好。

而实际上，你看到的可能是一个人生微缩：你的奋斗，你非常努力的奋斗；你的不放弃，你异常顽强的不放弃，但经常就只剩得断垣残壁式的一个结果，留下一块苔痕累累的石头，在夕照下，闪耀光芒。它或许照亮后人的内心，又或许给他们的只是更深重的阴影。

（原载《文汇报》2017 年）

# 灵魂相遇——莎翁故居

林湄（荷兰）

　　楚楚是我在香港居住时的文友。八十年代末各自离开香港后就很少联系了。去年八月约见于英国伯明翰算是继缘，遗憾的是交谈中觉得当年她对文学的痴迷已荡然无存，还多次提醒我走访莎翁故居别期望过高，"几幢古屋而已，里面也没什么好看，倒不如先到苏格兰体会下孟德尔松（Felix Mendelssohn）的《苏格兰》交响曲"。我担心到了北部后若像九十年代初到伦敦因对各类博物馆的流连忘返，而错过参观莎翁的故居，所以坚持参观莎翁故居后再往北逍遥。

　　那天蓝天杳远，气温适中，从伯明翰到沃里克郡特拉特福镇，楚楚为了让我多观赏英国田园风光，特驾车于乡间的公路行驶。窗外景致如画，远处山丘成群的小羊安详地嚼草，点缀着麦秆圆圈的浅黄色麦地与宽广平坦青翠的田原上，偶见一棵棵枝叶茂盛的大树孤独傲然地屹立。我被眼前一片素朴、清静、持久、沉宁和谐的自然景象所吸引，须臾又被时而在路旁的灌木丛中穿梭、时而在平川上空轻飘的云雾所迷惑，凝目望之，备感稀奇，不由想起1991年于大英博物馆看到十八世纪英国著名风景画家康斯太保（John Constrble）的天空系列（Study of Sky And Trees）——如滚滚奔跑的羊群，躺、蹲、跪、跳、奔的小狗，大海飞腾的浪花或汹涌的波涛与潺潺瀑布，还有海天相连、天光铺漏的景象——

　　变换莫测的云雾啊，其形、态、幻、妙之图景，让我深感大自然神秘奥妙的同时亦感佩康斯太保的才华与独创。楚楚见我不停地举机索景，无言地让我沉醉在自乐中，直到前面出现一道清凌凌的河水、河畔排列着茅草盖顶整洁有秩的别致居屋时，才说："快到了！"我才不由得吟诵着莎翁的抒情诗：天空——这完美的华盖——看呀，这灿烂的悬垂的穹苍，这庄严的屋顶，带着金色火焰的浮雕——

楚楚咯勒一声笑道，"多年不见，想不到你还那么痴迷文学！""你也是啊。""我梦醒了。""我以为你虽改行仍爱好文学呢！""文学已成了文人商人赚钱的途径之一。""歌德认为文学的衰落将表明一个民族的衰落。"不料她反驳道："昨天你不看到伯明翰市中心的那座奇特华丽的新建图书馆吗？里面可没什么书呀。""哦？"我沿途获得的快乐与遐想，像被泼了一盆冷水。

车子转了个大弯后，楚楚接着说："当下社会不比拉美巫术时代的现实逊色，金钱能使尊卑换位、黑白颠倒、善恶错乱、虚实不清啊。"我理解她的情绪，当一个人命运多舛时怨言总多过颂赞，而真善美和假丑恶永远是现实社会的孪生子，便安慰说："正因为马尔克斯笔下的强盗一夜之间可以变成国王、逃兵成了海军上将、婊子突升为女省长的奇特现象不因社会的发展而消失，所以，纯文学不会死亡啊。"无奈新话题刚开始，车子已停在莎翁故居特拉特福镇的亚芬河畔（A-von）。

亚芬河清浅明洁，河水绕着多个山岗的低谷流潺，岸边柳条婀娜多姿，一对五六岁的姐弟正轮流从小石桥上往河里跳，听到有人喝彩越跳越踊跃。莎翁故居就在近处，四周多是中世纪的古屋，外墙色彩条格及屋檐下，均有工艺木雕和艺术灯饰，一切是那么宁静有序，淳朴无喧，惬意舒适，不由联想莎翁童年和青少年时期也许也喜欢在亚芬河戏水或追鱼捕虾吧，他早期的诗作多以歌颂"真善美"作为写作的最高准则，如那105首率真纯清的诗句："美、善和真"就是我全部的题材——我的创作就在这变化上演，三题合一，它的境界可真无比——

当我得意地暗中重吟"境界可真无比"的诗句时，楚楚指着亨利街道右边的几座木造排屋说："那就是莎翁的诞生地。我参观多次了，在对面咖啡馆等你。"我侧身望之，故居门前已人龙逶迤，连忙快步前往，为能弥补二十多年前到伦敦的错失而高兴。很快地，我买好了门票，照走廊路标经花园小径步入莎翁故居。屋内光线不足，幸好有一缕阳光透过小窗米黄色的纱帘溜进室内。我从一个房间走到另一房间，无论走廊、客厅、房角、家具、睡房、厨房，还是墙上的挂件、桌上的油灯——均像阅读哲学书似的认真观赏与思想。当走到莎翁的头部塑像前，竟然驻步凝视，金黄色短发、大眼、圆脸，与我以往在纸质莎翁著作内所见的高额两旁雪梨状发型、大眼、八字山羊胡、以及不多不少的双腮胡须上吊着的耳环，大相径庭。幸好，哪具头像才是莎翁的真相对我来说，并不重要，感觉上，它们均与街上所见的洋人模样差不多。何况个体容貌有生俱来无法选择，肉体会消失，生命的价值和意义只与灵魂的贵贱美丑有关系。

时值莎翁离世四百周年，其诗文剧作代代流传不衰，每年到此走访者络绎不绝，就说我这位来自东方的文化人，一脚踏入他的出生地，竟然心身缥缈忘乎所以，灵魂像出窍似的与其相遇了，不然，走进莎翁出生卧室看到他用过的摇篮与洗澡盆时，脑海即浮现一位可爱白嫩的婴儿，尚想谁能预测婴儿的未来呢。可不是吗，莎君成年后到伦敦闯荡时，一会儿流露高雅表情在戏台旁默念台词，一会儿像顽童带着脏话骂人——当我走到他的手稿柜面时，突然觉得莎翁就坐在那张写字台前，不是提笔愤书谴责内讧、批判封建专制的昏君与暴政令英国一百多年遭受内忧外患的祸结，就是运用人文主义思想抨击封建门阀观念、道德沦丧及尔虞我诈的邪恶。我不禁敏感地低声问道："愤书与抨击能改变社会污浊吗？"他笑道："是啊，嘲弄讽刺无法改变旧次序时，我只能以《裘力斯－恺撒》《李儿王》表达反对独裁政治和批判金钱利欲、败坏伦理、人情淡薄的事实——"此时，我耳畔出现《哈姆雷特》的控诉：呸！呸！世界是个未耘的花园，衰飒极了。野生粗壮的蔓草全然把它霸占。

没想到，那具莎翁头像的身躯跟随我在他书房和走廊间走来走去，还友善地告诉我因他父亲是商人、后为市参议员，母亲是富裕地主的女儿，使他对官臣权势的实相与社会的不公尤为敏感才引发思考与创作，二十四岁当上镇长后因心不在商务导致亏损、破产、欠债而入拘留所，后到伦敦先后做过看管马匹、搬运杂物，传唤演员登场当演员，修改、改编、编写剧本等职务——当他陈述 1592 年遭到著名"大学才子"剧作家格林嫉妒、攻击与排挤时，我即默诵起《鲁克丽丝受辱记》诗句："荣誉被可耻地放错了位置——不义玷辱了至高的正义。"还安慰道："莎翁啊，你是人间最幸运的文匠，要感恩上苍让你经受那么多苦难，不然你就不是莎士比亚了；你借古讽今，能写会诉，允发表可演出，最终'墨迹长在''万古长青'。可是，别寄望时间与文明会消解你厌恶的假丑恶啊，你所反对的独裁政治和批判金钱利欲、败坏伦理、人情淡薄的现象，古有今有将来也会有，因为'太阳底下无新鲜事'——"他听后沉默费解地摇摇头。是的，他比我早出生数百年，无法理解我的意思，当我正想补充几句感言时，不料房屋之间的花园空地上传来了《哈姆雷特》伊阿宋和美狄亚的演出对话，我顿从梦幻中苏醒，笑叹自己的痴呆——

楚楚说得对，对于一些人，故居里没什么好看，何况许多实物均是复制品。而两鬓霜白的我却像妙龄少女，何止是忘情或守情，简直像进入一所灵性世界的居室，遇到了有缘又可倾谈文学的师长。

呀，我看看表，快关门了。走出大门，楚楚已在门侧等候，默默地微笑好像在等待我的观后感，我说自己喜欢活在精神世界的国度，那么，文学包含人性、社会、情感、命运史实外，还展现了人真实的灵魂如思想、激情、梦幻等。精神是科技永远无法替代的珍品。也就是说，世人依肉体的相遇为邂逅，我更看重人与人之间的灵魂邂逅，它比肉身的邂逅持久与永恒，因为感官可能很快忘记自身的誓言或恋人，唯灵魂时空遇到的知己，则伴随我一生一世。

没想到楚楚正色道："莎士比亚不是属于某个时代，更是属于人类的历史；他不受国界限制，是属于全人类的。"她的正经令我表情肃穆，真诚道："是啊，莎翁写出了没入视野的内心世界，然而，四百年过去了，人性没有因社会文明与科技发展而变好，看来《周易·系辞上》的'鼓天下之动者存乎辞'不会过时啊。"

她不再作声了，默默地挽着我的手臂向亚芬河畔走去。沿途看到后人在这恬美静谧的乡间小镇加建的建筑、风物均与莎翁的生平或创作题材相关。我边走边回味刚参观过的几座简朴的故居，它们并无招徕顾客的俏丽外形，也没有像朝拜圣地般地令人肃穆和拘谨，倒像是引人进入一座精神宴会的殿堂，从中感受欧洲博大精深文学大师的胸怀与气度，并领会一个民族的精神之所以无法窒息，不是光靠地大财盈，而是因为其拥有更为开阔、成熟、高远、深刻的思想与真善美境界。想到自己生存在这破碎的彷徨、恐惧、无奈的财色权名优先的二十一世纪，偶然的机会片刻的际遇，莎翁精神竟然像一股热流窜入我的灵魂深处，使我在参透自己命运所发生过的一切遭遇与伤逝中，依然拥有与莎翁相同性情的美善、正直和公义，操守不旁顾不附庸世态的心志，尊重人的价值与尊严，排除疑惑和倦意，传承荀子"学不可以已"的智慧，继续专于文学，醉于文学，"一以贯之"，直到生命的结束。

我对楚楚说出以上的观感时，她高兴地拍着我的肩膀说："没白走一趟，我就高兴了。"我感谢她的理解与支持，进而思考丘吉尔说"宁愿失去一国印度，也不愿失去一个莎士比亚"分明是种虚荣"名誉"的护爱。事实证明，莎士比亚不是靠名字使得平均每年有五百万来自世界各地的男女老少到此观光，他的博大精神不仅写出了活在世上的各式各样人物形象，其不朽是因他绚丽的思想具有穿透时空的能力。

四百年过去了，时间见证了一切伟大文学家艺术家的真谛，他们的名字无须靠世俗高坚辉煌的镂刻装饰物来纪念，其活着时候的体内精神，均在有价值的作品里，不会因天灾人祸而倒塌，而是在时空的史实里，永远显现着他们好思想好诗文发放的光芒。难怪弥尔顿在莎翁逝世七年后，用莎翁生前自写"没有云石和天公们金的墓碑，能够和我这些强劲的诗比寿"作为献诗。

足见，经典的作品使真善美永生，真善美也让创作者与时同存。

2017 年 6 月 30 日于欧洲

# 寂静的西点军校

黄伟嘉（美国）

每年寒暑假我都会在高地瀑布村（the Village of Highland Falls）住一段日子。高地瀑布村是纽约上州哈得孙河（Hudson River）边儿上一个小村子，但是西点军校的大门在村子里，所以平日里人来人往也有许多热闹。村子里最热闹的是每年六月下旬的一天，军校新生报到的日子。这一天车比往常多很多，人也多了许多，熙熙攘攘的满街都是一脸稚气的新生和陪他们来的家长。

因为挨着西点军校，村子里有着浓浓的军校的气息，街上不时地有军人走过，饭馆、商铺、旅店很多都打着西点的招牌，靠近大门的几家银行看名字就知道是专为军人服务的，而最为显眼的是街中心一辆威风凛凛的坦克。

坦克后面是军校的访问中心，中心里面有校史介绍、军校生活展览、纪念品小卖部，参观校园的游览车也在这里，访问中心旁边的高楼是西点的军事博物馆。

在高地瀑布村住的时候，我常常喜欢到校园里面走一走，军校大门在村子尽头，离我住的地方也就两个街口。

西点军校虽然大名鼎鼎，但是大门却不大，远不如国内学校的高大气派，也没有大写的校名，只是右侧墙壁不显眼处一块铜制的铭牌表明是西点军校。入口处有一岗楼，把大门一分为二，右进左出。岗楼是石砌的，青灰色，顶部悬挂着西点的校徽。

西点校徽和美国国徽相似，都是由盾牌和鹰组成，准确地说，鹰应该叫白头海雕，它是美国的国鸟。白头海雕立在盾牌上昂头展翅，爪下有十三支箭和一束橄榄枝，十三支箭代表美国成立时的十三个州。盾牌上有一顶头盔和一柄利剑，盾牌、箭镞、头盔、利剑以及橄榄枝，合起来是保卫和平的意思。海雕后面有一条飘逸的绶带，绶带左边自上而下写着西点军校的校训：Duty Honor Country（责任、荣誉、国家）；右边的上面是军校所在地名 West

Point（西点），中间古罗马数字 MDCCCII 是建校时间，M 是 1000，D 是 500，C 是 100，II 是 2，合起来是 1802，下面的 U. S. M. A 是军校 United States Military Academy（美国军事学院）的简称。

进校门时要过两道岗亭，头一道岗问你的来由，后一道岗查你的证件，还要检查汽车后备厢。卫兵虽然人高马大，全副武装，但说话很轻，很有礼貌，让人在戒备森严的气氛中感到一些平和与安宁。

进去以后，路右边有一道岩石垒砌的矮墙，半米宽，半人高，沿峭壁而筑，蜿蜒向前。每次来都喜欢摸着这厚厚的墙走，感觉走在古城墙上。沿着这道墙走，可以俯瞰峭壁下奔流的河水，可以远眺对面起伏的山峦。

走过很长一段之后，视野突然开阔起来，一大片绿绿的草坪映入眼帘，使得本来就十分安静的校园显得格外空旷宁静。这里草坪面积之大、修葺之整洁、色泽之青翠，别家的校园不曾见过。当年在哈佛教书时，哈佛园里也是一片一片的绿茵，但是边边角角有许多破损，裸露出褐色的泥土，大概是游人太多的原因。而这里的小路与草坪，如同镶嵌在地毯中的瓷砖，衔接得十分整洁干净。也许我每次都赶上好时间，看到的都是茸茸的碧绿，没有一丝杂草，没有一叶枯黄，没有一边一角的残损。草坪中的小路像是拖布刚拖过似的，走过去忍不住要回头看一下，是否留下了脚印。

草坪的那一边，遥望过去，是一大片青灰色的楼群，教室、宿舍、餐厅、图书馆、实验室、教堂全都在这楼群之中。西点的建筑以青灰色为主，为花岗岩所造，青灰色的花岗岩建筑，无论是远望，还是近观，透着一种坚固之力，一股刚毅之气。西点不只是建筑为青灰色，学生的服装也多是一色的青灰，西点军校有一个别号，叫"The Long Gray Line"（长长的灰色之线），意思是从西点军校培养出的优秀人才绵延不绝如同一条长长的灰色之线。20 世纪 50 年代好莱坞有部描写西点军校生活的电影，名字就叫"The Long Gray Line"，中文译成"西典军魂"。

沿着草坪再往前走，远远看到一条宽阔的大河在两山中直直地向学校奔来，奔到脚下，折个弯，贴着西点的峭壁急速地向东流去。

西点军校之所以称为西点，是因为她坐落在哈得孙河西岸一个名叫"西点"的拐角上。据说校园里最高的那座"战斗纪念碑"（Battle Monument）就建在"西点"的那个"点"上。

西点拐角是一块突出来的板块，它和东岸凸出来的宪法岛（Constitution Island）把原本宽阔的哈得孙河挤成了 S 状，使得河道弯曲狭窄，水流湍急起来，南来北往的船只到了这里都要小心减速缓行。美国独立战争时期陆军总司令华盛顿认为此处乃战略要地，若加设防，可以控制河道，阻击敌船，于是 1778 年让波兰人塔德乌什·柯斯丘什科（Tadeusz Kościuszko）在此处修建了 14 个堡垒，西点成了军事要塞。独立战争结束以后，华盛顿提议把要塞建成军校，1802 年托马斯·杰斐逊总统签署了建立西点军校的文件。

华盛顿是西点军校的奠基人，西点把最大的一座楼命名华盛顿楼，把华盛顿骑着高头大马的青铜塑像，威武地摆在校园最显著的地方——那一大片青灰色楼群的正前方。

从校门口一路过来，见到很多塑像、纪念碑，还有大大小小的火炮。西点人说，这里的每一座塑像、每一块纪念碑、每一门火炮都有自己的故事。前面提到的访问中心门口的坦克，是二战时期赫赫有名的谢尔曼（Sherman）坦克。为了纪念 1936 年西点毕业的美国著名坦克指挥官——克雷顿·艾布拉姆斯（Creighton Abrams），坦克上不但涂上了他的座驾的颜色，还贴上他特别喜欢的"霹雳 7"（Thunderbolt VII）的图案；老图书馆门两边有一大一小两个火炮，左边小一点儿的 1861 年 4 月 12 日打响了美国南北战争第一炮，右边大一点儿的 1865 年 4 月 9 日打出了南北战争最后一炮。战争四年，距今一百五十年，两门火炮保存完好，也是对历史、对那场解放黑奴战争的一种尊重；校园最东北角，远离大草坪的一座纪念碑上立着波兰人塔德乌什·柯斯丘什科，他立在那里，是为了靠河近一些，守着自己当年建造的堡垒。

新图书馆边儿上有一个头戴钢盔，身着戎装，手持望远镜的塑像，那是巴顿将军。巴顿是二战时期的风云人物，立下过许多战功。让他站在那里好像与一个传说有关，说有一次记者采访，问为什么在西点多学了一年，五年才毕业？他幽默地回答，因为上学期间找不到图书馆。让巴顿将军立在图书馆边儿上，大概是又幽默了一下巴顿将军的幽默。西点的塑像、火炮、纪念碑都有故事，把它们立在什么地方也有故事。

巴顿是晚了一年毕业，也就是留级了一年，他留级的原因当然不是找不到图书馆，而是课程的难度。西点是一所军事学校，也是一所研究型的大学，除了军事类的课程外，其他专业课和普通大学一样。西点有十三个系，有行为科学和领导系，有土木与机械工程系，还有物理与核工程系、化学与生命科学系、电气工程与计算机科学系，以及外语系、历史系、法律系等。西点军校多年来在美国大学排名都是很靠前的，其中土木工程学科在全国数一数二，西点的学生不管什么专业，都必修工程系统的课程，而且毕业时拿的都是科学类的学位。

过去有人说西点有雷锋塑像，西点学生学习雷锋，那不是真的，但是西点课程中有中国两千多年前的《孙子兵法》，这是真的。

在西点上过学的人说，在西点读书要比普通大学艰难很多，辛苦很多。

普通大学一学期四门课，偶尔有人选五门课，西点学生选六七门课都是很常见的，而且有高强度的军事体能训练。这也就是为什么西点军校每年招进来的都是国之佼佼者，但是每年都有相当多的人被淘汰。

由于训练占了很多时间，学习的时间就不那么充裕，所以学生上课时都特别认真，很少有懒散、迟到、旷课的。好几次晚上，我走在校园里，看到空旷幽暗静寂的校园只有两处灯火明亮，灯光一片的是图书馆，灯光点点的是宿舍，灯光下都是学习的身影。

西点早上第一节课通常是7:30，偶尔也有6:30的，上课前都要完成一定的体能训练。起得早又做训练，上课的时候难免会犯困。每当有人困得不行了，自己就会站起来，静静地站到教室后面，直到困意消失。这里的学生不管是学习还是训练都很自觉、很守规矩，期中、期末考试从来没有老师监考；他们每周都有规定的长跑里数，平时没时间跑的，周末跑；白天没时间跑的，晚上跑，不会有人少跑或者不跑。在西点众多的景观中，学生跑步也是一景。

在校园里有时候会碰上降国旗，当悠扬的军号响起时，走路的、跑步的都自觉地停下来，面对国旗方向，穿军服的，立正，敬礼；穿便服的，站直了，右手贴在左胸上，直到号声结束。学生守规矩成为一种习惯，在路上遇到级别高的一定要举手敬礼，课间休息时，换教室的低年级学生不停地向对面走来的高年级学生敬礼。守规矩的习惯成为一种礼貌，那些跑步的人经过你身边时，都会轻声说一声"Good morning"或者"Good evening"，实在累得不行的，也会说一声"Hi"。

守规矩、讲诚实是西点学生的信条。教学区的拐角处有一块叫作"荣誉墙"的石碑，碑文第一行写着"Cadet Honor Code"（学生荣誉准则），"Cadet"是对军事院校学生的称呼；下面是："A cadet will not lie, cheat, steal, or tolerate those who do."（学生不撒谎，不欺骗，不偷窃，也不容忍别人有这种行为。）每一个学生都必须牢记这句话，若有违反，必定开除。为了品德方面的保证，申请西点的学生除了满足学校各项指标外，还必须有参议员、众议员的推荐信，也有人拿到副总统推荐信的。

去西点次数多了，感觉到西点的特点就是寂静。很多回看到学生课间十五分钟去别的教室上课，他们从楼门里一个个鱼贯而出，悄然而行，接着消失在另一个楼门里，没有喧嚷，没有嘈杂。我写过"长长的波士顿大学"，那里的学生课间换教室，短短的十分钟能生出好大一片热闹，能把欢声笑语从楼道走廊荡漾到马路街边。而西点校园里，学生来来往往，不大听到说话声、嬉笑声，更不要说喧闹了。夜晚，不管是走在路上，还是经过宿舍楼下，听到只是阵阵的风声，如果哪一天没有风，听到的便是一片寂静。

也许校园太大了，声音被空旷淹没了？也许西点学生就不喜欢大声说话，不喜欢热闹？

不是，也不是，都不是。西点学生有自己的声音，自己特别的声音，那声音一旦响起来，超乎寻常。去年看新生训练营的阅兵式，草坪上，一队队步伐整齐划一，一阵阵口号高亢洪亮，尤其方阵的指挥生，一个人的声音竟能从那一大片草坪中央扶摇直上，回荡在楼群之间。每年毕业典礼的最后一刻，终于修成正果的毕业生，把压缩了四年的寂静在无限大的吼声中释放出来，震耳欲聋的狂呼、呐喊，伴随着无数高高抛起的军帽一起直冲云霄。

在西点校园到处可以见到 "Go Army, Beat Navy!"（陆军加油，打败海军！）这样的话语。大草坪南边有一地下通道，门楣上写着 "打败海军通道"，通道里 "陆军加油" "打败海军" 的字比人还大，这也是西点一景。所谓 "打败海军" 是西点作为陆军学院和海军学院之间橄榄球比赛的口号，这边是 "打败海军"，那边要 "打败陆军"，这样的口号声要是在比赛那天被喊出来，可是一种极致的景观。比赛那天，西点所有的学生都要穿上正装去为球队助威。四千多名学生，灰色的军服，灰色的军帽，望过去就是一片灰色的海洋。四千多人一起助威，同时发声，那阵势可以翻江倒海，那声音足以惊天动地。

西点的特点是寂静，寂静沉淀着知识，积蓄着力量，铸就着成功。西点的寂静孕育了西点的声音，200 多年来，这寂静，这声音，这长长的灰色之线，从西点军校大门源源不断地走出，走出了两位总统，走出了 3000 多名将军，走出了许多著名的政治家、成功的企业家和卓越的艺术家。

（原载《侨报》D2《文学时代》2017 年 6 月 16 日）

# 金色的皇村

徐　鲁

一

整整两百年前（1815 年），圣彼得堡皇村中学的一位杰出校友，未来的"俄罗斯诗歌的太阳"，刚满 16 岁的少年诗人普希金，在皇村中学升级考试的考场上，首次当众朗诵了他的抒情长诗《皇村回忆》。那天，俄罗斯德高望重的老诗人杰尔查文也光临了考场。杰尔查文自始至终都被少年诗人声情并茂的朗诵感动着，听得如痴如醉。当他听完普希金朗诵完最后一节时，脸上已是老泪纵横。他颤抖着站起身来，伸出双手要去拥抱这个少年诗人，嘴里还不停地嘀咕着："我还没有死，我还活着，还活着！……"诗人茹科夫斯基也在一边欣喜地说道："这个少年，是上帝给俄国送来的礼物！"

是的，就是这个少年——亚历山大·谢尔盖耶维奇·普希金，不久就要成为俄罗斯诗歌的一颗真正的太阳。而此时，在金色的皇村，他正在冲破四周的云彩，奋力跃出俄罗斯的黑夜和山冈，努力放射出自己天才的光芒。所有的人也都确信，他已经具备了喷薄而出的能量。

两百年后的一个金色的秋天，我来到彼得堡，来到皇村，向我景仰的诗人顶礼。坐在彼得堡金色的秋日里，坐在皇村的白桦树下某一张落叶翻卷的长椅上，阅读伟大的普希金，是我三十多年来的一个浪漫的美梦。

阳光煦暖的午后，我静静地坐在那里，坐在皇村门前，坐在离雕塑家罗·巴赫那座普希金坐在铁长椅上沉思的青铜塑像不远处，仿佛也陷入了深深的秋冥之中。前苏联画家安德烈·普加乔夫也画过一幅同样题材的油画《秋思的普希金》：普希金三十多岁后重返皇村，身着深蓝色风衣，坐在飘满金色落叶的长椅上，好像正在构思他的诗篇，他的身边放着礼帽和手杖……

我爱大自然凋萎时的五彩缤纷，

树林披上深红和金色的外衣，

树荫里，气息清新，风声沙沙，

轻绡似的浮动的雾气把天空遮蔽，

还有那少见的阳光，初降的寒冽

和远方来的白发隆冬的威胁。

每当秋天来临，我就又神采焕发；

俄罗斯的寒冷对我健康颇有裨益；

对于日常生活的习惯我又感到欢喜：

一次次感到饥饿，一个个睡梦飞逝；

热血在心里那么轻松愉快地跃动，

我又感到幸福、年轻，各种热望涌起，

我又充满了生命力——我的身体就是如此。

这是诗人对秋天的咏赞。普希金是一位对秋天情有独钟的诗人，这让我想到了今天许多俄罗斯人常说的一句话：不要和俄罗斯的秋天去比美，你无论如何也比不过它的！

## 二

我想从扎哈罗沃森林边的那棵老椴树开始，去追寻普希金的诗歌踪迹。

在少年普希金进入皇村中学之前，他的诗歌种子是在那个名叫扎哈罗沃的村庄里播下的。扎哈罗沃周围有着美丽和恬静的乡村风光，平坦的田野，金色的白桦林，大团大团的云彩，幽静的灌木丛，闪亮的河水，还有四周长满杉树和椴树的森林，像镜子似的明亮的水塘……扎哈罗沃是普希金一家人夏日避暑的乡村领地，而少年诗人有关扎哈罗沃的记忆，又是和他的奶娘阿琳娜·罗季奥诺夫娜紧紧连在一起的。

这是一位善良和慈祥的俄罗斯农妇，她知道许多俄罗斯民间传说，满肚子的谚语和俗话，很会讲故事，还会唱许多民歌和摇篮曲。普希金从童年起就深深地爱着这位奶娘，老奶娘也成了他童年和成年以后最忠诚的、最可亲的心灵的友伴。普希金后来有许多抒情诗是献给这位奶娘的。

普希金一家人避暑的木屋，坐落在一片白桦林中。木屋后面有一株孤零零的老椴树，老得就像童话里的"树王"。少年普希金常常一个人坐在老椴树下看书或者幻想。有时候，他也拉着外祖母坐在一块林中空地上，听她给他讲故事。他的外婆也会讲很多民间故事。在扎哈罗沃，普希金也第一次认识到了俄罗斯乡村农人们勤劳与乐观的天性。

是的，在扎哈罗沃，少年普希金最初的诗心，被这静谧、温柔的大自然与和谐、丰饶的乡村景色安抚着。农人的歌谣，古老的童话故事，妇女们的笑声，大辫子的乡村少女，节日里农民们围成一圈，尽情地跳舞和歌唱。这一切，都使少年普希金的头脑里渐渐有了这样的感觉：这就是俄罗斯；这就是俄罗斯的大自然，这就是祖国——祖国的人民，祖国的语言，祖国的生活……

## 三

啊，皇村中学，皇村中学！

穿越汗漫的时空，踏进位于皇村花园街 2 号的这座有着奶黄色外墙的四层小楼的那一瞬间，我的心情是激动的，禁不住在心里默念这个名字。我仿佛听见了自己心跳加剧的声音。

这座精致的楼房，由一条跨街廊道与华贵的叶卡捷琳娜宫殿厢房相连接。进入一楼，一位优雅的老年女性莲娜，给每一位拜访者送上了一双干净的鞋套。用今天的眼光来看，这座楼房里的楼梯、走廊、教室、礼堂、活动室和每一间宿舍……都并不那么宽敞。毕竟，这是一个只招收 50 人以内的皇家贵族精英学校。

1811 年 9 月 22 日，亚历山大一世御笔批准了皇村中学首届学生名单。报名者共 38 人，考试后正式录取 30 人。少年普希金榜上有名。20 天后，一位学监把这个 12 岁的少年领到了这座楼房四楼的一间窄小的房间门口。这是他的宿舍，门扉的木牌上写着"14 号，亚历山大·普希金"。那天，他往左边的邻门一看，上面写着"13 号，伊凡·普欣"。不用说，这是他的同学了。在以后的岁月里，伊凡·普欣不仅成了普希金最要好的同学和密友，而且还成为了一名坚强的"十二月党人"。普希金在《致普欣》这首诗里写下了"我的第一个知交，我的珍贵的朋友"这样的诗句。

四楼的每间宿舍的确很窄小，曾被普希金戏称为"禅室"。墙壁是淡绿色的，与房门相对的是一个小小的木窗户。一张小床比今天常见的单人床还要窄一些。还有一个矮矮的原木三屉柜，一张小小的斜面写字桌。写字桌边挂着主人开学典礼时穿的那套礼服——这也许就是皇村中学的"校服"，写字桌上还插着一支白色的鹅毛笔，还有一本摊开的法文书……好像诗人刚刚离开不久，它们都在静静地等待着诗人归来。

教室、课间休息和活动室和礼堂在三楼。在小小的教室里，优雅的莲娜女士微笑着让我猜一猜，普希金当年的座位在哪里？

我记得，某一部普希金传记中写到过一个细节：皇村中学有一个不成文的"规则"，凡是哪门课程成绩比较好的学生，有坐到前两排的"优先权"。普希金那时只迷恋于诗歌和文学，对一些课程例如数学，往往心不在焉。有一个著名的故事，就发生在卡尔佐夫先生的数学课上。那天上数学课，身体肥胖的卡尔佐夫把普希金叫到黑板前，演算一道代数题。普希金踌躇了好半天，才用粉笔写出了几个谬之千里的数字。卡尔佐夫最后问道："请问结果到底是什么呢？x 等于几?"普希金心不在焉地回答道："等于零。""等于零？好嘛！普希金，我明白了，在你们家，在我们班上，一切都是等于零。"这位数学老师无奈地说道，"我看，你还是回到你自己的座位上写你的诗去吧!"如此看来，普希金应该只能屈居后几排座位了吧？

果然，我猜得不错，普希金的座位就在后面倒数第二排。莲娜女士告诉我说："坐在后面，普希金正好可以自由和快乐地构思他的诗篇，老师们也不会干预他。因为在这里，教育是异常开明的，培养学生的自由主义精神，充分发展他们各自的兴趣与爱好，是所有教师们的共识。"

教室之外还有音乐室、美术室、物理实验室、击剑活动室等。在美术室，我看到了普希金和他的同学们当年的手稿、手抄的诗集、信手涂鸦的漫画和铅笔画等。虽然每一页纸张都已经发黄，但是从这些字迹和漫画里，不难想象那些自由的思想、崇高的理想、诗歌的才情……是怎样在这里生成、奔突、碰撞和激荡。

三楼的一个宽敞的大厅，是皇村中学用来举行重大活动和师生聚会的场所，如开学典礼、毕业典礼等。大厅中间的一张长桌上，摆放着当初创办皇村学校的诏书、章程和亚历山大一世赠送的纪念章。

当年的 10 月 19 日，是皇村中学开学典礼的日子。这是一个隆重和盛大的节日，沙皇和皇后、皇太后以及安娜·巴甫洛夫娜公主，还有保罗一世的儿子康斯坦丁大公等皇室成员，都来到了皇村，坐在这个大厅的贵宾席上。在贵宾席上就座的还有许多显赫的大臣、枢密院成员以及各界名流。普希金的伯父瓦西里也坐在那里。国民教育厅厅长马尔迪诺夫用颤抖的声音宣读了皇村的建校纲领："从先贤手中接过皇位之后，我们坚信，只有摆脱无知，我们的国家才能放射出永不熄灭的光芒……"

普希金后来回忆说，在皇村中学，同学们视母校如家园，视同学如兄弟，视老师如朋友。普希金在皇村中学和普欣、杰尔维格、丘赫尔别凯等同学情同手足，成为了终身不渝的挚友和同志。

## 四

"普希金在这里表现出了非凡的禀赋，当时许多教师都对他寄予厚望，连理科教师卡尔佐夫也坚信，普希金的诗歌才华将会成为皇村的骄傲。"在普希金经常来阅读的皇村图书馆里，莲娜介绍说。

这个图书馆里有六个深红色木书柜，里面摆放着近千册俄、法、德、英和拉丁文的原版书籍，多为历史、文学、神学、艺术、法律诸方面的典籍。俄国诗人与作家的作品最为齐全，大多是 18 世纪和 19 世纪的作品，单独存放在一个书柜里。

莲娜告诉我说："普希金是一位博览群书的诗人，他那时候就阅读过中国的典籍，从这里毕业后，他还幻想过要去看中国的长城。"

"是的，我还听说，普希金留下的藏书中，涉及中国生活和中国文化的书籍就有 80 多种，他的诗歌中还多次出现过中国的黄莺、长城等形象。"我补充道。

普欣曾回忆说："我们都有目共睹，普希金胜于我们，他读了许多我们闻所未闻的书籍，而且，他过目成诵。他是我们的诗人……"

普希金的另一位同学，后来也成为诗人的杰尔维格，在一首写给普希金的诗中这样预言："普希金在森林里也无法隐藏，嘹亮的竖琴会把他的名声播扬。阿波罗会把他从人间送到欢腾的奥林匹斯山上。"

当年的同学和老师们的预言没有落空。普希金的诗歌，已经成为今天的皇村最值得骄傲的精神遗产。

莲娜女士给我们讲述了普希金在皇村的日常生活情景：在课间时间，在休息室里，在皇村迷人的花园里散步的时候，甚至经常在教室里，还有在做祈祷的时候，普希金的脑海里，都会产生各种各样富有诗意的构思。在数学课上，他会把自己想到的诗句匆匆写在演算纸上，不耐烦地咬着笔杆，紧锁眉头，噘起嘴唇，明亮的目光在默读着自己写下的诗句……

在皇村中学时期，普希金创作了约有 120 首诗歌。1817 年 3 月毕业前夕，他选择了 36 首，编成了自己的第一本诗抄：《亚历山大·普希金诗集，1817年》。他的许多皇村同学也都爱上了诗歌。他们互相鼓励着，一起创造和迎接着俄罗斯文学的新的曙光。

## 五

皇村中学为后人留下了两个优秀的传统：一是毕业考试结束后，老师们就把学校那口敲了6年上课铃的钟取下砸碎，每位皇村学子都各自保存一小块，作为对母校的永久纪念；二是以后每年校庆日（俄历十月十九日）那天，同学们都要重返皇村聚会。普希金后来写过一首《十月十九日》，表达了自己对皇村的感情："无论命运把我们抛向哪里，无论幸福把我们带到何方，我们永不变心：世界是别人的，只有皇村才是我们的故乡。"

> 总有一天，当你看到我这曾经
> 写得满满的忠实的一页，
> 我请你暂时地飞往我们那曾经
> 以心灵相交的皇村中学。

这是普希金在皇村中学毕业时，在挚友普欣的纪念册上写下的壮行的骊歌。1817年6月9日，皇村中学举行了首届学生毕业典礼。普希金的毕业证书上，记录着这位名列第19名的毕业生的学业成绩：

"皇村皇家中学学生亚历山大·普希金，在本校学习六年，学业成绩如下：宗教教育、逻辑学、哲学、法学（包括公法和私法）、俄罗斯法、民法和刑事法，成绩良好；拉丁文、政治经济学、财政法，成绩优秀；俄罗斯文学、击剑术，成绩特优。另外，在校期间，他还学习了历史、地理、统计学、数学和德语。为此，皇家中学教务委员会同意他按时毕业，并颁发此毕业证书。本毕业证书盖章有效。"

几天之后，他被分配到外交部任职，为十品文官。

也就在这一年，普希金写下了那首振聋发聩的《自由颂》，其中有这样的宣言："我要向全世界歌颂自由，去抨击那皇位上的罪恶。""战栗吧，世界上的暴君！而你们，倒下的奴隶，听啊，鼓起勇气，奋起吧！"他高唱着自由的颂歌，满怀着崇高的理想和激情，告别了皇村中学。

1831年，当皇村中学迎来二十周年校庆纪念日，32岁的普希金重返皇村的时候，他已经历尽沧桑。当年的皇村同学，先后已有六位涉过了忘川，包括普希金在皇村最好的朋友之一、诗人杰尔维格。而更多的少年同学，已经劳燕分飞，杳无音信，有的正在西伯利亚的大风雪中过着苦难的流放生涯……普希金在这里参加完校庆，然后苦笑着望了望华丽的皇村，还有空中金色的落叶，慢慢地转过身去，离开了……从此再也没回来过。

（原载《散文》2016年第12期）

# 尤 尼 梅 特

王多圣

尤尼梅特（UNIMATE）生于 1959 年。

尤尼梅特不是人，也不是神，是这个世界上第一台机器人的名字，定意为"万能自动"。尤尼梅特的父亲是一个美国人，叫约瑟夫·恩格尔伯格（Joseph F. Engelberger），1925 年 7 月 26 日出生在纽约。毫无疑问，恩格尔伯格是一位顶极伟大的父亲，被称为机器人之父。这是普遍的说法。

但是，我们必须还要提到一个叫乔治·查尔斯·德沃尔（George Devol）的人，因为尤尼梅特能够顺利出生与这个人的干系很大，从某个角度来说，如果没有德沃尔或没有德沃尔提供的帮助，就不可能有尤尼梅特现世。1912 年 2 月 20 日出生在美国肯塔基州路易斯维尔的乔治·查尔斯·德沃尔，几乎就是一个传奇。我们来看看他都做过些什么。

从很早乔治·德沃尔就是一名极具动手能力的实验者，高中时已经学习了力学和电子学，但此后却没有就读大学。究竟什么原因没有去念大学，我们不知道。20 世纪 20 年代，他在电子公司工作，于 20 世纪 30 年代初创办了一家小公司，为电影研发录音技术。这一早期的经历没有让他有太多收获，因此，德沃尔转向制作自动开门装置及机械控制装置。20 世纪 40 年代，德沃尔还发明了用于烹饪和贩卖热狗的机器，这也是微波炉技术早期的应用。德沃尔在很大程度上是一名自学成才的发明家。他从科幻小说中获取灵感，发明了机械手臂，这一革命性的机械手臂是今天广泛运用的机器人的雏形，多见于汽车和其他工业装配生产线。2011 年 8 月 11 日，乔治·德沃尔在位于康涅狄格州威尔顿的家中去世，享年 99 岁。看看吧，我们认为这位乔治·德沃尔同志够狠的吧？简直就是奇葩。

"乔治·德沃尔发明了第一代数字程序控制机械手臂，奠定了当代的机器人工业。"

这是德沃尔被列入了"美国发明家名人堂"对他的入选说明。2002年,《大众力学》杂志将美国联合控制公司列为"近50年的50大发明"之一。至今,最早的机械手臂模型还陈列在华盛顿的史密斯苏尼亚博物馆。

那么乔治·德沃尔与尤尼梅特及约瑟夫·恩格尔伯格的关系到底在哪儿呢?

1954年是机器人技术发展史上的一个重要里程碑。这一年,德沃尔正式向美国政府提出专利申请,要求生产一种用于工业生产的"重复性作用的机器人"。

在一次鸡尾酒会上,两个相差13岁的伟大男人相遇了。发明家乔治·德沃尔与工程师约瑟夫·恩格尔伯格开始了交谈。我们没有证据显示,此前两人是否认识或相当熟悉。但他们一定是彼此知道相互欣赏的,关于这一点傻子都能想象得到。

非常有意思的是,他们一开始的交谈并非是从专业或技术角度,而是从他们喜欢的小说家谈起,准确地讲是从科幻小说家谈起的,并且谈得相当兴致勃勃。不妨让我们来猜一下,他们会谈起哪位科幻小说家呢?也许谈的不止一位,因为在那个年代仅美国有成就的科幻小说家很多,比如约翰·坎贝尔(John W. CamPbell)、比如罗伯特·安森·海因莱因(Robert Anson Heinlein)。但是我们认为,在这次鸡尾酒会上他们谈得最多的科幻小说家应该是捷克人卡雷尔·恰佩克(Karel Capek)。恰佩克的代表作品《罗索姆的万能机器人》那时已经风靡世界。这部1920年问世的作品大致内容是这样的:一位名叫罗索姆的哲学家研制出一种机器人,被资本家大批制造来充当劳动力。但是世界上如果充满了干活的机器人,人类就会停止生育、面临末日。因此作者在作品中描写了一对会恋爱和能够生育的机器人,以此象征人类将免遭灭亡。

"机器人"一词第一次出现在世上是1920年,只有在恰佩克的《罗索姆的万能机器人》中可以寻到,原文作"Robota",后来成为西文中通行的"Robot"。也就是说机器人一词是由捷克作家卡雷尔·恰佩克发明的。

捷克真是一个了不起的国家,特别在文学艺术方面出现过很多享誉世界的大师级人物,如雅罗斯拉夫·塞弗尔特(JaroslavSeifert),瓦茨拉夫·哈维尔(Vaclav Havel),米兰·昆德拉(MilanKundera),各个堪称传奇。捷克人口刚过1000万,国土面积也不到80000平方公里,恰好是辽宁省的一半大小。这样的一个中欧内陆小国,居然产生那么多的有世界重要影响的作家和艺术家,真是特别地惊人。我们一直认为捷克是一个存活在某种夹缝里的弱小国家,这没错。看看他的历史就会发现,从10世纪下半叶开始,捷克总是被外族欺压和统治。首先是罗马帝国，然后就是奥地利哈布斯堡王朝、奥匈帝国、德国、苏联。但是我们认为，捷克即使在最黑暗的日子里也没有失去过尊严，就像岩石下面油绿色的劲草，没什么力量可以阻止它疯长出来汲取阳光而绽放鲜亮。在这里我们不去做更深层的探讨，那个叫作捷克的小国所以能产生那么多伟大作家艺术家的成因。不管怎么说，捷克永远是个伟大的国家。

还是回到那场鸡尾酒会吧，这是我们要说的正经事儿。

试想如果没有这场鸡尾酒会，尤尼梅特诞生的可能性很小，或至少要晚些年头。话说白了，我们认为这场鸡尾酒会是 20 世纪最重要的鸡尾酒会之一，就相当于新婚之夜里的那张大床，而两个美国人，发明家乔治·德沃尔和工程师约瑟夫·恩格尔伯格正在大床上忙活着，孕育尤尼梅特的工作就这样开始了。

我们认为，也许他们在鸡尾酒会上还谈到了一部电影，那是德国人弗里茨·朗（FritzLang）导于 1927 年的一部无声电影，叫《大都会》。因为这是第一部有机器人剧情的电影。

两位科学家在谈论作家或艺术家的时候，语调和神色充满崇拜和敬畏。因为他们知道作家的想象力是无与伦比的，要比科学家的发达多得多。从一定意义上讲，科学家的发明实验活动总是要跟随作家艺术家的想象前行，或从中取得超凡的灵感。乔治·德沃尔在科幻小说里已经尝到了甜头，前面我们说过，他发明机械手臂就是从科幻小说中获得的灵感。我们还认为，约瑟夫·恩格尔伯格也不会例外。

在这里必须要再次赞美我们的同行，毫不吝啬地指出作家的伟大之处，也要毫不吝啬地赞美那些懂得欣赏作家的科学家的伟大。就如沈阳新松机器人自动化有限公司，他们特别欢迎中国作家协会派来定点生活的一个叫王多圣的小说家，允许在公司境内随意走动，随意交谈。并给小说家一个工位，还发了挂胸工牌。工牌文字：沈阳新松机器人自动化有限公司常驻作家。叫王多圣的小说家，在沈阳新松机器人自动化有限公司里感觉到处都是乔治·德沃尔和约瑟夫·恩格尔伯格的目光。

那场 20 世纪最值得纪念的鸡尾酒会的后半部分，44 岁的乔治·德沃尔与29 岁的约瑟夫·恩格尔伯格终于谈起他们的主业行当，德沃尔甚至还向恩格尔伯格解释了自己的发明概念——"重复性作用的机器人"。约瑟夫·恩格尔伯格几乎是屏住呼吸倾听着，很快他便意识到这项新技术将会带来巨大影响。两个人的目标如此接近，合作也就顺理成章了。下面这段文字是在百度"约瑟夫·恩格尔伯格"词条搜索到的资料，有足够的证据表明，德沃尔确实与恩格尔伯格合作过，而且是那种核心技术的深度合作。

约瑟夫·恩格尔伯格在 1958 年建立了 Unimation 公司，利用乔治·德沃尔所授权的专利技术，于 1959 年研制出了世界上第一台工业机器人，他对创建机器人工业做出了杰出的贡献。1983 年，就在工业机器人销售日渐火爆的时候，恩格尔伯格和他的同事们毅然将 Unimation 公司卖给了西屋公司，并创建了 TRC 公司，开始研制服务机器人。恩格尔伯格认为，服务机器人与人们生活密切相关，服务机器人的应用将不断改善人们的生活质量，这也正是人们所追求的目标。一旦服务机器人像其他机电产品一样被人们所接受，走进千家万户，其市场将不可限量。恩格尔伯格创建的 TRC 公司第一个服务机器人产品是医院用的"护士助手"机器人，它于 1985 年开始研制，1990 年开始出售，目前已在世界各国几十家医院投入使用。"护士助手"除了出售外，还出租。由于"护士助手"的市场前景看好，现已成立了"护士助手"机器人公司，恩格尔伯格任主席。

所以我们得出结论，机器人之父应该是两个人，一个叫约瑟夫·恩格尔伯格，一个叫乔治·查尔斯·德沃尔。我们认为这两个人都是当之无愧的。但是我们绝不能忽略那个伟大的捷克科幻小说家卡雷尔·恰佩克，因为是他的《罗索姆的万能机器人》为机器人之父们提供了灵感。那么，卡雷尔·恰佩克算不算机器人之父呢？我们没有态度，但至少是幻想中的那个机器人之父吧。

机器人来到这个世界上和其他重要的无生命的东西一样，比如飞机、汽车和轮船，都是没有生日的，但有生年。并且大多都是没有母亲只有父亲，这就注定它们不会流下眼泪。

尤尼梅特的生年是公元 1959 年，那时候我们也在做一件特别大的事情，也轰动了全世界。那时候在机器人的故乡美洲大陆，也有人群与我们遥相呼应。有时候我们觉得这个世界真是挺有意思的，多元化是客观的也是有必要的，我们对待世界上的任何事物都不会随便加以指责。因为我们不了解内情，也不可能了解内情。况且我们知道，人类嘛，本来就会是这个样子的。没有一种事物可以把人类的思想和行为高度统一起来，再好的事物也不行。如果真的有了可以统一人类思想和行为的事物，那么人类将会灭亡。辩证法总是提醒些浅显的道理，其实人类本身就是最厉害的辩证法。

但是在国家生活中，有些东西你必须得有并且要奋力去跟上世界的先进步伐，否则就会被那些王八蛋国家给欺负死。1959 年美国人造出来第一台机器人时，我们在干别的事情，那劲头完全疯狂了，怎么可能去想机器人的事儿。客气地讲，起步就比人家晚了 50 年。那么 50 年来我们追赶得怎么样呢？

我们觉得速度是相当地惊人啊！否则世界机器人大会也不会放在中国召开。

2015年11月23日中国众多重要媒体都这样报道了一件大事：2015世界机器人大会今日在国家会议中心开幕。来自美国、德国、法国、日本、韩国等国家，香港特别行政区、澳门特别行政区和台湾地区等16个国家和地区的高校、科研机构、企业的代表，以及青少年机器人邀请赛的选手，12个国际组织的代表出席了此次大会。

在这次全世界瞩目的机器人大会上，代表中国机器人界发言的是沈阳新松机器人自动化股份有限公司掌门人曲道奎博士，演讲稿叫《机遇与挑战——中国机器人产业发展的深度思考》。

由此，我们必须向约瑟夫·恩格尔伯格、乔治·查尔斯·德沃尔致敬！向卡雷尔·恰佩克致敬！向中国机器人之父蒋新松院士致敬！向沈阳新松机器人自动化股份有限公司致敬！

尤尼梅特的出生，我们认为并坚定地认为在一定意义上宣告了人类对这个世界的统治权已经开始移交了。

（原载《鸭绿江》2016年第1期）

# 生命中的一道闪亮

叶周（美国）

　　去年初夏我从美国回到上海，住在市西华山路一幢西班牙式九层公寓中。那是德国人海格 1925 年筹建的，最初名为"海格公寓"。建国后成了上海市委的办公楼。直到"文革"后才改作宾馆。我选择住在那里，因为离我以前的家不远，附近也曾经居住过巴金以及当时上海文化界的许多名人。

　　晨间我从那里出发，顺着华山路、武康路漫步，最宜人的是一路枝繁叶茂的法国梧桐树在空中伸展的树荫，增添了街道的幽静。我的眼前不时浮现年轻时在这条街上邂逅的文坛前辈，他们的作品曾经影响了几代人。岁月如梭，他们已经故去，我却是一个异国的归客，来此寻访他们往日的踪迹。

　　从宾馆出来前，我在电脑里浏览了一组家庭相册，有一幅照片在我脑中挥之不去。照片上两位女性一位是我的母亲，当时她才 23 岁，神情腼腆，青春飞扬；另一位 30 多岁，身穿列宁装，她是董阿姨，副市长潘伯伯的夫人。打球间的小憩，手里拿着羽毛球拍，她们神情轻松，紧挨着坐在绿树前的帆布椅中。

　　母亲和董阿姨同是来自香港，在一起以广东话交谈。她们还有一个共同点就是都嫁给了以文学为生的丈夫。董阿姨慈祥，视我母亲如姐妹，她和潘伯伯结合多年，常年四处奔波不曾生育，也就把我母亲的第一个孩子当成自己的干儿子。我的母亲与父亲新中国成立前夕在香港相识，她家住在诗人作家郭沫若先生的楼下，父亲经常去拜访郭先生，在楼梯上认识了母亲。父亲年长母亲 16 岁，为了追求花季年龄的母亲，有一天他冒着豪雨，在水中站立了两个多小时等待她的出现。新中国成立第二年，母亲终于与父亲结婚，并随父亲回到上海。

　　董姨原先是香港道亨银号的大小姐。与潘伯伯的相识具有某些传奇性。潘伯伯曾是著名的左翼作家，后来成为周恩来副主席领导下的中共情报系统的领军人物，延安通知他派了一位助手给他，请他去香港道亨银号接头，这位助手就是董阿姨。从此他们朝夕相处，辗转上海、淮南、延安、东北、北平，最终结合在一起。

如今回望母亲和董阿姨的照片，缅想她们义无反顾，追随夫君的人生轨迹，我内心依然充满钦佩。她们从最初认识自己的人生伴侣始，在随后的岁月中，陪伴夫君共同经历了各种磨难，无悔无怨，忠贞于爱情。她们与伴侣的相遇，如同心灵撞击绽放的一道光亮，点燃了彼此相伴一生的梦想。即便是在人生最黑暗的时刻，她们依然视风中残烛为弥足珍贵。如同维护光明的女神，她们至死不渝地用自身微弱的力量为梦想的烛光遮风挡雨，何其令人钦佩！

董阿姨的磨难来得早，在潘伯伯担任上海常务副市长仅五年时，有一次应召到北京开党代会，被捕入狱从此一去不复返，成了共和国第一冤案。潘伯伯走后不久，我的大哥过生日，原先父亲说好，一定要请孩子的干妈董阿姨参加家宴。可是这天家宴都准备好了，就是迟迟不见董阿姨光临。父亲在母亲焦急催促下，往潘府打了电话。

打完电活，父亲神色黯然地回到餐厅里，他告诉母亲，接电话的是潘府的警卫，说董阿姨也已应召离沪去了北京。"她为什么连个招呼都不打就走了呢？"父亲百思不得其解。他料想不到这就是他和多年并肩战斗的潘伯伯、董阿姨的永诀！

母亲的劫难始于"文革"，"文革"之初，父亲被市委宣传部长张春桥直接点名，作为上海文学界的"走资派"遭受迫害。父亲为此心情很抑郁，并十分稀有地在母亲面前流露了心中的愤怒。母亲是微生物专家，对于父亲所从事的文学事业并不熟悉。除了当面安慰父亲，有一天她背着父亲独自走进了那个环境极其险恶的运动之源——上海作家协会去找造反派头头谈话，希望了解他们迫害父亲的缘由。我很难想象多年来被父亲当孩子一样宠爱的母亲，不知道哪来的勇气，独自面对办公楼里铺天盖地，父亲的名字颠倒着打上了叉叉的大字报。据目击者日后回忆，母亲不卑不亢坦然陈词，激动时边说边流泪，手里握着的手绢全湿了。

母亲回到家，尽管知道前景险恶，却仍耐心地劝慰父亲向前看。父亲似乎决心已定，不愿再受屈辱。当父亲突然问她："如果我不在了你们怎么办？"父亲所说的"你们"指的五个未成年的孩子，最小的女儿只有4岁。当时母亲想到的只是父亲会被关起来。她坚定地说："你放心，不论发生怎样的情况，我一定会把孩子们抚养成人。"当次日父亲毅然决然地告别世界时，母亲才仅仅39岁。在父亲走后极其艰难的10年黑暗时期，她信守诺言，承担了带领全家五个未成年孩子渡过难关的责任，保证了家庭的完整和孩子的健康成长。

父亲走后，有一天一个邻居在走廊上开导母亲："你只有一个办法可以摆脱戴在头上的反革命家属帽子，就是赶快找一个成分好的人嫁了，与死去的丈夫划清界限。"母亲连话都没听完，转身回到自己的屋子里关起门来。

母亲时常对姨婆说，为了父亲在雨中等她的两小时，她愿意奉献一生。从此后母亲换上一件黑色的布衫每天穿着，不论是上班还是出门办事。她如同把悼念父亲的黑袖章穿在身上，夏去秋来，都是如此，谁也不能说什么。一直到寒冬来临时，棉衣才把她的黑衣裹在里面，可她的心仍在滴血。

记忆中母亲每天拎着一只咖啡色的布袋去上班，回家时布袋里有时带回十分有限的一些蔬菜。有一幕记忆过去了四十多年我仍清晰记得，有一次夏季暴雨袭击上海，傍晚时分黑云压城，狂风把路上的梧桐树吹得乱晃，紧接着黄豆般大颗的雨点倾盆而下，久久不停，很快街道就积满了水。

很晚了母亲还没有回来，终于听到开门声时，我看见黑夜里走进一个从头到脚都在水里浸泡过的人影。她的头发已结成一坨坨紧贴着头皮，身上和脸上沾满泥土，可是她的手里还紧紧地抓着那只灰色的布袋，布袋中两瓶盐汽水完好无损。盐汽水是高温天气工作单位发给职工的防暑饮料，她省着不喝带回来给我们几个正在长身体，却又天天忍饥挨饿的未成年孩子。

原来母亲下班后等车时间太久，便改变主意徒步回家。走过家附近的路段时，正在修路开挖的沟渠被水淹了，却没有留下任何行人警告标志。母亲失足掉进了水沟，污水顿时淹到她胸口，在没有任何人帮助的情况下，她挣扎了很久才爬了上来。回到家她看着孩子们喝着盐汽水时少有的快乐欣慰地说："就是在水中，我的手还是紧紧地抓着那个布袋。"淋了那场雨母亲病了，卧床了几天。

远在北京，经过监禁9年后潘伯伯被判刑15年。而当时董阿姨为了陪伴在蒙冤的丈夫身边，是无罪入狱。丈夫被判刑那年，董阿姨才44岁，几年的牢狱生活，熬白了头。她表示要把头发全部染黑，珍惜与丈夫余下的时光。这时组织上安排一位女性与她谈话，先是告诉她，只要和潘伯伯离婚，她的党籍就可以恢复。后来又告诉她，在香港的母亲希望她能回到身边陪母亲安度晚年，并且这一请求已经得到组织上的批准，她随时都可以去香港。而离开即意味着离婚，意味着生死决别。那位女同志没有想到，董阿姨坚定地说："我想念母亲！可是我永远和他（丈夫）在一起。"她视人生的剧烈跌宕如平常，坚强地面对人生困境。"位卑未敢忘忧国，事定犹须待阖棺。"她的无惧坦然获得了所有狱管人员的敬佩。

潘伯伯隐姓埋名地活着，当1975年夏天，有人在湖南省第三劳动改造管教队看到他和董阿姨这两位特殊犯人时，人们是这样描述他们的："老太白发垂耳，形容略显凄清而颇矜持；老头躯体微伛，面目清癯，却显出一种安详的神态。"老两口终于在劳改农场团聚了。可是他们自理生活的能力非常差，潘伯伯拿了只鸡，左割右割。鸡没有割死，鸡血倒抹了一脸。董阿姨把一条鱼囫囵吞放在锅里煮，鱼肉、鱼肠、鱼粪、鱼胆煮成一锅汤，最后只能倒掉……

一直熬到1977年春天，潘伯伯病重躺在吉普车地上铺的弹簧垫上被送往长沙的医院，从此就没有再回来。董阿姨的健康原来就比潘伯伯差，潘伯伯一死，她的病情迅速恶化。农场也不采取什么抢救措施，只是让她在设备简陋的茶场医院住着。董阿姨孤零零地走完了她最后的日子，终日陪伴她的是香港的兄弟来探望她时，带给她的一只丝绒小狗和一条极薄的旧毯子。一直到"文革"结束后潘伯伯的大冤案终于得到平反，可是他们连一个亲属都没有，一批受到冤案牵连的老朋友最后把他们迎回了北京八宝山安葬。

"文革"结束后，我的父亲获得平反时，母亲已经五十多岁了。朋友同事中不乏说媒劝嫁的，可是母亲始终不为所动。她坦言世间真正的爱情不多，她十分珍惜与父亲的那一段。她和父亲跨越了半个多世纪，阴阳相隔的爱情确实是弥足珍贵的。她常说仍然期盼着死后到另一个世界去与爸爸会面，她的想法依然充满了浪漫！

晚年的母亲是幸福的，她在美国、香港地区与我和妹妹团聚，在香港见到了居住在港台的兄姐，度过了她生命中最无忧无虑的退休生活。二十多年前我到美国留学，稍后母亲曾来美探亲。一次举家到迪士尼乐园游玩，她已年届七十，还和大家一起体验惊险刺激的雪山冲浪。当我看见她高举双手坐在船上，高声呼喊着从高山上冲入激流，弄得满头满身都是水花时，我的心与她一起欢悦！可是我的眼前依然浮现出上海豪雨中那晚的情景。从外面游玩一圈回到上海，她说梦中对爸爸说："我哪里也不去了，就在自己的家里。"

母亲能够在十分险恶的政治环境中坚强地熬过来，是因为她有乐观豁达的性格。其实在与父亲认识以前，她的生活就充满了波折。幼年失去父母，由姨婆抚养长大。抗战初年，她才十岁左右，就跟着姨婆和姐姐从广东顺德逃难到了香港。年纪轻轻又在香港得了被视为不治之症的肺结核。可是她幸运地遇到了无私救人的医生，不计成本地为她治病，得以康复。在人生早年经历的波折和克服的苦难，使她养成了对眼前的困苦放开的处事方法。对人生中的难题不钻牛角尖，让永不停息的时间慢慢消化人生中的纠结，相信世界会向好的方向改变。她的这一人生信念鼓舞了自己85年的人生，也影响了我，这是她留给我最好的遗产。

当我再次凝视着照片上母亲和董阿姨时，我惊奇地发现，她们对待爱情的态度何其相似。在今天年轻人的眼里，也许太痴、太傻，为何她们那么执着于自己最初的选择。我却仿佛看见，当她们遇到了生命伴侣的时候，如同经历了一次生命中的电闪雷鸣，那道闪电在她们的心灵中点燃的爱情，撼动心魄，刻骨铭心！她们把自己一生都托付给了相依相惜的另一半，义无反顾地追随着夫君认定的道路，不计前途何等艰险。在人生遭遇灭顶之灾时，她们自身仍有回旋余地，可是依然选择了留下。她们勇敢地选择与自己的伴侣相互扶持，渴望度过人生的崎岖坎坷。相比起来，我的母亲比董阿姨幸运，她终于等到了父亲平反的那一天。父亲的同事们钦佩地赞扬母亲携5个孩子度过艰难的"文革"岁月十分不易。父亲的老朋友作家巴金在《随想录》中赞扬"这是一位英雄的母亲"，"她在'四人帮'的迫害下，默默地坚持着，把五个受歧视的小孩培养成为我们祖国各条战线需要的年轻战士，这难道不是值得我们歌颂的吗？"我的母亲是英雄式的，而董阿姨的殉道式的厮守，在后世者眼中亦显珍贵。她们的行为真正是"临危不惧"的经典示范。

中国传统礼教中要求女性三从：未嫁从父，既嫁从夫，夫死从子。旧时代的理解是被动地跟从，但是到了董阿姨和母亲那一代知识女性已经发展成为追随、扶持、相助。所谓的四德是女性立身的根本，德、容、言、工，说的是女子品德能正身立本；相貌端庄稳重持礼，不轻浮随便，与人交谈能言之成理，然不妄言；并能实践相夫教子、尊老爱幼、勤俭节约的治家之道。她们的人生实践已经赋予这些传统训诫以崭新的意义。新解"三从四德"，不是盲目跟从，而是主动性地从旁协助、支持、鼓励。

尤其现实中拜金、享乐、刁蛮成为时尚标志，女性的传统美德更显得弥足珍贵。人世间如果缺少女性的美德，家庭的田园、人情的世界都将陷入黑暗。相比起拜金主义时代缺乏灵魂的行尸走肉，照片上的母亲和董阿姨，为了实现她们的梦想付出了一生的代价，她们在曲折人生中的抉择对于后人无疑是一道亮丽的风景。

我从华山路拐进武康路，这条路正是母亲去董阿姨家常走的。又走了一段，前面到了巴金故居。我推开故居的门，踏上二十二级阶梯来到二楼，来到当年随母亲拜访巴金先生时坐过的书房兼卧室。站在屋子里我不由得问自己：其实在我成长的年代里，亲眼所见文坛前辈们经受着不同的磨难，但耳濡目染的苦难为什么没有阻止我爱上文学，却依然追随先辈的足迹步上了笔耕的道路？我思索着从二楼走回一楼一间狭小的太阳房中，巴金先生曾在屋中的一张小书桌上创作了传世之作《随想录》。我忽然明白，正是前辈们遭遇磨难时，沉默中展示的默默承受和人格尊严，留给我极其深刻的印象。当社会氛围中阿谀奉承和攻讦陷害弥漫时，他们的沉默和自尊如撕裂阴霾的闪电在我年轻的心灵中投上一道永远无法磨灭的光亮，为人有尊严为文才有品位。这束光在我心中点燃的火苗至今燃烧着，我的文学梦想从此开始。

# 大　树

李敬泽

他看什么呢？

看天塌。

看了杜牧、马远、文征明；看一只胖鸟压树梢，回望上角一方朱印，顺着鸟的目光认那印文，却认不出。认不出算了，他也累了，有一眼没一眼地闲走，冷不防看见了那棵树。

大树，立于中，就那么不躲不藏、不偏不倚昂然立。第一眼竟是红的，如铜铸。九千九百九十九吨暹罗红铜，风霜雨雪中炼，烈日骄阳下炼，炼成了硬骨头，炼出铮铮金石声。

树无叶。叶凋尽了，只余干干净净的树干和虬枝。雄浑挺立的树干，自在安稳，无可置疑，是第一性，是绝对。那些枝丫，是挣扎的手，是痛极的呼号，是巨浪狂风。

如神。就是神。

他呆住了。他不曾被一幅画如此压倒。他也曾在殿堂上仰望大画，真大呀，那些画的好处仅在于大，大到蓄意欺人。而这幅画，他想，只可悬于陋室，但它是真的大，擎天拄地。

然后，他才看见树下立着一人，长袍，背对着他，曳一支短杖，举头望着远处，远处是苍茫群山落日。

这是谁？他看什么呢？

夜寒如水。坐在院子里，听台上唱《武家坡》。薛平贵是唱得好的，王宝钏据说妈妈病了，回了家，换一个王宝钏却和薛平贵不般配，薛平贵的老生并不真老，佻挞自喜间，有一种天朗气清的贵气；而这一个王宝钏呢，竟是一味地寒酸了。

看着夫妻见面不相认，他想，这故事其实也难成立。就算是征战十八载、寒窑十八载，风刀霜剑，容颜大改，古时又没有相机没有微信发不得自拍，但心心念念，万种相思，何至于对面不相识呢？

也许是想不到吧。想不到就今日和那狠心的贼陌路相逢。

但也许古人真的不斟酌此事。古人听这戏，要害不在容貌，薛平贵和王宝钏，陌上重逢，所认的不过是心。

试一试心还在否。

试过了，在着。然后便是花好月圆，恩深情重。薛平贵和王宝钏从此度日，近视老花散光，竟始终没看见白发、皱纹、眼袋。

他想，这如今已是不可信的故事，拍成电影不可信，拍成120帧更不可信。但戏里戏外的古人，却都是信着。因为心中先存大信，信这世上终究是有情有义。

《武家坡》之前，听教授讲《会饮》。

当初在《十月》开了个专栏，编辑说，要起个栏名。

这却比文章还难。想来想去，走投无路，被逼得急了，想着也不过是茶余酒后的闲话，阿猫阿狗随便叫个什么便好，那就叫《会饮》吧。

编辑是有学问的博士：好啊好啊，柏拉图就有《会饮》！

哦，老司机哪走得出什么新路，原来心里早有了柏拉图的《会饮》。

——多年前，在雅典，车在公路上开得风快，朋友忽然一指窗外：

看！那块石头！

哪还来得及，石头不等人，早过去了。

那块石头，就是苏格拉底进城时歇脚的那块。据说，苏格拉底就坐在那上面，和那什么安哲罗普洛斯探讨真理。

他笑了：他们两个还真谈不到一块儿。也难怪，古希腊的人名最是难记。

倒是有一个"洛斯"认识苏格拉底：阿波罗多洛斯。那是《会饮》的讲述者。

　　他醒了。他做了一个很长的梦。他站在奥林匹亚的圆形剧场里，与一群穿着希腊式长袍的人争辩。人都是熟人，他滔滔不绝，于万马军中三进三出，一边还为对面的李洱担忧，他想他太瘦了，而那身长袍太宽太长，一阵风来他会被吹走，然后，在黄河边，人们打开一个从天而降的口袋，惊见李洱在焉。

　　他永远只做一个梦。和各种各样的人争辩。有一次，他和一个挂着白围裙的人辩了一夜，眼看着那人油尽灯干，大爽。但同时疑惑着，这是谁？为什么挂着白围裙？晨起，走在街上，站下买一套煎饼馃子，蓦然认出，原来是他！昨夜的对手就是这位开煎饼摊儿的兄弟。

　　多少年了，羞与人言。他竟从未做过超现实的梦，从未进入异度空间，他从未飞翔过，梦里只有他的话在飞，在课堂上、办公室里，会场上或者酒桌上与人争辩。

　　予岂好辩乎？非也。醒着的时候，他是一个话少的人，越来越少，话不投机半句多。也许是梦里听得太多，说得太多，他累了。即使面对最好的朋友，他也常常苦于无话可说，好吧，天气尚好，身体也好，让我们安静一会儿，别为说什么发愁，就这么坐着便是好的。

　　但只要躺下，睡了，他就变成了一个喧嚣的剧场或会场。他是演员又是观众，他情不自禁地为自己喝彩：说得太好了！无坚不摧的逻辑逻各斯！他由衷地赞叹：除了鲁迅，我就没再见过这么快的刀！十步杀一人，千里不留行，事了拂衣去，深藏功与名。他听着剧场或会场中人们的赞成与反对、惊叹或哄笑，像海浪一样翻腾起伏，他如同冲浪，在那亢奋、恐惧、紧缩的顶端，他忽然意识到他即将醒来，他拼命叮嘱自己：要记住，千万要记住，醒来后，要记住刚才说了什么。

　　就在这时，他醒了。他静静地躺着，沮丧地眼看着他说的话在大脑沟回中正像海水退潮一样退去。

　　沙滩平如镜。

　　然后，他隐隐听到一阵阵的海浪。是海浪，这是海边吗？

　　不，他终于想起来，这是雅典。

　　他起身走到窗边，拉开了窗帘。

　　天还黑着，但是星星点点，灯火闪烁。他看了看手机，夜里三点多了，这个城市不肯消停，还在闹腾，那不是什么海浪，那是喧嚣嘈杂的市声。近处的一座楼上，音乐如一颗巨大的心脏在跳动，人们在跳舞。楼下一个看不见的地方，一群人正激烈地争辩。希腊语，他不知道他们在吵什么。

有一瞬间，他想，那其中有没有苏格拉底的声音？

几年后，他在电视上看到那个国家正被沉重的债务压垮，他想，这可能不像中国人所想的那样严重，债务不能拖住他们的舞步和舌头，他们将在通宵达旦的会饮中将债务讨论到无限接近于无。

教授端坐在宝座上。这里据说曾是宫廷饮宴的场所，但它的每一个细节都在暴露它不过是粗糙潦草的赝品。

他想，事情就是这样，我们在这里同时想象中国和希腊的会饮，我们把真的变成了假的，在皇帝的宝座上谈论苏格拉底。

教授在介绍《会饮》的由来。在这篇对话中，柏拉图记述了祭神的狂欢大醉之后，雅典的一群诗人、政治家、戏剧家，当然还有哲人苏格拉底关于EROS（爱欲）的讨论。时在公元前416年，孔子死后62年，苏格拉底大约52岁。据说，这是西方哲学史上第一次对爱欲展开系统的形而上学思辨，而在施特劳斯和刘晓枫看来，事情还不止于此，鉴于这是一群人依据商定的议题和规则展开辩论，所以，这也是雅典民主政治语境的再现。

好吧，他想，这也是一次酒后长谈。酒与爱欲的关系不言而喻，其实我们还可以谈谈酒与民主的关系，除了苏格拉底，那群人都喝醉了，民主需要酒，人们一直不肯承认这一点。而孔子，他想不起来，孔子是否喝酒？他会喝一点的吧。在祭礼中，酒从一束茅草中缓缓流下，浑浊的酒液被茅草过滤而清澈澄明，这即是神明降临。

但孔子不说醉话。他也不像苏格拉底这样饶舌，尽管没有喝醉，但苏格拉底在《会饮》中说的话差不多够得上一本《论语》。

而教授由《会饮》的思想史意义，不知怎么就谈到了"弯"和"直"。显然他认为他应该为苏格拉底辩护，把被掰弯的再掰直过来，他断言苏格拉底实际上反对同性恋。于是，话题又转向了政治正确，以及希拉里和特朗普，以及美国最高法院关于同性婚姻的判决，以及这个判决实际上是年高德劭的大法官们受了他们身边那些哈佛耶鲁法学院毕业的年轻助手的影响，这些孩子，他们或她们是同性恋，可都是些好孩子呀……

坐在旁边的袁小姐听得兴起，拉上她爸爸做注脚：是啊，老爷子学好也好不到哪去了，学坏可快呢。最近开了微博，天天泡在上面，现在说话像个00后，居然还迷上了全姐！

谁是全姐？

他很有兴趣。袁小姐的父亲也算得上一个学术领域的大法官了。他以为那什么姐必是老爷子的学生或家里的保姆。

全智贤啊！

哦。他笑了，这可不是00后的品位。难得有件事，你和老爷子意见一致。

袁小姐一撇嘴：被他一喜欢，我都有点不太喜欢了。


站在廊下，他们各点了一根烟，风很大。袁小姐接着说：我觉得吧，至少比他迷上广场舞好些。

广场舞也没什么不好啊。我的理想就是，退休后，天天在花园里和一班阿姨大妈跳舞。

他指了指院子——

这个院子，我看就很合适。

她笑了：我也觉得合适。你想想，皇上当年就在这儿，带着一群老嫔妃跳起来，好看。

然后，说到了前几天的一顿饭：怎么没吃完就走了？

他想了想说：那几位站在云端里，我干坐着也搭不上话。

她说：后来，老陆和老刘差点吵起来。

他笑：诸神之战。让他们五位去办一件事，没过一天就会分成至少四派，然后呢，事儿是不了了之，话倒说了一地。普罗塔哥拉说：人是万物的尺度。此话真是妖言惑众，哪有什么抽象的人，落到实处，就成了我自己是万物的尺度。所谓天下，也不过就是那张吵架的酒桌，或者朋友圈儿。

这么说，你还是赞成里边这位——

她抬下巴指了指会场。教授和施特劳斯都认为，城邦注定被无穷无尽的"意见"所毁坏。

他想了想：在下山沟里人，岂敢言希腊事。


他被这树镇住了。

这大树浑不似明清之树。它和此处的烟波渔舟、春花秋月、松竹鸥鸟全不相干，它孤零零地矗立。这厅堂中，一切都在相互阐释相互说明，一切都是上文和下文，唯有此树无来由、不可说。

他仰着头，张望右上方的题跋，行书五行：


> 风号大树中天立，
> 日落西山四海孤。
> 短策且随时旦莫，
> 不堪回首望菰蒲。

项圣谟诗画。

项圣谟，他听说过。他是明代项元汴的孙子，而项元汴是艺术史上不世出的大藏家，当日嘉兴天籁阁所藏书画，据说抵得上故宫一半。

他的孙子，竟是一个非凡的画家。

《大树风号图》，2016 年秋天，挂在武英殿里。

这是武英殿啊，狂风由此起。1644 年 4 月 29 日，李自成在武英殿即皇帝位，次日发兵山海关，一片石一战大溃。5 月 2 日，清兵占领北京，席卷而下，明年，闰六月二十六日，嘉兴陷落，项氏家藏"半为践踏、半为灰烬"。项元汴携母亲、妻子远窜江湖，从此赤条条落叶飘零。他画下了这幅《大树风号图》，活到了顺治十三年，1658 年。至死，他自认大明遗民。

然后，不知何时，这幅画竟流入清宫。

他想，真是有意思啊。这殿堂，烧了塌了，又起来，原是为了今日立此一棵树。


给我讲讲《大树风号图》吧。

他和她本不相识，通过一个画家朋友找到了她。

她笑了：你不是说那是最好的画吗？

是，那是最好的。我知道它的好。有眼睛都会看出它的好来，它就挂那儿，不是什么显眼的地方，但是你一眼看见它，你就一定知道它的好！你再回头看看，那些画，包括八大的白眼鸟儿，就挂在它斜对面，你一下子就知道，那鸟小了。你知道八大的身世，所以那是亡国的牢骚，要不知道呢，还以为这鸟在单位受了什么鸟气。

她笑了：我可不敢在我们行里这么说，人家会说我疯了。

他也笑了：当然，我这行里也是一样，每个封圣的大师都是势家豪门，门下走狗成群，忠心护主。所以，死人也不能得罪。画，我不懂，就是想向你请教，为什么我会觉得它好？

她想了想：我也觉得好。鲁迅也觉得好。这件事上，你和鲁迅意见一致。


但鲁迅一直不曾想起这画的作者是谁。

据鲁迅日记，1913 年 2 月 12 日购得《神州大观》第一集，中有《大树风号图》。

21 年后，1934 年 4 月 10 日，他将此画题诗写成条幅寄赠南宁博物馆，跋云："偶忆此诗而忘其作者。"

1935 年 12 月 5 日，他又把这首诗抄赠友人："此题画诗忘其为何人作，亥年之冬，录应，霁云先生教。"

第二年，鲁迅就死了。

黄昏落日里，先生反复记起这首诗，他也一定反复想起那棵树。


雅典的夜晚，睡不着了。在隐隐的喧闹中读完了《会饮》。

柏拉图是一位伟大的、具有绝对原创性的小说家。是的，他是小说家。看看他是怎么干的吧。《会饮》开头，阿波罗多洛斯上来就是一句："我觉得吧，你们打听的事情，我并非没琢磨过。"

——"你们"是谁，却不曾说。"你们"就是我们，我们这些读者、听众、看客。然后，阿波罗多洛斯告诉我们，格劳孔向他打听那天晚上的会饮，而阿波罗多洛斯其实也不在场，他所知的都是从参加了会饮的阿里斯托得莫斯那里听来的。所以，整个《会饮》，是转述的转述的转述。阿波罗多洛斯向我们转述他向格劳孔转述的阿里斯托得莫斯对会饮过程的转述。而同时，这个大喇叭阿里斯托得莫斯另外还告诉了弗依尼科斯，弗依尼科斯又告诉了"有人"，这不知名的"有人"又告诉了格劳孔，格劳孔从郊区进城，路上碰见阿波罗多洛斯，一把揪住：快说说，那天晚上都说了些啥？

这真是个绕口令般的迷宫。现在，捧着这本书，你觉得你已经要晕掉了，你已深中怀疑之毒，你不仅听到了各种各样听上去很是有理而又南辕北辙东邪西毒的"意见"，而且你还得知对这些"意见"只能信不信由你，反正它们都是经过可疑的层层转述才抵达你灵敏的耳朵和懒惰的头脑。

柏拉图意识到，面对世界的任何讲述在根本上必是相对和有限的，它出于特定的名字，出于特定的声音，它介于可信与不可信之间，它是个人"意见"，它必是"小说"。

他想，这即使在 21 世纪依然是小说的根本命题。

但为什么要读这样的"小说"？永不承诺什么，公然不可信，把不可信作为美德，呈现的永远是被意见碎裂的世界，在这个世界上，每个自作聪明的家伙都在挖空心思地炮制知识发明真理，他们在喋喋不休地说啊说写啊写，即使是苏格拉底，他真的相信人们能够并且愿意穿过这无边的沼泽？

所以，希腊世界终于沉沦。在沉船上他们还在争辩，但是已经无人听。所有的耳朵朝向一个超越的、整全的、不可争辩和不证自明的声音，奥林匹亚聒噪的诸神退位，上帝来了。

世界归于绝对的大信，归于圣言。

她吃惊地看着他：你该不是说，项圣谟的那棵树就是大信之树，是圣言之树？

我疯了吗？我跟他根本不熟，查了百度才知道他爷爷喜欢在画上盖章，盖章之多都快赶上乾隆了。后来他们家的画被清兵烧了，被马踏了，还有一部分被一个叫汪六水的清兵千夫长抢了。这个王八蛋，我们还得谢谢他，他要不抢去，可能就全被八旗大爷们烧了火了。然后，就是刚刚听你说，他好像是个近视眼？

是啊，不过那时候已经有眼镜了。而且，也有人猜，他应该是见过传教士的——

他看着她：什么意思？

他的构图、他的眼光，多少让人觉得和西洋画相通……

可是，没什么材料，不能坐实，是吗？

是啊。

他喝了一口茶，说，项圣谟，他来过两次北京，有一次是被太常寺请来，为天子绘制九章法服，斟酌订正祭祀礼器。

——这个人，他可不是寻常画家或藏家，他是这个文明最根部、最深处的人。他戴着眼镜，一笔一笔描绘着天子祭祀时章服的纹样，不是什么人都能做这件事，否则太常寺没必要千里迢迢把他从嘉兴请到北京。他是礼乐的传人，他由周礼的天地而来，他不是他自己，他是绝对和整全。

鲁迅忘了他的名字，这真是好。你想想，真正站在那儿、站在鲁迅记忆里的只是那棵大树，树下那个人没有名字，你说他是项圣谟，或者不是，随便你吧，他的尺度是那棵树，而不是他自己。

想想吧。那真是白茫茫大地真干净，天塌了，地陷了，华夏文明之浩劫，那个晚明，他们可真是说够了，他们可真能说啊，上下五千年，晚明之人最能吵架，他们意见纷纷，他们有东林复社，他们的会饮无止无休，终有一日，千里搭长棚，筵席散了——

什么都没了。马踏过，火烧过，抢过，杀过，叶落了，狂风吹过，然后，你就看见了那棵大树。

那是劫火之后依然矗立的、再无可疑之后的大树。天地茫茫，唯这树在、人在。你说不清那是什么，但是你知道，那必是最后的信、是天地之大信。

它竟然在那儿，所以你必须想，那是什么。

(原载《十月》2017 年第 1 期)

 2017 中国散文年选

# 遗憾无妨写入诗

林　岫

## （上）

人生不易，难免遗憾之事。若将遗憾入诗，可自警自慰或者诲教他人，笔前留住几分风雅的念想，当有几分隽永的雅趣。

遗憾大小，皆相对而言。行旅受阻，访友不遇，约客不来，赏花偏逢风雨，都算日常小憾，写成诗句，倘有知己超赞，录入诗卷，雅趣长留，传诵千秋也未可知。那些国计民生、先忧后乐等主题比较正大重大的遗憾，如果错过史家记载，又稀缺了个人诗录，转身即忘，真个成了过眼烟云，会落下无法弥补的再次遗憾。

翻检古今诗卷，遗憾诗并不罕见。耳熟能详的，例如"夜来风雨声，花落知多少"，"劝君更尽一杯酒，西出阳关无故人"，"松下问童子，言师采药去。只在此山中，云深不知处"，"今春看又过，何日是归年"，"有约不来过夜半，闲敲棋子落灯花"等，皆以遗憾入场，辗转虚实，类似山水画的"险中求胜"，先画些山林石径曲折难堪，随后数笔开脱，便是柳暗花明。

诗写遗憾，"活笔"的方法多多，比较常见的是自我宽慰，憾而自解。唐代孟浩然曾携诗卷拜谒华山李相，三日不遇，心气不顺，愤然留下一绝而去。诗曰："老夫三日门前立，朱箔银屏昼不开。诗卷却抛书袋内，譬如闲看华山来！"此诗前半首说遭遇闭门羹的遗憾，憋屈至怨，后半宽慰自解，说"此行不虚，就当是看华山风景而来"。这类写法，也谑称"喜怨两读"，怨者自怨，喜者自喜。喜者读不出孟浩然那一肚子牢骚，一笑而过，相安无事；孟浩然呢，扔下怨言，拂袖而去，也不失儒雅风度。以诗解气，能做到温文尔雅，到底聪明。

赏梅逢着雨雪，扫兴就是遗憾。宋代诗人方回归途悒然，借物景自慰，竟然得一佳诗《过湖口望庐山》。"江行初见雪中梅，梅雨霏微棹始回"，写江行方见雪梅，却遇霏霏梅雨，只得返棹，述笔。第三四句"莫道无人肯相送，庐山犹自过湖来"，转棹陡起，回头正好看见庐山，天赐灵感，索性借出"庐山"。庐山过江送客的盛情如此，能不意外精彩？虚笔添奇。扫兴返棹，方回已经无话可说，望见庐山即寻得出路，陡起生机，信作诗真有"绝处逢生"一法。

明代诗人高启，是善写遗憾的高手。春日寻梅，几候不开，稍觉纠结。始写"江边寺里一树梅，几度劳人相候开"，坦陈遗憾。后半首转对梅花言语，"无情今日未肯发，有兴明朝还看来"，说今日看花无望，明朝定要再来，看你梅花开是不开？后两句对仗，贯气如一口道出，嗔怨结撰奇句，个中情深，须得细心读来。高启诗集中，还有访僧不恰，"行遍空林僧不见，慰人怜有一枝梅"，用借物生情法；月夜梅花未开，遂自我解嘲，"几看孤影低回处，只道花神夜出游"，说机会错过是因为花神出外夜游了，用托空见意法。纵然同是赏花遭遇雨雪的扫兴而归，总觉萦系心怀，便虚说风儿有情，"春风似念无花看，远送飞红到砚台"；或说花儿孤高，"此花不是繁华种，只合空山独自开"等，着意找个由头慰藉一番，巧妙化解憾事，也情理雅趣自然。

遗憾至深，往往会怨尤生悔，积怨生愤。怨尤生悔的，比较有代表性的是北周庾信的《梅花》。诗曰："当年腊月半，已觉梅花阑。不信今春晚，俱来雪里看。树冻悬冰落，枝高出手难。早知觅不见，真悔著衣单。"前半首今昔陪对。当年梅花是"客"，今年梅花是"主"，用"以客陪主"法。先说春寒料峭，梅花今岁开晚，遗憾一。颈联用顺因果句法，为遗憾补意。因为"树冻"，故而"悬冰落"，见冰不见花，遗憾二。因为高枝亲阳，已有些花放，但"枝高出手难（想攀枝亲近又很困难）"，遗憾三。接下，若顺势去写失望后的无奈或伤情等待，都易落俗套，庾信转以"早知觅不见，真悔著衣单"，偏偏去说后悔，语出意外。同样是退步思考，倒让读者领会了诗人雪中寻梅时不畏严寒的那番执着雅兴的真情，当然也就平添了几多感动。能成功表达出赏花非时而衣衫单薄的悔意，甚至越悔越见情深，妙在歪打正着，粲然生新，也是自辟奇径的一种诗法。

遗憾到积怨生愤，全诗喷发牢骚，又不欲宽慰，只求一吐为快的，可举南宋陆游的《怀旧》，"狼烟不举羽书稀，幕府相随日打围。最忆定军山下路，乱飘红叶满戎衣"。中原沦陷而南宋偏安，狼烟不举羽书稀，朝廷仍在沉迷莺歌燕舞，遗憾一；战事严峻而幕府将军仍在围猎取乐，遗憾二；定军山下数万戍边兵士眼看秋暮冬临而家山万里，遗憾三。此诗作法，实堪玩味。

前两句俱为后半首铺垫，层层推进，全篇主意在后；第三句拈出"最忆"，犹今人谓之"特写"，放大戍边兵士的困苦，遂加重了诗人的遗憾愤慨之情。读者只当一般边塞小诗解读，只看出"对比"，毕竟肤浅，唯读懂"最忆"，方能真解此诗。

用层层推进法写遗憾，经常结合"主客相形"，易得精警。此法，被《兼于阁诗话》称为"意语层进法"。例如东坡的五言古风，"故人适千里，临别尚迟迟。人行犹可复，岁行那可追"，说故人被贬谪远方，别意迟迟，难以离舍，不过是一层遗憾，是"主"；远走他乡犹可返回，但岁月逝去则永难追回，递进说又一层遗憾，是"客"。《诗经·邶风·谷风》有"行道迟迟，中心有违"，其"迟迟"，即迟缓不舍。又《韩非子·初见秦》有"军乃引而复（率领部队返回）"，其"复"，即折回、归来。东坡以故人远行为"主"，岁月流逝为"客"，"人行"与"岁行"都是遗憾，主客相形比较后，加重了忧患思虑，而且孰轻孰重，权衡了然，诗意也备觉精警。

## （下）

古代学人欲求仕进，寒窗辛苦不说，如果没有权钱背景，还得遭受宵小欺辱。北宋江夏（今武昌）才子冯京未第时，旅次余杭，借宿寺庙，因误会被衙役所拘，郁闷题诗于寺庙粉壁，诗曰"韩信栖迟项羽穷，手提长剑喝西风。可怜四海苍生眼，不识男儿未济中"。冯京自信才华胆识卓荦，借喻韩信项羽，然而恃才不遇又困顿被辱，徒唤奈何，故以诗题壁，倾诉愤恨，期盼过路行客能够援手相救。有位衙门文书读了题诗，果然怜惜冯京才华，竟去县衙求情，县令反而怀疑文书受贿，文书坦然道出缘由，说"冯秀才贫甚，但见所留诗，他日必得贵显"，并当场背诵出全诗，县令折服，知道个中没有私情，便释放了冯京。皇祐元年（1049），冯京果然荣登头名状元，直集贤院，49岁擢枢密副使，仕途虽有风雨沉浮，还算官运腾达。后来官帽高大后，攫私嗜利，人称"金毛鼠"，言其外饰文采而内实贪秽，结果玷污了诗才声誉，留下了真正的遗憾。

冯京匆匆题壁，虽然思虑非深，语直真率，但怒喝"不识男儿未济中"，也是情急豪语。作诗仅有豪语，当然不够。笔者一向坚信诗笔能由窄处翻身跳脱，宽解排难，总得凭借些文学创作的豪杰手段，故读诗至此也须明眼鉴识其别径。

以今昔对比写遗憾，容易熟门俗套，唐代令狐楚《少年行》则不然。诗曰"少小边州惯放狂，骣骑蕃马射黄羊。如今年事无筋力，犹倚营门数雁行"，将少年的轻狂和白发的孤寂，借助细节（骑马射羊和倚门数雁），一箭双雕，忽地鲜活跳脱。若做细味，当知少年的轻狂既是白发老人眼中的镜头回放，也是其难堪的内心独白。就这样，时空瞬变得加倍声情，醒悟后的且自珍重，好像一次不经意的涉笔成趣，轻狂和孤寂便成了人人皆可能遭遇的人生遗憾，从而提升了小诗的社会意义。

有一种以调侃幽默写遗憾的思路，也颇耐欣赏。韩愈夫子一脸苦相著述的《送穷文》，其钩章棘句，虽然真见功力，却让读者陪着一起难受，感觉沉重，终不及清人锺征瑞的"送穷穷不去，似爱我知音"，苦中戏谑，虚说轰打不去的"穷鬼"原来是"爱我的知音"，设想大胆，言近荒唐，愣把穷愁恨事说得轻松无比，如此豪杰创辟，读者佩服，领情自然开心。

这些先写难处（遗憾）而后予以跳脱化解的写法，又叫"翻身跳脱"或"窄处翻身"。明代李腾芳《文字法》说，"文字之妙，须乍近乍远，一浅一深……只管说得逼窄无处转身，又须开一步说"，其近浅与远深，貌似离合，实则似是而非，都是诗笔跌宕，自寻出路的豪杰创辟手段。

遗憾严重者，为遗恨。这类思路的遗憾（恨）诗中，清龚自珍《己亥杂诗》的"不论盐铁不筹河，独倚东南涕泪多。国赋三升民一斗，屠牛那不胜栽禾"，不可不读。此诗套着两层因果关系，须用细心读法。开端因果二句，写"不论盐铁不筹河"（不制盐冶铁，又不修筑水利），弊害是不商不农，民不聊生，遗恨一；故而"独倚东南"的繁华胜地反较他处"涕泪（更）多"，百姓更苦。后半首说因为官吏腐败，"国赋（规定）三升"，官府却要"民（纳）一斗"，加倍盘剥，遗恨二；故而农民只得屠牛卖肉，破产弃耕，逃荒他乡。弊端难除，经济几近崩溃，是国计民生的大遗憾。一首小诗，写得精警胜过政论鸿文，近身出手，看似诗中豪杰擅长之"短兵器"，读者会意，必当肃然。

咏史题材多实述实评，在作法上巧用虚笔，识见卓然而立，亦堪称豪杰手段。明代《戒庵老人漫笔》录过无名氏的一首《题昭君图》，诗曰："骊山举火因褒姒，蜀道蒙尘为太真。能使明妃嫁胡虏，画工应是汉功臣！"此诗前半首对仗并举，皆以地点人事说"美女牵连兵祸"，两截史实的遗恨叠加，尽为后半首立论铺垫。第三句陡转，说因为画丑了昭君，皇上不选，敕令和亲，才换得汉朝一时的天下太平，故而"画工应是汉功臣"。正话反说，暗寓讥讽，构意得他人之未想，如此抉目醒世，自有奇异气象。此诗好在以明扬暗抑的戏谑笔调为朝廷政事腐败狠下针砭，却又举重若轻；读者如果不能解其细腻独到，亦是遗憾。

古今之大遗憾事，莫过于昏道乱世的兵燹刃血和奸佞肆虐的贪腐苛政致使黎民涂炭而忠净罹难。诗笔抒写大遗憾，譬如写时代风雨、社会苦难、思想压抑等题材，舒展一下"先天下之忧而忧，后天下之乐而乐"的抱负，或者歌颂经国治世的策勋和力挽狂澜的英杰，当然比抒写个人小遗憾难度大，却更容易惊心动魄。诸如"若使竟无用，不应生此才。斗间腾剑气，爨下失琴材"（清《雪樵集》），慨叹乱世的大才难遇；"权珰植党褐衣冠，奋袂除奸世所难"（清《荟蕞草》），写忠良扶正社稷的豪情大义；又"天留一木支中外，身与孤城共死生"（清孔昭虔《谒史阁部祠》），酹祭英烈的浩然正气，以及"九州生气恃风雷，万马齐暗究可哀。我劝天公重抖擞，不拘一格降人才"（龚自珍《己亥杂诗》），势欲冲破晚清窒息思想和扼杀生机的腐朽牢笼，呼吁天公不拘一格普降真正的民族栋梁拯救危亡等，皆诗鼓铿锵，韵声镗镗，震撼人心。

大憾入诗，若用豪杰创辟手段，其中写家仇国恨且能警时醒世的，大都具有遗训诲教的意义和价值。南宋范成大《州桥》的"州桥南北是天街，父老年年等驾回。忍泪失声询使者：几时真有六军来"，明知"无有六军来"，矫反怯问"几时真有"，怨愤悲哀蕴于此问，胜过正面质问多多；文天祥《纪事》的"英雄未肯死前休，风起云飞不自由。杀我混同江外去，岂无曹翰守幽州"，结句借史慨今，昂首反问，说"岂无"实际等于说"正有"，反笔顿开波澜壮阔。又近代谭嗣同《狱中题壁》的"望门投止思张俭，忍死须臾待杜根。我自横刀向天笑，去留肝胆两昆仑"，也是借史慨今，但以生死对比，故而昆仑肝胆的民族气节在此，奸小奈何。丘逢甲《春愁》的"春愁难遣强看山，往事惊心泪欲潸。四百万人同一哭，去年今日割台湾"等，以时间变化说空间国势颓敝不堪，写民族苦难遗恨抒发豪情大义，都具有叩击千秋爱国爱民心扉的文学震撼力。如果没有诗笔记录这些民族苦难的遗恨，纵然史籍实录无遗，也会因为缺乏遭遇者的真情实感而倍显苍白。诗笔补史，奇正有象，其功昭著，绝非等闲之笔。

写社会疾患或百姓苦难等大遗憾的诗歌，或寓讽，或直刺，或戏谑，都富足时代气息，所谓嬉笑怒骂的般般忧乐关情，实则关切的是民生痛痒，萦系的是国家民族的命运，捧卷读之，能不感动铭记于怀？

史书大都不会缺漏疆域大吏的功勋，而与军民生死相共，浴血奋战的无数将士，纵有卓越战绩，史笔往往模糊带过，犹如拼命地厮杀转瞬湮没于滚滚战尘而了无声息。偶有诗集辑录，幸得光大其精神，才让后来的匹夫赤子瞻仰敬服，竖起脊梁，也备受鼓舞地准备日后为国家民族做一回真正的血性男儿。所以，捧卷读至唐代曹松的"凭君莫话封侯事，一将功成万骨枯"、陈陶的"可怜无定河边骨，犹是春闺梦里人"和"纵然夺得林胡塞，碛地桑麻种不生"等大憾之诗，切勿轻心放过。如果认可历代诗人抒发战事艰苦卓绝以及"捐躯功高不赏"的不尽哀叹，是因为诗人受到血雨腥风中殊死拼搏的强烈震撼而发出的天地呐喊，那么也会相信，面对大憾成恨而史笔不记，诗笔呐喊的声情或可能够抚慰那些长卧沙场的千秋不归之魂。

人生焉得无憾？遗憾入诗，不啻对面谈心，忠告盈耳，启智明眼，还能开阔胸怀，学会诗法，得其指归，也顺带学会善待社会人生。读懂古今遗憾诗，不定日后遭遇遗憾，也可以即兴援笔舒啸，岂止留存雅趣，那放开思路的天高地阔，也是有助于立世修为的一等功夫。

（原载《光明日报》2017 年 5 月 5 日、5 月 12 日）

# 谈 玄 说 巫

崔济哲

　　《说文解字》中小篆的"玄"写法甚为复杂，用刀刻竹，恐怕半天刻不出几个字来。解而视之，一分为二，玄字的小篆体是上大下小，上面是复杂的"上层建筑"，下面却可视为幺。幺者小也，渺小，而小却被一个复杂而高大的"盖头"所罩，因而看不清，看不准，其意为奥妙、神奇、微妙。此乃玄字一解也。

　　我理解，玄实际上其隐意为悬，飘乎于空中，四面无壁，上下无托，用现代语言直率地解释就是不靠谱。玄是悬，是否通假尚在考证，但其意相通似无疑义。

　　玄之二解亦出自《说文》，何为玄？"黑而有赤，争者为玄，象幽而入复之也。"至此方有一解，秦始皇登基为千年一帝时并未黄袍加身，而是玄袍登基，其中必有深意。玄者，黑里透红，其意为奥妙、深邃、广博、深不可测，远不可达，威不可亵，奥不可言。秦始皇对玄的理解应也是千古一人。集三皇五帝于一身，应天地日月于一人，其着装必然要深刻，要深奥，要深不可测。中国的皇帝何时以黄图解皇，至少说明那朝那代的皇帝无法与始皇帝相比，皇帝身上的玄已褪失尽至。

　　玄之三解为"天也、道也"。《广雅》上说："玄为天也，道也。"查《辞海》称玄"精神性的宇宙本体叫玄"，玄真乃玄也，玄炒、奥妙、微妙、奇妙。越研究越聊玄，越觉得玄和悬当为通假。

　　郭沫若有一个郭氏解释，通俗易懂，不失为一家。他说玄就是旋转的旋。由《说文》可见，幺上面有一"上层盖"罩着，它是可旋转的，至于它为什么可能旋转起来，郭沫若并未解释，他围绕玄说旋，犹如人，一旋转头就会发晕，两眼就会发黑，所以玄就出来了，旋而转，转而晕，旋转而黑。郭氏之论，玄即黑也。直到今天，出殡皆黑帐，玄色为天。中国传统的东西南北，青龙、白虎、朱雀、玄武，即升、沉、胜、亡，北方为玄。故中国皇帝陵宫称玄宫。但不能忽视的是，玄还代表玄机，玄还代表玄妙，玄还代表玄奥、玄念。

玄与空相连，还是一个哲学的命题，宗教的命题。

老子、孔子的论说中就充满玄念、玄机、玄奥。

以我上初中时学过的《两小儿辩日》为例。说孔子东游，见两小儿辩日近日远。一小儿曰：我以日始出时离人近，而日中离人远。另一小儿的论点恰恰相反。两个孩子各言其理。一小儿曰："日初出大如车盖，及日中，则如盘盂，此不为远者小而近者大乎？"另一小儿曰："日初出沧沧凉凉，及其日中如探汤，此不为近者热而远者凉乎？"孔子不能决也。莫说孔子，2500 年前谁能回答？这两个小儿的辩日之论太玄了，这种形象思维最终玄至抽象思维。"一尺之棰，日取其半，万世不竭。"玄！说宋代之大理学家二程之程颐到友人家玄谈，谈天说地，程颐指着面前的桌子说，这个桌子放到地上，不知天地放在何处？

庄子就是位玄学大师，玄妙、玄奥、玄乎其玄。历史二千多年无人能出其右。玄不过庄子。"子若非鱼，又安知鱼之乐？"

庄子的玄妙：庄子梦蝶、庖丁解牛、运斤成风、螳臂挡车、斥鴳笑鹏等。"北冥有鱼，其名为鲲。鲲之大，不知其几千里也；化而为鸟，其名为鹏，鹏之背，不知其几千里也；怒而飞，其翼若垂天之云。"呼之，何人见过此等玄说？

《山海经》中说精卫填海、夸父追日，嫦娥奔月、女娲补天、共工怒触不周山，没有玄说何来神话传说？《山海经》中说有一大蛇，一次能生吞一头大象，吃完之后并不吐骨头，三个月后才把骨头吐出来，听其言，观其行。何人能不玄？当代美国好莱坞的科幻大片较之两千多年前的中国玄说何颜之有？

中国的《易经》玄妙得几乎不可理喻，玄妙得让人头晕头昏彻底旋转。当玄最终为科学与实践相证实世间万物运行之客观规律时，世界为之旋转。

中华上古有三易，易易都够让后人炫目耀眼的。一易曰《连山》，作者为夏代神农，神农尝百草，为民医病，作《易经》；二易曰《归藏》，为黄帝所作；三易为伏羲所作《周易》。这三部《易经》都是玄文、玄经、玄说，充满着玄妙玄奇，它们让数千年间的数十亿人都目晕、都头昏、都旋转，堪称伟大不朽。

三部《易》其主要不同在首卦，《周易》首卦是乾卦；《归藏》首卦是坤卦；《连山》首卦是艮卦。首卦不一样，说明卦的性质、特征、内涵之差别。《周易》开启了儒家的思想，《归藏》开启了道家的思想，《连山》开启了墨家的思想，从这个意义上讲，《周易》是中国文化的一个源头，它除了对先秦的儒、道、墨以外，对阴阳家、名家、法家、兵家都有着深远的影响，三《易》真够玄的，《周易》玄得让人炫目眩晕。《周易》最基本的两个符号：阳爻、阴爻，几组长短不同的线段无穷地变化组合，竟然能说明世上一切发生过的、正在发生的、即将发生的事情，这种千变万化的爻文组合，千奇百怪的卦图说明，几乎等同于万千事物的变化规律，往扩大化上说，往广泛性上说，《周易》中的卦文都可以先知或遥知，其包罗万象，无所不容，又似乎无所不知，无所不测。往小处归纳，往集中概括，《易经》又可言之为两个字：阴阳。一切万物万象万载皆由阴阳两极产生。易有太极，太极生两仪，两仪生四象，四象生八卦。玄哉乎？

《周易·系辞》说："易者，象也，象也者，像也。"易是讲象的，象是对世界，对宇宙万物变化的规律性、必然性的掌握，它也是宇宙万物在变化过程中所表现、表露出的一种表征。"象"一般指卦象、爻象、阴阳之象等。阴阳之象如阳为天、圆、君、父、金，阴为地、母、子母、黑、缺等；八卦表征为天、地、水、火、风、雷、山、泽。天是乾、地是坤、水是坎、火是离、风是巽、雷是震、山是艮、泽是兑。每个卦的卦"象"甚至多达数百个。至今被清华大学引以为校训的"自强不息，厚德载物"即出自《周易》，梁启超先生曾以此作文，"天行健，君子以自强不息"是《乾卦》的大象。"地势坤，君子以厚德载物"是《坤卦》的大象。《周易》直到今天，已为一门"大课"，堂堂乎登北大清华。至今未有人不以为其博大、精深、百纳、万解。

宇宙之间最根本、最伟大的德行就是讲生，生生不息，生生不易，此就是"易"的核心；"穷则变，变则通，通则久"是易之变通精神；"日新之为盛德"是易之倡新精神；"天道变化，各正性命，保合太和，乃利贞"易之和合精神。当世界很多大洲还处在茫茫大地一片真干净时，当中国还在远古时期，文字尚未产生，但《易经》《周易》就出现了，而且那么周密、科学、神妙、奥秘、不可思议。中国的哲学思想、抽象的理论思维从《周易》之时就开始产生了，何人不呼之为玄？有的专家称：《周易》实际上就是百科全书，包含了所有知识，包含了你认识的也包含了你不认识的未知世界，就当时而言，《周易》把所有的问题、现象都涵盖了，玄乎哉？旋也！

当然国外的玄学也玄而又玄。但不在今文之例，比如伟大的古希腊的哲学家、科学家、数学家、物理学家阿基米德，曾放话："给我一个支点，我就能撬起整个地球。"阿基米德与比他早出生半个多世纪的东方玄人庄子有一比。

其实玄之本论乃色。玄之本色乃黑，黑中有红，红与黑的图案，构成了春秋战国乃至秦一统时期的国色。现在当我们揩去浮尘，再看那个时代的漆器，会觉得是那么壮观、美丽、深奥、夺目，是那么深邃、旷远、和谐、圣洁，此乃玄之妙也。

谈无先谈空，让人想到佛教中的四大皆空，传统意义上讲，空即无，佛教中对无和空的限意是一致的，皆空即无。佛教中说四大皆空是由有化为无，先有后无，"有而后无"，"虚而不无"，空无一人。空无两字相关又相连，但在汉语中，无要比空来得早远。无在甲骨文中就有，是中国汉字最早诞生的先祖，甲骨文有三千多字时，无字赫然列于其中，因此无的通假字多，借用字多，延伸意字多。

中国百家姓是实指非虚指，秦统一关中六国后，制定百家姓，那时中国仅有一百姓氏，现在已经突破万姓。汉字的发展应该是姓氏发展的基础。无字在秦时已经借用为亡，我理解在《睡虎地秦简》中的亡字就是人逃亡，人去则无则空；往前推，殷商时期的甲骨文字一字顶现在的一万字，一句顶现代汉语的十万句，一点都不过分。由无及舞。人类没有文字时就有舞，没有舞字时就有舞蹈，有万年之前的岩画为证，手之舞之，足之蹈之。舞蹈是人类最早表现感情交流感情的方式，无字就有舞蹈在其中，因此无并非空，亦属实，舞蹈比战争早得多。因为舞蹈也是人类向太阳，向大地，向四季，向一切自然现象表示感情。无的用意用途广而实，也是无的借用延伸。但无和空一直携手并进，而无和舞却早已分道扬镳。

无、舞、巫的渊源很深，自有文明始，似乎就相依而立，相拥而起，相互而发。巫在中华文明中的地位应该更高、更雅、更尚。

谁能更权威地解释巫？

中国最早的词典《说文解字》中的解释是："巫，祝也。女能事无形以舞降神者也，象人两袖舞形，与工同意。"巫能通神，巫能使神降到人间，即巫能请神，巫能使神起舞，舞之人舞，舞之像人，巫能邀神一起起舞。天下还有他人否？巫之神能莫大其焉？直到三千年后，巫仍在，巫术仍通，巫技仍代代相传，巫舞依然舞之人舞。

最早的甲骨文大约出现在商朝的前中期，公元前21世纪，据统计，现在发现的甲骨文中，最多的是记述巫的活动，占卜和卜辞，也就是说甲骨文作为国家文字，是记载国之大事的，而巫之活动、巫之语录，皆国之大事也。可见巫的地位，巫的作用。在中华文明乃至世界古代文明，记载最早的人之语录的不是孔子的《论语》，不是耶稣的《圣经》，也不是释迦牟尼的《佛经》，应该是巫之言、巫之行也。在夏商时代，巫的地位无可替代，至高无上，他甚至可以左右王命，王也要敬其三分。巫可以敬天邀神，他可以与天通与神通，他可以得知一切，预知一切。王的信息尤其是遥远的和将来的，都要靠巫的卜卦；王的福、祸，甚至王的喜、怒也要靠巫来祈祷。夏商时期，祭天乃国之大典，其隆重至举国之庆。祭天之典，完全要听从巫之安排，从祭礼、祭典、祭品，无一不是巫亲点亲定，那时那刻，巫将从天上迎神到地，天神依附在巫，巫又跳又叫又唱又念又舞，我们直到几千年后仍能看到"跳大神"的，觉得可笑，但那时那刻从君到臣，从王到民，无一不觉得神圣、庄重。五千年前的巫，神圣不可侵犯。商之中兴王武丁王，开疆扩土，政通人和，在商王朝629年中，是最有作为的君王，他笃信占卜，无论国之大事，王之家事，上至出兵伐夷，直至爱妻妇好怀孕生产是生男生女都要巫打卦占卜。武丁要狩猎，去何地狩猎，狩猎能否有所收获？狩猎为何物？武丁出行前都要巫做主。我曾掩卷而思，巫的占卜打卦靠得住吗？如果信口雌黄，百占而无几中，君王何以得信？巫何以能活？巫的巫术何以能取信于君王？据甲骨文记载，叫"谷贞"的巫就多次占卜且多次言中，一次为武丁王占卜去狩猎，何时出行？行向何方？何处遇何兽？狩猎得虎、鹿四十、狐一百六十四，让人难以置信。武丁是个很有作为的大国之君，多智而狡黠，相信靠胡言乱语，指天说神，骗一时一事，难骗数年数十年，难骗今事昨事天下事。巫最终走向分化。东周末期已出现了占星术、堪舆术。又演衍出许多惊天地泣鬼神叫人不敢相信，又不能不相信的故事。巫术至今让世人仍觉得不解，只感到随着科学技术的发展，随着已知世界的扩大，未知世界不是在缩小而是也在扩大。

巫和医是同源。巫在前在先，医之源在神农，神农尝百草而为人治病。由史推论，神农为夏王朝时的人，活在公元前21世纪，神农应是当时的巫。巫为医始。

中医，中华之医，如追溯到夏时神农也已经4000多年，应是世界上最古老的医术。在中医中，几乎无物不可入药，又几乎无物不可医病。所有植物的根、须、叶、枝、茎、籽、花；所有动物的骨、皮、壳、甲、指、牙。昆虫、爬虫、毒虫、恶虫、飞虫、蚊虫等无一不是配药的良材，包括名医名药师都很难说全中医中药的全部。即使明之李时珍的《本草纲目》也只是以一管窥豹，世界之大，万事之多，何能言尽？而这些药的搭配则是一种不折不扣的巫术。已经有4000多年历史的医术，至少从源头上是巫术。把十几种甚至几十种植物的根、叶、花、粉再配上昆虫的幼茧、蜕皮、牙骨、全尸，再加上一些动物包括象牙、虎骨、穿山甲的鳞、金钱豹的齿、犀牛的角等就可以治病，而且各种药材各配置多少，并没有统一的标准，很多是凭手感的脉象，眼观的现象，闻问望切，而定方子，谁也说不明白，为什么这味药多一克？那味药为什么要少一克？为什么这味药要抓这么多？而那味药要抓那么多？这就是巫之根本。足显医之根在巫、医之源在巫。曾经请教过一位中医名家，一样的病，同一个病人，请十位中医大家把脉，看病、抓药、医治。比较十张药方，无一相同，即使有的配药有相同的几味，但药量不同。结果是病人痊愈，都能治病，都能治好病。中医太神奇了，奥妙深如海。其妙其神，不可思议，更证明其源为巫，不能数典忘祖。巫对中华文明的贡献堪称伟大，没有巫的出现，会是中华文明的缺憾，会迟滞中华文明的步伐，会影响中华文明的灿烂。

巫终于走到历史的终结点上。

在中华文化中，似乎没收有比巫寿命更长的文化现象，它诞生于远古，步履整个中华文明的五千年历史，似乎终止于中国的改革开放。巫这位历史巨人，像远古时期的巨兽，像6500万年前的恐龙，最终变成美丽的传说和故事，变成不朽的化石和遗迹。

20世纪30年代，在中国北方很多农村还能看到巫的行迹，看到巫的再现，那很可能是五千年前的巫，很可能是中华文明古化石的复活。

久旱不雨，禾苗尽枯，求雨的队伍在酷暑赤日下在巫的带领下走向太阳。烈日高照，汗滴一入土即化为青烟，队伍抬着三牲四禽，抬着纸糊泥塑的玉皇大帝、四海龙王、太白金星；所有男人全部赤裸脊背，一齐跪倒在炎炎烈日之下；三牲头颅下插起燃烧的三炷香，鸽子、鸡、鸭、雀被割开喉咙，鲜血滴在酒碗里，巫此时把血涂在脸上、背上、胸前，仿佛是图腾，是古文字，也可能像鬼符神幡，然后都伏下，跪下，向着太阳，向着天空；巫开始闭眼，开始打坐，开始念咒，开始诵颂，开始号唱，开始摇晃，开始作法，开始对天呼喊，对天诉说，对天像蛇一样扭动身体，对天像龟一样四肢慢慢挪动，对天像朱雀盘旋而起；做迎风状，做淋雨状，做爬出状，做心诚状，做迎接状，做恭敬状。巫被后人称为巫师，的确不简单，他能把那么复杂的事项和众多心理都用动作表达出来，这类独舞不是一般人能够跳得了的。然后所有人跪拜天，跪拜神，一起虔诚地跪拜巫。巫的传统五千年基本未变样，一脉相承，代代相传，而且是口传身教，巫的神奇，巫文化的魅力。

20世纪60年代末，我去山西农村插队，曾亲眼目睹巫，"巫的风采"。巫在那个时代被鄙视为"跳大神的"，俗称神婆神汉。神婆神汉跳大神都是在半秘密的状态下进行，他们应属于"坏分子"，五类分子中居第四位。但社员们都默许认可。

去时，神汉已经开始作巫术，开始"跳大神"了。小屋的四角各点着一盏小灯，中央有一案台，供着符画，插着三炷香，案头下面放着三只火盆，火盆上正在烧着三色纸，烟熏火燎。神汉在极认真极专注地打坐念诵，然后烧符，点燃杯中烧酒，连火带酒一饮而尽，手指南头甩北，脚踢东腰拧西，真乃手之舞之，足之蹈之。俄尔一跃上炕，俄尔一跃下炕，指东有东边的词，指西必有西边的词。请巫作法的原因不外有二：其一是认为屋中有邪，室内有魔障，驱鬼除妖。其二是家有病人，无医无药，或久治不愈，请巫用法术治病。看得清楚，神汉汗流浃背，上衣几乎湿透了。小屋上下左右，犄角旮旯都要跳到了，念到了，此术要功夫。不知何时神汉开始唱将起来，"上天无路往西行，入地无门东方升……"四二拍，阴声韵，北路梆子的曲，爬山小调的词。听起来挺有韵味，可能是巫文化的一部分。巫除了驱邪除魔赶妖，尚能治病驱痛。但见端一大碗，将病人从炕上扶起，几经念咒，几经烧符，几经上下按摩，几经掐头火罐，然后伸舌，以利刃轻割舌底血脉，但见其血外流入碗，血竟然呈黑紫黑紫色，着实怕人，几近一碗。让人吃惊，让人害怕，没想到神汉送神回归后，病人竟然下床能行走，几近神话。

几十年后回村述旧，和老得几乎没牙的乡亲们坐下说旧，无意中聊到巫，说到神婆神汉，没想到他们说得更神、更传奇。有的还能哼哼出神汉跳大神时唱的"神曲曲"。但也就到他们这代人，巫便彻底绝根了，灭亡了。问起现在年轻人信什么来？没想到老乡亲们异口同声，年轻人现在只信三大神！问哪三大神呢？说：手机、麻将、钱！

朔风扑面，猛然间想起杨慎《临江仙》的两句词：古今多少事，都付笑谈中……

（原载香港《大公报》2017 年 6 月 6 日）

# 在战场阅读《安娜·卡列尼娜》

朱秀海

　　终于有机会讲一讲那一次的读书经历了。1978 年冬末，刚刚非常意外地从作战部队调到武汉军区机关的我更为意外地接到了随陆军某军某师参战的命令。从受领任务到出发报到，留给我的时间只有一夜，为了是不是带上一本上午才从单位图书室借到的世界文学名著《安娜·卡列尼娜》，我踌躇多时。简单说来，借到这本周扬与人合译的竖排本繁体字版的《安娜·卡列尼娜》，是我的文学生涯早期的一个稍显悲惨的故事的一个细节。此前因为偶发奇想写了两篇小说并被发表在《解放军文艺》上的我，仓促调进军区创作室后，单位领导与我进行了第一次谈话，惊讶地发觉我几乎连一本真正的西方名著都没有读过，大失所望之余给我开列了一张长长的书单，要我继续写作之前先把这大约 20 本名著读完了再说。我进了图书馆能借到的却只有一本《安娜·卡列尼娜》。从这个细节上看，我和《安娜·卡列尼娜》的相遇也是一场意外。我一页还没有读就开始整理出发的行囊，我将它放进去又拿出，拿出又放进去，最后还是将它留在了挎包之内，虽然并不相信上了战场还有时间看完它。我现在认为我当时这么做仅仅是因为下意识中仍然保留着一点对于生的留恋。

　　故事就是这么开始的。四天后就上了开赴南线的军列。途中三天并没有想到读它。部队到达集结地域后马上开始了紧张的战前适应性训练，这时我仍然没有想到读它。但是战争居然没有马上开始，从我们抵达集结地直到 1979 年 2 月 17 日战争正式打响，中间隔着在感觉中异常漫长的 52 天。因为等待，因为战前各种相互矛盾的消息，战与不战一段时间内似乎也成了问题，最早的紧张气氛悄然转换，读书就不但有了时间，而且有了心情。那套两卷本的《安娜·卡列尼娜》被重新发现、取出，在依旧紧张的战前训练间隙打开。

最初的阅读是信马由缰的，写意的，仿佛只是为了消耗那些因为等待和不确定而突然显得空虚的夜晚，而且阅读是不顺利的。"幸福的家庭都是相似的，不幸的家庭各有各的不幸。奥布朗斯基一家全乱了。"身为枕戈待旦的军人，虽然有不战的传言但仍然随时可能闻令而起，奔赴战场，"操吴戈兮披犀甲，车错毂兮短兵接，出不入兮往不反"。在如此的氛围里读上面那样的句子是怪诞的，会突然产生无边无际的距离感。然而还是在读，想知道奥布朗斯基家怎么一切都乱了，然后安娜出现，为出轨的哥哥和痛苦的嫂子劝和，命运让她不可阻挡地遇上渥伦斯基。同样重要的是，另一个男人列文也出现了，开始了他和自己心仪的恋人和婚姻对象吉提这另一组人物纯朴的、追求基督教义下理想主义生活的几乎纯粹唯美的故事。两条线索同时在发展，一条是疯狂的、飞蛾扑火般的、烈火燃烧般而且似乎是身不由己地对于自由爱情的追求，其中充满了巨大的欢悦、越来越多的痛苦、猜疑、忌妒、误解，一条是屡遭挫折的、小心试探的、为基督精神所约束的、对于爱和理想化生活的寻寻觅觅，前者是热情似火的肉体和精神对于世俗乃至于宗教精神的不顾一切的反抗和挣扎，后者则几乎纯粹是人对于理想的和爱的、合乎所谓"上帝的真理"的婚姻生活的追问，对"人怎么做才能真正获得幸福"的追问，其间也充满了内心的挣扎、相当沉重的痛苦，但却是追求"合乎道德的""高尚的"、理想主义生活道路的痛苦，等等。

战争打响前夕，我几乎读了这部书的三分之二，却觉得读不下去，和我过去接触过的中国传统小说和中国当代小说相比，托尔斯泰书中的故事太繁复，对于人类内心幽微的洞察过于绵长细密，曲折深邃。每一条河只要发源于我们能看得到的群山，就一定会汪洋恣肆，浩浩荡荡，朝晖夕阴，气象万千，两岸绿树繁花，令人目不暇接。你看到的不是一条大河两条大河，而是众河汹涌，激流澎湃，即便在你看来只是一条河汊子，也都充满着自己的性情，自成一河，喧哗而灵动。

但这并不是我读不下去的理由，我看不下去的最强烈的理由是我一直觉得这一切和我已经无关了。我仍然在读，仍然在感受故事中的人物，他们的喜怒哀乐，他们在自己独特的（当然是被作者安排的）命运世界中的奔走挣扎和呼喊，他们在作家的笔下依旧或真诚、聪明、美丽，时而勇敢时而懦弱，即便在走向歧途时也似乎仍然振振有词，然而每一个人也都处在自己的迷茫之途当中，都在用尽洪荒之力寻找那种自己想要的生活和爱，但却又是每个人很难得到的，每条大河面前都横亘着另外的无数条大河，每一条大河都充满了力量和渴望，于是在现在和未来之间，在现实和渴望之间，清晰地出现了绝望。虽然对于某些孜孜不倦追求的人来说，这绝望也可能是暂时的，因为世界上最大的河流随着时光也有可能改道。可是这一切和我这个枕戈待旦的人有什么关系呢？没有！于是我把它放下。

战争在 1979 年 2 月 17 日打响。事实上两天前我们就接到了命令。虽然一直在准备，但命令到来仍然在感觉中显得突然。军车开赴战场的那个早晨，大雾笼罩了集结地的所有房屋树木，在视野里它们全成了一丛丛白色的雾的存在。我们就在这样令人震撼的几乎显得不真实的雾的景象中登车前行。上级再一次要求清理行囊，我也再一次下意识地选择将没看完的《安娜·卡列尼娜》放进步兵背囊，带它上了战场。

第一阶段的战斗进行中我一直带着这套书，此外步兵行囊内就是子弹、一枚手榴弹和几包压缩干粮了。整个战争期间真正残酷的战斗几乎发生在第一阶段。我所在的部队打得英勇顽强，势如破竹，三天的任务一天半即告完成。我在战斗打响的当天就进入了战场，同行者有写出《谁是新一代最可爱的人》的著名记者李启科同志。战斗在四面八方进行，雷区内到处可见没有被突击部队爆破掉的绊发引信地雷，它们两个一组被一根草绿色绊线牵着，无规矩地放置在及腰深的草丛中。当时说一句"有地雷，绕过去"并不是玩笑，而是我们在战场上穿行的真实写照。我也就是这一天第一次经历了真实的战斗，我们在枪声和炮弹爆炸中登上了 2 号高地，进入激战方息的战场，当晚又和师政治部宣传科的一位战友一同到了最前沿的 11 号高地，那里距离敌人阵地只有百米，整整一夜这位战友都在讲述他童年和少年时期的故事，而这时我俩置身于一道半坍塌的堑壕里，背靠一棵被炸倒的大树，身边是一丛丛被打燃的野草，望着一发发从敌方飞来的炮弹落在我们阵地后方的山林间爆炸开来。

内心中波翻浪涌的时刻，"生存或者死亡是一个问题"之类挣扎的时刻早已过去，现在只剩下对于战事本身的兴趣，连同对于往事的回忆，这回忆也是告别，是向生告别的最后阶段。这个晚上，我们一直等待的反击敌人反扑的战斗并没有发生。第二天黎明撤下 11 号高地时下起了小雨，阵地上已经没有部队了，部队已经撤了，偌大一个高地上只剩下了我们两个人，然后我们就被雨水淋醒了，背起枪往山下走，发现下面还是昨天经过的那片不时会发现一组没有被爆破掉的地雷的草地——仍旧说着闲话绕来绕去绕了出去，上了战时急造公路，突然间就听到了激烈的枪声，暗红色的曳光弹从头顶和身边飞过，一场规模不大的战斗就在我们身边发生，就蹲下，等待战斗结束，然后回基本指挥所去。这时候你是想不到你的背囊里有一部《安娜·卡列尼娜》的。

为了等待担任正面攻击的部队拿下某战略重镇，我们这支打得过快的左路军不得不在最初两天的强攻急进后停下脚步等待命令，以免将预计要消灭的敌人主力吓跑。全师转入防御的当天，我和我的战友到达了我军防御正面的第一号支撑点612高地，当天我们越过高地前的大峡谷进入右前方的540高地，因为走错路差点摸上了峡谷对面敌人的阵地，听到了鸟语之后我们才转入了通向540高地的小路，途中又遭遇到敌我双方的激烈炮战，晚上回到612高地，得知敌由后方调上来的一个曾在某战争中打得美军满地找牙的王牌师将在翌日拂晓向以612高地为中心的我军阵地展开强攻。我所在师的前身是井冈山上的红军主力部队，她所经历和赢得的战斗在我军军史上几乎占有无可比拟的光荣地位，也是一支战无不胜之师，显然这里将发生一场王牌对王牌的血战。

和我一起来的战友因为任务返回师指挥所，我却选择留下。前一阵子虽然也曾在战场上出入枪林弹雨，一生九死，但置身在第一线的战壕里直接面对面投入战斗，尤其是要和敌人的王牌进行一场可以想见的极为惨烈的厮杀，步兵班长出身的我还没有经历过。要知道，就在这个山头上，17岁的战斗英雄吴建国在第一天的进攻战斗中曾经抱着敌人的高射机枪手跳下悬崖，壮烈牺牲；我的战友，七连指导员郭友生身先士卒攀爬悬崖从背后摸上高地时，曾被敌人的一发高射机枪子弹削去了很大一块头盖骨，我们都以为他牺牲了，但他没有牺牲，却丧失了知觉和记忆，直到后来靠着妻子趴在床头夜以继日的呼喊才重新苏醒，记忆却直到数年后才得以部分恢复。我的要求被守在山头上的某营长接受，他慷慨地将我安排在距离那挺上次战斗后被我军调转枪口朝向敌方的高射机枪不到10米的一处隐蔽部里。

这是一处被炸塌又修复的隐蔽部，下面是堑壕，上面平躺着一根碗口粗的圆木，圆木上搭了几块原有工事的水泥构件。夜风很大，两端裸露的圆木一直在晃动，水泥板也随之晃动，随时有塌下来的可能。我在隐蔽部内选择好了作战位置，安顿好了自己，然后一切安静下来，是心安静下来了。敌人据说黎明时才会到，从这时到黎明仍然有着在感觉中似乎异常漫长的时光要度过，忽然间非常渴望读完那部一直没有再读却一直背在身上的书，理由似乎很多：过了明天可能真就没有机会读完这部书了；虽然觉得读得艰难，但还是对书中的人物产生出了割舍不下的亲情，不在可能是我一生的最后一场战斗打响之前得知他们的结局几乎是不可忍受的了。我从步兵背囊里取出了一直背在身上的两根蜡烛（每根都折成了几段），在隐蔽部里打一个背风的地方点燃了，取出书来读。

这一次我读得非常畅快，不再有艰涩和困难的感觉，我一边读一边仍在等待随时可能响起的枪声，但夜越深这种感觉越是模糊，我几乎是忘我地沉浸到书中去了。我读到了女主角在勇敢地追求自由爱情的道路上最后一场疯狂的冒险和奔跑，她在自己悲剧人生的最后阶段中经历的所有故事，她做出的每一个选择，所有这些无一例外都引导她走向那列最后的火车，用惨烈的死亡为自己的爱和生活画上了句号，一根摇摇晃晃的烛苗就要熄灭，还没有熄灭。同时也读到了另一种追求田园牧歌式的爱和生活道路选择的胜利。但我觉得，更重要的是我读到了作家描述的主人公们的心路，他们走向成功或毁灭的详细甚至琐细的生命历程，他们每一重要生命阶段甚至非重要生命阶段的思想、情感之潮的起落跌宕。

我深深地被主人公尤其是作家的细致入微所感动，被主人公感动其实也是被作者感动，你会想到主人公对爱如此细致入微、一往情深，表明的其实是作家对爱的态度。你开始意识到你不是在读一部书，而是在读一个人，读作家自己，你在跟一个纯洁到伟大程度的圣人般的人深度交往，他在无意中向你全部裸露出了自己的灵魂。你在通过作品观看他，而他并不知道，他只是照着自己的善良本性和理想主义的生活态度行事。他做得对的事情和做错了的事情同样都在感动你，他在用一种虔诚的态度让自己也让别人过一种理想化的生活，而这种生活已经深深地感动和感染了你，那是置身战场的你想要却可能永远再也无法得到的呀！

两根蜡烛很快燃尽，接着我打开了手电筒。黎明到来前我终于读到了女主角的死。另一条道路上的男主角则终于在与上帝和人间进行过漫长对话、又经历了爱和婚姻的感悟之后找到了自己灵魂一直在寻找的生活答案。书没有完，但主要的故事我读完了。抬头时看到了东方的曙光，重新听到了无边无际的风声和林涛的咆哮。没有枪声。敌人的王牌师并没有如期而至，战斗没有发生。

第二阶段的战斗我们打得更为酣畅淋漓，一场进攻战斗就突破了敌人防线，打进了××县城。其后我军强渡奇穷河，抢占迷迈山，从后面截断了敌军主力退往纵深的道路，导致其全线动摇，我军前后夹击的两路大军攻占了具有战争胜利标志性意义的某战略重镇，当天晚上我国即宣布了撤军。这段日子战事匆忙，但无论是七个人在××县城一间仓库内孤守的一夜，还是急行军到达奇穷河边目睹我军突破对岸敌人封锁下发起强渡战斗结束后的那个黄昏，我都没有放弃读完书的第八部分也即最后一部分。这是最后的阅读，平静的阅读，因为女主角已经死去，男主角向人间思考生活真理的故事也已讲完，只剩下尾声，但仍然引人入胜。交代了渥伦斯基最后的去向，书中各种不重要的龙套人物在继续生活。你非常惊讶地发觉，即便主人公都消失了，生活依然存在，每个人都是自己生活和故事的主人公。生活本来是平静的，有时可能会波翻浪涌，但之后仍然会归于生活。生活就是生活，不以任何人的反叛或者思考而改变。这也是思考，是继关于安娜的命运、列文的思考之后的思考，但仍然是非常重要的思考和启示。

直到战争进入最后一个阶段，也即在撤军中大杀回马枪的队伍，师首长才想起了我，专门派人把我从前沿一直拉到距离边境线 30 公里的汽车连驻地，以为这样我就会远离战场了。没想到当天夜晚汽车连长就要载一车炸药进入战场，他说：最后一个晚上了，再回去看看去？我踊跃上车，在连绵的夜雨、此起彼伏的枪声、没头没脑跟上来的对手和我军频繁的遭遇战中回到了战场。经历了战场的最后一夜，也看到最后一夜的战场和战斗。半夜里因为和汽车连长睡在一车炸药上被师里的军务参谋训了一顿，人家走后我俩又从车上钻到车下去睡，以为这样就可以比睡在上面更安全些。然而，感觉到的却是平静，不是进入战场时的平静，是经历了一切、包括读完了一部本来不相信会读完的文学名著的平静。

2012 年深秋，我第二次到俄罗斯访问，终于有了机会，从莫斯科乘车200 公里，来到雅斯纳亚·波良纳托尔斯泰庄园拜谒。我进入了托翁故居小楼一楼的一个小间，据说他就是在这样一个狭小得有点局促的地方创作了《安娜·卡列尼娜》，而二楼更为宽敞的书房则是他的夫人和秘书为他誊写书稿之处。这是一次朝圣般的拜谒，从出发直到抵达乃至于整个访问的过程中，我一直都没有停止思考当年在战场上阅读《安娜·卡列尼娜》对于我的意义。

意义是双重的：首先，这部伟大的书陪伴我经历了青年时期经历的一场战争，它成为战争中我最重要的心灵伴侣；其次，也正是在那样的环境和心境中，这次阅读向我开启了文学之门。我当时也许还没有今天这么清醒的意识，但感染和启迪仍然是那时就给予的。这种启迪是：原来文学和生活不是两个东西，它们之间也并没有隔着一道不相通的墙。它们是相通的，文学的真正秘密在于它书写的是经过思考的、理想化和诗化的生活。而通过这种思考，文学不但能引导幸福的人去寻觅所谓"生活的真理"，也会给不幸的人以理解、悲悯、安慰与教导。

文学的美丽正在于它能让人类的生活美丽和充满诗意。而今天我真正要说的是：我后来的创作，无论是战争小说《痴情》《穿越死亡》《音乐会》，还是描述和平时期海军生活的小说《波涛汹涌》，乃至于以后的电视剧创作，它们的主旨和开端，都深深得益于这次战场上的阅读。

（原载《解放军报》2017 年 1 月 7 日、12 日）

# 那色彩仿佛正在呐喊

## ——爱德华·蒙克和他的美学逻辑

李 舫

1890 年，当文森特·凡·高躺在奥弗的一家小旅馆准备走向生命终结的时候，遥远的北方有一个比他年轻 10 岁的不出名的画家，正在努力将凡·高疯癫的隐喻推进一步。凡·高曾经用纯黄色和紫罗兰色在墙上写下这样的诗句："我神志健全，我就是圣灵。"而这个不出名的画家，正尝试着用色彩描绘出人类灵魂深处的呐喊。

这个人，叫作爱德华·蒙克。

一

爱德华·蒙克，挪威表现主义画家，1863 年 12 月 12 日出生于勒腾，在首都奥斯陆长大，他的母亲在他 5 岁时死于肺结核，笃信基督教并患有精神疾病的父亲，向他的孩子们灌输了对地狱的根深蒂固的恐惧，他一再告诉他们，不管在任何情况下、以任何方式犯有罪孽，都会被投入地狱，永无宽恕之可能。这种恐惧，加上 4 个兄弟姐妹的相继死亡以及他自己在 13 岁的时候因为肺部疾病差点丧命带来的焦虑，伴随了蒙克整整一生。也正是这种恐惧和焦虑，解释了最终在艺术上走向边缘与颠覆的蒙克为什么有一个如此循规蹈矩的童年时光。

回到 1890 年，凡·高难以忍受躁狂型抑郁症的折磨，正打算开枪自杀时，蒙克还不满 27 岁。然而，在未来的时日里，正是与凡·高遭受了相似的精神痛苦的蒙克，将被凡·高从自然的定位中激烈拯救出来的自我，全部暴露出来。

时间，像流沙一般从指缝间悄然滑走。84 年以后的 1974 年，一位叫作彼得·沃特金的英国导演，将镜头转向爱德华·蒙克，对准了他年轻岁月中的彷徨和苦闷。这一年，恰是蒙克辞世30周年。彼得·沃特金选取了一些不专业的演员，他们在他的调度下，专业地表达了蒙克的成长和成熟。为了准确表达蒙克作品在问世时所处环境的艰难和所遭受的敌意，彼得·沃特金还特意招聘了许多不喜欢蒙克的演员，他甚至允许他们使用即兴的、长篇累牍的"对镜讲述"方式。但是，遗憾的是，正是这些演员，最后成为这部影片走进戛纳国际电影节的阻碍——评委不约而同地放大了电影细节的失误，聚焦对演员的攻讦。

这部传记电影——《爱德华·蒙克》，花费了彼得·沃特金不少精力，他被蒙克的画作所触动，之后用了整整3年时间来说服挪威电视台投资拍摄。长达211分钟的影片，洋溢着彼得·沃特金卓越的才华，充满他独特的个性。影片1976年3月在英国BBC电视台播放之后，得到电影界的广泛褒扬。骄傲的瑞典电影巨匠英格玛·伯格曼称赞这部作品为"天才之作"。《时代》杂志甚至在评论中使用了"催眠"一词。的确，彼得·沃特金就像催眠大师一样，将观众拖进了19世纪末20世纪初的挪威，在30年的时间跨度中，与蒙克一同体验他如何开启表现主义创作，如何成为欧洲北部最具争议、最遭诽谤的画家。

19世纪末期，欧洲大陆的经济萧条波及挪威，支撑挪威经济的木材出口和航运业陷于停顿，为了摆脱饥荒和经济危机，挪威人不得不另寻出路，史料显示，影片所记录的30年间，有数十万挪威人离开了他们祖祖辈辈居住的家园。

年轻的蒙克正是在这段时间形成了他的画风。与此同时，背离古典主义的印象派令他眼界大开，遗传自父亲的精神疾病一面困惑着他，一面让他保持异于常人的洞察力。这些因素，使得他敏锐地发现了线条和色彩所富含的强大的表现力，并掌握了如何运用这种埋在灵魂深处的力量，画出活生生的人——他们的呼吸，他们的存在，他们的疾病、死亡、绝望，以及他们的受苦受难和彼此间的相亲相爱。

在表现与暴露自我的这条道路上，蒙克比凡·高走得更远。尽管45岁以后，蒙克的风格出现了变化——1908年，他的焦虑变得严重，不得不在丹尼尔·贾可布逊博士的诊所住院接受治疗。医院施行的休克疗法改变了他的个性，同时也改变了他的画风，他不再悲伤，变得温和而甜蜜。

如同医生做病理切片一样，彼得·沃特金选择了蒙克艺术生命中的黄金30年。恰是这宝贵的30年，蒙克在画作中表现出来的对心理苦闷的强烈的、呼唤式样的处理手法，深刻影响了20世纪初期发轫于德国并迅速波及欧洲的表现主义。彼得·沃特金记录的 30 年，是蒙克画风形成的 30 年，他这段时间的作品，充满了世纪末的哀伤和怅惘，他的笔触色彩艳丽，大胆奔放，时时充斥着紧张不安、压抑悲伤的情绪。他看到的，是人类最复杂的精神体系，他将目光投注在被人们忽略的世界，以此表现死亡、忧郁和孤独，以及由孤独引发的怀疑和焦虑。

彼得·沃特金用特写的方式，将蒙克的脸放大到整个银幕——他的焦虑，他的恐惧，他的疯癫，以及他的呐喊。

二

蒙克是现代画家中对"个性是由冲突造成的"产生兴趣的第一人，他的兴趣是对弗洛伊德理论的艺术再版。蒙克和弗洛伊德似乎从来没有听说过对方，但是，他们之间达成了一种默契的、了不起的共识：自我是欲望的不可抗拒的力量，与社会约束的不可动摇的客观进行会战的战场，每个人的命运都可以被看成是对他人的警戒——至少是一个潜在的警戒，因为包含着所有被束缚的、充满贪欲的社会动物所共有的力量。

蒙克，是一个冷血的悲剧诗人，他始终如一的悲观主义源自他那充满恐惧和忧郁的儿童时代，因而，"疾病和疯狂是守在我的摇篮旁的黑色天使"。我们不难理解，何以他的内心总是充满了无可奈何的自卑与凄凉，充满了对神秘的、命定的秩序的一一对应。他是那么地软弱和无助，甚至连对此不甘的愤怒也没有。"你的脸含有世界上所有人的美"，他在一篇配合他描绘夜妖莉力斯画的文字中写道："你的唇像成熟的果子那么绯红，像是因痛苦而微微张开。尸体的微笑。现在的生命和死亡握住了手。连接过去的几千代和未来的几千代的链条接上了。"

这链条，是时间的赓续，更是人类情感的绵延。1892 年 11 月，蒙克应邀参加柏林艺术家联盟举办的画展，画展持续了一星期。正是因为这次画展，他融入了柏林，成为一个具有先锋精神的国际文化小群体里的一员，这里面有挪威剧作家亨利·易卜生、瑞典戏剧家奥古斯特·斯特林堡。此后，蒙克的一些画作引发了评论家的强烈关注，包括《风暴》《月光》《星夜》，特别是晦暗冷涩的《玫瑰与阿美莉》《吸血鬼》，甚至是以他的姐姐苏菲的死亡为主题的《病室里的死亡》。他努力发掘人类心灵中的各种状况，表现疾病、死亡、绝望、情爱，这让他的画作成为苦涩的争论对象。

蒙克的哀恸是人类的哀恸，蒙克的悲喜剧是人类的悲喜剧，对生活中阴冷一面和精神虚无主义的单调阴沉的强调恰是我们自身的一支：一种从不企图迎合讨好的反艺术，以叛逆的姿态宣告了我们现在的位置。

疏远、失落、恐惧、怀念、失望，这些是蒙克在他 1893 年的一幅版画《呐喊》中所记录的。当时，他正在与两位朋友在一条路上散步：

我又累又病——我站住眺望峡湾那边——太阳正在落山——云被染成红色——像血——我感觉到仿佛有一声呐喊穿过自然——我想我听见了一声呐喊——我画下了这幅画——把云画得像真的血。那色彩仿佛正在呐喊。

画面中的人，正是蒙克。

可是，这个人根本不像蒙克，甚至一点也不像人。这是一个张口喊叫的厉鬼，他长着骷髅一样的头和身子，随着晚霞和峡湾里黏滞的塘水的节奏而弯曲；夕阳、河水、流云、帆船，都紧张地在谵妄中摇摇晃晃；栏杆斜穿过画面形成坚定的对角线分布——现代心理学认为，有精神分裂性情感的人往往把画面分成类似的形式，他们想通过篱笆、围墙等壁垒把自己隔离起来以保护自己，这是人类古老的、本能的抵御手段。法国社会学家迪尔凯姆和莫斯认为，把环境一分为二是人们排斥外界、同外界周旋的最原始的形式；宇宙和社会的分级、图腾崇拜也是出于同样的道理。欧根·布洛伊勒把这种精神深处的分隔称为精神分裂症。曾多次经过精神治疗的蒙克显然也具有这种倾向，他以版画的形式表现了他自身具有的问题——意识的分离、人格的非人格化、自我的断层以及丑恶、病态、怪诞、费解、平庸——这种问题也存在于我们周围并且是我们试图以清醒的意识抗拒的。

蒙克自觉不自觉地苦苦阐述的，正是这个时代的心理特征。这是一个精神暧昧的时代，它催生了尼采，催生了詹姆斯·乔伊斯，也催生了蒙克。他们全神贯注于人的假面和人的孤独，竭尽全力地创造一种更为必要的分崩离析。

波兰作家斯坦尼斯拉夫曾经说："在一场悲剧中生存下来的英雄，未必就是悲剧英雄。"这话有趣且耐人寻味。艺术家永远是他那个时代的精神秘密的代言人，不论是悲剧化生存还是悲剧性时代。

重要的是，蒙克用他的画笔，把我们一度熟视无睹的东西，变成了现代人心中的象征性风景；把我们有意无意遗忘的东西，锻造成打开未来之门的魔法钥匙。

三

1909 年，蒙克回到他的祖国挪威。晚年的蒙克，更多地表现出对大自然的兴趣。经过长期的治疗，他的作品不再充满悲观，而是变得更富于色彩。

他的疾病让他更关注人类的痛苦，他的治愈却让他远离早年的疼痛；病中的蒙克是一个伟大的画家，病愈的蒙克则是一个甜蜜的老人。于他个人而言，病中的蒙克赢得了世界，病愈的蒙克开始享受世界。孰优孰劣？一言难尽。

可以看出，艺术发展到爱德华·蒙克，已经完全改变了19世纪中期由古斯塔夫·库尔贝在他的《宣言》（1861年）中提出的可以称作中立的或注重事实的牢固的写实主义原则，他将艺术关注的对象，由物质的现实引向人类心灵的现实。

1855年，俄国文学理论家车尔尼雪夫斯基在他首次发表的《艺术与现实的审美关系》的论文中写道：文学艺术本质上就是写实的报告文学（"艺术的首要目的即再现现实"），其次才具有"解释生活"的作用。"美存在于自然中，它在现实千变万化的形式中，都有踪可寻。一旦被找到后，它就属于艺术，或者首先属于知道如何看它的艺术家。更确切地说，美是真实可见的，美本身就具有它自己的艺术表现力。但是艺术家没有权力将这一表现力扩大，除非冒险改变美的本质和时常地削弱美，他是不能触及到它的，大自然赐予的美高于所有艺术家的惯例……美的表现与艺术家应具备的知觉能力成正比。"埃米尔·左拉给艺术的定义是"透过一种气质而看到自然的一个断面"。

在现代主义者看来，这种自然主义和现实主义的原则——不带偏见和倾向性地反映自然的本来面目——被认为是一种不可能的（倘若不是无意义的空想）。高更和凡·高更喜欢凭直觉和情感来创作，野兽派画家马蒂斯则在1908年的《一个画家的笔记》中写下了一段著名的话：

> 色调激励人的调和，能够引导我改变人物的形状，或者改变我的构思。我向着取得构图中所有部分和谐的目标不断努力，直到达到为止。然后，所有部分在一瞬间找到了它们固定的联系，接着，倘若不是必须完全重画的话，要我在画面上多添一笔都是不可能的。

这种态度意味着对现实主义的全面抛弃，因为它把对构图的审美要求置于对再现的语义要求之上。艺术作品成为一种新的、独立的现实，这表现在高更对欧洲文明的排斥和对动人心绪的形式及色彩所蕴含的排他性质的赞美中；恩索尔突然背弃了精致的绘画，转向一种表现惊人主题的故作惊人之态的技巧；蒙克运用幻想形象，把他个人的苦痛赋予公开的形式；凡·高狂热而有节制地对自然加以变形并强化夸张自然的色彩以创造一种表达力强大的艺术；罗丹通过形象的表面和紧张的动态有力地表现感情……自我，而不是自然，成为实验和表现的对象。

艺术的美成为隐蔽的、源于心灵的，在绝对的意义上是失真的。不难想象一眼就被看透了本质的作品，它的呆板的可视性妨碍了美感的传达，当我们提起两个世纪以前的乔凡尼·安东尼奥·克雷莱托那幅惟妙惟肖的《威尼斯》时，更多的人绝不是以一种欣赏的口气来谈论它，虽然这幅画里体现了克雷莱托完美的透视法技巧，他对色彩和气氛的良好感觉和对威尼斯地形精确而虔诚的观察。然而，当克雷莱托用他无与伦比的绘画功底和技巧把观察者排斥在想象之外时，他也把美推了出去——他的画面太真实、太包罗无遗了，已容不得人们的一丁点曲解，这就是该画失去意义的原因。

在与克雷莱托相反的轨道上，一些艺术家们正试图通过种种非造作的、不完善而即兴的、信笔涂鸦的方式体会心灵世界的内涵和价值，体会生活本真的暗示。"作为青年，我们担负着未来。"表现主义画家思斯特·路德维希·基希纳在1925年写的宣言中说，"我们想要为自己创造生活的自由，发起反对长期盘踞的老资格势力的运动。所有真实、直率地显露自己的创造冲动的人都是我们的人。"

这些新艺术家们试图通过解释人们的感情对线条、色彩和形式如何做出反应，而不是根据它可能与某物相似或它可能传递的世界其他地方的任何语义信息去评价艺术。这种转变的根据和诱因来自很多方面——来自陀思妥耶夫斯基书中所把握的那个痛苦的变态的情感世界；来自易卜生和斯特林堡戏剧夸张的手法和内容；来自尼采没有上帝的世界那残酷的光明影像，以及他立论的挑战性措辞，"要成创造者的，必先是毁灭者，破坏一切价值"；来自19世纪的，特别是神智学及鲁道夫·斯泰纳的神秘主义运动。

作为一种现代的否定，这种传达心灵的表现方式是一团伟大的发酵剂，它使自它以后近一个世纪的艺术史都处于运动之中。这种革命不仅仅是在驾驭文字和艺术方面，而且在想象、情感、趣味和思想方面都意味深长，它包含和凝聚为一种感情、一种道德、一种政治、一种衣着方式、一种爱的方式、一种生与死的方式。在这种精神束缚的缓缓释放过程中，艺术选择自己作为这个时代的人性记录，更重要的是，它包含着一个秘密，把被冻结的多愁善感的多余的感情一一化解。

在弗洛伊德出生以前，人们业已满足于用这种理性的秘密固执地维持着他们的生存。在尼采、柏格森、弗洛伊德的唯意志论、自我中心论的反理性哲学和心理学，在卡夫卡的小说和奥尼尔的戏剧和勋伯格与他的学生贝尔格的音乐特别是高更、凡·高、蒙克甚至以后的康定斯基的绘画中，自我得到了前所未有的、神经质般的张扬，主体对世界的感情和感觉被扩张到一个相对广大、予人以强烈震惊的空间内。

1944 年 1 月 23 日，蒙克在奥斯陆附近的艾可利与世长辞。

然而，他的那些具有永恒力量的画作却仍旧震慑心灵。时间如水滴般滴滴答答逝去，在蒙克的画作中，我们似乎还可以看见让他焦虑无比的世纪末的景象，喧嚣与欲望混杂，爱恋与死亡交织，而蒙克，则在这些混杂与交织中，毫不掩饰地表达着人类心灵的丰富与驳杂。

焦虑，曾经是那个时期的主题，又何尝不是今天这个时期的话题。

拯救的艰难与延搁是不言自明的，焦虑正源于主体的这种自救和被压制的紧张关系，这种紧张关系在高更的《我们从哪里来？我们是谁？我们向何处去？》、凡·高的《星月夜》、蒙克的《呐喊》中，通过作者异常、变态、打破正常语序和逻辑思维，以一种疯狂的病态形式被表现出来，这样，艺术的重心就从外界转移到自身——

美不是艺术的对象，而是艺术自身的肌肤和骨肉。美，就是它自身的存在。

（原载《光明日报》2017 年 5 月 26 日）

# 真和美的再思考

林鸣岗（法国）

　　作为一个画家不应该去考虑这么多的哲学和美学的问题。但是，随着当代美学的遗忘和丢失，当代文化界、艺术界美丑的极度混乱。进行自我的一种梳理和探索看来也是非常有必要的。人类作为地球上唯一的高等动物，并且有了审美的经验和能力，这是上帝给的大礼物。但是并不是每个人都可以得到这朵美妙的鲜花，它只奉献给那些有心人。它如同一个天窗，一旦被你打开，你就发现那里有一片无穷的"第二世界"。个人生命为此变得丰富多彩。你听到了许许多多美妙的天籁之声。你看到了许许多多从来没有看到过的奇异花草。你读懂了许许多多天下的奇书妙论。你的脑海又浮现了许许多多挥之不去的画面。音乐、文学、艺术的海洋让你自由驰骋，往来于古今中外、神游于天地之间。这不是"第二世界"的"审美境界"吗？难怪孔夫子闻韶会"三月不知肉味"。而西方遥远的圣贤柏拉图也说："……这种美本身的观照是一个人最值得过的生活境界，比其他一切都强。如果你将来有一天达到了这种生活境界，比起其他来，你们的黄金、华服艳装，娇童和美少年——这一切使你和许多人醉心迷眼，不惜废寝忘餐，以求常看着而且常守着的心爱物——都卑微不足道。"他们都非常珍爱这种审美境界。

　　美好事物的本身会给人联想、启发和愉悦，对人类的心身大有益处。因为美感能愉悦人的心灵，引发善的回归，这也是公认的。中国的庄子说过"天有大美而不言"。可见，我们的老祖宗很早就认识到天地之美。大千世界蕴含的美最丰富，对懂得审美的人类来说最有价值，人类的情感也因此变得丰富、饱满，进一步有了审美的境界，我们也可以通过审美的意识进行相互的心灵沟通。

　　美不能离开具体的事物而独立存在。疏离了鲜活灿烂、丰富无比的具体事物，美的东西就消弱了美本身。它们距离越远，美的感染力就越弱。好比

漫读散记　　277

太阳远处的星星，永远无法与太阳媲美一样。如果月亮离开太阳远一些，月亮就慢慢失去它的光彩了。又好比月光的阴影，总是给人迷茫不清、混浊一片的感觉。让人永远缺乏信任感。这就如美女身上的衣饰再美也不如美女本身的美一样。西施的美要比天上的云彩更美，西施笑也美，哭也美，落水也美哪！维纳斯也美，那是因为有了神话故事的文字和精彩绝伦雕塑作品的再现。如果只有"维纳斯"这个抽象的名字，我们就不必要匆匆忙忙赶到卢浮宫的地下室去参拜她了……她们形象的真实和美感，总是牵动了亿万大众每个人的视线，并引发了我们内心的情感波涛，如一石激起千层浪，汹涌澎湃，涟漪不绝。所以，美感的东西必须具备"真的存在物"。

抽象和具象，抽象美和具象美的确是大自然存在的一种现象，艺术家把抽象画当成一种表达方式，也近一百年了。抽象的思维与抽象美不同，抽象美是属于视觉的。即使在你的脑海里，它仍然是有具体存在物的。比如，某种色彩、某种形状甚至某种气体和空气。它也是来自世界或宇宙的参照物，一点缩影，一点微妙的感觉而已。但它有致命的缺点：不确定性、多义性、模糊性、似是而非的弊端。其实人生有一个很简单的大道理，人不能老是生活在云中雾里、虚无缥缈的环境，我们更多需要生活在较确定的、简单的、明了的世界之中。首先我们要认识这个"真实"的现实世界，只有这样我们才会接近事物的真相，找寻一条通向真理的大道，愉快地生活下去才是生命的根本目的。通过"真"认识"美"，由此激发人类"美感的发现"，引发"善的回归"，有了一种更高级的"审美境界"的生活，这是人类的幸运。所以，我们要充分认识到"美的永恒价值"。

一朵红花、一片绿叶，的确让人感到美丽。它有许多元素构成的：红花本身的色彩，它们的质感、光线的强弱变化，甚至风吹雨打的摇曳动感。在这里大自然为艺术家提供了极其丰富多样性的美的元素。如果我们观察不深，认识不足（包括植物学、物理学上的知识），只是涂上一块红色的颜料或是绿色的颜料在画布上，这种审美的元素和精神性的东西就被大大消减了。所以脱离了"真"的具体事物的色彩和笔墨，价值接近零。因为没有了更多的联想和启迪，艺术的生命就完结了。所以，蒙特瑞安的几个色块和康定斯基的几个小笔触，永远没有鲁本斯、伦勃朗、列宾作品给人带来的信息量更多，共鸣更大。而且，他们在作品中投入的心力和智力也非同日可语。

两千多年前的希腊雕塑作品，许多人物的衣饰都被消减甚至被删除，艺术家只表现那些赤裸裸的肉体，为什么？就是希望人们可以直接欣赏人体的大美与纯真，人体身上的肌肉都是人类情感的语言，所以有人说"人体是美中之美"。这些艺术作品都是写实的、具象的。为什么到现在都能长久地吸引无数的思想家、哲学家、艺术家、历史学家的顶礼膜拜、推崇备至？为什么人们不去研究爱琴海边上的一块石头呢……这是"美好事物"对人类的长久吸引力。

中国人有句老话"画鬼容易，画人难"，非常生动、非常深刻地表明艺术创作的一个问题：难度！把抽象画和具象画比较。前者似乎很自由，但常常让人不知所云。思路被限定在一个窄小的空间里面。后者似乎很拘谨，但却在限定中展开了无限的空间，挑战了人类的才能与智慧。它有生活的验证在里面，而每一个欣赏者都是希望自己能够在艺术作品里面找到自己的生命验证。因为有了这个验证，才会产生强烈的共鸣，艺术品的作用才达到了。所以，一切的艺术品离开了作为主体性人的验证的参与，就显得空空荡荡、虚无缥缈了。它的价值就很有限度了。强有力的审美价值来自个体生命验证和群体的融合。随便、自由、随意、任性与"直接表现"太近了，结果常常就剥夺它们的审美价值元素和生命验证，艺术的感染力就消失了，没有了。

莫奈的《睡莲》油画作品，如果没有深刻的惊人的观察力和优美的艺术表现力，我们也没有必要不远千里去巴黎睡莲馆亲自观赏了。世界上随随便便的两笔涂抹冠以"睡莲"的命名何止千万？又有几个人让人记得住啊？我想起美国的画家德库宁的"女人"与法国画家布格罗的"女人"，两者距离何止差了一万八千里之遥？布格罗的作品流传了一百多年，人见人爱，许多作品都是当今大美术馆和大收藏家的心头最爱。他的作品流露了对人类的"博爱"和"大爱"精神。画面优雅、高贵。所绘男人、女人、妇女、儿童、村姑、仙女、乡间丛林，宁静而又安详。都是"美的化身"，张张是精品，令人百看不厌。艺术家对人物动态、神情的刻画，细腻、优美、出神入化。观赏他的作品是一种美的享受。尤其对女性"人体美态"的表现入木三分、千变万化、叹为观止、令人佩服赞叹。他们或她们的形象既来源于"真实现实的生活"，又高于"真实现实的生活"，艺术家进行了卓越的艺术提炼和加工。布格罗的绘画传递的是一种高贵的灵魂，大爱的精神。这种精神恰恰是永恒的艺术理念，和我们值得捍守的价值观。"美和真"在他的艺术生命里绽放了极其灿烂的光彩！一百多年来，他的艺术也曾被人一时淡忘了。如今，他又卷土重来，我欣喜地看到他在巴黎渐渐又被有心人"挖掘"出来了。他的大型画册在美国出版了，高达240欧元。一些作品重新在各大美术馆出现了……虽然时代的巨轮迈进了"当代和现当代"，但是我们都没有变成怪物，这趟火车仍然需要携载这些美好的事物共赴远方啊。

大千世界是实体的、坚实的、唯一的、鲜活的、奇妙的，最值得信赖的东西。她就是真实的世界原貌，当然离真理也最近了。可亲、可摸、可视、可触、可感、可悟。所以离"美"最近了，离"善"也最近了。"一花一草皆世界"，离开了"花与草"。我们无法了解这个世界。中国的古人说过"皮之不存，毛将焉附?"，"形"是宇宙或世界的存在物。把一切都消解了，就掏空了所有的东西了。当然，我们偶尔欣赏一下抽象的、不是真实的东西，或者也可以得到一种短暂的视觉放松的感觉。但是更多的现实生活会逼使我们、需要我们全面地认知这个花花绿绿的世界，真正心灵的舒适决定了我们生命的品位和价值。我们非常需要为自己找寻一条最适合自己的"生命之桥"，而好的文化艺术就是"生命之桥"。让我们可以尽情流览桥上、桥下的风光，让我们可以尽情享受大千世界的美妙景色。我们不一定可以走到"涅槃"的境界。但是最少，我们已经活得非常自在和豁达、充盈和真实。"真"是难能可贵的。

美国现代著名收藏家、艺术史研究者、教育家（Frederick Ross）弗雷德里克·罗斯对当代艺术穷追猛打。他这样评论抽象当代艺术的："……因此写实是一种通用语言，能够与所有时代的所有人沟通——古人、今人和现代人。现代艺术和抽象艺术不是语言，它们是语言的对立面，因为，它代表语言的缺失。没有语言，就意味着无法交流。"弗雷德里克·罗斯这位先生真刀真枪、一针见血的评论是当代艺术界的一剂良药。他站在历史和文化的角度，又以一个真正实践者的眼光，揭穿了整个艺术界的虚无和无知。我们应该记住他的真知灼见和艺术良知的。历史上的确很有无数的哲学家、思想家为"真"，为"美"下了无数的捉摸不透的定义和解说。有的我是颇为佩服和惊叹的，有的却也跌入五里云雾之中。我只能相信自己的判断吧？中国古人说过"眼见为实"，这对我是一个价值判断的入门基础。没有这个入门基础，我们的一切从何谈起呢？

全球化的到来，难免会产生和升高消费的个人欲望，消费的环境社会已经形成。文化艺术更是一场扮演名利角色的游乐场和大舞台。浑水摸鱼、指鹿为马、滥竽充数、东施效颦的将会层出不穷、花样百出。现代文化中的肯定与否定、爱与恨、真与伪、善与恶、理性和非理性、平面化、商品化、碎片化纷纷登场，交集在一起。可怜的人类充满着更多的不安和焦虑，在迷茫与混沌之中找寻一条真正属于艺术家心灵的产物，实在是一件非常不容易的事情。

我们伟大的传统一再受到挑战和戏弄，艺术界标新立异、自立门派、独自做大、妄自菲薄、派系林立。艺术和文化理论被穷尽、被异化、被金钱、权力、政治奴役和绑架，早已经司空见惯了。现代派最得意之处，是对现实客体的无情解构和放任疏离，人类的身子和物体的神圣性被彻底打碎，剩下是支离破碎的、残缺不全的倒影和莫名其妙的图像，要不他们就干脆搬"实物"（现成品）以此来抛出和拼凑"真实的世界"，实际上这是一种"真实世界的假象和谎言"。因为他们大大弱化了创造者心灵和智力的投入。而又制造了观众更多的迷惑和虚空的假象。把一切实物都纳入平庸的摆设，仍然是"摆设"，而不会有更多的生命力。如同杜尚的"小便器"。以为这样就可以大功告成，接近艺术的本质。东西越摆越多，越摆越大。达到人们视觉感官的高度刺激和亢奋。然而，越来越多的观众并没有被"震慑"吓到。展览一结束，"艺术品"的命运就结束了，它们被拖车拉走，送进垃圾山了。可怜的它们，还来不及消费这个世界，就被这个世界无情消费掉了……

我终于明白艺术的本质是"在物"的，"存真"必须"存道"的。虽然意大利克罗齐的"表现论""直接即表现"，倒置了"真和美"的彻底解构和万物的虚无缥缈。如今应该是回到事物本来面目的时候了。我渐渐还明白"美与丑""善与恶"总是对立和比较而存在，并且分出高低的。懂得"美"，才知道"丑"；接近"善"，就会远离"恶"。当然，"真"，未必是"美"，"美"是要有条件的。我还相信："美"，有"级别和档次"的。最少有"小美、中美、大美"三个层次。至于什么是"美中之美"，什么才是"大美和尽美"非一般人可以触及。"大美和尽美"才是我们应该追求的境界。而且，我也相信人类大多数只有获得和走入审美境界，才是一个比较快乐和完美的人生。

我们常常在卢浮宫看到人山人海的人群在达·芬奇的《蒙娜丽莎》前驻足、流连忘返，久久不肯离去。我们又会在范宽千百年前的《溪山行旅图》废寝忘餐。为什么我们又会在《红楼梦》里掩卷长叹？为什么他们的作品迄今还那么充满魅力？也许，这就是"真与美"的千年答案了。

（原载香港《明报月刊》）

# 名流的品题（外二题）

聂鑫森

李白《与韩荆州书》中有一段文字，恳请韩朝宗对他提携和扶持："今天下以君侯为文章之司命，人物之权衡，一经品题，便作佳士；而今君侯何惜阶前盈尺之地，不使白扬眉吐气、激昂青云耶！"

古代的所谓"品题"，即享有盛名的政界人物、文坛艺苑的巨擘大师，对后进、后学者或友人，进行评点、赞誉、荐介。"品题"，包括口头传诵、为诗文作序和作评、为画作题辞、向有关部门或权重者推荐。

在现代，请名流"品题"之事，更是屡见不鲜。特别是文艺界，请名流为诗、文、画、书法集作序作评；召开作品讨论会，请名流出席讲话……由于现代传媒日趋发达，报纸、电视、电台、网络、手机，因有名流"品题"的新闻效应，推波助澜，使被"品题"者名声大振。

名流"品题"新人，使世人对其刮目相看，表现了"伯乐"的儒雅气度、胸襟。只要是实事求是，不胡吹乱捧，让新人迅速成长，则为大好事。

《世说新语·文学第四》中，这样的例证颇值一读。

"王敬仁（王修）年十三，作《贤人论》。长史（王濛）示真长（刘惔），真长答云：'是敬仁所作论，便足参微言。'"刘惔是个大名人，他读了十三岁王修所写的《贤人论》，赞扬备至："看了王修写的这篇论，说明他完全可以研究深奥的问题了。"

简文帝司马昱，对许询的五言诗很赞赏，说："玄度（许询）五言诗，可谓妙绝时人。"

孙绰对潘岳和陆机的文章，也有佳评："潘文浅而净（浅白而简洁），机文深而芜（深奥而繁杂）。"

这些名重一时的人物，对"品题"的人或诗文，不仅仅只说好话，有不足之处亦会直言相告，以使作者有所改进。

"桓宣武（桓温）命袁彦伯（袁宏）作《北征赋》，既成，公与时贤共看，咸嗟叹之。时王珣在坐云：'恨少一句，得写字足韵，当佳。'袁即于坐揽笔益云：'感不绝于余心，泝流风而独写。'公谓王曰：'当今不得不以此事推袁。'"

袁宏的《北征赋》都说好，王珣说："只可惜少一句，用'写'字作尾韵，会更好。"袁宏虚心听取意见，然后援笔改写。桓温说："如今写赋，不能不推崇袁宏。"

请名人作序，让无知者或嫉妒者重新认识作者和作品，是一个有效的方法。

"左太冲（左思）作《三都赋》初成，时人互有讥訾，思意不惬，后示张公（张华）。张曰：'此二京可三，然君文未重于世，宜以经高名之士。'思乃询求于皇甫谧。谧见之嗟叹，遂为作《叙》。于是先相非贰者，莫不敛衽赞述焉。"

左思作《三都赋》，因其名未显，虽好却遭讥讽。后请名人张华一阅，张称《三都赋》可与《二京赋》比肩，又要左思去请有声望的人作序。皇甫谧为西州高士，学养渊深，名气很大。他作序后，《三都赋》立刻广为传诵，原先讥讽左思的人，也赞不绝口了。

名人"品题"也有不慎重的时候，因一些世俗的缘由，私情起了作用，导致不良影响。庾阐作《扬都赋》，给庾亮审读。"亮以亲族为怀，大为其名价云：'可三《二京》，四《三都》。'于此人人竞写，都下纸为贵。谢太傅（谢安）云：'不得尔，此是屋下架屋耳，事事拟学，而不免俭狭。'"

因家族中人作《扬都赋》，庾亮便大肆吹捧：可与《二京赋》鼎足为三，与《三都赋》并列为四。于是大家跟风都来写这类题材，彼此重复、模仿，弄得思路偏狭。

名人之"品题"，不可不慎之又慎。

# 文道与仕途

"湖湘学派"从宋以来，延绵至今，影响十分深远。其核心为继承中国文化的优秀遗产，立足于求实务本、学以致用。不尚空谈以炫渊博，重在实用，也就是我们常说的理论与实践相结合。

曾国藩在历史上是个杰出的人物，在执政、领军上皆有过人之处，并培养和引荐了诸多方面的干才。他对"湖湘学派"的精髓知之甚深，在从政、治军的人才选拔上，特别强调"文士之涉于虚空不可用"；"不用文人之好大言者"（《曾国藩日记类抄·庚申八月》）。所谓"虚空""大言"，是指有些文人有大学问，但所涉及的是纯粹学术意义的领域，却不接"地气"，不能解决执政、领军、生产、生活中的具体问题，类似于魏晋时的"清谈""玄学"。

"清谈""玄学"，乃魏晋文化的一大特征，为当时一种辩论哲学的形式。善于清谈的人，往往才思敏捷，吐言玄远，长于辩说，深谙老庄哲学的意蕴。《世说新语·赏誉第八》："王太尉（王衍）云：'郭子玄（郭象）语议如悬河泻水，注而不竭。'"点赞的是郭象的清谈。"王丞相（王导）招祖约夜语，至晓不眠。"祖约也是一个善清谈的角色。

"清谈""玄学"当然是一种学问，却不能解决任何与国计民生有关的实际问题，也就是曾国藩所称的"虚空"与"大言"。

古时候常以打猎训练军队。"桓大司马（桓温）乘雪欲猎，先过王（濛）、刘（惔）诸人许（处）。真长（刘惔）见其装束单急（轻便），问：'老贼欲持此何作？'桓曰：'我若不为此，卿辈亦那得坐谈？'（《世说新语·排调第二十五》）

王濛、刘惔皆为清谈明星。桓温对于他们的责问，回答得极有意味：没有军人的保家卫国，你们能这样潇洒地清谈吗？

王徽之，字子猷，既是名门之后，自身也是文人，任桓冲的骑兵参军。桓冲问他："你都管些什么事？"他答："不知管什么，时常见牵马来，好像是管马的。"又问他："府中有多少匹马？"他马上想到孔子因马厩被焚，只问伤人否而未问马的故事，便答："孔子不问马，怎么知道马的多少？"桓冲再问："近来马死了多少？"他又用孔子的"未知生，焉知死"作答。从中可看出王徽之是个有学识的人，可以"虚空""大言"，但无法做好分内的工作，这个官当得稀里糊涂。

自许清高的文人，往往看不起那些只会埋头忙于实务的人。

王濛、刘惔、支遁，一同去看望何充。何充忙着阅读文书，没有太理睬他们。王蒙说："我们特地来看你，希望你能放下俗务，一起来清谈，你怎么能只顾低头看文书呢？"王充回答得很有说服力："我不看这个，你们靠什么活下去？"意思是说没有各级官员去做应该做的事，社会就会混乱，你们能有这种清闲的生活吗？这三个人都称这话说得对极了。

在选拔官员上，有德行有学问又肯干、会干实际工作的人，当然应得到重用。但只有学问，善言辞，却不愿务实或缺乏实际工作经验的人，正如曾国藩所称："好大言虚空之文人不可用。"

《世说新语·轻诋第二十六》："王中郎（王坦之）举许玄度（许询）为

吏部郎。郗重熙（郗昙）曰：'相王（司马昱）好事，不可使阿讷在座。'"

许询，字玄度，小名阿讷，他学问很好，而且是清谈的行家里手。当王坦之要举荐他任吏部郎这个重要职务时，郗昙马上予以否定，理由是相王司马昱是个喜欢干事的人，许询只会清谈而不喜务实，一旦厮守在相王身边，会耽误很多重要事务的办理。

典籍中有"空谈误国""清谈误国"的说法，并非没有道理。

# 借名人抬高自己

当下，我们常见到这样的事情：某些急于一夜成名，以获得更大利益的人，常自称或借他人之口作评，说某某名人、大师对其为人及学术成就，有过何种佳评和美誉。这些赞评，既无文字依据，又无旁人可证，于是引起知情者的非议与讥讽。

在魏晋时，这样的事情也常常发生，"观今宜鉴古"，不能不引起我们的警惕。

"谢仁祖（谢尚）年八岁，谢豫章（谢琨）将送客。尔时语已神悟，自参上流。诸人咸共叹之曰：'年少一座之颜回。'仁祖曰：'坐无尼父（孔子），焉别颜回？'"（《世说新语·德行第一》）

孔子、颜回皆为故去的先贤。

谢尚八岁时，已勤读书而有悟，以先贤为学习榜样。当客人称赞他是颜回时，他马上意识到这种赞美是不准确的，而且客人也有自比圣贤孔子之嫌，便进行反驳："座中没有孔子，怎能分辨出我是颜回呢？"

这一辑中还有一则写道："桓常侍（桓彝）闻人道深公（竺道潜字法深）者，辄曰：'此公既有宿名，加先达知称，又与先人至交，不宜说之。'"

竺道潜是《高僧传》中的人物，内持法纲，外允具瞻，为弘道的著名法师。桓彝字茂伦，任过散骑常侍，识鉴明朗，他的先辈与竺道潜有深交。当人们议论竺道潜，接下来就会说到桓彝先辈与竺的交谊，意在抬高桓彝时，桓彝立刻理智地打断对方的话，因为他不愿意这样去沾先贤的光。

但是，有些人却不能像谢尚、桓彝这样理智，而是千方百计借已故或在世名人来抬高自己，以增加知名度，古语谓之"谬托知己"。

"孙兴公（孙绰）作《庾公诔》文多托寄之辞。既成，示庾道恩（庾羲）。庾见，慨然送还之，曰：'先君与君，自不至于此。'"（《世说新语·方正第五》）

孙绰为庾羲已故的父亲写《庾公诔》，借此而为自己扬名。此中有些话，偏离事实真相:"咨予与公,风流同归。拟量托情,视公犹师。君子之交,相与无私。虚中纳是,吐诚悔非。虽实不敏,敬佩弦韦。永戢话言,口诵心悲。"孙绰称他与庾羲之父,情深意长,在亦师亦友之间。庾羲看后很不高兴,说:"先父与你的关系,还没有到你所写的这样!"

孙绰在为王濛作诔文时,故技重演,又犯同样的错误。

"孙长乐(孙绰)作王长史(王濛)《诔》云:'余与夫子,交非势利,心犹澄水,同此玄味。'王孝伯(王恭)见曰:'才士不逊,亡祖何至与此人周旋!'"(《世说新语·轻诋第二十六》)

孙绰自称与王濛是君子之交,彼此心如清水,共同体会玄理的韵味。王恭说:"孙绰这样的才士竟信口胡说,我已故的祖父哪至于与他交往!"

更可耻的是随意编造名人的话,用以证明自己的品德、才艺之佳。斐启就是这样的人。

"庾道季(庾和)诧谢公(谢安)曰:'斐郎(斐启)云:谢安谓斐郎乃可不恶,何得为复饮酒?斐郎又云:谢安目(评)支道林(支遁),如九方皋之相马,略其玄黄,取其俊逸。谢云:'都无此二语,斐自为此辞耳。'庾意甚不以为好,因陈(展示)东亭(王珣)《经酒垆下赋》。读毕,都不下赏裁,直云:'君乃复作斐氏学。'于此《语林》遂废。今时有者,皆是先写,无复谢语。"(《世说新语·轻诋第二十六》)

斐启编造名人谢安的话,抬高自己也抬高别人。幸而谢安还健在,于是辟谣,称自己根本没说过这样的话。当庾和展开王珣所作的赋并诵读,谢安听完不说赏评之语,直截了当地说:"你要学斐启那样干吗?"其意为:我一作评语,可能会被听者转述成另外一个样子。

(原载《文学自由谈》2017 年第 4 期)

# 语言中的铀

彭　程

　　不知是否与年龄有关，近年来越来越喜欢朴素简洁的风景，比如北方冬日的田野，视野中空旷疏朗，树木枯干遒劲的线条，映衬着旁边的一两处屋舍，以及远方山体硬朗粗粝的轮廓。这样看来，开始喜欢读格言、谚语等，仿佛也是必然。在语言的繁复纷纭、摇曳多姿的风景中，它们正是铅华洗尽、最为简练质朴的那一类。

　　这一点与缺少阅读大部头的闲暇时间有关，但更主要的原因，恐怕还是这个岁数的心性已经喜欢删繁就简，对一切繁文缛节都想跳过略去，直接面对后面的"干货"。格言无疑具有这样的特质。根据定义，格言是指对人生经验和各种规律的总结，用精练简洁的语言表达出来，而且具有劝诫和教育意义。推而广之，其实谚语警句等也都具有这样的品格，在只言片语中蕴含着厚重深刻的道理。为了方便，这里都用格言来统称。通常是经由两种方式与它们晤对。一种是它们被一条条地搜集，再按照内容分门别类地排列，最终汇集成册，仿佛众多精干士兵列队接受检阅；一种是独行侠一般藏匿于浩繁文字丛林中的某一条缝隙间，倏然跳将出来，让人眼前一亮，不由得注目凝视。

　　这里堪称是一片丰收的原野，语言的谷穗累累垂垂。"满招损，谦受益"（《尚书》），"己所不欲，勿施于人"（孔子），"不以规矩，不能成方圆"（孟子），"锲而不舍，金石可镂"（荀子），"前事不忘，后事之师"（《战国策》），"人类的全部尊严就在于思想"（帕斯卡尔），"人生如同道路，最近的捷径往往是最坏的路"（培根），"从一粒沙子可以看见整个世界"（布莱克），"过去是未来最好的预言家"（拜伦），"生命最长久的人并不是活的时间最多的人"（索尔仁尼琴）……这样的句子可以无限地抄录下去。此刻写下这些时，仿佛又回到了热衷于搜罗它们的青少年时代。这恐怕是那个年龄极为普遍的嗜好，旨在拿它们来警醒或者激励自己。当一个人自身的经历还不足以对生活产生明晰完整的观念时，总是愿意从别人的说法特别是名言中汲取资源，恰如一个孩童，一招一式总爱模仿成年人，追星族更是成为一个庞大群体。

条条大路通罗马。语言把握生活主要通过两种方式，形象的和逻辑的，文学属于前者，理论归入后者。格言因为其凝练、深邃并且经常具有形象性，是经常会被置放于两者之间，譬如《论语》，譬如古罗马哲学家皇帝马可·奥勒留的《沉思录》，文学史和哲学史都会提及。事物的本质属性常常在与其他事物的比较中更能够看出。对格言来说，一种似乎匪夷所思的比较，是与长篇小说。二者之间有什么可比性呢？就体量而言，无疑仿佛泰山和抔土的区别。长篇小说读来让人过瘾，关键在于它的丰富，或者说这种丰富性是牵连所有其他方面的枢机。它的巨大的体量，错综复杂的人物关系，跌宕曲折的故事情节，繁复细密的细节呈现，这一切常常共同营造出一种令人目眩的效果，如同花团簇拥或疾风骤雨，这些怎么是片言只语的格言能够相比的？

但话说回来，不管它们是如何的洋洋洒洒、浩瀚斑斓，经过一层层过滤提炼，浓缩抽象，在大多数情况下，仍然是可以用简短的几句话来概括表达它的内核的，而这样的话总是具有格言般的特质。这正是两件看似不相干的事物之间的纽结。曹雪芹写《红楼梦》，尽管自称"一把辛酸泪，满纸荒唐言"，但所揭示的盛衰无常、色空相依、"好即是了、了即是好"，却是明晰确切仿佛具有坚实质感的。莫泊桑的《一生》，女主人公在回顾自己命运多舛的一生时感叹道："人生既不像想象的那样好，也不像想象的那样坏。"这是全书最后的一句话，彰显了"卒章显其志"的效果。这样的一些话，显然已经可以归入格言，或者具备格言的功能了。不妨说，所有的长篇小说，实际上都可以理解成是从某一句格言生发铺展开来，是一颗情感或者理念的种子孕育生长的过程。发芽破土，由柔弱的树苗长成粗壮的大树，树冠茂盛，枝叶纷披，鸟雀翔集，跳跃啼叫，雨沐风梳，蔚为大观。

写到这里，我仿佛已经听到不以为然乃至讥讽的声音了。怎么可以这样简单地对比？谁能够无视展开过程中的价值和美？譬如《红楼梦》，那种性格心理、环境氛围、园林馔饮的描绘之美，岂不正是完全自足的东西吗？如果缺失了它们，《红楼梦》的魅力将何处寄寓？没有在回忆中让舌尖重新品尝到童年时吃过的小玛德琳点心的味道，没有椴花茶的香味自岁月深处飘荡而至，普鲁斯特的《追忆似水年华》又何以确定自己的不朽地位？

我完全赞成这些质疑。在其他时候，这何尝不是我要说的话。此刻，在这个特定的语境下，我只是在一种极端的意义上来做出比喻，并非否定其他的价值，不应穿凿地理解。仿佛摄影时，为了突出作为主体的人或物体，给予它们清晰的特写镜头，而将背景加以虚化处理，但并不等于背景真的就是一片虚空。

前面说过，青少年时代都喜欢搜集格言，但要真正读懂它们，却需要漫长时光的铺垫，需要凭借丰富的生命体验来给予注释。因此，格言是一种更适合老年人、至少也是生命体验较为深入的人阅读的文体。所以，乡间不识字的白发翁媪说出的质朴无华的话，倒是常常具有格言的意味，就在于它们被风霜侵蚀过，被时光浸泡过。从这个意义上说，格言更被赋予了一种在时间维度上产生和展开的特质，它最深沉的东西是属于时间的。如果说年轻时热衷于读大部头虚构作品，是在开端眺望未来，借助鲜活具体的物象形态，来窥测真实生活的未知底蕴，那么读格言，则更像是在生命旅途的后段回望过程，更多是为了印证业已获得的人生感悟，有一种借他人之酒杯浇心中之块垒的味道。

认识到了这一点，那么就不妨说，格言，就是那一类行走到人生路途的某一处时，不由自主地从心底生发出来的东西。它是抽象过的人生体验，是浓缩了的生命感慨。是概括之上的概括，是蒸馏之后的蒸馏。在这个阶段，生活的外在的鲜活形态已经不再重要，重要的是它的内核，而格言正是对于内核的揭示和表达。

诗人里尔克在《布里格日记》中写道："应该耐心等待，终其一生尽可能长久地搜集意蕴和精华，最后或许能写出十行好诗。"那一定是最为精华的诗句，具有遗言一般的品质。言简意赅的格言，何尝不可以理解成是一代代人关于生活的遗训？这是千百年来无数生命智慧的凝结。时光的流逝，不会磨蚀而只会增益它们所蕴含的真理的品性。物质世界中，铀蕴藏着巨大的能量，一公斤铀235裂变所产生的能量相当于几千吨优质煤炭完全燃烧的热量。而格言，就仿佛是语言中的铀。

（原载《光明日报》2017 年 3 月 2 日）

# 苦涩的空气里仍有着谜一样的事物

## ——在公望美术馆

马 叙

      蒋金乐近年来一直研究富阳地方文化。他站在公望美术馆前面，背对浩荡的富春江，与我们叙述王澍设计公望美术馆时的文化理念。此前，我到过中国美院象山校区，那是王澍的另一个建筑设计群组。站在公望美术馆前，所有人都背对着富春江。我一直对富春江有着一种想象，我一直未真正进入富春江水域，我三次到达富阳——1986 年、2005 年、2016 年，三次都是未进入富春江水域实景，这使我得以保留着一个想象，一个对于富春江的自由想象。富春江上游的新安江与兰江、衢江，以及下游的钱塘江，我都进入过水域实景。虽然在此之前也进入过桐庐境内的一小段富春江水域，但是，我一直还没有真正进入富春江水域之中，我觉得一直处于富春江之外。一共的三次到富阳，三次都是车窗外一闪而过的富春江。若是回到元代的富春江，江面比如今更空旷。元代之后，富春山居图之后，富春江是黄公望一个人的江。舒缓的江流，两岸山际线低伏的山景，黄公望的小舟永远漂移于这条大江之上。600 多年之后，站在公望美术馆前的蒋金乐说，王澍试图以建筑描述黄公望，以建筑描述黄公望的《富春山居图》。此时我想到了一首未完成的诗：

> 清晨的黄公望，睡眼惺忪
> 看不出江面流水
> 中餐也似乎遥不可及。
> 一袭青山等着午后的一壶清酒

      于黄公望而言，面前的富春江每天都是序章，清新，诗意，宁静，舟楫轻划，偶尔一阵江风吹来，一刻能销一生的烦恼事，但这个烦恼刚销去，新一个烦恼随即到来，这是一个永恒之烦恼——时间流逝，生命老去。黄公望江上遇打鱼人，不说，只沉默地看着。黄公望着宽大的袍子，风一来，风是媒介，风从山边来，风从江面来，风从天上来，北风中有王希孟的气息，南风中董源的气息，西风中有巨然的气息，东风中有赵孟頫的气息。当然，风吹过，依稀江山，一切依然，袍子还是宽大的，小舟依然漂荡。只有站在公望美术馆前的我，被这个时代裹挟着，前后无着。也许我这一生一直等不到一壶清酒。而这个时代的俗世情景是（一首仍未完成的诗的片段）：

> 雾霾来了。
> 一个红肚兜藏得更加深远。
> 苦涩的空气里仍存着谜一样的事物。
> 大地有自己的指甲，在时间中一一刻画。

雾霾消隐着固有的诗意，想象也已经勉为其难。十二月下旬，雾霾到达南方后连日不散，加之南方的湿度，强调着雾霾中的异味。它导致心境幽暗，情绪低下。寻找红肚兜，成为雾霾时代俗世中的诗意部分，成为俗世中有限的诗意存在部分。而山水尚存的诗意，在各地正被一个一个地打包出售。午后的清酒，摆午后清酒的小舟，泊午后小舟的空旷之江，江岸的岩石疏林，唯存在富春山居图中。当公望美术馆迎面而立，我看到了一壶清酒，它的一小部分，它其中斟出的一杯或两杯，在当今之溢出的文明中如何成为水泥，而水泥又如何成为一部现代诗篇这现代文明中的一个红肚兜，一如我正在想着居于别处的一个不存在的女人，她一直隐藏着，几乎找不到，文字中没有叙述，书信中没有影踪，图像里没有出现，也因此成为这个时代的一个诗性隐喻。红肚兜——隐喻——诗性——它们都在深藏在这个时代的雾霾深处。而水泥也是这个时代的雾霾之一——它的属性弥漫在整个时代之中，弥漫在我们的生活之中——时而灰色、笨重、坚硬、粗暴——时而与钢铁为伍，耸入云天。左右时代与金融。——强大的物质正通过人自身的举措与累积，压抑着人自身。但是，在富阳，这种坚硬的材料被改造成了一座巨大的美术馆。它通过乡村元素，做出向黄公望过渡的努力，努力抵达一壶舟上清酒。这之间，隔着六百六十多年的时间。

进公望美术馆，左转第一个展厅，展出故宫藏画二十八幅。沈周、查士标、王时敏、王鉴、王翚、王原祁。其中沈周、王鉴等明清大画家仿《富春山居图》有六幅之多。这么多画家——沈周、查士标、王时敏、王鉴、王翚、王原祁。他们介在黄公望与王澍之间六百多年时间之中，沈周，黄公望离世

63 年之后出生。董其昌，沈周离世 128 年后出生。王鉴，董其昌离世 43 年后出生。查士标，王鉴离世后 17 年出生。他们都或仿过《富春山居图》，或别的无名画家冒他们名仿《富春山居图》（其中有一幅冒董其昌名）。他们之中，唯沈周离黄公望最近，在时间与技艺及内心深处的诗意上，在所有的画家中，沈周离黄公望最近。而沈周居于苏州吴门，苏州河汊密布，临太湖，太湖浩渺，而苏州的河汊温润流布，因此，我在观其所仿的《富春山居图》中，一眼就看出了既有山树的水墨润泽，又有江面的开阔浩渺气象。我的感觉随之流动、起伏，沈周笔墨中其优美是那么地舒适，仿若雨后不久，令我为之迷恋。从元入明，世象迅速世俗化。沈周的长卷多了几分温润之味是有时代迹象的，就是这几分温润使得这幅长卷离人间生活更近了许多。黄公望居于元末，一个末世时代，不管与那时代那个现实离得多远，但内心是一定萧索的，这不是现实情状带来的，而是时间带来的，时间带来了风，带来了流逝之痛，之悲怆，之悲凉。黄公望的《富春山居图》远比沈周的仿长卷萧索许多，同时也宁静许多。墨枯敛，悲凉，苍茫。诗意更为深远。我没在黄公望的笔墨中去感受其舒适度。而我在其笔墨中是另一个方向的感受，我感受到了其中的时间与人生，我必须安静，在离开富阳许多天后，再观黄公望的《富春山居图》长卷，在剩山图里，在无用师卷里，我的再一次的图上行旅，它带着我进入它的悲凉、宁静、空阔，在无用师卷里，有一木桥，伸向空茫处，而在沈周长卷里被改造成了石桥，坚实，架向岸边另一岩石，桥上加入一行人。沈周是不忍黄公望的苍凉、悲怆，而特意加了这笔墨。黄公望广阔的人生诗意时间诗意被沈周用切近的可靠所削弱了。因此当我身处公望美术馆时，我感受到水泥材料的悲怆，这悲怆与黄公望的悲怆是相对应的，《富春山居图》的山水长卷，其形是外在的，但是其笔墨的内里感受，它的时间性，它的人生境况的悲凉诗意，也正是道家的重要内核之一。痴，瘦，荒寂，苍茫。浅绛又增进了散淡与温度。

在王澍与黄公望之间隔着这么多的大画家。还有一个人不得不提——朱耷。朱耷的山水更加悲凉，萧索，绝望。朱耷是从明入清的文人。在感受一个时代的逝去，时间流逝的痛感，弃于世上的孤绝感受，他是顶峰。而我在看朱耷的山水时，我的感受是那样地深切。我不知自己为什么这么喜欢萧索孤绝的山水。而朱耷的山水，毫无疑问受到了《富春山居图》的影响。我几乎毫不费劲就从朱耷的山水里找到了黄公望晚年笔墨中的萧索元素与空旷诗意。他们都是那么地深远，把笔墨如此推进时间深处，如此推进到生命荒凉的背面！只是朱耷把其发挥到了极致，此后再也没人超过朱耷也不敢重复朱耷。而当朱耷画鸟时，把这种情绪，把深远的冷诗意，发挥到另一个极致！

六百六十多年以后，我们来到了富春江畔，来到了公望美术馆。

在公望美术馆，我从水泥材料里领略到了其中的一小部分，是的，仅仅是一小部分。在灯光的追踪下，水泥具有了一种冷诗意。有时，水泥它太物质化，太漠视生命的温度。但是，现在这个空间被高品质绘画所进驻之后，绘画所携带的时间过程，所携带的古人气息，使得这个空间具有了一种生命与时间的诗意。这是《富春山居图》上的一条孤舟上的一杯清酒的诗意。同时，也是现时代俗世生活现实里的深藏着的红肚兜的一角。在公望美术馆，我最愿意留在这么一个厅里，长久地感受古人的将近凝滞的不动的诗意气息。

我想象着，此时美术馆外部，会有一群飞鸟在飞翔。它们不规则地、自由地飞翔着。这是一群有着水泥一样中性颜色的灰色鸟群，时而分散，时而聚拢。时近时远。一年四季，都有鸟群在飞翔着。飞翔，于人类，一个艺术大于描述的词汇，梦想大于行为的词汇。有时，它几乎不存在，仅仅是被感知，被想象。一如从元末到现今六百余年间，由无数个画家、文人来连接时间与艺术史，一幅画，一个人。许多幅画，许多个人。为数不多，却气象庞大。现在，飞鸟连接起了公望美术馆与富春江之间的时间与空间。天空因鸟群而敏感。自由与自在，是居于富春江畔的黄公望的人生状态。

在公望美术馆的更上一层空间，正在举办着一个叫作《山水宣言》的当代大型水墨展。主办方意为在两个空间布置这么两个一古一今的展览，来宣示公望美术馆在当代的的一个存在。这一个空间里有王冬龄、闵学林现代派书法以及同样来自中国美院的大型水墨。这个空间展示出了现代人的时代病，焦虑，虚无，混乱。我对蒋金乐说，我不喜欢这个空间的作品，它们削弱了公望美术馆整体的形式诗意。王冬龄破了中国当代书法窘境，但是立的方法仍用着破的形式。而这破却遭遇了公望美术馆强大的水泥结构出的空间，在这时，艺术的粗暴遭遇了水泥材料的本质的粗暴。包括四幅巨型立轴水墨，这种艺术形式正遭遇了来自更加强大的水泥结构空间的打击。

> 雾霾来了。
> 一个红肚兜藏得更加深远。
> 苦涩的空气里仍存着谜一样的事物。
> 大地有自己的指甲，在时间中一一刻画。

公望美术馆的谜底是最后上升到屋顶的时刻。我们一个一个地沿着阶梯向上走，走出到光亮处，走到公望美术馆的屋顶上。屋顶充分展示了设计者王澍的艺术与想象才华。背后青山，低伏的山际线显然对应着眼前的不规则的屋顶折线，同样的起伏、舒展，剩山图的一角，无用师卷上的远山轮廓线。有云霞，冷色调里温暖的色泽。我们还在内部空间观画时，它就在这里等待着观展的人上升，然后，散开，回望。观山，观屋脊，观山水。观山水时想黄公望，观山水时想黄公望《富春山居图》。屋顶的一方，正飞着灰色的飞鸟，忽高忽低，忽聚忽散。它印证了我先前在美术馆内部的想象与感知。正前方是看不出流速的富春江，宽阔，宁静。唯近处快速疾驶的大卡车轰隆隆开过，提示我这是一个快速发展的当下时代，我们离这个时代30米高，自屋顶下到地面，五分钟，重又汇入火热的当代生活之潮流。在这过程中，蒋金乐向我叙述富阳元书纸的古老手工生产流程，叙述带领王澍到他老家体味村庄里的细节与质感，叙述王澍如何把公望美术馆设计与《富春山居图》进行观念融合。

走出许久，再回望公望美术馆，它已隐没在一座青山背后了。

> 清晨的黄公望，睡眼惺忪
> 看不出江面流水
> 中餐也似乎遥不可及

富春江是属于黄公望的，这几乎是他一个人的江，一个人的苍凉与悲怆，一个人的超然绘画艺术，一个人生命里的旷远诗意。

离开富阳回到乐清已经许多天了。许多年来，我一直在寻找一个女人，她不在现实之中，不在纸上，不在大地上，不在时间之中。她存在于我的苍凉的诗意之中。她有着一个红肚兜，你们永远看不见，她是一条江，宁静，旷远，连我几乎不见。如果找见她，我要对她说黄公望，对她说富春江，对她说《富春山居图》，说旷远的生命诗意，说一个时代的逝去……此时，天空暗下来，公望美术馆沉入夜色之中，与周边青山合为一体。包括它的内部，包括那些古人的水墨，在黑暗中，水墨与空间结构无法再分彼此。美术馆与背后的山体，美术与富春江流水，无法再分彼此。古人与今人，时间与历史，无法再分彼此。而每天的从黎明到清晨，是它醒来呼吸的时刻，轮廓逐渐清晰，内部空间也从混沌一团回复到各居其所，显现其明晰的艺术面孔。关于富春山水，除了那些被黄公望说出的之外，也部分被沈周说出，部分被查士标说出，部分被王鉴说出。到了这个时代，我们的部分关于山水的言说，几乎消隐于雾霾中不知所终。但是我们仍固执地寻找着《富春山居图》里的诗意真相。在公望美术馆里寻找，在当代的富春江里寻找，在杂乱的大地上寻找。

在当下，在富春江畔，我来了，我走了。更多的人来了，又走了。在以后更为漫长的时间里，从黄公望，从《富春山居图》，到公望美术馆，一个隐喻，一个象征，黄公望在元末，《富春山居图》中的《剩山图》在浙江博物馆，《无用师卷》在台湾"故宫博物院"。一个时代的隐者，一幅说不尽的长卷，在富春江畔的一个美术馆里被想象着，感知着……

（原载《浙江散文》2017 年第 1 期）

# 从拒绝到融入：论丁乙

吴　亮

施宾格勒在他的《西方的没落》中提出一个饶有趣味的概念，此概念后来很少被人们说起，我认为这不是出于健忘而是人们需要继续快乐地生活在这个概念之中，却不被惊扰，它叫"文化的伪形"。施宾格勒从地质学挪移了"伪形"这个术语用来形容文化是如何改变的一种特殊过程：地质运动导致了岩层中的"空壳"，而后的异质岩浆则趁机充满了原有的空壳，冷却之后即形成了与空壳形状一模一样的"伪形"。这样说吧，将一个废弃的工厂或车站当作美术馆使用，即是"施宾格勒伪形陷阱"的当代范例，它已遍布世界。

尤其必须说明的是，那个旧时代的空壳已经死亡，灵魂被抽空，无论是一座两千年的陵墓还是一家20世纪的工厂，在亡灵长眠的所在矗立游客川流不息的博物馆，或在一座生产方式已经终结的废弃建筑物中塞入所谓当代文化。将凭吊作为某种方便的怀旧场所并树立为一种毋庸置疑的超级时尚，应当视为丧失未来感的病态品位，但是这一病态今天正在成为最大众的流行，多数人都盲目地接受了它。

如果你们容许我把这个阴郁甚至虚无的时代背景看作很可能是一次短暂的幕间茶歇，那么，我就可以轻松地谈论当代艺术的诸种古老诱惑是如何逐渐逝去或又是怎样借尸还魂的。按照海德格尔之存在定义，作为尚且存在的我们将以什么姿态看待那个叫作当代艺术的怪物，尽管它常常以寻常面目出现。而我的老朋友丁乙，他正站立在这个叫作龙美术馆的聚光灯下，此时此刻我难以猜测他究竟在想些什么，这个念头实在让我为之着迷。至于丁乙本人，他轻轻地对我耳语：你写吧，但是不要给我看！

龙美术馆的主人是传奇性的，这种传奇性压倒了所有在其中展示作品的艺术家的传奇性，金融冒险家的神秘色彩在龙美术馆里与被邀请来的当代艺术明星的位置发生了戏剧性的颠倒。有一次我在那儿目击了谭盾，这位先刻意将自己神秘化然后又把自己去魅的东方音乐巫师被品位不俗的金融冒险家邀请来以他的"纸乐"为该美术馆的一个展览开幕式助兴。你们可以想象在这样庞大粗粝砺的空间里，谭盾以及他的乐团的神秘性顿时消失殆尽，我们的艺术家非常生气地几次停止了指挥，大声呼吁那些纷至沓来的观众保持安静。但是一切努力都失效了，人们的谈话声与回声在闷热的空气中嗡嗡作响，纤细柔弱的纸乐被彻底淹没，我抬头仰望这个巨大展厅的穹顶，我开始走神，我似乎看到横贯的钢梁、吊钩、管道与轰隆隆驶过的行车，它们显灵了。

短短的20年，当代艺术从无人问津迅速跃升为时尚先锋和收藏家的宠儿，这个过程就在我们身边发生。抚今追昔，艺术家们经历的所有传奇故事仍像梦幻一般令人难以置信，收藏、拍卖、进入财富排行榜，市场！市场！市场！从卡莱尔、马克思到马尔库塞，自卢梭始，19世纪以来的批判大鳄一直没有停止过对市场的攻击与憎恨呼吁，指控金钱不仅破坏和扭曲了人类的自然关系，还掏空了人类社会的道德基础，但是市场最终还是赢家。那些只会含混地重复说"金钱不是万能的，没有金钱是万万不能的"肤浅批评家，似乎很不愿意承认金钱的正面力量，当然包括金钱正面的道德力量。莱恩在他的巨著《市场经验》雄辩地论证了市场对人的自尊的积极影响，指出从市场中取得的经济成就可以提高人的自尊；在寻求个人自尊的行动时，这比受传统束缚的等级社会中的旧有因素更有效。毫无疑问，艺术家与金融冒险家在寻求个人自尊（包括荣誉）的奋斗中，他们作为群体社会心理学的内驱动力是相似的，虽然在某个时刻，他们更像分别来自两个截然不同的星球。

1991年的丁乙在我记忆中更像是个禁欲主义者，深居简出、自律、坚持不懈地工作，而且是几乎无望地工作。他当时的工作室坐落在虹桥许家宅路四号，那是一个有两间房的农家小院，这个只需要来回踱步就能丈量的狭窄空间决定了丁乙最初一批"十示"的尺度。他的开端正是从那里不为人知地展开，除了几个同样孤独的艺术家朋友知道丁乙在做什么，只有戴汉志在鼓励他。那个未来艺术明星尚未发出熠熠夺目的光彩，他的"十示"是拒绝式的，自我封闭，执意与世界过不去，对客观事物与社会丝毫不感兴趣，甚至连一点点感情色彩都彻底摒除在外。当时我们的"压抑感"好像是集体性的，而丁乙的禁欲主义式的孤军奋战可能是对自己某种强烈能量的移置和释放，他似乎有预见性地选择了"缺席"，将时间推到未来的"在场"。

丁乙早期的作品如我们所知道的，曾经用尺作为辅助工具来完成，尽管也是手绘制品，但我们看不到手绘的痕迹，倒像是印刷出来的彩条图案。这一不厌其烦的用手工来追求机械般冷漠的印刷效果在丁乙可能是一种刻意的挑战，一种被压抑的持续激情的匀速释放，整幅画看不出起始和终结的痕迹，无论是眩晕的彩格、黑红两色双重奏还是荧光闪烁的大都会交响，都带有迷惑性。画这样的作品需要相当稳定的心理素质和手的相似动作的千百次重复，那些极富秩序感的"＋"字符号（丁乙拒绝承认它是符号，也不是"十字"）从空中降落，从无限中降落有限的画布上，通过减法或加法的漫长增生过程将那个无穷无尽的"＋"字布满了我们最终看到的空间，如同艺术家本人的主体数群。丁乙的几乎每一幅作品都通过精确的概括，他在这个生产过程中一直不忘记观察他的世界如何诞生，他会发现"这里太白了"或"那儿有些暗"。他对色度与光的敏感，总是让他走向试图拒绝的世界之反面，即寻找新感觉的矛盾和对新形式的无限渴望。这样一来，丁乙原初的颠覆性语汇就显露出"十示"隐藏着向世界回归的潜质，几年之后，丁乙的第一命题就开始沉默，他的激进立场被一种雍容大度取代了。

如我们所见，龙美术馆为丁乙定制的这个凯旋式展览，并非因为资本发现了一种新形式，或者资本敏锐地嗅到了未来预期之收益。资本既没有趣味更没有逻辑，所有的趣味与逻辑都属于资本的持有者，但是这个论断并不意味了一个艺术收藏家必然是艺术的恰当热爱者；然而因为资本持有者的介入，某种新奇形式就有可能从一种不合作转化为一种静悄悄地融入，于是，曾经拒绝通俗化的艺术被通俗化了。艺术家的勋章变成了明星的花环，对少数同道的渴望变成了对时尚新人群的渴望，无论是对再现风格的欣赏还是对个人符号的迷恋。现在，由于两个空间的历史性重叠，我们应该修订我们原来的定义和判断了。

也许与我的臆断正相反，我的朋友丁乙虽然多次表示他对大都市流光溢彩之景观充满惊奇，他骨子里，他的目光，可能还是持某种含蓄批判态度的，作为一位当代艺术家公开地对现代世界呈贡赞美，当然不甚方便。"现代"是一个被当代艺术使用最多又最容易产生歧义的词，场景的变动不居，对话者的轮换以及个人处境的戏剧性变化，将一种宣言式的告白坚持到底，肯定会导致含混的叙述困境。重复自己的故事与历程是一回事，因地制宜和参与合作则是另一回事，艺术家履历表留下的只有他的行迹，艺术家的历史就是一份长长的旅行展览史，细心的人或许会发现那些不起眼艺术家小故事也夹杂其中，算了吧，未来的艺术考古学！

20世纪90年代初几年，许多艺术家如苦行僧那样生活，上海、北京、杭州、重庆……他们隐居学府或散落江湖，他们手头拮据贫困潦倒，那是他们电光石火不断迸发的重要时刻，他们一无所有，却敢于像塞·卡那样骄傲地声称"万物皆属于我"，他们只有他们的作品才是与世界的唯一触点，作品是他们唯一通向世界的秘密道路。回首往事，无论他们如何描述当年各自不同的艰难历程，也无论他们受哪些精神偶像感召，属于艺术家的遥远传统就像幽灵一样伴随着他们，即来自古希腊的伊壁鸠鲁主义和斯多亚主义，前者注重享受当下，后者同样对当下拥有强烈渴望，但他们把希望延至未来，成为一种精神义务。这两个并列的传统至今经久不衰。20世纪90年代生活过来的当代艺术家的双重性，即"拒绝"与"参与"随着虚拟/跨国时代的来临，开始走向暧昧的旅程。过去的苦斗与重负被甩在身后，尘世中的成功带来了认可、荣耀与财富，在这份越来越长的国际旅行展览名单上，我仿佛看到了一句话：唯愿此刻永恒。

如何评价龙美术馆为丁乙做的这个展览不是我的义务，但是出于我的学术偏爱，我倒愿意说说这种"艺术与资本的交换"，而不是它们共同形成的展示风格以及策展人的思路。众所周知，市场与资本介入当代艺术是迟早的问题而绝非是应该不应该的问题。在今天，就艺术与市场/资本的合作而言，后者明显居于优先地位；20年前莱恩就认为这种局面必须扭转过来，他鼓吹一种所谓的"轴心的转变"就基于市场/资本在许多领域的表现都非常糟糕，这一点确实被人们忽视了。莱恩收集了大量社会心理学证据，指出在交换的边界之外还存在一个广阔微妙的"满足"与"动机"的世界，人类的许多宝贵创造、能量和才华，似乎只有在不与货币奖赏联系起来的前提下才能被激发出来，对此市场/资本机制可能无能为力。我认为莱恩或许太悲观了，因为我所观察到的现象似乎不是如此。

金融冒险家虽然敢于在证券期货市场冒险，却未必敢于在艺术市场冒险，至于金融冒险家不断在艺术市场上呼风唤雨的原因是：艺术品或古董在金融冒险家眼中只不过是证券期货的替代物，它可以是任何一种被确认为象征财富的符号。龙美术馆为当代艺术家做宏大规模的展览，从奥地利经济学派的观点去看无非立足于未来价值的预期，如果当代艺术还不够稀缺的话。

将罗斯科的纯粹深邃与维多利亚时期趣味与 AarDeco 风格隐秘地融为一体，与阴魂不散的包豪斯空间进行一厢情愿的跨越对话，这是一个好主意吗？我们让另一位幽灵来做裁判吧，尼采说："所有业已变化的世界是不可能被后人理解和认知的，除非后人的理智发现了一个重新造就的粗略世界，它由虚假性构成，但却被固定下来了！"是啊，要看清自己所置身的时代都如此困难，谁还能看清两个时代？知识阅读也许对我们有些许的帮助，为我们壮胆，创造能力的减弱被学习能力的增强所掩盖，在这场对话者已经沉默的单方面对话仪式表演中，我们颇感幽默地欣赏并发现了两位当代跳舞女郎占据了那个缺席者的位置，或许这就是尼采形容的"对当下世界的粗略了解"？

因格哈特在他40年前写的《悄无声息的革命》中提出了"后唯物主义文

化"的展望,现在看起来并不是小题大做。市场/资本没有如人所愿地变得更人道与更无私,但也没有比马克思写《资本论》那个时代变得更糟糕。市场/资本一直很容易在任何领域里找到相应的"替代物",人们不应该期待市场/资本能够进行纯粹性的选择,但是不管前者动机如何,我们应当重温亚当·斯密在《道理情操论》提出的一个著名看法:市场的繁华喧哗即便都是因为欺骗所致,此一欺骗却激起了人类的勤勉之心,并使之永远持续不懈。这就是"看不见的手"!

现在我们可以回到开端了。万物皆有开端,只有丁乙本人是始作俑者。他可以沉默,也可以解释个中原因;本源的发现,舍弃绘画对客观世界的依赖,把自身转化为对象,而不是表现自我!将我隐藏在非我的"十示"背后,拒绝世界,逃离到私人空间,不需要大众理解,甚至不在乎同行的诟病,单兵作战,即便心里仍对世俗生活无比向往……"十示"是一个人的宗教,是一个人的浪漫主义,是一个人的美学;"十示"是无意义,也是本体论;万物皆归于它,"十示"是完满自足,"十示"就是无限……

丁乙早期作品的清醒透明具有一种巴赫赋格曲式的循环风格,如管风琴般均衡,单调的、眩晕的、冷静的、魔幻的乃至爱欲的;丁乙近期的作品则趋于纷繁驳杂,因为它已经从逃离世界变身为世界的一个部分,我们记忆中的那个像僧侣般的艺术家还俗了吗?丁乙的色彩开始流淌奔突,随心所欲,犹如涟漪般的火焰或黑暗中的深渊,也有些时候,我们看到我们的艺术家似乎显得仓促与含糊,他的"十示"液化了,熔岩般融入世界之中,这难道是一种老年浮士德青春返照的征候,不再拒绝,也不再反讽,向所有前来向他祝福的人们微笑?

也许施宾格勒的断言对我们生活的继续并没有产生消极影响,上帝与人,才是一切文明的源头。文化是流而不是源,神话、艺术和交换,它们的历史同样古老,只有生活之树常青,就如歌德为我们描绘的:浮士德与魔鬼达成的契约将是一份永远无法废除的交易契约,我们对外物的眷恋与贪婪终会流逝,但在这尘世中我们除了流逝的愉悦之外根本无事可做,艺术只是企图延迟我们有限生活的一个梦想,无论是艺术品还是财富资本,它们迟早都会落到后人手中,即便浮士德发誓赌咒他自己永远不会说:"时间,你停一停!"

(摘自《丁乙画册》2017年版)